When the cat's away, the mice will play.

Abby und Willow Thompson sollen Schwestern sein? Schwer vorstellbar. Abby jobbt als Putzkraft und Küchenhilfe an der Michigan. Sie sorgt für ihre kleine Schwester, damit diese studieren kann. Willow soll später ein besseres Leben führen als Abby. Aber statt zu pauken, möchte Willow lieber flirten und Männer daten. Wie kann sie das vor Abby verbergen?

Dylan Jenkins, der begehrte und heiße Running Back des Footballteams, könnte das Problem lösen. Doch leichter gesagt als getan: Abby und Dylan sind wie Hund und Katze.

Ob das gut geht?

TOUCHDOWN – *Wer Liebe wagt, gewinnt* ist ein weiterer in sich abgeschlossener Sports Romance-Roman. Humorvoll, spannend und mit viel Gefühl.

UNIVERSITY OF MICHIGAN

Prolog

Abby

Auf der *Michigan State University* zu studieren, war mein größter Traum gewesen. Meine Eltern mussten mich nicht zwingen, meine Hausaufgaben ordentlich zu machen, für anstehende Tests zu lernen, Referate gründlich vorzubereiten.

Ich wollte das.

Mehr als alles andere.

Seit meinem ersten Tag auf der High School hatte ich mich auf den Abschluss gefreut, um nach Ann Arbor zu gehen.

Es hatte geklappt und ich hatte einen Studienplatz für die Fächer Philosophie und Mathematik bekommen.

Warum diese Kombination?

Weil die beiden Wissenschaften etwas verband: logisches Denken.

Meine Stärke.

Es gab noch eine Leidenschaft, die gleichzeitig mein Ausgleich fürs Lernen war.

Ich hatte es geliebt, eine Cheerleaderin zu sein.

Nie hätte ich gedacht, dass ich in das *MSU Cheerleading-Team* der Michigan aufgenommen werden würde. Ich war so stolz auf meine Chance gewesen.

Man hatte mich, Abigail Thompson, ausgewählt.

Wie an den meisten Universitäten hatte an der Michigan der Sport eine besondere Bedeutung. Vor allem Footballspiele galten als gigantische Großereignisse. Und jedes Mal war ich mit dem Cheerleading-Team dabei gewesen.

Ich hatte mir ein Zimmer im Mädchenwohnheim mit meiner Freundin Sky geteilt, und mein Vater hatte für mich Unterkunft, Studiengebühren und sämtliche Kosten, die noch so anfielen, bezahlt. Alles war perfekt gewesen. Ich hatte meinen Traum gelebt.

Scheiße, war ich damals naiv gewesen, hatte die Anzeichen nicht bemerkt.

Dann der Schock.

Mein Rausschmiss aus der Universität.

Gefolgt vom Rausschmiss aus dem Cheerleading-Team.

Nie hatte ich mir ernsthaft darüber Gedanken gemacht, wie wichtig es war, unabhängig zu sein und einen gutbezahlten Job zu haben.

Warum auch?

Es hatte keinen Grund zur Sorge gegeben.

Deshalb hatte ich mir in den Kopf gesetzt, mich um die Zukunft meiner Schwester zu kümmern, ihr einen Universitätsabschluss zu ermöglichen. Dafür würde ich jeden beschissenen Job annehmen. Als große Schwester empfand ich es als meine Pflicht, ihr mein Schicksal zu ersparen.

Willow hatte keine Ahnung, warum ich mit dem Studium aufgehört hatte. Nie sollte sie den wahren Grund erfahren. Sie glaubte, dass ich keine Lust mehr auf Kurse, Prüfungen und den ganzen anderen Studienkram hätte. O Mann, wie falsch sie lag.

Bevor sie zu mir gezogen war, hatte ich nächtelang mein Kissen nass geheult. Nach außen hin tat ich so, als ob mir alles egal wäre. Dabei war mein abgefucktes Leben ein riesiger Scherbenhaufen.

Einige Wochen bevor ich aus den rosaroten Wolken gefallen und auf den Boden der Realität aufgeschlagen war, traf ich ihn.

Ich war total verliebt gewesen und hatte ihn heimlich angeschmachtet.

Okay, wir waren kein Paar gewesen, er hatte mir nichts vorgemacht, um mich ins Bett zu bekommen. Trotzdem hatte er mir weh getan.

Mein Herz war gebrochen. Ich hatte mir geschworen, dass ich nie wieder auf ihn hereinfallen würde.

Wer der Mistkerl war?

Dylan Jenkins.

1. Kapitel – Abby

Blind tastete ich nach dem Wecker, der erbarmungslos schrillte. Gähnend raufte ich mir die Haare. Gott, war ich müde.

Die meisten Leute konnten noch mindestens zwei Stunden schlafen. Ich musste morgens um vier Uhr aus den Federn, weil mein Job innerhalb der Woche schon um sechs Uhr begann. Abends war ich selten vor sieben Uhr zu Hause. Manchmal rief mich Sky an, um zu fragen, ob wir gemeinsam ins Kino oder etwas trinken gehen wollten. Oft lehnte ich ab, weil ich vom Tag geschafft war.

Meine Woche bestand von Montag bis Freitag aus Arbeit, am Samstag aus Arbeit, am Sonntag aus … Nein, nicht aus Arbeit, okay, in gewisser Weise schon. Ich musste mich ja noch um den Haushalt kümmern. Einkaufen, Wäsche waschen, bügeln und so. Ein ziemlich eintöniges Dasein für eine Zwanzigjährige.

That's your life, Abby.

Ich räkelte mich noch einmal, bevor ich mich aus dem Bett rollte, um aufzustehen.

Als ich unter der Dusche stand und das Wasser auf meine Haut prasselte, wurde ich langsam wach. Ich genoss die Minuten für mich, spürte, wie mein schmerzender Nacken und sämtliche Muskeln sich entspannten, Leben in meinen Körper kam.

Jeden Morgen nahm ich mir Zeit, mich für den Tag zurechtzumachen. Ich wusch die Haare und tuschte die Wimpern.

Niemand sollte mir ansehen, dass ich mir Sorgen machte, ob das Geld für die Miete, Willows Kursmaterialien und ihre kleinen Extrawünsche reichte. Meine Schwester durfte keinesfalls mitbekommen, wie eng es bei mir finanziell aussah.

Ich wollte sie glücklich und unbeschwert sehen. Doch letzte Woche war das Geld knapp gewesen. Als ich uns das dritte Mal zum Abendessen Nudeln mit Ketchup zubereitet hatte, war Willow die Frage herausgerutscht, ob Mom kein Geld für sie überwiesen hätte.

Puh, was sollte ich sagen?

Nein, Willow, Mom zahlt keinen Unterhalt für dich, und mein Boss schuldet mir noch für zwei Wochen den Lohn, echt jetzt?

Niemals würde ich meiner Schwester die Wahrheit sagen.

Ich hatte ihr stattdessen erklärt, dass ich einen kleinen Engpass hätte, weil mein Auto repariert werden musste.

Willow war dann der Meinung gewesen, dass sie mir helfen könnte. Sie hatte vorgeschlagen, sich nach einem Job umzusehen, um ihren Beitrag für die Haushaltskasse zu leisten.

Ich hatte lachend abgelehnt und geantwortet, dass ihre oberste Priorität das Studium werden müsste und sie sich nur darauf konzentrieren sollte.

Zum Glück hatte mir Skys Mutter angeboten, einmal wöchentlich ihre Tanzschule zu reinigen. Ich würde den Job annehmen, damit Willow keinen weiteren Verdacht schöpfte.

Seit zwei Monaten lebte meine achtzehnjährige Schwester bei mir. Sie war schon vor Semesterbeginn zu mir gezogen, damit sie noch genügend Zeit hatte, sich in Ann Arbor einzuleben. Außerdem sollte sie den Campus mit sämtlichen Einrichtungen richtig kennenlernen.

Während ich mich vor dem Spiegel abtrocknete, kam Willow verschlafen zu mir und hob den Klodeckel. Ächzend setzte sie sich, pinkelte und sah zu mir hoch. »Es ist mir ein Rätsel, wie du es hinbekommst, so früh aufzustehen. Ich wäre um die Zeit nicht mal in der Lage, meine Zähne zu putzen.«

»Ich muss vor euch Studenten in der Universität sein, sonst

sitzt ihr an klebrigen Tischen und die Räume müffeln nach Abfall.« Ich zwinkerte ihr zu, und Willow hob zum Schwur zwei Finger. »Ich werde mich bemühen, wenig Schmutz zu hinterlassen, versprochen«, sagte sie, drückte die Spülung und gab mir einen Kuss auf die Wange.

Bevor sie aus dem Bad schlurfte, strich sie mir über den Rücken. »Wir sehen uns später«, verabschiedete sie sich.

»Sei an deinem ersten Tag pünktlich!«, rief ich ihr hinterher.

Willow wandte mir im Flur das Gesicht zu, bevor sie die Tür von außen schloss. »Klar, habe ich Mom schon gestern am Telefon versprochen«, sagte sie schmunzelnd.

Seufzend blickte ich in den Spiegel und gestand mir ein, dass meine kleine Schwester viel entspannter war als ich.

Irgendwie war das kein Wunder. Willow fand schnell Freunde, war überall beliebt und konnte sich problemlos in Gruppen integrieren.

Dagegen war es für mich schwierig, soziale Kontakte zu pflegen. Außerdem hatten mich Professoren und Kommilitonen als nervend empfunden. Jedenfalls hatte ich den Eindruck. Oft hieß es: *Misch dich nicht ein, stelle nicht ständig alles infrage, gib nicht überall deinen Senf dazu.*

Dabei fand ich mich gar nicht so schlimm. Obwohl … Wenn ich ehrlich zu mir selbst war, hatte ich diese oder ähnliche Sprüche schon auf der High School zu hören bekommen. Der einzige Mensch, der mich verstand und trotz meiner Probleme zu mir hielt, war Sky.

»Was zerbreche ich mir den Kopf, was andere Leute über mich denken, ist doch sowieso egal«, murmelte ich meinem Spiegelbild zu, nahm den Föhn in die Hand und begann, die langen Haare zu trocknen.

Als ich um fünf Uhr das Haus verließ und zum Auto ging, verspürte ich ein aufregendes Kribbeln im Bauch, das mich keineswegs erfreute. *Abby, du bist so dumm, zu hoffen, ihn wiederzusehen*, schallt ich mich.

Stöhnend schloss ich einen Augenblick die Augen und schüttelte den Kopf. Ich hatte an Dylan gedacht.

Verdammt, wie gehe ich damit um, wenn wir uns über den Weg laufen?

2. Kapitel – Dylan

Mit dem Rücken am Küchenblock gelehnt, schob ich mir den letzten Löffel Müsli zwischen die Zähne.

»Mann, Dylan, bist du endlich fertig?«, hörte ich Lucas ungeduldig vom Flur aus rufen. Er klapperte mit den Schlüsseln, um mir damit zu demonstrieren, dass er aufbrechen wollte.

Fuck. Er war natürlich schon fertig.

»Gib mir eine Minute«, rief ich mit vollem Mund zurück. Hastig kauend, spülte ich den Körner-Früchte-Mix mit dem Rest Kaffee hinunter, stellte mein Geschirr in das Abwaschbecken und stürzte in den Flur.

Heute hatte das neue Semester begonnen, und wie zu jedem Semesterbeginn war ich im Stress. Ich brauchte mindestens eine Woche, bis ich mich in den Unialltag eingefunden hatte.

Am Sonntag hatte ich mir noch vorgenommen, den Montag ruhig zu beginnen. Mein Handywecker hatte mich pünktlich geweckt. Doch statt aufzustehen, hatte ich ihn ausgeschaltet und mir die Decke über den Kopf gezogen. Logisch, dass ich wieder eingeschlafen war.

Schlussendlich war ich hektisch in den Tag gestartet.

Ich hatte nur zwanzig Minuten Zeit gehabt, um zu duschen, Bücher und Schreibzeug in den Rucksack zu packen und das Frühstück runterzuwürgen.

Wieso begann bei mir der Morgen meistens chaotisch und bei Lucas entspannt?

Irgendwie schien mein Mitbewohner, der auch mein bester Bro war, seinen Tag von der ersten Minute an perfekt durchzuplanen.

Nachdem ich einen letzten Blick in den Spiegel geworfen

und mir mit gespreizten Fingern durch die kurzen schwarzen Haare gefahren war, warf ich mir den Rucksack über die Schulter.

Lucas grinste breit, und ich grinste zurück, als wir gemeinsam das Apartment verließen.

»Sag jetzt nichts Falsches«, knurrte ich.

»Ich?« Lucas zwinkerte.

Wir wussten beide, dass ich mich manchmal ein bisschen divenhaft gab, was mein Aussehen betraf. Damit zog er mich zu gern auf. Da es nun mal stimmte, nahm ich es ihm nicht übel.

Als wir das Haus verlassen hatten und auf Lucas' geparkten Jeep zusteuerten, verspürte ich ein Ziehen im Magen.

Sofort wusste ich, warum.

Es war wegen Abby Thompson.

Während der Semesterferien hatte ich es glücklicherweise geschafft, die Erinnerung an sie in die hinterste Ecke meines Hirns zu verbannen.

Doch auf einmal schossen mir zwei Fragen in den Kopf: *Wenn ich an der Michigan eintreffe und feststellen müsste, dass Abby sie verlassen hat, wäre ich erleichtert? Oder würde ich die Frau vermissen?*

O Mann, diese komischen Gefühle, die noch immer nicht abgeklungen waren. Dass ich die Frau nicht aus meinem Kopf bekam, verwirrte und ärgerte mich gleichermaßen.

Denn es hatte eine Zeit gegeben, da hatte ich gern an sie gedacht. Mit einem riesigen Schwarm Schmetterlinge im Bauch.

Doch jetzt …

Über mich selbst verärgert, schüttelte ich den Kopf.

Verdammt, Jenkins, vergiss sie! Dieses scheiß Magengrummeln muss aufhören, weil die Frau es nicht wert ist, auch nur den Hauch eines Gedankens an sie zu verschwenden.

Nicht, nachdem sie …

Boah, ich denke schon wieder an die Sache von damals, ärgerte ich mich und öffnete die Beifahrertür des Jeeps, um einzusteigen.

Denk bloß an was Schönes, keinesfalls an schokobraunes langes Haar, dunkelbraune Augen, volle Lippen und perfekte weiße Zähne.

Genau, ich stelle mir jetzt … Eine schmale Nase, hohe Wangenknochen … Moment, falsches Gesicht.

Ich fuhr mir stöhnend über den Mund. Ich hatte sie wieder vor meinem inneren Auge.

Himmelherrgott, wann hört das auf?

Gerade wollte ich mit Schwung die Tür zuwerfen, um mir klar zu machen, dass Abbys Gesicht ins Nirwana verschwinden sollte, da hörte ich die Eingangstür vom Apartmenthaus zufallen.

»Hey, wartet!«, rief Raoul.

Mein Blick schweifte zum Haus und ich sah, wie er die Treppenstufen mit zwei Sätzen heruntersprang und mit seinem Rucksack wedelnd zu uns rannte.

Eigentlich fuhr er morgens mit Ray zur Universität. Beide teilten sich wie Lucas und ich ein Apartment. Schon mit Beginn des ersten Semesters hatten wir gemerkt, obwohl wir Freunde waren und gemeinsam im College-Football-Team der Michigan spielten, dass wir lieber getrennt zur Universität fahren sollten. Wir würden ständig zu spät zu unseren Kursen kommen, weil Raoul morgens noch schwerer in die Gänge kam als ich.

Raoul hatte seinen Rucksack neben sich auf den freien Rücksitz gestellt und stieß erleichtert die Luft aus.

»Ein Glück habe ich euch noch erwischt, sonst hätte ich den Bus nehmen müssen und gleich den ersten Anschiss wegen Zuspätkommens kassiert.«

»Warum ist Ray ohne dich los?«, fragte ich mit Blick über

die Schulter, während Lucas den Jeep startete, den Blinker setzte und sich in den Verkehr einfädelte.

»Weiß nicht genau.« Raoul hob die Schultern. »Er muss wohl vor Kursbeginn seine Laboranmeldung abgeben. Hat's anscheinend verpennt.«

Die Straßen waren voll, die Autos quälten sich durch den Verkehr, und es kam mir vor, als ob wir im Schneckentempo unterwegs wären.

Lucas wollte in der Nähe der Cafeteria parken. Keine Chance, wie sich schnell herausstellte. Aufgrund des Semesterbeginns herrschte auf dem Campus ein wildes Durcheinander.

Fluchend fuhr er über das Gelände, scannte sämtliche Parkplätze ab, ob es noch irgendwo eine Lücke gab.

Lachend stieß ich ihn mit der Schulter an, streckte die Hand aus und zeigte auf einen freien Platz. »Schau mal, da müssen wir nur hundert Meilen zum Gebäude zurücklaufen«, scherzte ich.

»Du hast wohl mit dem Müsli einen Clown gefrühstückt«, murrte Lucas, hielt an und nahm den Gang raus. »Wärst du pünktlich aufgestanden …«

»… hätte ich euch verpasst«, beendete Raoul mit spöttischem Unterton in der Stimme den Satz.

Mit hochgezogener Augenbraue sah Lucas erst mich, dann Raoul an, während wir uns abklatschten. Da wir beide morgens ziemlich lahm waren, hielten wir selbstverständlich zusammen.

»Macht mal eure Witze, Bros«, sagte Lucas achselzuckend. »Vielleicht sollte ich doch Ash den Vorschlag machen, dass wir uns ein eigenes Apartment suchen.«

Mir klappte die Kinnlade runter. Ich schluckte schwer. »Das … Das ist jetzt ein Spaß von dir, Luc?«

»Hmmm.« Mit ernster Miene wandte er mir wieder das Gesicht zu, kein Muskel zuckte.

Nee, das tut er mir nicht an, oder?

Meine Augen riss ich entsetzt so weit auf, dass sie problemlos mit denen einer Mangafigur konkurrieren könnten.

Wollte er nicht langsam meine Frage beantworten, die noch immer durch den Jeep schwebte?

Während ich ihn weiterhin fassungslos anstarrte, veränderte sich Lucas Miene.

Unerwartet warf er den Kopf in den Nacken und schlug sich lachend auf den Schenkel. »Dein Gesicht müsstest du sehen, Dylan, einfach krass!«, gluckste er.

Echt jetzt? Er hat mich mit Absicht zappeln lassen?

»Haha, ich muss ja sooo darüber lachen. Das ist ein beschissener Scherz!« Mir gelang es nur mit Mühe, einen Mundwinkel hochzuziehen.

Ich warf Raoul einen scharfen Blick zu, weil der natürlich die Fronten gewechselt hatte, um sich mit Lucas über mich zu amüsieren. Dabei war mir das Herz für einen Augenblick eine Etage tiefer gerutscht.

Ich mochte Ashley, jedoch konnte ich es mir schwer vorstellen, allein im Apartment zu wohnen. Ich brauchte immer Leute in meiner Nähe. Die Eremitennummer war nicht so mein Ding. Wobei ich es verstehen könnte und keinesfalls sauer wäre, wenn Lucas und Ashley diesen Schritt in Erwägung ziehen würden. Immerhin feierten sie bald ihr Einjähriges. Aber ich hätte nichts dagegen, wenn sie sich dafür bis zum Ende des Studiums Zeit ließen.

Lucas legte den Gang ein und fuhr zur freien Stelle, die ich ihm gezeigt hatte und parkte den Jeep.

»Geht es nur mir so oder ist es für euch auch ein seltsames Gefühl, wieder jeden Tag die Michigan zu besuchen?«, wollte Raoul wissen.

Ich reagierte achselzuckend. »Schon merkwürdig«, meinte ich. »Die Ferien gehen viel zu schnell vorbei.«

»Die Footballsaison hat auch wieder begonnen«, warf Lucas ein und kniff mir in die Hüfte. »Ich bin gespannt, was dein Coach zu deinem Hüftspeck sagt.«

Lachend schlug ich die Hand weg. »Ich habe schon zwei Pfund abgenommen.«

Das strahlende Gesicht meiner Grandma kam mir in den Sinn, wenn sie mir ihren Cheesecake servierte, und ich stieß einen Seufzer aus. War es meine Schuld, dass sie so verdammt gut backen konnte? Schon als Kind liebte ich ihre Kuchen. Sie war die Einzige, der es wichtig war, mich glücklich zu sehen.

Deshalb verbrachte ich heute noch die meisten freien Tage bei ihr. Doch wenn ich dann bei ihr zu Besuch war, befand ich mich immer wieder im gleichen Dilemma und schaffte es nie, ihrem Cheesecake mit Zimt und Zucker zu widerstehen.

Und leider war sie da keine Stütze.

Kaum hatte ich einen ihrer leckeren Kuchen verschlungen, hatte sie den nächsten mit dem Gesicht eines runzligen Honigkuchenpferds aus dem Backofen gezogen. »Ich freue mich so, mein Junge, wenn ich dich verwöhnen kann«, sagte sie jedes Mal.

Beim besten Willen, ich konnte sie nicht enttäuschen. Für Grandma wie für mich waren die Sommerferien neben den Weihnachtsfeiertagen die schönsten Wochen im Jahr. Dann tat sie mir alles Gute, was sie meinte, mir Gutes tun zu müssen.

Die Zeit bei Grandma nutzte ich, um meine alten Freunde zu treffen und ihr das Haus und den Garten auf Vordermann zu bringen.

Entweder war ein Haushaltsgerät kaputt, hatte der Wasserhahn getropft, musste ein verdorrter Strauch ausgegraben werden oder der Zaun benötigte einen neuen Anstrich. Manchmal alles gleichzeitig.

Überraschend, wie viele kleine Reparaturarbeiten in einem Jahr anfallen konnten.

Doch jetzt hieß es, einen guten Saisonstart hinzulegen. Stöhnend dachte ich an den heutigen ersten Trainingstag.

Ich wusste, John Young, mein Running Back-Coach, würde mich hart rannehmen. Wie ich ihn einschätzte, hatte er sich schon ein paar besonders schweißtreibende Drills ausgedacht. Er wusste mittlerweile von meiner Cheesecakeschwäche, der ich immer in den Sommerferien zum Opfer fiel.

Lucas ließ es sich nicht nehmen, mir noch ein zweites Mal in die Hüfte zu kneifen, während ich für uns die Tür aufhielt, als wir das Kursgebäude betraten.

An der Treppe verabschiedeten Raoul und ich uns von Lucas. Er hatte im Erdgeschoss ein Seminar, wir mussten eine Etage höher.

Kaum waren wir im Gang, bewegten sich meine Beine keinen Millimeter. Wie an den Boden festgewachsen, stand ich da und starrte zu der Frau, die mit verschränkten Armen an der Wand lehnte und mit finsterer Miene unser berühmtes Unterwäschemodel Logan Mayers beobachtete. Mein Herz schlug wie wild hinter den Rippen und meine Handflächen wurden schlagartig feucht. Langsam wischte ich sie an der Jeans ab.

O Shit. Abby war hier.

Sie hatte keinen anderen Job angenommen, arbeitete weiterhin als Reinigungskraft an der Universität, wie ich an dem mit Putzmitteln vollbeladenen Reinigungswagen sehen konnte, der neben ihr stand.

Ich vermutete, dass sie außerdem in der Dining Hall ihrem zweiten Job nachging, so wie letztes Semester. Sie schien jeden Cent zu brauchen.

Mit viel Willenskraft gelang es mir, meinen Blick von ihr zu lösen, und mich dem lautstarken Geschehen am Schaukasten zuzuwenden.

Unterhosen-Logan war von einer Traube Studenten umringt und bequatschte eine zierliche Blondine. Da ich die meisten Leute am Schaukasten mit meinen eins siebenundachtzig überragte, konnte ich alles gut überblicken.

Nach dem Äußeren der Kleinen zu urteilen, war sie frisch von der High School zur Michigan gewechselt und unglücklicherweise in die Fänge von Loverboy Logan Mayers geraten.

Im Moment hatte ich keine Ahnung, womit er sie vollquatschte, aber das würde ich gleich rausbekommen.

Raoul stieß mich an. Stirnrunzelnd sah ich zu ihm und stellte verwundert fest, dass er sich mit glänzenden Augen und geröteten Wangen das Haar aus der Stirn strich. Er war eindeutig nervös.

Ich verzog verwundert den Mund. *Was ist denn mit ihm auf einmal los?*

»Mann, Dylan.« Er deutete mit dem Kinn zur Kleinen, die von Ich-quassle-dich-in-Grund-und-Boden-Logan in Beschlag genommen wurde. »Holy fuck, ist die süß«, murmelte Raoul.

Will er mich verarschen? Sie ist doch gerade erst den Windeln entstiegen?

»Das Mädel ist erstes Semester, Raoul!«, zischte ich ihm zu.

»Na und?«, reagierte er schulterzuckend. »Sie ist die hübscheste Frau, die ich je gesehen habe. Diese blonden Locken, die blauen Augen, der süße Hintern, wie ein kleiner Apfel. Einfach heiß.«

Ich schnaubte ein trockenes Lachen hervor. *Was für einen Mist labert er? Wenn eine Frau auf dem Campus heiß ist, dann …*

Mein Blick wanderte zurück zu Abby.

Sie hatte ihre Haare zu einem *Messy Bun* zusammengebunden. Mir gefiel dieser lässige Dutt. Sie trug ein schwarzes T-Shirt, blaue Jeans und Boots. Keine außergewöhnlichen Klamotten, trotz dessen erahnte ich darunter Abbys Wahnsinnsfigur.

Okay, ich wusste, was sie unter dem T-Shirt verbarg. Was ich nicht wusste, war, warum sie vor einem Jahr das Studium hingeschmissen hatte, obwohl sie die intelligenteste Frau war, die ich je kennengelernt hatte.

Aber man hatte ja schon von Genies gehört, die von heute auf morgen aufgehört hatten, ein Genie sein zu wollen.

Vielleicht tickte Abby ähnlich, was jedoch schade wäre, fand ich. Sie hätte so viel im Leben erreichen können.

Für einen kurzen Augenblick schloss ich die Augen und biss mir auf die Unterlippe, um Raoul keinesfalls zu widersprechen, wer hier die klügste und natürlich die sexiest Frau ever war. Mir fehlte die Lust, bescheuerte Fragen zu beantworten.

Raoul wusste nichts von ihr und mir, keiner meiner Bros. Das sollte unbedingt so bleiben.

Es reichte mir schon, dass es mich umhaute, Abby zu sehen, mehr, als ich es erwartet, geschweige denn zugegeben hätte.

Mein Herz war ein Scheißverräter.

Deshalb winkte ich lediglich ab und sagte: »Lass die Finger von der Kleinen, Raoul. Du wirst bald zweiundzwanzig. Das Mädel ist eindeutig zu jung für dich und Mayers will sie für sich klarmachen.« Meine Antwort hatte ziemlich schroff geklungen.

Aber das Blondchen schaute Ich-ficke-alles-Logan mit Rehaugen an, als ob er der Superman vom Campus wäre.

Ashley traf ihn ab und zu im Kraftraum. Sie meinte, Mayers würde vorm Spiegel trainieren und ständig irgendwelche bekloppten Posen machen. Sie mochte den Kerl nicht. Ein fetter Pluspunkt für Lucas' Freundin.

Ich spürte Raouls verärgerten Blick. Seine Reaktion passte zu meinem arschigen Kommentar. »Sag mal, Dylan, warum bist du so angepisst?«

Ich wandte ihm mein Gesicht zu. Schuldbewusst lächelte ich. »Sorry, Bro, aber ich denke, die Kleine steht eher auf fiese Typen wie Mayers.«

Raouls Augenbrauen schnellten hoch, schweigend studierte er mein Gesicht, bevor er sich wieder den Studenten vor dem Schaukasten zuwandte.

Ohne auf meine Entschuldigung einzugehen, schnappte er sich meinen Arm und zog mich ein Stückchen näher an die Traube heran. »Ich will mal wissen, worüber dort überhaupt geredet wird und was die süße Blonde an Unterhosen-Logan so toll findet.«

3. Kapitel – Abby

Nachdem ich den Reinigungswagen aus dem Vorlesungssaal gerollt hatte, griff ich nach der Küchenkrepprolle und dem Glasreiniger, um den Schaukasten abzuwischen.

Ich hatte nur noch Professor Williams' Seminarraum zu reinigen und freute mich darauf, bald in der Cafeteria zu sitzen und einen Caffè Latte zu trinken.

Die meisten Studenten wären noch in den Kursen und ich hätte ein paar Minuten absolute Ruhe.

Am Schaukasten standen ein dutzend Studenten zusammen.

Als ich Logan Mayers' Stimme hörte, hielt ich in der Bewegung inne.

»Hi Lady.«

»Hi.«

»Was geht ab, alles gut?«

»Ja … Äh … Danke, alles gut.«

Hä, war das Willows Gestammel? Mein Blick schoss zum Schaukasten.

Oh. Mein. Gott. Das kann doch wohl nicht wahr sein.

Ich stellte den Glasreiniger und die Papierrolle zurück. *Wehe, der Mistkerl macht sich an meine Schwester ran!*

Ich lehnte mich an die Wand, verschränkte die Arme vor der Brust und beobachtete das Geschehen. Wenn Willow diesem Arsch Mayers nicht die kalte Schulter zeigte, würde ich mich einmischen. Vor dem Kerl sollte jede Frau mit kurzem Rock Reißaus nehmen.

Apropos Rock …

Meine Augen wanderten an Willow hoch und runter.

Über ihre Kleiderordnung würde ich heute Abend mit ihr ein ernstes Wörtchen sprechen müssen.

So durfte sie an der Universität keinesfalls herumlaufen. Man konnte ja sehen, wie die Kerle am Schaukasten zu sabbern anfingen.

Ich kniff die Augen zusammen und grübelte.

Woher hatte Willow diesen schwarzen, engen Rock, der nicht einmal die Hälfte ihrer Oberschenkel bedeckte?

War der Rock das Buch, das sie angeblich so dringend benötigte? Äh, hallo?

Als ich sah, wie Mayers sein Werbelächeln aufsetzte, das er bei seinen Laufstegauftritten und in Modezeitschriften sonst zeigte, war meine Aufmerksamkeit wieder bei ihm.

»Du bist doch ein Freshman, hm … Erstsemester?« Mayers tippte gegen die Schaukastenscheibe. »Und willst dich für den Rhetorikwettberwerb einschreiben, richtig?«

»Ja, das will ich, du auch?«, wisperte meine Schwester.

Boah, ich krieg das Kotzen.

Mit schmalen Augen bewachte ich das Geschehen.

Willow hatte noch nie Interesse an einem Debattierclub gehabt und jetzt faselte sie davon, dass sie an so einem Rhetorikscheiß teilnehmen wollte, an der Michigan?

Ist sie von allen guten Geistern verlassen?

Mayers grinste. »Klar, ich habe ihn letztes Jahr gewonnen«, hörte ich ihn säuseln. Da ich wusste, dass er die Wahrheit sagte, konnte ich nur seufzend die Augen verdrehen. *So ein Angeber.*

»Wirklich? Studierst du etwa Philosophie?«, erkundigte sich Willow.

»Das tue ich«, bestätigte Mayers. »Du etwa auch?«

Ich sah, wie meine Schwester sich fahrig mit der Hand eine blonde Locke aus der Stirn strich.

Ich hatte es geahnt, jetzt wurde es eng.

Er führt dich aufs Glatteis, sei vorsichtig, Willow.

Noch hielt ich mich zurück, aber ich hoffte, meine Schwester würde sich zu keiner dummen Aussage hinreißen lassen.

Ich kannte Mayers. Wenn er merkte, dass er sie am Haken hatte, würde er sie nicht mehr aus seinen Fängen lassen. Und dass er sie verunsichern wollte, um sein Ziel zu erreichen, erkannte ich an seinem überheblichen Grinsen.

»Ja, studiere ich«, log Willow, woraufhin ich den Kopf schüttelte.

Mayers' Grinsen wurde breiter. »Ah, ich verstehe. Im ersten Semester beginnt ihr mit der *Eristischen Dialektik*. Du warst doch bestimmt früher an der High School in einem Debattierclub, weil du sonst …«

»Klar war ich dort.«

O Willow. Sie war so aufgeregt, dass sie ihn nicht aussprechen ließ. *Und dann schwindelst du auch noch, um ihn zu beeindrucken? Er ist ein Idiot, der nur sich toll findet.*

»Ja, wenn du dort warst, wirst du keine Probleme mit Disputen oder Diskussionen haben, nicht wahr?«, meinte Mayers und wartete geduldig.

Nach einem kurzen Schweigen sagte Willow: »Nein, wieso sollte ich?«

»Also kennst du die 38 Kunstgriffe, die Tricks, wie man gut argumentiert?«

Ich schluckte schwer, denn die gespannten Mienen der anderen Studenten verrieten, worauf das Gespräch hinauslief.

Das Arschloch wollte meine Schwester flachlegen.

Sie war noch zu jung, um Typen wie ihn zu durchschauen.

Im Moment war sie stolz darauf, dass er so tat, als ob er sich für sie interessierte. Ich sah es an ihren leuchtenden Augen, als sie antwortete: »Ich habe von ihnen gehört.«

Mayers räusperte sich. »Wenn du willst, helfe ich dir, diese

Kunstgriffe zu erlernen.«

»Das würdest du tun?« Willow klimperte mit den Wimpern.

Das reichte. Ich stieß ein hartes Lachen hervor. Höchste Zeit, dazwischenzugehen, um diese Peinlichkeit zu beenden.

»Abby?« Willow starrte mich mit großen Augen an, als ich neben ihr unerwartet auftauchte, sie beiseiteschob und mich dem Angeber zuwandte.

»Sag mal, Mayers, hast du echt gedacht, du kannst die Erstsemester mit diesem bescheuerten Philosophiegequatsche nerven? Es gibt wohl keine Frau in deinem Alter, der du zeigen kannst, was für ein genialer Typ du bist?«

Meine Augen wanderten zu Mayers' Händen und mir fiel auf, dass er sie zu Fäusten geballt hatte, als wäre er ziemlich wütend auf mich. Ich grinste innerlich, dass ich ihn gerade auf die Palme brachte.

»Thompson, hau ab, ich will mich nicht mit dir, sondern mit der netten Studentin unterhalten!« Er zwinkerte Willow zu.

»Wieso, hast du ein Problem mit mir?« Ich lachte. Um mich herum hörte ich, wie einige scharf die Luft einzogen und ein paar Schritte zurücktraten.

»Nein, wieso sollte ich mit einer Putzkraft ein Problem haben?« Mayers verschränkte die Arme vor der Brust und sah mich herausfordernd an.

»Weil du mit Frauen nicht reden kannst, die dir vom Wissen und der Rhetorik her überlegen sind?«

»Okay, Thompson, du bist auf Streit aus, widme dich mal lieber deinem Putzkram!«, erwiderte er abwinkend, ohne mich anzusehen.

Dass Mayers dachte, mich mit seinen Worten treffen zu können, ließ mich nur mitleidig meine Mundwinkel nach unten ziehen.

»Nein«, erklärte ich schulterzuckend. »Ich habe keine Lust

auf Streit, aber ich weiß, dass du gleich ein paar Weisheiten von Schopenhauer zum Besten geben wirst. Du beschreibst dann den Disput *per fas et nefas*.« Ich kratzte mich demonstrativ am Kinn. »Was heißt das noch mal? Sorry, ich bin ein Dummerchen, aber die scharfen Putzmittel haben ein bisschen mein Gedächtnis weggeätzt.« Ich zog die Unterlippe vor. »Ach, hilf mir doch bitte.«

»Äh ...«, war alles, was Mayers als Antwort herausbrachte.

Dass sein Kopf rauchte, sah ich ihm an. Deshalb gab ich ihm keine Chance, die richtige Antwort zu finden, sondern zog ihn weiter auf: »Na, komm schon ...« Ich hielt inne, dann tippte ich mir an die Stirn. »Ah, jetzt fällt's mir wieder ein. Die Anwendung von erlaubten und unerlaubten Mitteln bei einem Streitgespräch.«

Mayers verzog spöttisch den Mund. »Ja, du bist echt schlau, Thompson. Ich bin beeindruckt.«

»Bin ich nicht«, wandte ich ein. »Ich habe lediglich wie du Schopenhauers Werk *The Art of Being Right* gelesen, kann man sich bei uns in der Bibliothek ausleihen. Dort, wo du dir auch Quintilianus' *Institutes of Oratory* reingezogen hast.«

Mayers machte eine Pause, um mich nun unterhalb der Gürtellinie zu attackieren.

Er holte tief Luft, bevor er loslegte.

»Hm, stimmt, es gibt gute Bücher in der Bibliothek. Es ist sinnvoll, sich damit zu befassen, wenn man wie ich nach dem Studium in die Politik geht, Karriere macht. Und wie ist es bei dir?« Er lachte hässlich. »Du wirst dagegen für ein paar lumpige Dollar die vollgeschissenen Klos putzen und das Essen an meine Kinder austeilen, die in 25 Jahren an der Michigan studieren werden.«

Kurz schloss ich die Augen, um mich zu sammeln.

Ja, er hatte es geschafft, mir mit seinen Worten weh zu tun.

Doch wenn er dachte, mir damit die Tränen in die Augen zu treiben, irrte er sich. Ich zählte innerlich bis drei, bevor ich antwortete.

»Vermutlich werde ich das, weil ich keinen reichen Daddy habe, der mir die Kohle in den Arsch schiebt, mir eine Karriere bei seinen Politikerfreunden besorgt und der Politik für Lobbyisten macht, die ihn wie eine Marionette tanzen lassen. Mach mal ruhig auf *New Rhetoric*. Doch ich verdiene mein Geld sauber, egal wie verdreckt die Klos sind.«

Ich presste die Lippen zusammen, stieß ihm hart den Finger in die Brust.

Mayers zuckte zusammen und wich zurück, jedoch war ich mit ihm noch nicht fertig. »Und wenn du wissen willst, wie sauber mein Job ist, kann ich es dir gern beweisen.«

Ich ging zum Reinigungswagen, um den Wischlappen aus dem Eimer mit dem Schmutzwasser zu holen. Aus dem Augenwinkel bekam ich mit, wie mich Mayers anstarrte, ohne sich vom Fleck zu bewegen. Ein lautes Gemurmel hörte ich von den Studenten, die um Mayers standen.

»Abby«, rief meine Schwester entsetzt.

Nichts und niemand schien mich ernsthaft aufhalten zu wollen.

Entschlossen griff ich nach dem Lappen, krallte meine Finger um den nassen Baumwollstoff und zog ihn heraus. Das Wasser tropfte an meiner Hand herunter.

Plötzlich bemerkte ich, wie sich jemand zu mir beugte und meinen Unterarm festhielt. Den holzigen, maskulinen Duft erkannte ich sofort. Die Berührung ließ mich erschaudern.

»Abby, es reicht!«

Perplex sah ich in Dylans Augen. Der Lappen platschte ins Wasser zurück. Ich hatte vorgehabt, Mayers das Teil ins Gesicht zu schleudern, und Dylan hatte mich aufgehalten.

Verärgert runzelte ich die Stirn. »Jenkins, was willst du denn?«, zischte ich ihm zu.

»Dich vor einer Dummheit bewahren.«

Ach, ja? Der Typ hat Nerven.

»Der Letzte, von dem ich Hilfe bei meinen Entscheidungen benötige, bist ja wohl du.«

Genervt schüttelte ich den Arm, damit er seine Finger von mir nahm. Es machte mich nervös, dass ich auf einmal diese Spannung im Bauch verspürte und mein Herz hinter meinen Rippen schneller schlug. »Hast du keinen Kurs?«, brummte ich.

»Habe ich.« Dylan hielt mich weiter fest. Traute er mir nicht, dachte er, ich würde meine geplante Wischlappenattacke doch noch in die Tat umsetzen?

»Wäre nett, wenn du mich loslassen würdest.« Ich warf ihm einen finsteren Blick zu.

Dylan blieb unbeeindruckt, seine Mundwinkel zuckten. »Klar, bin doch immer nett.«

Er löste seine Finger von meinem Unterarm, trat einen Schritt zurück und ich griff nach der Küchenkrepprolle vom Wagen, riss mir ein Stück ab, um meine Hand abzutrocknen.

»Dylan«, rief Raoul.

Wir wandten uns ihm zu. Er stand mit Willow zusammen, die anderen Studenten waren in die Räume gegangen. Die Kurse hatten längst begonnen. Ich war durch Dylans Nähe dermaßen abgelenkt gewesen, dass ich es nicht mitbekommen hatte. Seine Präsenz, die coolen Tattoos auf seinen muskulösen Armen, hatten die gleiche Wirkung wie früher, gestand ich mir ein, obwohl es mich ärgerte. Denn Dylan sollte mich nicht mehr beeindrucken. Ich wollte das Ziehen im Unterleib nie wieder spüren, wenn er in meiner Nähe war.

»Kommst du? Der Professor hat mit dem Seminar begonnen«, mahnte Raoul und deutete mit dem Daumen über die Schulter in Richtung des Seminarraums, den ich noch putzen musste.

»Shit, klar.« Dylan fuhr sich durchs Haar, dabei musterte er mich einen Moment schweigend. Er öffnete den Mund, als ob er etwas sagen wollte, holte Luft, schloss ihn aber wieder.

»Was?«, hakte ich nach.

Dylan schüttelte den Kopf. »Nichts.« Seine braunen Augen bohrten sich in mein Gesicht. Er räusperte sich »Man sieht sich«, sagte er schließlich.

»Ja«, antwortete ich. *Schneller als du denkst.*

Nach einem knappen Nicken drehte er sich um und ging zu Raoul, der vor Professor Williams' Seminarraum wartete.

Dylan klopfte kurz gegen die Tür und drückte die Klinke. Er sah ein letztes Mal zu mir, bevor er mit seinem Freund hineinschlüpfte.

Bis gleich. Ich winkte ihm gedanklich hinterher.

»Abby«, hörte ich Willow zaghaft rufen.

Sie stand noch immer wie angewurzelt am Schaukasten und knetete den Schultergurt ihrer Umhängetasche. »Es tut mir leid, was der Typ gesagt hat.«

»Was hast du für ein Fach?«, fragte ich, ohne auf ihre Worte einzugehen.

»Einführung in Geschichte, ein Seminar bei einem Professor Perez.«

»Dann beeile dich, du kommst schon …« – ich warf einen Blick auf meine Armbanduhr – »zehn Minuten zu spät.«

»Oh, dann sollte ich los.«

»Auf alle Fälle … Und, Willow!«

»Ja, Abby?«

Meine Schwester hatte sich schon auf den Weg gemacht, verharrte auf der Stelle und schaute über die Schulter.

»In solch einem kurzen Rock will ich dich an der Michigan

nie wieder sehen«, sagte ich mit strenger Miene und ergänzte: »Außerdem werden wir heute Abend einmal ganz genau deine Prioritäten abklären. Du bist zum Studieren hier, nicht zum Flirten, haben wir uns verstanden?«

»Hmmm«, kam es kleinlaut aus ihrem Mund.

»Dann geh. Und halte dich von arroganten Typen wie Mayers und von Footballspielern wie Raoul Garcia fern!«

»Wer ist Raoul Garcia? Der Typ, mit dem ich gewartet habe?«

»Genau.« Ich lächelte milder gestimmt. »Den Kerl meine ich.«

»Er wirkte aber ganz sympathisch«, zog mich Willow auf, und bevor ich meinen Finger warnend heben konnte, kicherte sie und eilte zu ihrem Seminarraum.

Ach Willow, dachte ich. Kopfschüttelnd sah ich ihr hinterher. Meine Schwester hatte keine Ahnung, wie die Männer hier tickten.

Wir kamen aus der kleinen Stadt Reading, ungefähr sechzig Meilen von Ann Arbor entfernt. Dort war die Anzahl der Männer übersichtlich und sie hüpften nicht von Blüte zu Blüte, so wie die Kerle hier, die von jeder Blume naschten, die sie kriegen konnten.

Als ich an die Michigan gekommen war, hatte ich natürlich auch die Vorteile genutzt, unverbindlich mit Männern auszugehen, meinen Spaß zu haben. Als Cheerleaderin hatte ich eine Menge Auswahl. Und ich hatte es genossen, umgarnt zu werden.

Bis ich auf Dylan getroffen war. Von ihm hatte ich mir mehr gewünscht. Ich hatte seinen Ruf gekannt, um meinen war es damals auch nicht besser bestellt.

Aber ich hatte mich in Dylan verliebt und wäre mit ihm gern zusammengekommen, so richtig wie andere Pärchen, mit verschränkten Fingern über den Campus gehen, Kinobesuche, Spieleabende, miteinander reden können, über Gefühle, Sorgen und so, halt was einen so alles bewegte.

Ich dachte an Ashley White und Lucas Hanson.

Noch heute beobachtete ich die beiden.

Lucas war keiner dieser typischen Footballspieler, die eine Studentin nach der nächsten flachlegten. Er hatte sich zu Ashley bekannt, zeigte öffentlich, wie sehr er seine Freundin liebte. Er, der attraktive, große und muskulöse Quarterback. Dunkelbraune Haare und braune Augen.

Ashley entsprach nicht dem gängigen Schönheitsideal. Sie hatte etwas zu breite Hüften, widerspenstige rote Locken und ihre helle Haut war von unzähligen Sommersprossen übersät.

Himmel, wie ich Lucas und Ashley um ihr Glück beneidete, obwohl ich es ihnen aus vollem Herzen gönnte.

Dylan tickte anders als sein bester Freund, leider.

Ich lächelte wehmütig, als ich mich an unsere einzige gemeinsame Nacht erinnerte. Auf einer Verbindungsparty waren wir uns endlich nähergekommen. Vorher lief nicht viel zwischen uns. Nach der Party hatten wir miteinander geschlafen. In meinen Augen war das nicht bloß wilder Sex gewesen. Wir hatten Liebe gemacht, zumindest hatte ich das so empfunden.

O Mann, wie schön das mit uns gewesen war. Er hatte mir heiße Worte ins Ohr geflüstert. Wir hatten uns gestreichelt, geküsst … Ich hatte geglaubt, da wäre mehr zwischen uns.

Bis zum nächsten Morgen, als er sich verdrückt hatte. Heimlich, während ich noch geschlafen hatte.

Ich seufzte achselzuckend. *So what?*

»Ist jetzt eh egal«, murmelte ich und schob den Reinigungswagen zum Seminarraum.

Grinsend stellte ich mir das genervte Gesicht von Professor

Williams vor.

Der Dozent würde zwar sauer sein, dass ich dort mit dem Reinigungszeug gleich herumhopste, aber meine Arbeit wollte ich schnellstmöglich erledigen, um dann wenigstens ein paar Minuten Zeit für mich zu haben und meinen wohlverdienten Caffè Latte in der Cafeteria zu trinken. Zeitlich hing ich mit dem Arbeitspensum aufgrund der Auseinandersetzung mit Mayers mindestens eine Viertelstunde hinterher.

4. Kapitel – Abby

»Entschuldigung, Professor Williams.« Ich versuchte, so zerknirscht wie möglich zu klingen, und kämpfte mit meinen Mundwinkeln, dass sie nicht nach oben schnellten.

Williams stand an der Tafel, riss seine Brille von der Nase und starrte mich ungläubig an.

Ich krallte die Finger um den Griff, als ich den Reinigungswagen in den Seminarraum schob und hinter mir die Tür schloss. Ich spürte Williams' Blick im Rücken, als ich mich mit dem holpernden Gefährt nach hinten begab.

Ich kam an Dylan vorbei. Er saß auf der Wandseite und teilte sich mit Raoul eine Bank. Er schaute zu mir hoch und schmunzelte, sagte aber kein Wort.

»Miss Thompson, was wird das hier?« Ich erkannte an Williams' Stimme, dass er sich bemühte, in ruhigem Ton zu sprechen.

Seufzend nahm ich den Staubwedel in die Hand. »Tut mir wirklich leid, aber wenn ich bis zur Pause warte, werde ich unpünktlich in der Küche sein.« Unschuldig blinzelte ich den Professor an und deutete mit dem Staubwedel zur Bücherwand, die nach den Ferien völlig eingestaubt war.

Der Professor zog die Augenbrauen hoch. Mit Daumen und Zeigefinger kniff er sich in den Nasenrücken und schaute mich prüfend an, bevor er schließlich sagte: »In Ordnung, aber beeilen Sie sich. Und, Miss Thompson …« Williams hielt inne, schob langsam die Brille auf die Nase. »Sehen Sie das als eine Ausnahme an, es ist kein Freibrief für die Zukunft.«

»Bestimmt nicht, Professor Williams«, versicherte ich und lächelte, bevor ich mich meiner Arbeit widmete. Die Ohren behielt ich trotzdem gespitzt, weil ich an der Tafel das Seminarthema gelesen hatte. Es wurde *Die Liebe in der Antike* behandelt. Ein Thema, das reichlich Zündstoff bot. Zu gern hätte ich mich an der Diskussion beteiligt. Aber ich wusste, dass ich das nicht durfte, weswegen auch der Professor mich ungern im Raum ließ. Er kannte mein unkontrollierbares Mundwerk.

»Wo waren wir stehengeblieben?«, erkundigte sich Williams.

»Wie schön die Liebe in der Antike beschrieben wurde«, meldete sich eine Studentin.

»Platon hatte dazu Theorien aufgestellt«, kam es von einem Dunkelhaarigen, der eifrig nickte.

»Interessant. Was verstand Platon unter dem Begriff Liebe? Das wollen wir entschlüsseln«, erklärte Williams und sah sich fragend im Raum um. Er machte eine ausschweifende Geste mit der Hand. »Möchte niemand etwas dazu sagen?«

Ich wandte mich von der Bücherwand ab, schob den Staubwedel in den Wagen zurück und holte tief Luft. Ich konnte direkt sehen, wie die Gesichtszüge des Professors entgleisten, er ablehnend mit der Hand fuchtelte, aber mein innerer Drang, mich zu beteiligen, war stärker.

Als ich ansetzte, stöhnte der Professor und machte ein gequältes Gesicht.

»Platon sah die Liebe als reinen intellektuellen Akt an. Menschen sollten enthaltsam sein, freundschaftlich miteinander umgehen. Jedoch aus heutiger Sicht …«

»Miss Thompson, danke für Ihren Beitrag. Beenden Sie Ihre Arbeit und gehen Sie.«

»Ich bin noch nicht fertig, denn ich finde, wir sollten Liebe als mehr sehen.«

»Ach ja?«, seufzte Williams ergeben.

»Natürlich, sie ist Begehren, Sex, das Körperliche.«

»Klar, musst du ja wissen«, mischte sich Logan Mayers ein. »Ich nehme mal an, die Kerle stehen bei dir Schlange, für das

… Wie sagtest du so schön?« Er hob die Hände und zeichnete Gänsefüßchen in die Luft: »Körperliche.«

Williams schnaufte genervt von Mayers' Worten. »Okay, okay, wir weichen vom Thema ab. Das wird sonst noch eine zu hitzige …«

Weiter kam der Professor nicht. Meine Antwort lag mir schon auf den Lippen: »Ja, sie stehen Schlange, du Idiot. Und jeder weiß, du würdest dich da gern einreihen.«

Ich verzog angewidert den Mund, spürte die Hitze auf meinen Wangen. Herausfordernd funkelte ich Mayers an. *Du Arschloch bist doch nur neidisch, dass ich dich nie an mich rangelassen habe.*

Früher hatte der Mistkerl mir nachgestellt, aber ich hatte ihn abblitzen lassen. Er war überheblich, prahlte vor seinen Freunden über seine vielen Eroberungen. Ich hatte keinen Bock, mich auf Mayers' imaginäre Sexliste setzen zu lassen.

»Ist doch Bullshit, was du erzählst«, warf Mayers ein. Sein Gesicht war rot vor Wut. »Gib endlich zu, Thompson, du bist untervögelt. Wen wundert's, wer will mit dir schon Sex haben? Ich absolut nicht. Und überhaupt, wann hattest du das letzte Mal einen Kerl in deinem Bett, das muss viele Monate her sein, oder?«

Geschockt starrte ich Mayers an. Mein Herz zog sich zusammen.

In den Reihen wurde gekichert und geflüstert. Außer Dylan, wie ich aus dem Augenwinkel mitbekam. Er neigte sich zu Raoul und zischte ihm etwas zu, woraufhin sein Freund die Faust vor den Mund drückte, um mit dem Grinsen aufzuhören.

Williams presste die Lippen zusammen, sein Blick schoss zu Mayers.

»Ich bin keinesfalls jemand, der seine gute Kinderstube vergisst«, schaltete er sich ein. »Jedoch finde ich, Mr. Mayers, dass Sie ein ungehobelter Möchtegernmacho sind.« Williams erhob seine Stimme: »Also schweigen Sie endlich, und auch die anderen … Hören Sie auf, so albern zu lachen!«

Mit ernster Miene ließ der Professor seinen Blick durch den Raum schweifen, bis Ruhe eintrat. »Können wir jetzt endlich zum heutigen Thema zurückkehren?«

Alle nickten.

»Schön. Sprechen wir über Sokrates. Er verspürte Liebe, er glühte für sie. Erinnern Sie sich an Alkibiades, mit dem er leidenschaftliche Gespräche führte?«

»Na klar, Sie kommen uns mit Alkibiades«, rutschte es ungebremst aus meinem Mund. »Bist du reich, bist du der Supertyp und denkst, du kannst mit jedem umspringen, wie du willst, ihn beleidigen oder ausschließen, stimmt's, Mayers?«

»Miss Thompson!«, fuhr mich der Professor an.

Ich kaute auf der Unterlippe, weil ich wusste, dass ich ein zweites Mal gegen Williams' Regel verstoßen hatte.

Es war wie ein innerer Zwang. Ich schaffte es nicht, mich aus Diskussionen herauszuhalten. Es bewahrheitete sich leider wieder. Ich musste überall meinen Senf dazu geben. Weil es mir nun mal so verdammt schwerfiel, zu akzeptieren, dass ich keine Studentin mehr war. Ich hatte das Leben, das Studium an der Michigan geliebt und ich vermisste es so sehr.

Doch nun hatte ich den Bogen überspannt. Der Professor nahm knurrend die Brille wieder ab und rieb sich die Augen.

»Sie können Ihren verdammten Mund nicht halten, oder, Miss Thompson?«

»Professor Williams, vielleicht sollten Sie die Reinigungskraft in der Pause putzen lassen. Sie stört mit ihrem Gequatsche doch nur das Seminar«, durchschnitt Mayers' Stimme das eingetretene Schweigen.

William wandte sich von mir ab und Mayers zu. »Wenn Sie irgendwann den Besenstiel von Miss Thompson übergezogen bekommen, werde ich der Erste sein, der Beifall klatscht, Mr. Mayers.«

Ein heftiges Ausatmen war aus den Reihen zu hören. So hatte der Professor noch nie einen Studenten angefahren.

Hastig nahm ich meinen Staubwedel in die Hand, um mich selbst in keine neue Peinlichkeit zu manövrieren, und wich dem Blick des Professors aus. Das schien Williams egal zu sein, mit mir hatte er auch noch seinen Unmut zu klären.

»Und Sie, Miss Thompson, ich wäre Ihnen sehr verbunden, wenn Sie hier endlich fertig werden. Ich weiß, dass es für Sie schwierig ist, sich aus der Diskussion herauszuhalten, aber Sie sind keine Studentin mehr bei uns, auch wenn ich es zutiefst bedauere.«

»Warum darf Miss Thompson nicht mit uns diskutieren?«, mischte sich plötzlich Dylan ein.

»Mr. Jenkins, das gibt es doch nicht!« Verärgert warf der Professor die Arme in die Luft. »Fangen Sie jetzt auch noch mit einer Grundsatzdiskussion an? Lernen Sie und Mr. Garcia erst einmal, pünktlich in meinem Seminar zu erscheinen. Seien Sie froh, dass ich Sie beide nicht wieder rausgeschmissen habe.«

Dass Dylan das Wort für mich ergriffen hatte, passte mir absolut nicht. Ich brauchte keine Hilfe von ihm, und das wollte ich ihm klarmachen. »Mann, Jenkins, was hängst du dich da rein?«, fuhr ich ihn an.

»Weil ich finde, du hast …«

»So, jetzt reicht es mir!«, brüllte Williams. Mit langen Schritten ging er zur Tür und riss sie auf. »Miss Thompson, Mr. Jenkins …« Seine Hand fegte Richtung Flur. »Raus!«

Ohne irgendjemanden anzusehen, schnappte ich mir den

Reinigungswagen und stürmte hinaus.

Die Tür knallte zu und ich hörte Schritte hinter mir. »Abby, warte!«, rief Dylan.

Meine Augen brannten. *Verdammt, jetzt laufen mir tatsächlich Tränen über die Wangen*, fluchte ich innerlich, während ich mit dem Wagen zum Fahrstuhl rannte.

War das verwunderlich? Der ständige Druck in der Brust, mir nichts anmerken zu lassen, war kaum noch auszuhalten.

Ich hasse die Putzerei! Ich will wieder studieren!

Es war so furchtbar für mich, dass ich aus allem ausgeschlossen wurde, weshalb ich öfters die Kontrolle verlor. So wie es mir gerade bei Williams passiert war.

Außer Sky hatte ich niemanden, mit dem ich über meinen Schmerz reden konnte. Und Dylan war der letzte Mensch auf Erden, dem ich es wiederum erzählen wollte.

Glücklicherweise öffnete sich die Fahrstuhltür, bevor Dylan mich erreicht hatte. Tränenblind hämmerte ich auf die Knöpfe.

Als sich endlich die Tür schloss, war ich froh, dass mir die Flucht vor ihm gelungen war. Nun heulte ich hemmungslos.

5. Kapitel – Dylan

Normalerweise hatte ich keine Probleme, wenn der Coach uns hart rannahm, aber der erste Trainingstag nach den Sommerferien war immer eine Schinderei. Doch wenn ich den erst einmal hinter mir hatte, würden die nächsten Trainingseinheiten leichter werden und meine sportliche Verfassung sich schnell verbessern.

Ich wusste, dass ich schon zum ersten Saisonspiel hundertprozentig fit sein würde, wobei mein Running Back-Coach stets versuchte, meine Fitness noch um mindestens zwanzig, wenn nicht sogar dreißig Prozent hochzuschrauben. Wenn ich in die NFL wollte, musste ich besser sein als andere Spieler, weswegen ich auch nie murrte, wenn John Young länger und öfters mit mir verschiedene Drills einübte, um meine Reaktionszeit und Schnelligkeit zu optimieren.

Unsere Gruppe befand sich im letzten Trainingsviertel, noch eine Stunde durchhalten, war angesagt.

Coach Young gönnte uns eine kurze Pause, damit wir neue Kräfte sammeln konnten. Wir schnauften wie Stiere und tranken gierig unser Wasser, als ob wir eine Tageswanderung durch die Sahara unternommen hätten, ohne etwas Flüssiges zu uns genommen zu haben. Meine Kehle war staubtrocken und kratzte.

So wie es aussah, würde mein an den Hüften gewachsener Cheesecake schneller dahinschmelzen als Eis in der Sonne. Das hatte mir unser Running Back-Coach geschworen, nachdem er mir mit kritisch hochgezogener Augenbraue in die Hüfte gezwickt hatte. Wobei ich mir schon die Frage gestellt hatte, wieso mich heute jeder in die Hüfte zwicken wollte? Ray hatte es sich auf dem Weg zum Stadion auch nicht verkneifen können.

Coach Young hatte noch kopfschüttelnd gelacht und gesagt: »Deine Grandma scheint eine masochistische Ader zu besitzen, wenn sie weiß, dass du Football spielst und sie dich trotzdem wie ein Schwein für den Schlachter mästet.«

Daraufhin konnte ich nur seufzend reagieren: »Sie findet, dass ein Mann ohne Bauch kein Mann sei.«

»Soso«, hatte der Coach noch gegluckst, mir einen leichten Schlag auf die Schulter gegeben und zwinkernd versprochen, dass er dafür sorgen würde, dass ich spätestens nach einer Woche mein altes Gewicht wieder hätte und er mir jedes Gramm Fett am Bauch runterschleifen würde. Er hatte gelacht, und ich hatte verhalten gelächelt. Denn was er unter *runterschleifen* verstand, hatte ich gewusst. Und dass sein Versprechen keine dahergesagte Floskel gewesen war, daran hatte ich nicht eine Sekunde gezweifelt.

Seit ich an der Michigan war, mittlerweile drei Jahre, trainierte er mich. Und bis jetzt hatte er mich nach jedem Sommer in binnen kürzester Zeit in Topform gebracht.

»So, Jungs, hoch mit euch!«, rief Coach Young und klatschte auffordernd in die Hände.

»Hey, Fraser, willst du noch ein Bier, oder warum bekommst du deinen Arsch nicht von der Bank?«

Der Coach funkelte meinen Teamkollegen verärgert an. Wenn er die Pause beendet hatte, musste man aufspringen und im Lauftempo sofort zum Übungsplatz traben.

»Gut zuhören!«, fing er an, die Aufgabe zu erklären. »An der Startlinie begebt ihr euch in die Liegestützposition. Nach meinem Signal springt ihr auf. Die Hürde wird umlaufen, und dann will ich jeden beim Beschleunigen explodieren sehen. Okay, los geht's.«

Wie vom Coach erklärt, stellten wir uns auf und begannen, die Übung abzuarbeiten. Young variierte jeden Durchgang.

Nach dem Liegestütz starteten wir aus der Rückenlage, danach aus der Bauchlage, zuletzt aus dem Einbeinstand. Zum Schluss wiederholten wir die Übungen, dann jedoch mit dem Rücken zur Startlinie, und danach wieder alles von vorn.

Nach Ende des Trainings waren mein Körper und die Sportklamotten klitschnass. Alle Muskeln brannten, dass ich mich kaum bewegen konnte.

Young war nach dem Training gut gelaunt, weil wir besser in Form waren, als er zunächst angenommen hatte. Er wünschte allen einen schönen Abend und erinnerte uns an das morgige Zusatztraining im Kraftraum.

Ich saß auf der Bank, leerte meine Wasserflasche und nickte den Teamkollegen zu, die zu den Mannschaftskabinen gingen.

»Nachher Sam's Diner?«, fragte Raoul und ließ sich neben mich auf die Bank fallen. Er beugte sich nach vorn, fummelte an den Schnürsenkeln, um die Footballschuhe zu öffnen, und streckte die Beine aus.

»Weiß noch nicht.«

»Komm mal vorbei.« Er schnalzte mit der Zunge und grinste.

»Wieso?« Verwundert sah ich ihn an.

»Weil …« Raoul setzte eine Miene auf, als ob er nachher das größte Geheimnis der Menschheitsgeschichte lüften wollte. »… ich dir was erzählen will.«

Raoul wackelte mit den Augenbrauen und grinste noch eine Spur breiter. Er senkte das Kinn zur Brust, zupfte an seinem Sportshirt und schnüffelte mit gerümpfter Nase. »Boah, ich sollte duschen«, sagte er beim Aufstehen, schlenderte zu den Katakomben und hob den Arm. »Bis später!«

Ich sah ihm einen Augenblick hinterher, dann lehnte ich mich zurück und schloss die Augen.

O Mann, bin ich geschafft.

Keine Ahnung warum, aber während ich allein auf der Bank saß, dachte ich an Abby, wie sie mit ihrem vollbeladenen Reinigungswagen aus dem Seminarraum geflüchtet war, nachdem uns Williams rausgeschmissen hatte.

Obwohl ich mit Abby fertig war und ich mich kein zweites Mal auf sie einlassen würde, hatte sie mir leidgetan. Ich war ihr hinterhergerannt, um ihr zu sagen, dass Mayers ein Wichser wäre. Auf die Worte eines arroganten Arschlochs sollte sie keinen Cent geben. Er fühlte sich nur gut, wenn er andere mit seinen Provokationen verletzen konnte. Ich fand, dass der Kerl ein Idiot mit einem kranken Ego war.

Doch so, wie sich Abby mir gegenüber verhalten hatte, schien sie keinen Wert auf meine Meinung zu legen. Ich hob die Schultern und zog einen Mundwinkel hoch. Mehr als ein schiefes Lächeln brachte ich nicht zustande.

Na gut, dachte ich, *dann ist es halt so.*

Ich schob die Gedanken an Abby beiseite, öffnete die Augen und erhob mich von der Bank. Mit meiner Wasserflasche in der Hand begab ich mich zu den Spielerkabinen. Ich hoffte, dass das Team bereits verschwunden war, um noch etwas Zeit für mich zu haben.

Die Kabine unserer Stammmannschaft, wo meine Klamotten lagen, war leer. Ich seufzte erleichtert auf.

Nachdem ich mich ausgezogen hatte, ging ich zu den Duschen. Die Eistonne ließ ich heute aus, um nicht zu lange zu brauchen. Für Sam's Diner würde es sonst zu spät werden. Studienaufgaben standen noch an.

Ich stellte Shampoo und Duschgel auf die Ablage und drehte die Dusche auf.

Als das warme Wasser auf meine Schultern prasselte, legte ich den Kopf in den Nacken und rieb mir den klebrigen

Schweiß vom Gesicht, dann wusch ich mir die Haare und seifte meinen Körper ein.

6. Kapitel – Abby

Ich klopfte, öffnete die Tür einen Spalt und lugte vorsichtig hinein.

»Jemand da?«

Das Letzte, was ich wollte, war, mir halbnackte Männer anzusehen. Keine Antwort, nur Wasserrauschen aus dem Duschraum vernahm ich.

Flink schob ich den Reinigungswagen in die Umkleide und schloss von innen die Tür. *Der Kerl wird ja hoffentlich noch eine Weile duschen.*

Ich nahm mir vor, schnell den Boden zu fegen und zu wischen, den Abfall zu entsorgen und dann zur nächsten Mannschaftsumkleidekabine zu gehen. Die Duschräume würde ich mir erst vornehmen, wenn der Typ verschwunden war. Vermutlich war er der Nachzügler, der immer ein bisschen länger brauchte als seine Mitspieler.

Auf dem Boden lagen Klamotten. Vermutlich von dem Typen in der Dusche. »Für was gibt es eine Bank«, murmelte ich und bückte mich nach dem Sportshirt und der kurzen Hose.

Perplex starrte ich auf den feuchten Stoff in meiner Hand und drückte ihn gegen die Nase. Dylans Geruch, sein holzig duftendes Parfüm gemischt mit Waschmittel und seinem Schweiß. Ich verdrehte genussvoll die Augen und stöhnte. *Warum riecht der Kerl so gut?* Es war wie ein Zwang, dass ich nicht aufhören konnte, seinen Duft zu inhalieren. Ich brauchte kein Detektiv zu sein, um zu wissen, wer noch duschte.

Shit, mir wurde ganz warm und ich rieb meine Schenkel aneinander, um das plötzliche Kribbeln zwischen den Beinen zu unterdrücken.

Abby, reiß dich zusammen!

Gerade wollte ich den Stoff von meinem Gesicht nehmen, um das Shirt und die Hose auf die Bank neben die Sporttasche zu legen, als ich ein Schnauben vernahm.

Dylans Schnauben.

Mein Kopf ruckte hoch, mir klappte die Kinnlade runter, schnell schloss ich den Mund.

Entsetzt starrte ich zu dem Mann, der splitterfasernackt vor mir stand. Wassertropfen rannen von seinen Schultern auf die breite, glatte Brust. Das schwarze Haar glänzte nass, in der linken Hand hielt er zwei Plastikflaschen. Duschgel und Shampoo.

Ach du Scheiße, das ist jetzt so was von peinlich. Ich stehe hier, mit dem Stoff an meine Nase gedrückt … Wie irre muss das auf ihn wirken?

Schockiert japste ich nach Luft und überlegte krampfhaft, wohin ich meine Augen lenken sollte.

Mein Blick huschte zu seinem Gesicht.

Oh, bloß nicht. Dylans braune Augen funkelten bedrohlich.

Zu seinem Körper?

Nee, ich wirkte ja jetzt schon wie eine aufgegeilte Spannerin.

Verdammt, wo lasse ich meine Augen?

Welche Ausrede würde glaubhaft klingen, warum ich wie eine Idiotin an dem schweißgetränkten Stoff geschnüffelt hatte?

Ich schwenkte die Klamotten in der Luft. »Was benutzt du für ein Waschmittel? Das riecht gut.« Ich versuchte, unschuldig zu lächeln, aber es wirkte höchstwahrscheinlich noch schuldbewusster. Meine Lippen verkrampften sich.

O Gott, Erde tu dich auf und verschlucke mich.

Dylan stand noch immer regungslos da und schwieg.

Kann er nicht endlich mal den Mund aufmachen?

Die Situation irgendwie entspannen?

Mann, Dylan, sag doch mal was!

Er musste doch wissen, dass sein sonnengebräunter Körper, mit den definierten Muskeln, den Maori-Tattoos auf Brust und Armen, dem perfekt geformten, langen Penis eine Sünde waren. *O verdammt, sein Penis* … Ich seufzte. Bei solch einem Anblick bekäme jede Frau ein nasses Höschen. Schnell riss ich die freie Hand vor die Augen, um nicht länger wie gebannt auf sein bestes Stück zu starren. Und ja, mein Slip war schon feucht.

Mit der Hand vor den Augen vor Dylan zu stehen, kam mir aber auch irgendwie bescheuert vor, weswegen ich sie wieder herunternahm. Doch schon verselbständigte sich erneut mein Blick, rutschte immer wieder zu Dylans Körpermitte und mir lief die Spucke im Mund zusammen. Ich schluckte angestrengt und erkämpfte mir eine grimmige Miene.

Meine Güte, warum schlang er sich kein Handtuch um die Hüften?

Wo ist überhaupt sein Handtuch?

Hat er es in der Dusche vergessen?

Ich blinzelte. Wie sollte ich bei dem Kerl einen lockeren Satz hinbekommen?

Hey, lieber Gott da oben, hilf mir, flüstere mir irgendwas Sinnvolles ins Ohr, was ich jetzt sagen könnte!, schickte ich ein Stoßgebet gen Himmel, dabei war ich Atheistin.

Ich schniefte und deutete mit einem Handschlenker zu Dylans Körpermitte. »Könntest du bitte deinen Pe … Äh … Dein Ding …«

Boah, Abby!

Tief Luft holend, setzte ich neu an: »Würdest du dich bitte mit einem Ha … Handtuch bedecken?«, stammelte ich, ohne noch einmal seinen Penis anzusprechen.

Vielen Dank, Gott! Ich biss knurrend die Zähne zusammen.

Wusste ich's doch, dass da oben auf einer Wolke kein heiliger Typ herumhing und mir irgendetwas Sinnvolles zuflüsterte.

Von meinem unsicheren Gestammel genervt, legte ich die Klamotten auf die Bank und pustete mir eine Haarsträhne aus dem Gesicht.

Ich bemühte mich, ruhig zu atmen, was bei einem heißen Kerl wie Dylan schwer genug war.

Langsam bekam ich mich in den Griff und schaffte es, ihm in die Augen zu sehen, ohne dass mein Blick sich wieder zu seinem Penis verirrte.

Dylans Mundwinkel zuckten. Es war nicht zu übersehen, dass er ein Lachen unterdrückte. Seine Miene wirkte nun belustigt statt finster.

»Ich würde das schon gern tun, Abby, aber dafür müsstest du mich an meine Sporttasche lassen«, antwortete er.

Ihm schien es keineswegs peinlich zu sein, dass er nackt vor mir stand. Er wusste ja, dass er eine Augenweide war. Und mit Nacktsein hatte er damals auch keine Probleme gehabt, als wir … Meine Gedanken schweiften ab.

Ich räusperte mich, um schnellstmöglich wieder im Hier und Jetzt zu sein.

»Sorry, ja klar.« Mit dem Daumen zeigte ich über die Schulter Richtung Tür. »Ich warte draußen, bis du deinen Pe …« Ich stöhnte und verdrehte die Augen. »Bis du dich angezogen hast.«

Keine fünf Minuten später kam Dylan mit noch feuchten Haaren, die Sporttasche über die Schulter geworfen, aus der Umkleide und trat grinsend auf mich zu.

»Kann ich jetzt rein?«, fragte ich unnötigerweise. Meine Stimme klang eher wie ein Krächzen. Ich bekam das Bild vom triefend nassen, nackten Dylan einfach nicht aus dem Kopf.

»Moment, gleich kannst du, ich habe da noch was für dich.«

Dylan ließ die Tasche neben sich auf den Boden plumpsen, ging in die Hocke und zog den Reißverschluss auf. Er holte das Sportshirt heraus, richtete sich wieder auf und hielt es mir vor die Nase.

Was soll denn das jetzt bitte? Mein fragender Blick wanderte vom Shirt zu Dylans Gesicht.

»Ich habe ein Geschenk für dich.«

»Du hast … Du hast was?« Ich tippte mir mit dem gekrümmten Zeigefinger an die Stirn und wich zurück. Viel Platz hatte ich nicht mehr, weil hinter mir die Wand war. »Ich will kein Geschenk von dir und erst recht nicht« – ich deutete mit dem Kinn zum Shirt – »deine stinkenden Klamotten.«

Bei dem Typen sitzen wohl ein paar Schrauben locker. So ein Blödmann.

Dylan lachte und zeigte mir seine ebenmäßigen weißen Zähne. Ich stöhnte, logisch, dass er das alles hier witzig fand.

Ich verkniff es mir, ihm noch länger ins Gesicht zu schauen, stattdessen fixierte ich seinen Adamsapfel. Was genauso bekloppt war, weil ich ihm am liebsten dort sanft reinbeißen wollte. Unerlaubt huschte meine Zungenspitze über die Oberlippe, was Dylan keineswegs entging.

Sein Grinsen wurde breiter, seine Augen funkelten und er trat noch einen Schritt auf mich zu. Das Sportshirt hielt er mir weiterhin vor mein Gesicht. Ich hob die Hand, um seinen Arm runterzudrücken.

»Nimm das dämliche Shirt weg!«, knurrte ich.

Er schüttelte den Kopf, kam noch dichter an mich heran.

Ich versuchte, ihn mit einem Schubs von mir zu stoßen, aber er war stärker. Unerwartet ließ er das Sportshirt fallen, packte meine Handgelenke und drängte mich gegen die Wand.

Ich stieß dagegen, spürte den kalten Beton am Rücken und schnappte nach Luft.

Ich wollte mich wehren, doch war ich von Dylans Präsenz, seinem Duft dermaßen gefangen, dass ich ihn mit aufgerissenen Augen anstarrte.

Dylan neigte sich zu mir, sein warmer Atem streifte meine Wange.

Will er mich küssen? Mein Herz raste, dass Blut schoss heiß durch meine Adern. *Ja, küss mich*, alles in mir schrie nach seinem Kuss.

Ein Keuchen drang aus meiner Brust. *Fuck, nein. Das geht nicht. Ich muss es mir verbieten, dem Wunsch keinesfalls nachgeben.*

Fest presste ich die Lippen zusammen und wandte das Gesicht ab. »Lass mich los«, waren die einzigen Worte, die ich über die Lippen bekam.

Dylan schwieg, ich spürte seine Nasenspitze, die mein Ohr liebkoste, seine Lippen, die mein Ohrläppchen berührten. Ich riss mich zusammen, um ihm nicht zu zeigen, wie mich diese Berührungen innerlich aufwühlten. Meine Haut brannte an der Stelle, wo sein Mund sie gestriffen hatte.

Ich stöhne leise auf, mein Unterleib schmerzte vor Verlangen. Zu gern würde ich mich an ihm reiben.

»*Tide.*«

Ich stutzte. *Hä, Tide? Tide, was?*

Mit großen Augen wandte ich Dylan mein Gesicht zu, nachdem er den Kopf zurückgezogen hatte.

Warum ging er auf Abstand, er wollte mich doch küssen?

»Was meinst du mit *Tide*?«, fragte ich Dylan.

»*Tide,* so heißt das Waschmittel, womit ich meine Klamotten wasche.«

Mir klappte der Mund auf. Und während ich Dylan wie eine dämliche Kuh anstarrte, fing er an zu lachen.

Wenn nicht ich der Anlass für sein unverschämtes Lachen wäre, würde ich mich kaum satthören können, so schön klang es. Tief, klar, sexy.

Dylan bückte sich, griff nach seinem Shirt und der Sporttasche und richtete sich auf.

»Man sieht sich, Abby«, sagte er frech. Dann drehte er mir den Rücken zu und ging lachend Richtung Ausgang.

Fassungslos sah ich ihm hinterher. Krachend schlug die Tür zu, ich war allein.

»Du … Du mieses Arschloch«, schrie ich voller Wut. Mir war schlagartig bewusst geworden, dass Dylan mich verarscht hatte.

Aber warum konnte er immer wieder diese Gefühle in mir auslösen?

Beinahe hätte ich eine riesige Dummheit begangen, dabei hatte ich mir geschworen, nie mehr auf ihn hereinzufallen. Doch kaum kam er mir zu nahe, vergaß ich meine guten Vorsätze.

Ernsthaft, Abby? Hatte Mayers recht? Bist du so untervögelt, dass Dylan, der arrogante Mistkerl, nur mit den Fingern schnipsen muss und du hechelst ihm sabbernd hinterher?

»Na warte, Dylan, das bekommst du zurück! Irgendwann, das verspreche ich dir«, drohte ich mit fester Stimme, in meinem Bauch brodelte die Wut. Fluchend riss ich die Tür zu der Spielerkabine auf, um mit der Arbeit fertig zu werden.

Hätte ich mich bloß nicht dazu hinreißen lassen, diesen Auftrag zu übernehmen. Das nächste Mal müsste eine andere Kollegin einspringen, wenn jemand krank geworden war. Es war ein verdammter Fehler, meinem Boss den Gefallen zu tun.

Zukünftig würde ich keinen Fuß mehr in dieses Stadion setzen.

7. Kapitel – Dylan

Als ich Sam's Diner betrat, sah ich Lucy hinter der Bar stehen. Ich kämpfte mich zu ihr durch. Der Laden war mit Leuten vollgestopft.

»Gibst du mir bitte ein Bier?«, rief ich ihr über die Musik hinweg zu.

»Alkoholfrei, richtig?« Sie grinste.

»Haha.« Wenn ich ein Teenager wäre, würde ich ihr die Zunge rausstrecken. Innerhalb der Woche durften wir keinen Alkohol trinken. Seit einem halben Jahr gab es die bescheuerte Vorschrift unseres Chefcoachs Frank Eliot. Hintergrund des Verbots war eine Schlägerei, an der zwei Spieler des Footballteams beteiligt gewesen waren.

Lucy nickte mir lächelnd zu und schickte mir einen Luftkuss, bevor sie sich bückte, um eine Flasche aus dem Bierkasten zu holen. Wer Lucy nicht kannte, würde denken, sie flirtete mit uns Jungs. Aber dem war nicht so. Lucy war verdammt heiß, trotzdem für die Männerwelt unerreichbar. Sie stand ausschließlich auf Frauen.

»Danke, Lucy.« Ich nahm die geöffnete Flasche entgegen und klopfte mit den Fingerknöcheln auf den Tresen. Dann schob ich mich durch das Gedränge zu den zusammengestellten Tischen unseres Footballteams.

Früher war Sam's Diner zwar gut gefüllt, aber seitdem es auf dem Campus die Runde gemacht hatte, dass der Laden unser Stammlokal war, wimmelte er von Studenten, vorrangig Frauen. Zweideutige Angebote bekam ich wie die anderen Footballspieler genug.

Wenn ich wollte, könnte ich jede Nacht mit irgendeiner Frau rummachen. Was ich nach der Sache mit Abby eine Weile getan hatte. Jede Nacht eine andere.

Trotz der vielen Ficks hatte ich Abby nicht aus dem Kopf bekommen. Da es sich gezeigt hatte, dass es keine brauchbare Alternative war, hatte ich es schlussendlich gelassen.

Seitdem war ich selten mit einer Frau im Bett gewesen, die letzten vier Monaten hatte ich keine mehr gevögelt.

Wenn ich mir einen unter der Dusche oder der Bettdecke wie ein Vierzehnjähriger runterholte, dann dachte ich an Abby.

Aber mal ehrlich, gab es etwas Armseligeres, als beim Masturbieren an eine Frau zu denken, die sowieso nur mit einem gespielt hatte?

Vorhin war ich kurz davor gewesen, etwas absolut Dummes zu tun.

Abby unerwartet in der Spielerkabine anzutreffen, war ein Schock gewesen. Immerhin hatte ich nackt vor ihr gestanden, ohne etwas Geeignetes in der Hand zu haben, um mich zu bedecken. Ich war im ersten Moment stinksauer gewesen. Dass ich sie mit meinem Anblick aus dem Konzept gebracht hatte, hatte mich dann doch amüsiert. Es war nicht zu übersehen, dass ihr mein Körper gefallen hatte.

Tja, Baby, du wolltest ihn nur eine Nacht.

Denn als sie wie hypnotisiert auf meinen Schwanz gestarrt hatte, war schlagartig die Erinnerung zurückgekommen, wie sie mich damals verarscht hatte. Dabei war ich mir nach unserem Kennenlernen unsicher gewesen, ob wir es miteinander versuchen sollten. Hätte ich damals bloß nicht auf mein Herz gehört, dann wäre mir eine Menge Schmerz erspart geblieben.

Ein Fehler. Es war der dämlichste Fehler gewesen, den ich je gemacht hatte.

Später auf dem Gang war die Situation außer Kontrolle geraten. Ich hätte Abby zu gern geküsst, und ich war mir sicher, dass sie es genauso gewollt hatte. Sie hatte so gut gerochen, nach Pfirsich und Kokosmilch, dass mein Schwanz angeschwollen war und schmerzhaft gegen den Reißverschluss der Jeans gedrückt hatte.

O Mann, mir wäre beinahe herausgerutscht: »Ich will dich«, aber plötzlich war mir Abbys seltsame Frage nach dem Waschmittel eingefallen, dass ich statt diesem Geständnis einfach nur *Tide* rausgehauen hatte.

Zum Glück hatte ich so die Situation wieder unter Kontrolle bekommen.

Zukünftig brauchte ich mir keine Gedanken mehr machen, dass ich etwas Bescheuertes tun könnte. Ich war mir ziemlich sicher, dass Abby mich nach der Aktion meiden würde wie der Teufel das Weihwasser. Für mich wäre es so am besten.

»Hi«, rief ich der Runde zu. Das Team grüßte zurück. Lucas, Ray und Raoul begrüßte ich mit einer kurzen Umarmung, Ashley drückte ich einen Kuss auf die Wange. »Na, Dylan, alles gut?«, fragte sie.

»Wieso?« Ich zog den Stuhl zurück und ließ mich zwischen Ashley und Raoul auf den freien Platz fallen.

»Das Team ist schon eine Weile hier. Du bist sonst nie so spät dran«, meinte sie.

»Ja, Mann, was war los?«, mischte sich Raoul murrend ein. »Bist du unter der Dusche eingepennt?«

Achselzuckend wandte ich mich ihm zu. »Ich habe die Zeit rausgeschunden, um dein hässliches Gesicht nicht so lange sehen zu müssen.«

»Du bist ja super drauf«, warf Lucas lachend ein. »Wer hat dir denn die Laune verhagelt?«

»Niemand, alles gut«, wich ich aus und prostete dem Team zu. »Cheers.« Unsere Flaschen klirrten beim Anstoßen gegeneinander.

Ich trank einen Schluck und runzelte die Stirn. Boah, einfach ekelhaft.

Am liebsten würde ich das Zeug in die Flasche zurückspucken, stattdessen quälte ich es mir mit verkniffener Miene hinunter, als ob ich in eine Zitrone gebissen hätte.

Es müsste ein Gesetz erlassen werden, das verbieten würde, dieses komisch schmeckende Getränk Bier zu nennen.

Zukünftig bestelle ich innerhalb der Woche nur noch Cola, schwor ich mir. *Vielen Dank, Chefcoach, dass Sie uns mit ihrer bekloppten Anordnung in den Arsch gefickt haben!* Vor meinem inneren Auge erschien Eliots süffisant grinsendes Gesicht. Ich hob die Flasche und prostete ihm zu. Als ob ich mitschuldig wäre, dass die beiden Footballspieler mit der Sauferei über die Stränge geschlagen und sich auf die Prügelei eingelassen hatten. Das Geschehen hatte nicht einmal vor Sam's Diner stattgefunden und es waren keine Stammspieler gewesen, denen wir das Verbot zu verdanken hatten.

Ohne noch einen Schluck getrunken zu haben, stellte ich die Flasche ab und sah mich um.

Ich liebte unser Stammlokal mit der nussbaumfarbenen Einrichtung. Obwohl das Diner rappelvoll war, fand ich es gemütlich, die Musik war mein Geschmack. Hier hörte man vorrangig R&B.

Meine Bros und ich hatten mal darüber gesprochen, das Diner zu wechseln, weil es uns genervt hatte, dass der halbe Campus den Laden besuchte. Den Gedanken hatten wir schnell verworfen. Es gab in ganz Ann Arbor kein zweites Sam's Diner.

Außerdem liebten wir Lucy und Sam, und wir waren ihre Lieblingsgäste.

Als wir noch keine einundzwanzig Jahre alt waren, wurden wir nicht kontrolliert, sondern bekamen ohne Alterskontrolle alkoholische Getränke. Rund um die Uhr stand auf unserem Tisch ein Reservierungsschild, egal ob meine Bros und ich anwesend waren oder nicht. Einmal im Monat kamen wir sonntags nach dem Sondertraining zum Mittagessen und Lucy servierte uns zum Dessert ihren frischgebackenen Kuchen.

Auf diese netten Annehmlichkeiten wollten wir keineswegs verzichten.

Raoul nuckelte an seiner Flasche und warf mir einen fragenden Blick zu. Er war der stärkste Offensive Lineman des Footballteams und für Lucas' *Blinde Side* verantwortlich. Dementsprechend war Raoul ein muskelbepackter Riese. Seine Aufgabe nahm er derart ernst, dass er während der Spiele Lucas beschützte wie eine Löwin ihr Junges.

Wenn es um Frauen ging, war er dagegen zurückhaltend. Obwohl er mit seinen schwarzen Locken kein hässlicher Kerl war, außerdem eine gehörige Portion lateinamerikanisches Temperament besaß, benötigte er manchmal unsere Hilfe, um eine Frau klarzumachen.

»Was wolltest du mir erzählen, Raoul?«, fragte ich und studierte sein Gesicht. »Du hast nach dem Training so geheimnisvoll geklungen.«

Raoul neigte sich zu mir. »Heute früh, die kleine Blonde mit Mayers. Ich fand sie total sexy … Du erinnerst dich?«

Logisch erinnerte ich mich an die Geschichte am Schaukasten. Immerhin war ich dort auf Abby getroffen, und das unerwartete Wiedersehen hatte mich fast wie ein Faustschlag umgehauen.

»Was ist mir ihr?« Ich runzelte die Stirn. Raoul grinste wie ein Trottel.

»Du kannst mir einen riesengroßen Gefallen tun.«

»Aha.« Wenn er schon von Gefallen sprach, konnte das nichts Gutes bedeuten. »Okay, worum geht's?« Ich erwartete das Schlimmste.

»Ray und ich waren in der Dining Hall zum Mittagessen

verabredet. An der Salattheke habe ich ein Gespräch zwischen Willow und ihrer Freundin mitbekommen.«

»Willow, wer ist das?«

»Na, musst du doch wissen. Die Blonde von heute früh.«

»Ach so.« Ich nickte. »Und nun?«

»Also, pass auf. Sie geht übernächsten Samstag auf die Verbindungsparty. Mayers hat sie wohl eingeladen.«

»Unterhosen-Mayers?«

»Genau, der Idiot«, half mir Raoul mit einem schiefen Grinsen auf die Sprünge. »Komm, Dylan, lass mich nicht im Stich!«

Mit schmalen Augen sah ich meinen Bro an, trank einen Schluck von dem widerlichen Spülwasser und verdrehte die Augen. Raoul wusste, wenn ich Mayers zu sehen bekam, juckte es schlagartig in meinen Fingerknöcheln und ich würde ihm am liebsten meine Faust in die Fresse rammen. Ich ging gern auf Verbindungspartys, aber wenn sie in Mayers' Haus stattfand, mied ich sie.

»Warum fragst du nicht Ray oder Luc, ob sie mitkommen?«

»Rays alte Clique hat für den Abend Tickets für ein Footballspiel besorgt und Luc muss mit Ashley zu irgendeiner Familienfeier fahren. Die beiden kommen erst Sonntag zurück.«

»Ja, stimmt, ich erinnere mich. Luc und Ash haben an diesem Wochenende keine Zeit.«

»Bitte, Dylan, du hast dann auch was gut bei mir«, bettelte Raoul mit gefalteten Händen vor der Brust und klimperte mit seinen braunen Augen. Mann, wie alt war der Kerl, dass er sich wie ein Kind aufführte? Fehlte nur noch, dass er auf den Knien vor mir herumrutschte, damit ich nachgab.

Raoul konnte verdammt penetrant sein, wenn er sich etwas in den Kopf gesetzt hatte.

Die kleine Blonde schien er unbedingt kennenlernen zu wollen.

»Okay, okay«, stöhnte ich. »Ausnahmsweise komme ich mit, aber nur das eine Mal, weil kein anderer Zeit hat.«

»Super, Bro.« Raoul strahlte. Er drückte die Handflächen auf die Tischplatte, um von seinem Platz aufzuspringen. »Ich hole uns noch ein Bier!«

»Wehe«, stieß ich erschrocken hervor. Ich packte mit einer Hand seinen Arm, um ihn zurückzuhalten. »Wenn du das tust, kannst du allein auf diese fucking Verbindungsparty gehen!«

8. Kapitel – Abby

Nachdem ich am Sonntag vom *Whole Foods* zurückgekommen war, legte ich die eingekauften Lebensmittel in den Kühlschrank.

»Willow!«, rief ich Richtung Flur.

»Ja?« Meine Schwester kam zu mir in die Küche.

»Was soll ich uns zum Mittagessen kochen?«, erkundigte ich mich.

»Nudeln mit Ketchup«, kam es trocken zurück.

»Haha.« Ich zog verärgert die Augenbrauen zusammen. »Das ist kein Scherz, über den ich lachen kann.«

»Sorry, war doof.« Willow machte ein zerknirschtes Gesicht.

Wahrscheinlich nahm sie es mir noch immer übel, dass ich sie am Montag zur Rede gestellt hatte, warum sie neue Klamotten statt Bücher gekauft hatte, obwohl ich das Geld für uns zusammenhalten musste.

Meine Schwester war ein verwöhnter Teenager gewesen, der alles in den Hintern geblasen bekommen hatte, was man sich nur vorstellen konnte.

Als die Probleme mit unseren Finanzen herausgekommen waren, wurde Willow nicht eingeweiht. Ich wollte nicht die Erste sein, die mit der Sprache rausrückte. *Danke, Mom, dass du mich gebeten hast, Willow das ›Problem‹ beizubringen.*

Ich hatte genauso Hemmungen, ihr die Schwierigkeiten zu gestehen, und versuchte, die Fassade so gut es ging aufrechtzuhalten.

Abgesehen davon war ich stinksauer, dass Willow in Klamotten herumlief, die regelrecht Männer anflehten, sich an sie ranzumachen. Dabei war Willow zum Studieren hier, keineswegs um sich zu vergnügen. Das konnte sie machen, wenn sie das Diplom in der Tasche hatte und eigenes Geld verdiente.

Genau das hatte ich ihr am Montag beim Abendessen unmissverständlich zu verstehen gegeben, woraufhin meine Schwester einen Tobsuchtsanfall bekommen und mich eine frustrierte Zicke genannt hatte, die ihr das Leben zur Hölle machen würde, weil sie keinen Mann abbekam.

Nach Willows Ausraster hatte ich sie die nächsten Tage ignoriert. Ich wäre eine frustrierte Zicke. Wow, das war hart gewesen. Erst hatte ich das sinngemäß vom Arschloch Mayers um die Ohren gehauen bekommen, weil er mich als untervögelt bezeichnet hatte, dann hatte sich Willow die Beleidigung nicht verkneifen können.

Wann und wo sollte ich denn einen Mann kennenlernen?

Ich arbeitete von früh bis spät an der Michigan. Wer von den Studenten würde eine Beziehung mit der Reinigungskraft und Küchenhilfe wollen? Wir lebten nicht im modernen *Cinderella-Märchen*, wo der Prinz auf einem weißen Pferd in die Küche geritten kam und der Küchenhilfe einen Ring an den Finger steckte – ihr einen Schuh über den Fuß zu schieben, wäre eine zu schräge Vorstellung. Weswegen ich schlussendlich nur die Augen verdrehen konnte. Frustrierte Zicke. Willow hatte echt Nerven, mir meine Männerlosigkeit vorzuwerfen.

Am Freitagabend war Willow über ihren Schatten gesprungen und hatte sich entschuldigt. Es fiel ihr schon immer schwer, zuzugeben, wenn sie einen Fehler begangen oder sich im Ton vergriffen hatte. Unsere Eltern hatten bei Willow viel zu viel durchgehen lassen. Kein Wunder, sie war ihr kleiner blondgelockter Engel. Während Willow ohne Ende verwöhnt wurde, verlangte man von mir als große Schwester Nachsicht, Nachsicht, Nachsicht. Obgleich Willow ein Teufel sein konnte.

Trotz dessen liebte ich meine kleine Schwester und ich wusste, dass sie mich nicht minder liebte.

Sie hatte mich nach ihrer Entschuldigung eindringlich angesehen und mir versprochen, sich nicht noch einmal im Ton zu vergreifen. Nachdem wir uns heulend in die Arme gefallen waren, hatte Willow mich noch einmal gefragt, ob sie sich wirklich keinen Job suchen sollte, um mich zu entlasten.

Selbstverständlich hatte ich wieder abgelehnt.

Ich war erleichtert, dass wir uns vertragen hatten, und glücklich, dass sich die eisige Stimmung zwischen uns aufgewärmt hatte.

Im tiefsten Inneren war ich ein harmoniebedürftiger Mensch, der Streit vermied. Abgesehen davon, wenn es um Logan Mayers oder Dylan Jenkins ging. Die beiden brachten meine schlechtesten Seiten zum Vorschein.

Logan Mayers, weil er mich mit seinen Beleidigungen stets unterhalb der Gürtellinie traf.

Dylan Jenkins, weil ich in ihn total verknallt gewesen war und er mich, ohne mit der Wimper zu zucken, abserviert hatte.

Als ich an ihn dachte, spürte ich ganz plötzlich ein schmerzhaftes Stechen im Herzen. Ich vermisste ihn. Was für ein unpassendes und gleichzeitig lächerliches Gefühl. Er wollte mich nicht. Sonst hätte er mich am Montag vor der Umkleidekabine geküsst, oder? Es war die zweite Abfuhr, die ich von ihm bekommen hatte.

Du dummes Herz, hör endlich auf, ihm hinterherzutrauern!, schalt ich mich und blinzelte ein paar Mal, um die Gedanken an ihn verschwinden zu lassen.

»Was soll ich denn nun kochen?«, wiederholte ich meine Frage.

»Wie wäre es mit einem Zucchini-Käse-Auflauf?«

Willow lächelte erwartungsvoll. Sie aß das Gericht am liebsten.

»Oh.« Ich hob bedauernd die Schultern. »Zucchini habe ich nicht gekauft.«

»Ich könnte welche holen«, schlug meine Schwester vor, doch ich lehnte ab. »Nein, Willow, du erledigst deine Studienaufgaben. Ich besorge Zucchini.«

»Die Aufgaben könnte ich doch am Nachmittag beenden.« Mit unschuldiger Miene spielte Willow mit einer ihrer blonden Locken herum.

»Willow, keine Diskussion, okay?«

»Wie du meinst.« Seufzend machte meine Schwester auf dem Absatz kehrt und schlenderte aus der Küche.

Mit einem leisen Lachen schnappte ich mir meinen Rucksack. Willow musste man ständig auf die Finger schauen, dass sie sich den wichtigen Dingen widmete. Obwohl sie nun Studentin war, hatte sie noch immer die Angewohnheit, sich vor unangenehmen Aufgaben zu drücken.

Ich konnte verstehen, dass sie den Grundlagenkurs in Geschichte langweilig fand und keinen Bock auf marxistische Historiker wie Howard Zinn hatte, die sich mit der Geschichte der amerikanischen Bürgerrechts- und Friedensbewegung befassten. Es war ein Thema, das die meisten Freshmens spannend und zugleich übermäßig anstrengend fanden, weil sie viele Texte dazu lesen und ausarbeiten mussten.

»Ich bin dann mal weg«, sagte ich zu Willow, nachdem ich meinen Kopf in ihr Zimmer gesteckt hatte.

Mit den Fingern die Schreibtischkante umklammernd, holte Willow Schwung und drehte sich mit dem Drehstuhl mir zu. »Kannst du noch Eiscreme mitbringen?«

»Vanille oder Schoko?«

»Beides?«, fragte sie vorsichtig, dass ich mir ein Schmunzeln nicht verkneifen konnte. »Klar, ich kann dir auch noch Erdbeereis mitbringen.«

»Nein, die beiden Sorten reichen«, winkte Willow lachend ab und deutete auf ihre Unterlagen. »Ich werde dann mal weiter die ersten acht Kapitel zu *A Peoples's History of the United States* ausarbeiten und meine Reflexion dazu schreiben.«

»Jetzt verstehe ich, wofür du so viel Eis brauchst. Howard Zinn fordert Nervennahrung.«

»Es ist sooo ein schwerer Kurs«, jammerte Willow.

»Das denkst du schon nach einer Woche?« Kopfschüttelnd ließ ich meine Schwester allein.

»Dir ist das Lernen schon immer leichter gefallen als mir«, hörte ich sie aus ihrem Zimmer murren.

»Alles eine Frage des Trainings deiner grauen Zellen«, rief ich sarkastisch, woraufhin ihr Gezeter lauter wurde. *Himmelherrgott, das wird ja was werden, wenn die Prüfungen losgehen*, dachte ich seufzend.

Ohne länger auf Willows Gemecker einzugehen – sie sollte ihre Energie lieber auf Howard Zinns Buch richten –, schlüpfte ich in meine Turnschuhe und ließ die Wohnungstür hinter mir ins Schloss fallen.

Als ich eine Stunde später die Wohnungstür öffnete, hörte ich Geschirrgeklapper und Küchentüren zuschlagen.

»Hi, bin zurück«, rief ich auf dem Weg in die Küche. Sky stellte gerade Gläser auf den Tisch. »Ich hoffe, ich störe nicht?«

»Nein, natürlich nicht. Isst du mit?«

»Wenn ich darf?« Sky grinste mich wissend an, denn sie wusste, dass sie ein gern gesehener Gast war.

»Was hast du mit Willow gemacht? Sie meinte, dass sie mir beim Tischdecken nicht helfen könnte, weil sie so viel zu tun hätte.«

»Sie hat ein Rendezvous mit Howard Zinn.«

»Ah, ich verstehe, sie fachsimpelt mit dem Historiker«, scherzte Sky und half mir, das Eis in das Eiskühlfach zu räumen. Ich hatte mich entschlossen, doch noch ein paar Sorten mehr zu kaufen. Am Abend kam *Pretty Woman* mit Julia Roberts und Richard Gere im Fernsehen. Den romantischen Film wollte ich mir ansehen und dabei einen riesigen Berg Eiscreme löffeln.

Sky half mir, das Mittagessen vorzubereiten. Wir schnippelten die Zucchini klein, bereiteten die Soße vor und kippten alles in eine Auflaufform. Dann bestreuten wir das Essen mit Käse, bevor es in den Backofen kam.

Als wir nach der Zubereitung des Auflaufs gemeinsam am Tisch saßen, beobachtete ich Willow, wie sie auf ihrem Teller das Gemüse lustlos hin und her schob.

»Willow, was ist los?« Ich platzierte die Gabel am Rand des Tellers. »Du hast dir den Auflauf gewünscht und jetzt willst du ihn nicht mehr essen?«

»Doch«, nuschelte sie mit gesenktem Kopf.

Irgendetwas hatte sie, aber rückte nicht mit der Sprache raus. *Muss man ihr alles aus der Nase ziehen?*

»Und warum bastelst du auf deinem Teller eine Gemüsekette?«, hakte ich nach.

Während Willow tief Luft holte, hob sie das Gesicht. »Nächste Woche Samstag steigt eine Verbindungsparty«, platzte es aus ihr heraus. Mit flehenden blauen Augen sah sie mich an. Sie legte die Gabel neben den Teller. »Bitte, Abby, ich möchte dort hingehen.«

Na super.

Kaum war Willow auf der Michigan, schon hingen ihre Gedanken nicht mehr bei den Büchern, sondern bei irgendwelchen Partys.

Ich schnappte nach Luft. »Nein!«

»Wie meinst du das mit deinem Nein?«, fragte Willow kleinlaut.

»Du gehst auf keine Verbindungsparty, verstanden?«

»Ich bin volljährig, du darfst mir das nicht verbieten.«

»Du wohnst bei mir, natürlich darf ich das!«

»Jetzt sei doch bitte weniger streng. Es ist doch nur eine Party«, maulte meine Schwester und zog einen Schmollmund.

»Und aus einer Party werden zwei, aus zwei dann drei … Nein, Willow, wir fangen damit gar nicht erst an.«

»Mann, Abby, wieso gönnst du mir keinen Spaß?«, fragte mich meine Schwester mit zu hoher Stimme. »Das Leben besteht doch keineswegs nur aus Lernen. Ich muss mich auch erholen können.«

Sky räusperte sich.

Mein Blick schoss zu ihr. »Was?«

»Gönn ihr doch die Party, Abby«, mischte sich Sky ein.

»Du hältst zu ihr, statt mich zu unterstützen und ihr den unsinnigen Zeitvertreib auszureden, Skylar Cameron?« Mit ihrem vollen Namen nannte ich Sky nur, wenn ich auf sie sauer war.

»Autsch du bist verärgert«, kam es auch prompt. Ein schlechtes Gewissen hatte Sky offensichtlich nicht, denn sie grinste schulterzuckend. »Aber mal ehrlich, Abby. Willow ist jung und möchte wirklich nur ein bisschen Spaß haben. Du warst doch nicht anders.«

Ich schnaubte grimmig, weil Sky leider recht hatte. Aber Willow war anders als ich. Wenn ich ihr die Party erlaubte, würde sie nur noch ausgehen wollen und das Studium vernachlässigen. Ich hatte die Universität immer ernst genommen.

»Abby, bitte, nur ab und zu eine Party.«

»Ach, jetzt sind wir nicht mehr bei der Verbindungsparty.

Du willst gleich die nächsten Wochen verplanen?«

»Nun komm, Abby, sei nicht so spießig«, beschwerte sich Sky.

Willow klatsche bettelnd in die Hände. »Bitte, bitte, liebe Abby. Ich will doch nur mal freitags oder samstags unter die Leute kommen.« So wie Willow quiekte, fing sie gleich an zu weinen, und sie wusste, dass ich dann ein schlechtes Gewissen bekam.

»Bitte, bitte, liebe Abby, gönn deiner Schwester ein wenig Musik, Freunde und Spaß«, stimmte Sky lachend ein.

»Ha, Freunde, da kommen wir der Sache näher«, griff ich das Wort auf und schaute abwechselnd meine Schwester und Sky mit finsterem Blick an. »Muss ich was wissen?«

»Nein, nein, nein. Ich habe keinen Freund«, stritt Willow ab und hob zwei Finger zum Schwur. »Ich möchte nur ab und zu auf eine Party gehen.«

Ich fuhr mir stöhnend über die Stirn. »Ab und zu eine Party?«

»Ja«, riefen Sky und Willow aus einem Mund.

»Hmmm.« Nachdenklich rieb ich mit dem Finger unter der Nase entlang. »Ich weiß nicht …«

»Mann, Abby, wir gehen einfach auf die gleichen Partys. Du kommst dann endlich wieder unter Leute und bist in Willows Nähe.«

»Nö, ihr könnt mich doch auf gar keinen Fall kontrollieren. Abby, das ist peinlich!«, schrie Willow.

Mir entwich ein unwilliges Knurren. Schlimm genug, dass ich mich auf diesen Kompromiss einließ, weil meine beste Freundin zu Willow hielt. »Entweder kommen wir mit oder du darfst keine Partys besuchen.«

»Das ist Erpressung!«, protestierte Willow.

»Das nennt man Fürsorge«, konterte ich.

Willow gab einen lautstarken Seufzer von sich. »Okay, ich bin einverstanden.«

Ich verdrehte die Augen. »Du bist echt eine Dramaqueen. Dabei hast du mehr erreicht, als ich noch vor einigen Minuten an Zugeständnissen bereit war.«

»Also darf ich nächsten Samstag auf die Verbindungsparty gehen?«

»Ja«, knurrte ich. »Wer hat dich überhaupt eingeladen?«

»Logan Mayers.«

»Der Kerl?« Ich riss die Augen auf. »Also, wenn das so ist …«, fing ich an, meine Zusage wieder zurückzunehmen. Doch bevor ich den Satz beenden konnte, hatte Sky sich zu mir geneigt. Sie legte ihre Finger auf meine Hand, die schon auf der Tischplatte unruhig zuckte. »Du hast es ihr erlaubt«, erinnerte sie mich. »Wir sind dort, es kann nichts passieren.«

»Wenn du das sagst«, murmelte ich und griff nach der Gabel, nachdem Sky ihre Hand von meiner genommen hatte.

»Aber damit das klar ist, Willow«, sagte ich und bohrte meine Augen in ihr Gesicht. »Kein Freund während des Studiums und das Lernen steht an erster Stelle!« Ich hatte beschlossen, Willow an das Versprechen festzunageln.

»Och, für einen Freund habe ich gar keine Zeit«, meinte Willow abwinkend.

»Wenn du das sagst.« Ich nickte meiner Schwester zu, die plötzlich freudestrahlend ihren Auflauf zu verputzen begann.

Ich goss mir Wasser ein. Skeptisch führte ich das Glas an die Lippen und beobachtete meine Schwester, während ich trank. Irgendwie beschlich mich das Gefühl, dass die vorangegangene Appetitlosigkeit nur eine kleine schauspielerische Einlage gewesen war, um mir die Erlaubnis für die Verbindungspartys aus den Rippen zu leiern.

Aber wenn Willow dachte, mich irgendwann überzeugen zu

können, sich mit Männern zu treffen, da hatte sie sich geschnitten.

Niemals würde ich dazu meine Erlaubnis geben. Da könnte sie warten, bis sie schwarz würde.

Als ich so langsam realisierte, was mir nächsten Samstag bevorstand, spürte ich ein unangenehmes Magengrummeln. Ich war schon ewig auf keiner Verbindungsparty mehr gewesen. Glücklicherweise würde ich sie mit Sky besuchen.

9. Kapitel – Dylan

Es herrschte eine Atmosphäre, als ob wir im Finale des *College Football Playoff National Championship Game* spielten. Das gegnerische Stadion war bis auf den letzten Platz ausverkauft. Es war wie in einem Hexenkessel.

Da das Footballteam aus Ohio das erste Saisonspiel verloren hatte, trat es auf dem Spielfeld selbstbewusst und aggressiv auf. Die Zuschauer hatten ihren Spaß und feuerten ihre Mannschaft an. Nach erzielten Punkten sprangen die Ohio-Fans von den Sitzen auf, klatschten mit erhobenen Händen und jubelten lauthals.

Außerdem stand ein starker Rückkehrer auf dem Spielfeld: Michael Carter.

Vor zwei Jahren wurde der gegnerische Quarterback bei einem Angriff der Defence zu Boden gerissen und hatte sich dabei einen Kreuzbandriss zugezogen. Operation und Saisonaus waren die Folge gewesen.

So wie er heute kämpfte, musste er nach der langen Verletzungspause wie ein Besessener trainiert haben. Er schien in absoluter Bestform zu sein. Nach einem erzielten Touchdown bediente er kurz vor der Pause seinen Wide Receiver zum zweiten Score.

Nicht nur Ron Nolan, unser Offensive Coordinator, war angepisst, dass wir mit elf Punkten zurücklagen.

Wir spielten einfach nur beschissen.

Wie gefrustet Nolan war, erkannte ich an seiner eingefrorenen Miene. Keine Regung zeigte sein Gesicht, als er eine knappe Fehleranalyse durchführte.

Nolan war ein Coach, der sich während eines Spiels immer im Griff behielt, egal wie stark sein Blut kochte.

Erst bei der nächsten Teambesprechung würde es verbal so richtig heiß hergehen. Jeder bekam das Zittern, wenn er seine Wut herausbrüllte. Ich spürte jetzt schon meine Ohren von dem kommenden Anschiss glühen.

Nolan und Eliot erwarteten jedes Spiel Topleistung.

Das hieß, dass sich die letzten zwei Viertel keiner auch nur den winzigsten Fehler erlauben durfte, wenn wir das Spiel drehen wollten. Dafür spielte Ohio zu gut, war die Stimmung auf den Zuschauerrängen zu stark aufgepeitscht.

»Ich erwarte Disziplin und Angriffslust. Wir sind nicht auf der High School, sondern im College. Also spielt nicht wie ängstliche Hosenscheißer. Mit der Leistung heute würde keiner von euch ein Draft-Kandidat für die NFL werden.« Nolan hielt inne, seine Augen wanderten erst zu Lucas, dann zu mir und schlussendlich zu Ray. »Nicht einmal euch drei würde man in einem NFL-Club auf die Ersatzbank setzen wollen.« Seine Augen sprühten Funken, dann wandte er sich wieder an das gesamte Team: »Verdammt, Jungs, reißt euch gefälligst den Arsch auf und zeigt, wer hier das bessere Team ist!« Nach diesen eindringlichen Worten schickte er uns auf das Spielfeld zurück.

Ich ließ meinen Blick über unser Team schweifen. Die Worte waren in jedem Kopf angekommen. Ohio sollte verlieren, konnte ich in den Gesichtern lesen.

Wir sind diejenigen, die als Sieger vom Spielfeld gehen, motivierte ich mich, während ich den Footballhelm wieder aufsetzte und das Mouthguard in den Mund schob. Mit geballten Fäusten an den Seiten atmete ich bewusst ein und aus. Ich wusste, dass ich erst zum Ende der Collegezeit für den Draft berechtigt war. Doch Coach Young hatte mir gesagt, dass mein Wunschverein, die *New England Patriots*, schon jetzt an meiner Person interessiert wäre und in Verbindung mit dem NCAA stand.

Ich versuchte deshalb, dieses Semester den Universitätsabschluss zu schaffen, um dann für die NFL spielberechtigt zu sein. Meine Chancen standen gut, das Trainerteam und die Michigan würden mich freigeben, wie mir der Coach noch verraten hatte.

Bald hatten wir uns an den Gegner herangekämpft. Zum Ende des vierten Viertels gingen wir in Führung. Wir spielten souverän, machten keine Fehler.

Noch wenige Spielminuten. Nolan gab über Funk den letzten Spielzug durch. Wir hatten uns um Lucas versammelt und er gab ihn an uns weiter. Dann positionierten wir uns an der *Line of Scrimmage*, die imaginäre Linie, von der aus der Angriff starten würde.

Der Schweiß lief mir über das Gesicht, ich keuchte nach Luft und jeder Muskel brannte. Trotz der Schmerzen befahl ich mir, gleich wie vom Teufel verfolgt zu laufen, obwohl ich völlig erschöpft war und mir die Magensäure die Speiseröhre hochstieg.

Meine Fresse, ist mir speiübel. Keine Ahnung wie viel ich heute gesprintet war.

Nach dem Snap bekam Lucas den Ball vom Center. Ich hatte mich leicht versetzt neben ihm positioniert. Ich übernahm den Ball und sprintete über 32 Yards.

Nach dem Field Goal aus 25 Yards Entfernung gewannen wir das Spiel 23:19.

Während unser Team jubelte, stand ich nach vorn gebeugt neben dem Spielfeld und kotzte mir die Seele aus dem Leib.

Lucas wollte seinen Arm unter meine Schulter schieben, um mich zu stützen, aber das lehnte ich ab. Ich war keine Pussy, die Hilfe benötigte, um in die Mannschaftsumkleide zu gelangen. Mir war schlecht, aber ich war nicht fußkrank. Einige Prellungen hatte ich davongetragen.

Ich drückte meine Hand gegen die linke Hüfte. Während des Spiels hatte ich von irgendeinem Spieler der gegnerischen Defence den Ellenbogen in die Seite gerammt bekommen. Ich hatte keinen blassen Schimmer von wem. *Echt Wahnsinn, wie gallig die Typen heute gewesen sind. Wie bissige Pitbulls.*

Frisch geduscht, die ersten Blessuren verarztet, verließ unser Team das Stadion und begab sich zum Parkplatz.

Als wir uns im Mannschaftsbus durch den engen Gang zu unseren Plätzen quetschten, kamen wir an Nolan vorbei. Seine Mundwinkel zuckten zufrieden nach oben, ohne dass er ein Wort zum Sieg verlor. Er tat zu gern auf Arschloch, dabei war ihm nach jedem Sieg die Freude anzusehen.

Ray, Lucas, Raoul und ich grinsten uns an, während wir uns auf unsere Plätze in der letzten Reihe fallen ließen. Der Coach bemühte sich, seine Freude über den Sieg vor uns geheim zu halten. Aber er hatte uns zurecht zusammengestaucht. Ab und zu brauchten wir einen Tritt in den Arsch, um unser Können auf dem Feld zu beweisen, wie auch heute der Sieg bewiesen hatte.

Raoul saß neben mir. Ich hatte meinen Kopf an das Fenster gelehnt, um auf der Rücktour zu schlafen. Aus dem Augenwinkel nahm ich wahr, wie er eine Packung Müsliriegel hervorkramte und sie öffnete. Mit besorgtem Blick reichte er mir einen Riegel. Ich sah wohl noch immer etwas blass aus. »Iss mal«, bat er mich.

Ich winkte ab. »Nee, ich brauche nur ein bisschen Ruhe, alles okay.« Nach Essen stand mir wahrhaftig nicht der Sinn, mein Magen fühlte sich etwas flau an. Aber das Gefühl würde nach anderthalb Stunden Schlaf wieder weggehen, war ich mir sicher.

»Du wirst mich auf die Party begleiten, oder, Dylan?« Raouls Ton klang unsicher, weil er vermutlich dachte, ich würde einen Rückzieher machen, dabei hatte ich das keinesfalls vor. Ich wusste, wie wichtig ihm die Party war.

»Hey, ich habe es dir versprochen, natürlich komme ich mit.«

»Okay.« Er lächelte schulterzuckend, riss mit den Zähnen das Papier vom Müsliriegel auf und biss hinein »Ich wollte mich nur vergewissern«, sagte er beim Kauen. Er grinste zufrieden. Essen war schon immer seine Lieblingsbeschäftigung. »Willow ist unglaublich heiß«, meinte er. Plötzlich schielte er mich von der Seite misstrauisch an. »Du lässt aber die Finger von ihr?«

Was sollte denn das jetzt? Ich nahm den Kopf vom Fenster und richtete mich auf. »Sie ist mir viel zu jung und absolut nicht mein Typ.«

»Wer ist dein Typ?« Nachdenklich zog Raoul die Augenbrauen zusammen und stopfte sich den Rest des Riegels in den Mund. »Waren es nicht immer blonde Cheerleaderinnen, abgesehen von …«

»Von wem?«, unterbrach ich ihn.

Hatte er damals mitbekommen, dass ich auf Abby stand? Ich dachte, dass das niemandem aufgefallen war.

Für einen Augenblick stockte mir der Atem, meine Schultern versteiften sich und das flaue Gefühl im Magen nahm schlagartig zu. Ich schaute zu Lucas und Ray, die mit ihren Handys beschäftigt waren, wie ich erleichtert feststellte.

Raoul wischte sich mit dem Daumen einen Krümel von der Lippe. »Na, ich meine die Rothaarige.« Er kratzte sich am Kinn. »Wie hieß sie noch mal … Valery, Vivienne … Ach egal.«

»Victoria«, brummte ich.

»Ja, stimmt, wusste ich's doch, irgendwas mit V.« Grinsend nahm Raoul die Müslipackung hoch und angelte mit zwei Fingern einen zweiten Riegel hervor. »Na, willst du nicht doch einen?« Mit fragendem Gesicht hielt er mir das Teil vor die Nase.

Ich warf ihm einen genervten Blick zu. »Herrgott, Raoul, lass mich mit dem Scheiß in Ruhe.«

»Jaja, schon gut«, lenkte er ein und riss das Papier herunter. Irgendwie war ich froh, dass er mit seinen Müsliriegeln beschäftigt war. Als er die Cheerleaderin erwähnt hatte, war mir kurzzeitig das Herz in die Hose gerutscht.

Ich hatte keine Lust darauf, wegen Abby aufgezogen zu werden, falls Raoul doch Verdacht geschöpft hätte. Da es nicht so zu sein schien, machte ich es mir auf dem Sitz wieder bequem, lehnte die Stirn an das Fenster und schloss die Augen. Ich schob meine Gedanken an Abby beiseite, um während der Busfahrt zu schlafen und mich auf diese Weise zu erholen.

Ich wollte für den Abend ausgeruht sein, um auf der Verbindungsparty den Sieg zu feiern und mir nach der erzwungenen Abstinenz innerhalb der Woche ein paar Bier zu gönnen. Dafür musste sich mein Magen erholt haben.

»Dylan?«

»Hmmm?«

Raoul neigte sich zu meinem Ohr. Er räusperte sich. »Meinst du, ich habe eine Chance bei Willow?« Wie erwartungsvoll er auf meine Antwort wartete, war nicht zu überhören.

»Mann, Raoul, woher soll ich das wissen?«, brummte ich. Er sollte mich einfach schlafen lassen, aber das schien ihm egal zu sein. Er quasselte munter weiter.

»Ob sie auf Mayers steht?«, sinnierte Raoul. »Der Typ ist beliebt bei den Frauen.«

»Er ist ein Idiot. Quatsch die Kleine an, mach ein Date aus, okay?«

»Das sagst du so.«

»Ja, das sag ich so. Verdammt, Raoul, ich will 'ne Runde pennen.« Ich öffnete die Augen, um ihm einen scharfen Blick zuzuwerfen, damit er endlich die Klappe hielt oder Lucas und Ray volllaberte.

Spielten die beiden immer noch mit ihren Handys?

Ich lugte zu ihnen herüber. Sie lachten und tippten auf ihren Displays herum.

Voll beschäftigt, na super.

Raoul stopfte sich den Rest des zweiten Riegels in den Mund. Mit schuldbewusster Miene sah er mich an.

»Sorry,«, nuschelte Raoul mit vollem Mund. »Ich bin ja schon still.«

Er rückte von mir ab, und das Geraschel ging wieder los. Riegel Nummer drei wurde ausgepackt.

Ich atmete erleichtert auf, lehnte mich erneut gegen das Fenster und schloss die Augen. Lieber hörte ich mir knirschende Geräusche aus Raouls Mund an, als seine nervigen Fragen.

Als der Fahrer endlich den Motor anließ und den Bus vom Parkplatz lenkte, merkte ich, wie die Geräusche um mich herum leiser wurden und ich in eine wohlige Finsternis driftete.

In Ann Arbor angekommen, fühlte ich mich wieder frisch, die Übelkeit war verschwunden und ich seufzte zufrieden, als der Bus vor unserem Stadion hielt. Ich schnappte mir meine Sporttasche und kletterte aus dem Bus.

Nachdem wir uns verabschiedet hatten, gingen Raoul, Lucas, Ray und ich zu meinem weißen Chevy Silverado Pick-up-Truck, um zu unserem Apartmenthaus zu fahren.

Mein Magen knurrte und ich freute mich auf eine riesige Portion Reis mit gegrilltem Hähnchen und Salat. Für die Zubereitung war Lucas zuständig. Er hatte diese Woche in unserem Zwei-Mann-Haushalt Küchendienst. Ich war für die Reinigung des Bads und für die Wäsche zuständig.

10. Kapitel – Abby

»Wann kommt ihr auf die Party?«, fragte mich Willow. Sie steckte ihr Handy und das Portemonnaie in die Clutch und sah erst mich, dann Sky an.

Meine Freundin warf einen Blick auf ihre Armbanduhr. »In etwa einer Stunde«, antwortete sie.

»Aber denk daran, worüber wir gesprochen haben«, warnte ich mit eindringlicher Miene.

»Jaja, ich soll mir meine Getränke selbst holen und mich von keinem Typen überreden lassen, mit ihm in eins der oberen Zimmer zu verschwinden.« Willow rollte mit den Augen und ging zum Flur, um in ihre Pumps zu schlüpfen. Ich folgte ihr. »Willow, nimm das alles nicht so locker.«

»Mann, Abby, ich bin schon seit einem Jahr keine Jungfrau mehr. Meine Unschuld muss nicht geschützt werden.«

»Darum geht es nicht. Aber ich will nicht, dass dir jemand unbemerkt Drogen in deinen Becher kippt und du plötzlich nicht mehr weißt, was du tust.«

»Keine Sorge, große Schwester. Ich bin doch mit Liv auf der Party und halte mich an unsere Absprachen.«

»Wann kommt ihr Dad euch abholen?«

»Weiß ich noch nicht, er ruft an.«

»Hoffentlich nicht so spät.« Ich seufzte. »Okay, du kannst tanzen und Spaß haben, aber kein Rumgeknutsche, befummeln lassen. Und?« Ich hob den Zeigefinger, wartete auf Willows Antwort.

»Keine Dates!«, stöhnte meine Schwester.

»Genau.«

Ich wusste, ich benahm mich nervig, aber ich wollte sicherheitshalber Willow die Regeln ins Gedächtnis rufen, damit sie diese die nächsten Stunden keinesfalls vergaß.

Immerhin trug ich für sie Verantwortung.

Während ihrer High School-Zeit durfte meine Schwester auf Partys gehen, doch die waren harmlos im Vergleich zu dem, was auf Studentenpartys abging. In den Verbindungshäusern wurde mit viel Alkohol gefeiert und ungehemmt gevögelt, was auch an den Drogen lag, die von manchen Studenten konsumiert wurden. Außerdem kannte ich die Kerle hier und wusste, dass einige nicht so unschuldig waren, wie sie sich auf dem Campus gaben. Vor allem Typen wie Logan Mayers.

Willow meinte, dass sie ihn nicht leiden könnte. Sie hatte bemerkt, dass er ein arroganter Idiot war und jedem Rock nachstieg. Außerdem war sie sauer, dass er sie am ersten Tag ihres beginnenden Semesters vor dem Schaukasten verarscht hatte, um sich auf ihre Kosten zu amüsieren.

Aber vor allem hatte sie der Umstand aufgeregt, wie abfällig sein Verhalten mir gegenüber gewesen war. Willow schien doch nicht so oberflächlich zu sein, wie ich immer gedacht hatte. Das lag vermutlich daran, dass wir uns mittlerweile besser verstanden und sie anfing, hinter die Fassade von Leuten zu gucken.

Früher machte sie ihr Ding und ich meins, jetzt verbrachten wir mehr Zeit miteinander, wodurch wir einiges übereinander erfuhren. Es war schön, dass Willow bei mir wohnte und wir uns als Schwestern näherkamen. Sie schien es genauso zu empfinden. Deshalb sollte ich ihr vertrauen und versuchen, ihr ein bisschen mehr Freiraum zu geben. Was jedoch nicht bedeutete, dass ich sie allein auf eine Verbindungsparty gehen ließ. So weit ging dann mein Vertrauen doch nicht. Das musste sie sich erst verdienen.

Als die Wohnungstür ins Schloss gefallen war, atmete ich auf. Ich war froh, dass Willow abgezogen war und mir noch ein wenig Zeit blieb, mich zu duschen und umzuziehen. Sky und ich konnten noch in Ruhe etwas trinken und ein bisschen quatschen. Wir hatten uns die gesamte Woche nicht gesehen, nur ein paar WhatsApp-Nachrichten hin und her geschickt. Außerdem benötigte ich noch ein bisschen Entspannung. Die harte Arbeitswoche und der Schlafmangel saßen mir in den Knochen. Wenn ich meiner Schwester nicht die Erlaubnis für die Party gegeben hätte, wäre ich vermutlich mit einem Becher Eiscreme schon früh ins Bett gegangen und hätte noch ein bisschen Netflix geguckt. Das wäre ein Samstagabend nach meinem Geschmack gewesen.

Statt mir ›Stranger Things‹ anzusehen, muss ich mich unter das Studentenvolk mischen, sinnierte ich kopfschüttelnd und dachte im gleichen Atemzug an Dylan.

Ich konnte nur hoffen, dass er mich mit seiner Anwesenheit verschonen würde. Die Chancen standen zumindest gut. Mayers war ihm genauso zuwider wie mir. Wäre Dylan auf der Party und mit irgendwelchen Cheerleader-Bunnys beschäftigt – Hemmungen, ungezügelt mit ihnen vor mir rumzumachen, hätte er vermutlich nicht –, wäre der Anblick verdammt hart für mich. Frei von Eifersucht war ich bei ihm noch nie gewesen.

Schlecht, Abby, dass er solche Wirkung auf dich hat.

»Du solltest langsam duschen gehen«, riss mich Sky aus meinen Gedanken. Sie lugte vom Wohnzimmer aus grinsend in den Flur.

Irritiert blinzelte ich und wandte ihr mein Gesicht zu. »Oh, ja, sicher«, antwortete ich und fuhr mir fahrig über die Stirn. Ich hatte gar nicht mitbekommen, dass ich im Flur stand und vor mich hinstarrte.

»Während du dich schick machst, koche ich uns einen starken Kaffee«, schlug Sky vor und schlenderte in die Küche.

»Super Idee«, meinte ich und sah ihr lächelnd hinterher, bevor ich mich in das Bad begab.

Als ich in die Küche kam, betrachtete mich Sky schweigend. Ihre Augen wanderten über meinen Körper. »Äh … Abby … Du weißt, wo wir hingehen?«

»Yep, auf eine Party, um auf Willow aufzupassen.«

»Wir gehen auf eine Party, weil wir schon seit deinem Unirausschmiss auf keiner mehr gewesen sind und du endlich mal wieder unter Leute kommen musst. Also zieh dir bitte etwas Schickes an, sonst guckt dich kein Kerl an und …«

»Sky, ich …«

Sky sah mich streng an. »Unterbrich mich bitte nicht!«, sagte sie. »Es wird Zeit, dass du dich mit einem Kerl triffst, der dir Dylan Jenkins aus dem Kopf vögelt!«

»Sky, nun hör mal …«, versuchte ich, noch einmal zu widersprechen.

»Stopp, ich bin noch nicht fertig, Abigail Thompson!« Sky machte eine energische Geste mit der Hand, dass ich meinen Mund halten sollte. »Dass Willow auf eine Party will, habe ich vor allem unterstützt, weil dein Leben zurzeit echt scheiße ist und du ein wenig Ablenkung, ein bisschen Spaß brauchst.«

»Klar, auf einer Verbindungsparty«, bemerkte ich sarkastisch und tippte mir gegen die Stirn.

»Ja, auf einer dieser bescheuerten Verbindungspartys. Wir beide werden dort abtanzen, flirten, einfach Spaß haben und gleichzeitig Willow im Auge behalten.« Sie grinste, und nun musste ich ebenso schmunzeln.

»Stimmt, Sky, wir werden den Abend genießen. Ich hoffe nur, dass …« Schlagartig stockte ich und mein Schmunzeln verschwand von meinen Lippen. Über Dylan zu reden, fiel mir schwerer als erwartet.

So wie mich Sky ansah, merkte sie mir meine plötzliche Unsicherheit an.

Ihre Miene war ernst, als sie nickte. »Ich verstehe dich. Du hoffst, Dylan dort nicht anzutreffen.« Einen Augenblick hielt sie inne, bevor sie lächelnd fortfuhr: »Deswegen kann ich nur wiederholen, dass du dir einen netten Kerl suchen sollst. Es gibt dort gewiss ein paar von der guten Sorte.«

»Denke ich auch.« Ich blickte an mir herunter. »Also meinst du, ich soll mir statt den langweiligen Klamotten etwas Nettes anziehen?«, kam ich auf ihre Anmerkung zurück.

»Klar, und dann kümmern wir uns um deine Haare und dein Gesicht. Ungeschminkt und mit dem Dutt kannst du zur Arbeit gehen, nicht auf eine Party.«

»Einverstanden, aber …« Ich zeigte zur Kaffeemaschine. Der von Sky frisch zubereitete Kaffee duftete verführerisch. »Bevor wir mit dem Styling anfangen, brauche ich mein Koffein, sonst schlafe ich bestimmt auf der Party ein.«

Mit zufriedener Miene schaute ich in den Spiegel. Meine Haare fielen in weichen Wellen über den Rücken. Die Augenlider hatte ich mit einem schwarzen Eyeliner nachgezogen und die Wimpern getuscht. Meine Lippen glänzten vom roséfarbenen Lipgloss.

Sky seufzte. Sie stand neben mir im Bad und betrachtete mein Spiegelbild. »Um deine schönen Haare und die langen Wimpern beneide ich dich.«

»Mich?« Ich zog eine Augenbraue hoch und grinste sie an. »Du bist die Letzte, die einen Grund hätte, irgendwas an mir zu beneiden. Du weißt selbst, wie super du aussiehst und wie verrückt die Männer nach dir sind.«

Sky grinste mit kokettem Augenaufschlag. »Findest du?«

»Ach komm, Sky, das weißt du«, gab ich lachend zurück und musterte sie von der Seite, während sie mit offenem Mund, das Gesicht zum Spiegel geneigt, eine dicke Ladung Wimperntusche auftrug.

Mir fiel wieder auf, wie unterschiedlich wir waren.

Wo ich mit meinen eins zweiundsiebzig eher einer Bohnenstange glich, war Sky klein und kurvig, mit großen Brüsten. Sie zeigte gern, was sie zu bieten hatte. Ihre Outfits waren gewagt.

Heute trug sie ein hautenges bordeauxrotes Kleid, das ihr knapp über die Oberschenkel reichte, dazu schwarze Pumps mit mörderisch hohen Absätzen.

Ihr Gesicht war von wilden blonden Locken umrahmt, die ihr bis zu den Schultern reichten. Sie hatte eine Stupsnase, schöngeschwungene Lippen und grüne Augen.

Schnell weckte sie bei Männern den Beschützerinstinkt, wogegen bei mir die Kerle eher in den verbalen Kampfmodus wechselten – ich war daran wohl nicht ganz unschuldig.

Wer glaubte, Sky wäre auf eine Beziehung aus, der irrte sich. Sie wollte keinen festen Freund, liebte stattdessen die Abwechslung und flirtete gern. Wie ich sie einschätzte, würde sie ihre Freiheit noch eine Weile behalten wollen.

Als ich mit dem Studium begonnen hatte, hatte ich ähnlich wie sie getickt.

Ich hatte viele Dates, was kaum verwunderlich war, weil ich zum *MSU Cheerleading-Team* gehört hatte.

Wir Cheerleaderinnen waren bei den Männern begehrt, ähnlich wie Trophäen, jedoch hatte mich das nicht gestört. Es war eine schöne Zeit gewesen und ich hatte die Aufmerksamkeit genossen.

Wiederholt an diesem Abend schweiften meine Gedanken zu Dylan. Jesus, war ich in ihn verliebt gewesen.

Als ich ihn persönlich kennengelernt hatte, änderte sich schlagartig meine Einstellung zu Beziehungen. Ich war überrascht gewesen, dass er mich überhaupt wahrgenommen hatte. Vorher hatten wir uns nur vom Sehen gekannt.

Es war im April vergangenen Jahres während eines Trainings gewesen. Unser Team hatte das neue Programm einstudiert. Dylan war zu uns gekommen. Er hatte die letzten Minuten zugeschaut und mich danach angesprochen und nach meinem Namen gefragt – nicht nach meiner Handynummer.

Ab und zu hatten wir uns in der Dining Hall getroffen und uns miteinander unterhalten, einmal hatte er mich nach einem Footballspiel auf einen Kaffee eingeladen. Bald war ich davon überzeugt gewesen, dass ich nicht sein Typ war. Nie hatte er mich nach einem richtigen Date gefragt.

Mitte Mai dann der verhängnisvolle Abend auf der Verbindungsparty, wo wir uns endlich nähergekommen waren und ich idiotischerweise gedacht hatte, jetzt würde mehr aus uns werden.

Doch dann der nächste Morgen … Peng … Mein Traum war wie eine riesige Seifenblase zerplatzt.

Verdammt, Dylan war mein absoluter Traummann gewesen, ich aber leider nicht seine Traumfrau.

Seit meinem Reinfall mit ihm hielt ich mich von Männern fern. Ich hatte Angst, wieder enttäuscht zu werden. Der Liebeskummer saß noch immer tief in meinem Herzen. Er hatte es sich dort gemütlich gemacht und vermittelte nicht den Eindruck, demnächst ausziehen zu wollen.

Ob es eine Option wäre, so was wie eine Schmerzzulage einzuführen, damit er sich freiwillig verdrückte?

Ich sollte mir darüber ernsthaft Gedanken machen, denn so ging es mit mir nicht weiter. Ich brauchte mich nur wieder an die Sache vor Kurzem vor der Mannschaftsumkleidekabine erinnern, weswegen ich jetzt das Stadion mied und mich seitdem kategorisch weigerte, dort zu putzen.

Vielleicht wäre tatsächlich die Party ein Neuanfang.

Würde ich einen netten Mann kennenlernen, hätte ich die Chance, den hartnäckigen Liebeskummer loszuwerden.

Nachdem Sky mit ihrem Make-up zufrieden war, zupfte sie an meinem schwarzen Top herum. »Hm, das Teil gefällt mir.« Sie kaute auf der Unterlippe. »Ähm …«

»Was?« Ich zog genervt die Augenbrauen zusammen.

»Du hast irre lange Beine, rennst aber in dieser langweiligen Jeans rum. Die trägst du doch auch zum Putzen?«

»Na und?«, knurrte ich trotzig. »Ich habe keine anderen Jeans.«

»Wer redet denn von Hosen? Du solltest dir einen engen Rock anziehen und dazu ein paar sexy Schuhe tragen.«

»Ich habe meine High Heels und Röcke schon vor Monaten entsorgt.«

Sky schlug erschrocken die Hand vor den Mund. »Warum das denn?«

»Weil solche Klamotten nicht mehr zu meinem Leben passen?«

»O-kay«, reagierte Sky zögerlich. »Ich wusste nicht, dass du so einen radikalen Schnitt gemacht hast. Ich dachte, du hättest deine Partyklamotten irgendwo im Schrank verstaut.«

»Konntest du ja nicht wissen, deswegen brauchen wir darüber nicht mehr zu diskutieren.« Ich deutete mit dem Kinn zum Flur. »Wir sollten langsam los, die Party müsste schon im vollen Gange sein.«

»Ja, ich muss nur noch mein Make-up in die Clutch packen«, stimmte Sky zu.

»Wie spät ist es?«, fragte ich, als wir die Wohnung verließen und ich den Schlüssel ins Schloss steckte, um abzuschließen.

»Gleich elf«, antwortete Sky mit Blick auf die Uhr.

»Oh, wir sind spät dran.«

Ich öffnete die Haustür und ließ Sky vorbei.

»Ganz vorne an der Straße steht mein Auto.« Ich hatte keinen Parkplatz direkt vor der Haustür gefunden, sodass wir ein paar Schritte laufen mussten.

Während der Fahrt schob ich die CD von Post Malone ein. Wir ließen die Fensterscheiben herunter und *Sunflower* dröhnte nach draußen. Nicht ganz ladylike, aber die Musik mochte ich am liebsten laut hören.

Nachdem ich mein Auto in der Nähe des Verbindungshauses geparkt hatte, stopfte ich Skys Clutch, mein Handy und das Portemonnaie ins Handschuhfach. Wir ließen unsere Wertsachen lieber hier, als sie im Partygetümmel zu verlieren. Sky zupfte an ihren Locken herum und wartete, bis das Auto verschlossen war und ich meinen Schlüsselbund in die Jeans geschoben hatte. Eingehakt gingen wir dem Stimmengewirr und Gelächter entgegen.

Ich schluckte schwer beim Anblick der vielen Leute, die überall herumstanden. Irgendwie hatte ich vergessen, was mich auf so einer Party erwartete. Ich war so viele Menschen um mich herum nicht mehr gewöhnt.

»Ach herrje, wie will man sich denn hier nicht verlieren?«, platzte es aus Sky heraus.

»Das frage ich mich auch«, murmelte ich fassungslos. »Das ist keine Party, sondern ein Massenandrang wie beim *Black Friday*.«

Ein schwerer Seufzer verließ meine Brust.

Wie soll ich denn hier Willow finden?

Und … Wie soll ich sie erst recht im Auge behalten?

Diese Nacht versprach, anstrengend zu werden. Für eine Männerbekanntschaft würde ich definitiv keine Zeit haben.

11. Kapitel – Abby

Wir quetschten uns an den vielen Leuten vorbei, und ich bemühte mich, jedem roten Plastikbecher auszuweichen, um halbwegs trocken ins Haus zu gelangen. Auf klebrige Alkoholduschen hatte ich keine Lust.

Beim Umherblicken musste ich feststellen, dass ich von einer Menge Gesichter umgeben war, die ich von früheren Verbindungspartys nicht kannte.

War es schon so lange her, dass ich unfreiwillig von der Michigan geflogen war, dass mir alles neu und fremd vorkam?

Endlich waren wir im überdimensionalen großen Wohnzimmer gelandet. Hier war die Anzahl der Studenten überschaubar und ich hatte keine Sorge, aufgrund des Platzmangels und beschränkter Sauerstoffzufuhr in Schnappatmung zu verfallen.

»Hi Sky!«, rief ein Typ quer durchs Zimmer. Ich wandte mich der Stimme zu, die meine Freundin gerufen hatte. Der Kerl saß mit drei Leuten auf einer Couch zusammen und winkte ihr zu.

Nachdenklich runzelte ich die Stirn und überlegte, ob ich ihn und die anderen schon mal gesehen hatte.

Ähm … Langsam dämmerte es mir, woher ich die Leute kannte.

Sky aß manchmal mit der Gruppe mittags in der Dining Hall. Ich nahm an, dass sie einen oder mehrere Kurse miteinander besuchten. In diesem Moment wurde mir klar, dass niemand mich hier rufen würde, um mich zu begrüßen oder um sich mit mir zu unterhalten.

Ich war keine Studentin, ich besuchte keine Kurse, ich gehörte hier nicht her.

Mein Magen zog sich zusammen. Ein bitterer Geschmack

erfüllte meinen Mund. Auf einmal kam ich mir wie ein Fremdkörper vor und würde am liebsten von dieser Party flüchten.

Warum habe ich nur nachgegeben und tue mir das hier an?

Ich folgte Sky zur Gruppe, obwohl ich mich lieber in die Küche zu den Getränken verdrücken würde. Unhöflich sein, war nicht mein Stil.

»Hi David.« Sky beugte sich zu ihm. Sie küssten sich zuerst auf die eine, dann auf die andere Wange. Das Gleiche machte Sky bei den anderen zwei Männern und der Frau, die auf dem Schoß von dem Typen rechts außen saß.

»Darf ich euch vorstellen …« Sky richtete sich auf und legte ihren Arm um meine Taille, als ob sie mir Sicherheit vermitteln müsste. *So ein Quatsch.* »Das ist Abby.«

»Hi Abby«, sagte David mit einem freundlichen Lächeln. Skys Freunde nickten mir zu und nannten mir ihre Namen.

»Hi.« Ich lächelte zurück und hob kurz die Hand zum Gruß. »Wie ihr gehört habt, bin ich Abby«, antwortete ich artig, wie ich es in der Elementary School gelernt hatte. *Boah, ich hasse Vorstellungsrunden.*

»Ich habe dich … irgendwo … an der Michigan gesehen.«

Die Frau, die sich mir als Grace vorgestellt hatte, tippte sich mit dem Zeigefinger gegen den Mund, als ob sie krampfhaft in ihrem Erinnerungsfach kramen müsste. *Schauspielerin wirst du in diesem Leben nicht mehr.*

Ich wartete lächelnd, bis sie ihr Gedächtnis gefunden hatte.

»Ah«, sie grinste herablassend, bevor sie sich mit schräg gehaltenem Kopf erkundigte: »Kann es sein, du studierst etwas in Richtung Haushaltsführung, hm?«

Die bescheuerte Kuh lächelte kalt, und irgendwie hatte ich den Eindruck, dass sie mich vorführen wollte.

Ich beobachtete aus dem Augenwinkel Sky. Ihr war die versteckte Anspielung auf meine Jobs an der Universität auch nicht entgangen. Grace' Freunde feixten, warteten mit gespannten Gesichtern, wie ich mit der Anspielung umgehen würde. Aha, sie wussten, wer ich war.

»Grace«, reagierte Sky schockiert. Sie drückte mich fester an sich, doch ich machte mich aus ihrem Arm frei und warf Sky einen warnenden Blick zu. Schwierigkeiten löste ich lieber allein. Ich schämte mich keineswegs für meine Jobs, und der eingebildeten Ziege konnte ich Paroli bieten.

Ich kniff die Augen zusammen, bevor ich zum Gegenschlag ansetzte. »Ich studiere nicht, sondern kümmere mich um das, was deine Eltern vergessen haben dir beizubringen.«

»Ach, und das wäre?« Grace sah mich mit hochgezogenen Augenbrauen an.

»Deine Kinderstube. Ordentlich essen hast du anscheinend nicht gelernt. Jedes Mal sieht dein Platz in der Dining Hall aus, als ob ein Kleinkind ohne Lätzchen gemampft hätte, abgesehen davon, dass man dir alles hinterherräumen muss. Sorry, aber das zeugt nicht unbedingt von Selbständigkeit.« *Dämliche Bitch, ich bin mit dir noch nicht fertig.*

Ich behielt das arrogante Weib fest im Blick, während ich ungerührt fortfuhr, obwohl sie ziemlich blass um ihre Nase geworden war: »Außerdem kannst du von mir eine Menge über gesunde Ernährung lernen. Ich rede von Obst und Gemüse, scheinen ja Lebensmittel zu sein, die du nur von Bildern kennst. Aber ich versichere dir, wenn du weiterhin Pommes mit Mayo und vor Fett triefende Burger in dich reinstopfst, wirst du in ein paar Monaten durch die Michigan rollen.«

Ich lächelte süß, während Grace der Mund aufklappte. Sie japste wie ein Fisch auf dem Trockenen nach Luft und bekam kein Wort heraus.

Ihre Freunde kicherten hinter vorgehaltener Hand, trauten sich jedoch nicht, einen Kommentar zu meinen Sprüchen abzugeben.

Schwächlinge. *Ihr seid mir echt eine Supertruppe. Außer blöd grinsen und Leute verarschen könnt ihr nichts.*

Ich war in gewisser Weise fassungslos, mit wem sich Sky auf dem Campus abgab, andererseits wusste ich nicht, ob ich früher mit ähnlichen Idioten abgehangen hatte.

Es hatte nie einen Grund gegeben, mir Gedanken zu machen, wer den Betrieb an der Michigan am Laufen hielt. Die Leute waren zwar anwesend, aber für mich selbst unsichtbar gewesen.

Jetzt sah ich das alles aus deren Perspektive, und es war gar nicht so einfach, damit klarzukommen, wie mir bewusst geworden war. Es gab mehr Logan Mayers an der Universität, als ich angenommen hatte.

Mir war die Lust vergangen, länger bei der Gruppe zu stehen, weswegen ich mich zu Skys Ohr neigte: »Ich schau mich mal nach Willow um. Kommst du mit?«

»Klar«, stimmte Sky zu. »Ich spreche nur kurz was wegen nächster Woche mit David und den anderen ab.«

»Okay, ich warte«, erwiderte ich, trat ein paar Schritte zurück und verschränkte die Arme vor der Brust.

»Abby, da seid ihr ja endlich«, hörte ich plötzlich eine bekannte Stimme hinter mir sagen.

Überrascht drehte ich mich um. Willow stand mit Raoul Garcia vor mir. Ich stutzte. Mir blieb die Spucke weg. »Wo ist Liv?«

»Sie unterhält sich draußen. Raoul war so nett und hat angeboten, mir die Büchersammlung hier im Haus zu zeigen.«

»Die Büchersammlung?« *Früher waren es Briefmarken* … Ich holte tief Luft, um Willow verbal den Kopf zu waschen.

Hatte sie unsere Abmachung vergessen?

Ich warf Raoul ein kaltes Lächeln zu, packte meine Schwester am Handgelenk und zog sie ein Stück beiseite.

»Willow!«, zischte ich ihr zu. »Was ist mit den Regeln, die wir besprochen haben?«

»An die halte ich mich doch«, erwiderte Willow mit unschuldigem Augenaufschlag. »Raoul hat Liv und mich vorhin in der Küche getroffen und mitbekommen, dass ich mich gerade mit der amerikanischen Bürgerrechts- und Friedensbewegung in Geschichte herumschlage. Daraufhin hat er angeboten, mir ein paar interessante Bücher zu dem Thema zu zeigen. Ich würde mir gern die Titel aufschreiben, um sie mir in der Bibliothek auszuleihen.« Willow sah mir tief in die Augen. »Mehr läuft nicht, ehrlich, Abby. Du kannst mir vertrauen.«

»Okay.«

»Was ist okay?«

Ich nickte in Richtung Raoul. »Wenn er dir wegen des Studiums hilft, ist das in Ordnung für mich. Dann hat diese Party wenigstens etwas Gutes.«

So ganz traute ich zwar Raoul nicht, doch wie eine Schwester mit Sozialphobie wollte ich mich keinesfalls aufführen. Dass er sich mit Geschichte auskannte, war gar nicht so unlogisch. Footballspieler waren viel intelligenter als ihr Ruf.

Leider traf es beim Sex nicht zu. Da benahmen sie sich noch schlimmer und schwanzgesteuerter, als man es ihnen nachsagte.

Deshalb würde ich die Augen offenhalten, auch wenn ich meiner Schwester die Erlaubnis gegeben hatte, sich auf der Party mit Raoul zu unterhalten.

Willow schien über meine einlenkenden Worte verdammt glücklich zu sein.

Mit einem Strahlen im Gesicht fiel sie mir um den Hals. »Danke, Abby, dass du mir vertraust.«

»Kein Thema, aber denk trotzdem an die Regeln.«

»Natürlich, die vergesse ich nicht.«

»Okay, Willow, ich will kurz mit Raoul reden.« Ihn musste ich noch einnorden, damit er mir auf keine dummen Ideen kam.

Mit ernster Miene trat ich auf Raoul zu und stieß ihm den Finger in die Brust. »Pass auf, Freundchen.« Ich räusperte mich. »Wenn du meiner Schwester mehr zeigen willst, als Geschichtsbücher …« Ich machte eine kleine Pause, wandte dabei demonstrativ mein Gesicht seiner Körpermitte zu und senkte die Stimme: »Ich schwöre dir, dann grill ich deine Eier!«

»N-nein, nein, nur Ge … Geschichte«, kam es aus Raouls Mund gestammelt. Sein Gesicht glühte wie ein Feuermelder.

Um mir ein Lachen zu verkneifen, biss ich mir in die Innenseite der Wange.

Heilige Scheiße, wenn der Kerl nur gestammelte Worte herausbekam, schien er mächtig Schiss um seine Eier zu haben. Ich legte die Stirn in Falten und guckte wie Marlon Brando, der den Mafiaboss in *The Godfather* gespielt hatte. Mit zwei Fingern zeigte ich erst auf meine, dann auf seine Augen. *Junge, ich behalte dich im Blick*, verriet meine Geste.

Raoul nickte hastig, er hatte die Warnung eindeutig verstanden.

»Um zwei Uhr hauen Sky und ich spätestens ab, wann kommt Livs Dad?«, fragte ich meine Schwester, bevor ich sie im Gewühl wieder verlieren würde.

»Er meinte ein Uhr.«

»Ach, schon so früh?«

»Ja, Livs Eltern meinen, sie sei zu jung, bis in den frühen Morgen herein zu feiern.«

»Oh, schau an, sehr vernünftig«, fand ich, im Gegensatz zu meiner Schwester, die genervt die Augen verdrehte. »Ich finde das doof, da geht doch die Party erst richtig los.«

Ich reagierte achselzuckend und schwieg dazu, weil ich diesmal nicht der Spielverderber war. *Dankeschön, Livs Eltern!*

»Wie sieht's aus, wollen wir in die Küche gehen und etwas Alkoholisches trinken?«, mischte sich Sky ein. Sie hatte sich zu uns gesellt. »Das Auto könnten wir doch stehen lassen, oder?«

»Sicher, dass du nicht doch lieber mit deinen Freunden quatschen willst?«, zog ich sie auf und warf einen Blick über die Schulter. Ihre Leute schienen miteinander über irgendetwas Hochinteressantes zu fachsimpeln. Sie vermittelten den Eindruck, kein Interesse an der Welt außerhalb ihres Mikrokosmos zu haben.

Himmel, ihr seid ja sooo intellektuell.

Es fehlte nur noch der obligatorische *Yogi-Tee*, an dem sie mit konzentrierten Mienen nippen konnten, um das Bild perfekt zu machen.

Ich schaute grinsend zu Sky, die mit einem Schnauben abwinkte. »Ich sehe selbst, was für eingebildete Spinner sie sind. Es reicht, dass ich mich mit ihnen während des Studiums abgeben muss.« Sky deutet zum Flur. »Na, Abby, was ist, Küche?«

Warum eigentlich nicht? »Ja, lass uns was trinken gehen. Wir holen nach der Party die Sachen aus dem Auto und gönnen uns ausnahmsweise ein Taxi«, sagte ich und nickte Willow zu. »Kommt ihr mit?«

Meine Schwester schüttelte den Kopf. »Ich muss mir doch noch die Liste fertigen.«

»Ach ja.« Meine Augen schweiften zu Raoul, der die ganze Zeit brav geschwiegen hatte. Er bekam noch einmal einen letzten scharfen Blick von mir geschenkt, bevor Sky und ich uns abwandten, um uns auf den Weg Richtung Küche zu machen.

»Wo müssen wir denn lang?«, fragte mich Sky und schob sich mit mir an einem knutschenden Pärchen vorbei. Ich hob den Arm und deutete nach vorn. »Wenn ich mich richtig erinnere, den Flur weiter geradeaus und hinten links die letzte Tür.«

Was wir vorfanden, war keine Küche, sondern ein Schnapsladen. Überall standen Whiskyflaschen, Wodka, Liköre, Bier und Wein in großen Mengen herum. Wenn man sich ins Koma saufen wollte, wäre das hier kein Problem.

»Hey, schau mal, leckere Bowle«, quiekte Sky und war schon auf dem Weg zum Tisch, um sich einzuschenken.

Ohne zu zögern, riss ich sie zurück. »Finger weg von der Bowle, da könnten sie Drogen reingekippt haben.«

»Meinst du?« Skys Augen wanderten zwischen mir und der roten Flüssigkeit im bauchigen Bowlegefäß hin und her.

Ich reagierte mit einem Achselzucken. »Keine Ahnung, aber wäre möglich«, sagte ich und schnappte mir zwei von den roten Plastikbechern. »Ist doch besser, wir mixen uns die Getränke selbst.«

»Ja, guter Vorschlag.« Sky grinste und rieb die Hände aneinander. »Aber nichts Saures oder bitter Schmeckendes.«

»Okay, der Drink wird zuckersüß.«

Ich ließ den Blick über das Angebot schweifen, kippte Orangensaft, Wodka und Johannisbeerlikör zusammen, nippte an meiner Kreation und war noch unzufrieden. Mehr Likör war nötig, damit der Mix süßer wurde.

»Cheers«, sagten wir beim Anstoßen und nippten an unseren Getränken.

Drei Becher später fanden Sky und ich die Party absolut super und die Leute umwerfend, weshalb wir entschieden, die

Küche zu verlassen.

Musik dröhnte aus der Anlage, als wir wie alberne Hühner kichernd mit unseren zum vierten Mal gefüllten Bechern ins Wohnzimmer zurück stolperten.

»Oh, die Musik ist ja irre gut«, schrie mir Sky ins Ohr, während ich an meinem Drink nippte und ihr lachend zunickte.

Skys Augen glänzten und waren leicht gerötet, als sie mich übermütig fragte: »Hey Abby, wollen wir tanzen?«

»Warum nicht?«

Sonst hörte ich diese Musikrichtung selten, aber egal. Wir waren gut drauf.

»Los, komm mit!«, rief ich und zeigte mit meinem roten Becher zur Mitte des Raums.

Sky und ich grinsten uns dämlich an. Offensichtlich fühlte sich meine Freundin genauso leicht und unbeschwert wie ich.

Nachdem wir uns zugeprostet und unser klebrig süßes Gesöff runtergestürzt hatten, steuerten wir auf den Esstisch zu. Wir stellten die leeren Becher auf die Tischplatte, um zu tanzen. Lachend bewegten wir uns im Takt der Musik, kreisten die Hüften und schwenkten die Arme.

Doch dann …

Ein genialer Song wurde gespielt: *Single Ladies* von Beyoncé.

Sky klatschte in die Hände und quiekte: »Abby, Beyoncé!«

»Jaaa!«, rief ich und meine Augen wanderten zum Tisch. Das Lied passte fantastisch zu meiner Stimmung, und Beyoncé sang, was ich dachte.

Tja, Dylan, du hast deine Chance gehabt, es gibt genügend andere Männer.

Und nun legten wir richtig los.

12. Kapitel – Dylan

Jemand stand draußen auf dem Flur und klopfte. »Dylan«, hörte ich Raoul rufen. Die Tür öffnete sich ein Stück und er schob den Kopf herein. »Ich hoffe, ich störe nicht.«

Macht er Witze?

Ich lag auf dem Bett und Jen saß rittlings auf mir und war damit beschäftigt, den Reißverschluss meiner Jeans runterzuziehen.

»Dylan, kann ich reinkommen?«, bat Raoul.

»Das Zimmer ist besetzt«, zischte Jen. Sie war hörbar genervt, genau wie ich.

Stöhnend richtete ich mich auf die Ellenbogen auf und starrte Raoul an. »Mann, was willst du hier?«

Ich hatte Ewigkeiten mit keiner Frau rumgemacht, und nun hatte ich endlich wieder Lust, da platzte er einfach herein und versaute die Stimmung. Dabei dachte ich, wenn er nicht wüsste, wo ich mich aufhielt, könnte ich ungestört mit Jen vögeln. Das war offensichtlich ein Irrtum.

»Sorry, Bro, ich muss dich sprechen. Dringend.«

»Jetzt?« Ich verdrehte die Augen und schüttelte den Kopf. »Später, Mann, ich bin im Moment nicht abkömmlich!«

»Verdammt, verpiss dich«, mischte sich Jen ein, was mir wiederum keineswegs passte. Wenn hier jemand Raoul was zu sagen hatte, dann wohl ich.

»Dylan, bitte, es ist wichtig«, ließ Raoul nicht locker. Statt er die Tür von außen schloss, trat er in das Zimmer ein und knipste das Licht an.

Fluchend blinzelte ich. Nun war die Stimmung völlig hinüber. *Prima hinbekommen, Raoul.*

»Warum amüsierst du dich nicht mit dieser … Willow?«, fragte ich ihn.

Er hatte sie vorhin in der Küche klargemacht. Die Kleine hatte ihre Freundin vollgejammert, dass sie irgendetwas über die amerikanische Bürgerrechtsbewegung wissen müsste. Da ich wusste, dass Raoul sich mit solchem Geschichtsscheiß auskannte, hatte ich ihm zugeraunt, ihr seine Hilfe anzubieten.

Raoul hatte sich überwunden und war belohnt worden – schneller als erwartet.

Später konnte ich sehen, wie er mit der Kleinen in dem Zimmer verschwunden war, wo die Regale bis zur Decke mit Büchern gefüllt waren. Ich war die Treppe zur Küche hinuntergestiegen, hatte mir ein Bier geholt und bin auf die Terrasse gegangen.

Dort hatte ich mit ein paar Leuten gequatscht und Jen, eine unserer Cheerleaderinnen, hatte sich dazu gesellt. Wie sich schnell herausgestellt hatte, waren wir beide auf der Suche nach ein bisschen Spaß.

Der Abend lief somit nicht nur für Raoul perfekt, hatte ich zumindest gedacht.

Denn nun stand er unerwartet hier und bat darum, mit mir zu reden, obwohl Jen und ich uns bewusst in eins der oberen Schlafzimmer zurückgezogen hatten. Unten tobte die Party, aber im oberen Stockwerk war es verhältnismäßig ruhig.

Was war zwischen Raoul und dieser Willow bloß schiefgelaufen?

»Es gibt Probleme. Mit Willows Schwester«, stöhnte Raoul.

Wer zur Hölle ist ihre Schwester und wieso macht sie Probleme?, sinnierte ich.

Raoul wertete mein Schweigen als Zeichen meiner Zustimmung, ein paar Schritte auf mich zuzugehen.

»Sag mal, Dylan, willst du ihn nicht langsam rausschmeißen oder wird das hier ein Dreier?«, meldete sich Jen, die noch immer auf meinen Oberschenkeln saß. Wütend funkelte sie mich an.

»Sehr witzig, Jen, komm mal runter«, sagte ich und klopfte neben mich auf die Matratze.

»Echt, Dylan, du bist ein fieser Blödmann«, zischte sie, verpasste mir mit ihrer Faust einen Stoß gegen die Brust und sprang vom Bett.

»Sorry, Jen.« Ich rieb mir die schmerzende Stelle – die Frau hatte keinen schlechten Schlag – und lächelte sie an, um die Wogen zu glätten.

»Deine Entschuldigung kannst du dir sonst wo hinschieben«, reagierte Jen scharf. Ich spürte, dass ich sie verletzt hatte, aber wir würden sowieso keinen Sex mehr haben.

»Soll ich dir ein Taxi rufen?«, fragte ich sie.

»Nein, danke«, lehnte Jen ab. Ohne mich zu beachten, strich sie ihr Kleid glatt, schlüpfte in die High Heels und schnappte ihre Clutch.

Mit einem Knall schlug die Tür zu, und ich hörte sie schimpfend Richtung Treppe stöckeln.

»Ihre Reaktion war ja echt krass«, gluckste Raoul und setzte sich neben mich auf das Bett.

»Na ja, ist ja nicht verwunderlich, wenn du so einfach hereinplatzt«, antwortete ich und rutschte zu ihm hinunter. »Was hast du für ein Problem mit Willow?«

»Nicht mit Willow«, knurrte Raoul, »sondern mit ihrer Schwester. Sagte ich dir doch schon, Mann.«

»Was tut sie denn?«

»Sie verbietet Willow, sich mit Männern zu treffen.« Raoul warf die Hände in die Luft. »Die Frau ist voll irre. Sie hat mir gedroht, meine Eier zu grillen, wenn ich ihrer Schwester zu nahekomme, echt aggressiv das Weib.«

»Sie hat was?« Ich starrte Raoul mit großen Augen an und lachte. Das klang verdammt schräg, was er mir über Willows

Schwester erzählte.

Raoul fuhr sich mit der Hand durchs Haar und prustete nun selbst los. »Du, ich habe ihr das echt abgenommen und Willow meinte, das wäre wirklich kein Scherz gewesen. Ihre Schwester würde mir die Hölle heiß machen.«

»Und nun?«

»Brauch ich deine Hilfe.«

»Wie soll ich dir dabei helfen?« Ich zwinkerte Raoul zu. »Etwa der Bodyguard deiner Eier werden?«

»Haha.« Raoul verzog den Mund. Schließlich sah er mich mit ernster Miene an. Einen Moment schwieg er. »Date sie. Einen Monat.«

Ich stutzte. »Wen?« *Meint er diese verrückte Schwester? Niemals.*

»Willows Schwester.«

Wusste ich's doch. »Vergiss es.«

»Mann, Dylan, wenn du mit ihr ausgehst, dann kann ich mich mit Willow treffen. Wir kommen uns näher und dann lässt sich Willow von ihrer Schwester, dieser Zicke, nichts mehr sagen.«

»Du merkst schon selbst, wie bescheuert deine Idee klingt, oder?«, reagierte ich lachend und tippte mir an die Stirn.

»Das wäre die perfekte Lösung. Sie ist eigentlich ganz cool, abgesehen davon, dass sie anscheinend … Na ja …«

»Ein Aggressionsproblem hat, wenn ich das mit deinen Eiern richtig verstanden habe.«

»Ach komm, Dylan.« Raoul schob die Unterlippe wie ein Kleinkind vor und setzte seinen Welpenblick auf. Bei Frauen klappte das vielleicht ganz gut, ich war ein Kerl, da sah das albern aus.

»Hör auf, wie ein Hund zu betteln. Ich date diese Durchgeknallte nicht.«

»Okay, schon gut.« Raoul hob und senkte beschwichtigend

die Hände. Seine Miene wurde wieder ernst. Er atmete geräuschvoll aus. »*Super Bowl*.«

»Was ist damit?«

»Nächstes Jahr, wenn das Finale ausgetragen wird, würdest du mein Ticket bekommen.« Mit einem tiefen Seufzer hob er die Schultern. »Meinem Vater müsste ich natürlich irgendwie erklären, warum du für mich das Spiel im Stadion siehst.«

Mir klappte die Kinnlade runter. Fassungslos starrte ich Raoul an. »Du verzichtest auf dein Geburtstagsgeschenk, wenn ich Willows Schwester date?«

Es war Tradition bei Raouls Familie, ihm jedes Jahr zum Geburtstag ein Ticket zum *Super Bowl* zu schenken. Es war immer ein hervorragender Platz, wo man alles wunderbar überblicken konnte. Wie hatte ich Raoul jedes Mal um sein Glück beneidet. Sein Vater kannte einen Typen aus der Führungsspitze der NFL.

Holy Shit, Liebe macht noch dümmer, als ich es mir jemals vorgestellt hätte.

»Nicht schenken.« Raoul lächelte. »Wir spielen darum. Beim Bier-Pong.«

Na super, das klang nicht mehr so verlockend. Er wollte mit mir einen Deal eingehen. Ich überlegte, ob ich mich darauf einlassen sollte. Ich hätte zu gern das Ticket, jedoch wusste ich, dass ich bei Raoul im Bier-Pong so gut wie chancenlos war. Außerdem hatte ich keine Lust, irgendwelche Frauen zu daten, die mir egal waren. Meine Zeit war mir dafür zu kostbar.

Scheiße, eine Karte für den ›Super Bowl‹.

Meine Lieblingsmannschaft, die *New England Patriots*, bei der ich spielen wollte, würde höchstwahrscheinlich wieder beim *Super Bowl* dabei sein, und ich säße auf der Tribüne und könnte das Finale live sehen.

Fuck, fuck, fuck!

Ich neigte den Kopf nach rechts und signalisierte Gesprächsbereitschaft. »Okay, ich date sie einen Monat, keinen Tag länger, wenn du mir das Ticket gibst.«

Raoul grinste. »Nee, Dylan, wennschon, dennschon. Du musst dich auf den Deal einlassen.«

Er lehnte sich etwas nach hinten und streckte mir die Hand entgegen. Ich zögerte einen Augenblick.

Heilige Scheiße, der ›Super Bowl‹.

Was soll's. Ich muss das Risiko eingehen.

Ich schlug ein – wenn auch mit einem mulmigen Gefühl. »Okay, der Deal gilt.«

»Wer ist eigentlich Willows Schwester?«, fragte ich, als wir uns auf den Weg zur Küche machten.

»Ich zeige sie dir, wenn wir fertig gespielt haben.«

»Warum erst danach? Ist sie so hässlich?«

Ach du meine Fresse, auf was habe ich mich nur eingelassen? Ich hatte das Gefühl, eine Schlinge zog sich um meinen Hals zu. Ich schluckte schwer.

Raoul schwieg, während wir die Treppe hinunterstiegen.

»Bro, sag nicht, sie ist potthässlich!«, hakte ich nach.

Raoul wiegte den Kopf. »Äh, nein, hässlich würde ich sie nicht nennen.«

»Nun sag schon … Mann, wie sieht sie aus?«

»Warte ab«, war alles, was Raoul sagte. An seinen nach oben zuckenden Mundwinkeln konnte ich erkennen, dass er mir keine Antwort geben wollte, gleichzeitig verriet mir seine Miene, dass diese ominöse Schwester keinesfalls hässlich war.

Wer weiß, vielleicht ist sie doch ganz nett und wir würden miteinander im Bett landen? Meine Zungenspitze machte sich selbständig und huschte über die Oberlippe. War ja kaum verwunderlich. Irgendwie musste ich mir schöne Gedanken machen, weil es schwer werden würde, Raoul im Bier-Pong zu schlagen.

Mit Footballs konnte ich gut umgehen, wenn jedoch Alkohol im Spiel war, verlor ich schnell die Koordination. Weswegen ich beim Trinken generell vorsichtig war, um nicht die Kontrolle über meinen Körper zu verlieren.

»Aber, Dylan, du versprichst mir, dass du dich an den Deal hältst, egal, wie er ausgeht?«

»Klar, Raoul, ist doch Ehrensache, aber das Gleiche versprichst du auch mir, okay?«

Raoul verzog das Gesicht. Der Gedanke, vielleicht doch das Ticket zu verlieren, war ihm abzulesen. »Ja, logisch, ist bei mir genauso Ehrensache.«

Wir hatten den Tisch freigeräumt und die Becher positioniert. Dann stellten wir uns gegenüber und warteten schweigend auf eine Rothaarige namens Mandy, die wir in der Küche angetroffen hatten, und die uns die Becher füllte.

»Wer fängt an?«, fragte sie. Sie brauchte eine Weile. Ihr Körper schwankte leicht beim Eingießen.

»Ich«, antwortet Raoul mit einem Grinsen im Gesicht.

»Ja, der Idiot«, knurrte ich und runzelte die Stirn, als ich registrierte, dass er noch breiter grinste.

Wir hatten einen Quarter geworfen.

Das Spiel hatte für mich schon fantastisch begonnen. Raoul hatte auf Georg Washingtons Kopf getippt und gewonnen.

»Da ist ja jemand echt sauer«, säuselte Mandy.

»Scheint so zu sein.« Raoul spuckte theatralisch in die Handflächen und rieb sie aneinander.

»Nun fang schon an, Showman«, brummte ich.

Aus dem Augenwinkel sah ich Mandys Blick über meinen Körper gleiten. Ich stöhnte auf. Hauptsache, sie lenkte mich nicht ab. *Scheißspiel, auf das ich mich eingelassen habe.*

»Wie lauten noch mal die Regeln?«, fragte Mandy, nachdem sie mich lange genug taxiert hatte.

»Wir werfen den Tischtennisball in einen Becher und der Gegner muss den Inhalt austrinken. Wer zuerst daneben wirft, hat verloren.«

»Ach, ist ja einfach«, meinte Mandy und stellte sich neben Raoul.

»Kannst du mal abrücken und dich seitlich hinstellen?«, forderte ich Mandy auf.

»Warum?«

»Darum.« *Bin ich hier im Kasperletheater?* »Verdammt, Mandy, geh beiseite!«

»Kann ich endlich anfangen?«, motzte Raoul.

Schau an, jetzt hatte er es eilig.

»Ja, fang an«, reagierte ich resigniert. Mandy machte keine Anstalten, von Raoul abzurücken. Stattdessen starrte sie mich über den Tisch an, als ob sie mich mit ihrem verschleierten Blick hypnotisieren wollte. Nüchtern war sie definitiv nicht mehr.

Raoul kniff das linke Auge zu und warf. Der kleine Ball hopste gegen meine Brust und landete im Becher. Ich trank ihn leer.

Ich war dran und warf. Treffer.

Raoul fischte den Ball heraus, kippte das Bier mit einem langen Zug hinunter und rülpste. Mandy kicherte dumm. O Mann.

Wechsel. Raoul musste werfen. Der Ball flog durch die Luft und landete zielsicher. Ich leerte den Becher.

Als ich zum neuen Wurf ansetzte, geschah etwas, was mich total irritierte …

Fassungslos starrte ich auf Mandy, die plötzlich ihre riesigen Titten auspackte. Ich warf, ohne einen Becher anzuvisieren. Der Ball sprang vom Tisch und rollte über die Küchenfliesen.

Das darf doch echt nicht wahr sein!

»Mädel, bist du völlig übergeschnappt?«, rastete ich aus.

Wegen Mandys Aktion hatte ich verloren. Aber so einfach gab ich nicht auf.

»Das gilt nicht!«, brüllte ich aufgebracht. Abweisend schüttelte ich den Kopf. »Raoul, wir spielen noch eine zweite Runde!«

»Vergiss es, ich habe gewonnen«, schimpfte er.

Wutschnaubend zeigte ich auf Mandy, die schnell ihre Brüste in ihre Bluse stopfte. »Sie hat mir ihre Scheißtitten gezeigt. Das war ein mieses Foul!«

»Hat sie das?«

Raoul drehte sich Mandy zu und musterte sie von oben bis unten. Logisch, das Weib guckte wie die Unschuld vom Lande und wisperte: »Habe ich gar nicht.«

Boah, die Bitch lügt auch noch.

»Hau bloß ab!«, blaffte ich Mandy an, packte ihr Handgelenk und zerrte sie Richtung Flur. Freiwillig wäre sie nicht gegangen.

Nachdem wir allein waren, setzte Raoul wieder seinen bescheuerten Welpenblick auf. »Dass du so ein schlechter Verlierer bist.« Er blinzelte mit zusammengepressten Lippen. »Echt jetzt, Dylan. Sagtest du nicht, dass du dich an die Spielregeln hältst?«

Stöhnend fuhr ich mir durchs Haar. Irgendwie kam ich mir blöd vor, jetzt auf Mimose zu machen. Raoul war verknallt, ich sollte ihm helfen.

»Okay, Bro«, lenkte ich ein, obwohl Mandy meine Gewinnchance vermasselt hatte. »Du hast gewonnen. Ich date einen Monat Willows Schwester.«

»Wirklich?« Raoul zückte sein Handy.

»Was wird das?«

Irritiert schaute ich auf seine Finger, die über das Display flogen.

»Willow musste schon um ein Uhr die Party verlassen. Ich schreibe ihr, dass ihre Idee erfolgreich war und wir uns bald treffen können, ohne dass es ihre Schwester mitbekommt.«

»Diese Datesache war echt Willows Idee?« Ich war überrascht. Die Kleine schien es faustdick hinter den Ohren zu haben.

Raoul hob die Schultern. »Willow meinte, dass ihre Schwester selbst ein paar Dates bräuchte, damit wir uns ungestört kennenlernen können.«

»Und da hast du ihr vorgeschlagen, dass ich die Dates übernehmen soll?«

»Klar, wer sonst?« Raoul grinste.

Seufzend schüttelte ich den Kopf. Nicht zu fassen, wie schnell die beiden Nägel mit Köpfen machen. Zwischen Willow und Raoul schien sich etwas Ernsthaftes anzubahnen.

13. Kapitel – Dylan

»Wow, wow, wow … Leute, das müsst ihr sehen!«, kam ein Typ zu uns in die Küche gerannt. »Da tanzen zwei heiße Bräute auf dem Esstisch im Wohnzimmer!«

Er schnappte sich einen unserer noch vollen Bier-Pong-Becher, winkte uns zu, ihm zu folgen, und stürzte wieder nach draußen.

»Los, komm mit, das dürfen wir nicht verpassen«, rief Raoul lachend, schlug mir auf die Schulter und lief aus der Küche. Ich folgte ihm.

Im Wohnzimmer standen eine Menge Leute um den Esstisch, fast nur halbbesoffene Kerle. Sie grölten und klatschten, feuerten die beiden Frauen an, die auf dem Tisch einen sexy Tanz hinlegten, dass einem der Schwanz in der Hose hochschnellte. Wie einstudiert bewegten sie sich nach *Single Ladies* von Beyoncé.

Scheiße, das war heiß, absolut heiß, keine Frage.

Doch als ich erkannte, welche Frau ihre Hüften im Rhythmus der Musik schwenkte, mit dem Hintern wackelte und sich lasziv durch das lange schokobraune Haar fuhr, schnappte ich erschrocken nach Luft.

What the fuck … Das ist Abby!

Mit entsetztem Gesichtsausdruck starrte ich Raoul an. »Was macht Abigail Thompson da oben?«

Strahlend nickte er mir zu. »Ist die Braut der Hammer? Absoluter Wahnsinn!«

»Wahnsinn? Der ganze Scheiß ist abgefuckter Irrsinn!«

Ich verstand Raoul nicht und streckte aufgebracht die Hand aus. »Wir müssen die beiden dort runterholen, bevor sie irgendjemand begrapscht!«

»Blödsinn, Bro. Gönn dir den Anblick.«

Raoul lachte mit leuchtenden Augen, klatschte jubelnd wie die anderen aufgegeilten Typen mit und quetschte sich weiter nach vorn, um besser sehen zu können. Ich folgte ihm kopfschüttelnd und stellte mich neben ihn.

»Mann, Raoul«, stieß ich aufgebracht aus. »Abby ist betrunken und weiß nicht, was sie da oben tut.«

Mein Blick schweifte umher. Überall sabbernde Wichser »Ich weiß«, erwiderte Raoul, stupste mich mit der Schulter an und neigte sein Gesicht zu meinem Ohr. »Sie ist dein Date für einen Monat.«

»Was?« Mit vor Schreck geweiteten Augen starrte ich Raoul an. »Sag das noch mal!«

»Abigail Thompson ist Willows Schwester, dein Date!«

»Du hast das die ganze Zeit gewusst und mich mit Absicht in Unkenntnis gelassen, wen ich daten soll?« Schnaubend ballte ich die rechte Hand. Ich war kurz davor, Raoul meine Faust ins Gesicht zu rammen, als plötzlich ein Aufschrei zu uns drang.

»Aua.« Kam es wie aus einem Mund.

Mein Blick schoss nach oben.

Abby und ihre Freundin waren mit den Köpfen zusammengestoßen. Mit schmerzverzerrten Mienen und orientierungslos standen sie auf dem Tisch. Gleich stürzten beide herunter, wenn keine Hilfe kam.

»Scheiße, Raoul, ich fange Abby auf, du die andere.«

Wir sprangen zu ihnen, stießen dabei die Leute beiseite, die uns im Weg standen. Abby und ihre Freundin wankten vor und zurück.

»Komm zu mir, Abby!« Ich riss die Arme hoch. Die Augen verdrehend, fiel mir Abby entgegen.

Während ich sie mir über die Schulter legte, sah ich aus dem Augenwinkel Raoul, der die Freundin vom Tisch hob und sie sich ebenfalls über die Schulter warf.

Ohne auf die grölende Meute um uns herum zu achten, bahnten wir uns den Weg aus dem Wohnzimmer.

»Komm mit«, wies ich Raoul an. »Wir bringen sie auf die Terrasse. Dort beratschlagen wir, was wir mit den beiden Ladys machen.«

Kaum waren wir draußen, fing Abbys Freundin an zu wimmern. »Mir ist so schlecht, ich glaube, ich muss kotzen.«

Auch das noch …

»Dorthin.« Ich deutete mit der rechten Hand zu einer Bank, mit dem linken Arm umschlang ich Abbys Oberschenkel, damit sie mir nicht von der Schulter rutschte.

Raoul brachte vorsichtig Abbys Freundin neben einem Pflanzenkübel zum Stehen.

»Sky, alles gut?«, kam es kläglich von Abby, die ich auf die Bank absetzte.

Nur ein Seufzen drang aus dem Mund von Abbys Freundin.

»Skylar, antworte!«

»Nichts ist gut«, jammerte Skylar und sank auf die Knie. Sie keuchte, würgte und kotzte schließlich in den leeren Kübel.

Raoul hielt mit angewiderter Miene die wirren Locken aus Skylars Gesicht, während sie nicht aufhörte, ihren Mageninhalt in den Kübel zu versenken.

»Besoffene Frauen sind echt anstrengend«, stöhnte Raoul. Recht hatte er, und ich konnte dazu nur zustimmend nicken.

Glücklicherweise schien Abby kein Bedürfnis nach dem Pflanzenkübel zu haben. Ich hatte mich neben sie gesetzt, und sie war mit ihrem Kopf gegen meine Schulter gesunken.

»Wer bist du, mein edler Retter«, lallte sie mit geschlossenen Augen.

Ich stieß ein trockenes Lachen hervor, ohne ihr eine Antwort zu geben. *Abby, das willst du nicht wissen.*

O Gott, die beiden Frauen waren so was von breit.

Abby schien dermaßen betrunken zu sein, dass sie noch nicht einmal geschnallt hatte, wer sie vom Tisch gehoben und aus dem Wohnzimmer getragen hatte.

»Was machen wir denn mit den beschwipsten Ladys?«, fragte Raoul und half Skylar auf die Beine. Sie schien mit ihrer Kotzerei fertig zu sein.

Ich umfasste Abbys Kinn und hob es zu meinem Gesicht. »Seid ihr mit dem Auto hier?«

»Hmmm.« Abby versuchte, die Augen zu öffnen, mehr als ein Blinzeln schaffte sie vorerst nicht.

»Deins oder das von Sky?«, hakte ich nach.

»Meins« nuschelte sie, bevor sie die Lippen zu einem Grinsen verzog. »Willst du mit zu mir?«

Bestimmt nicht. Ich seufzte. »Nein, aber ich werde dich nach Hause fahren. Wo hast du deinen Autoschlüssel?«

»Am Schlüsselbund.«

»Ja, klar«, stöhnte ich. »Geht es ein bisschen genauer, ich meine, wohin du ihn gesteckt hast?«

Mir war zwar so, als ob etwas Hartes gegen mein Schlüsselbein gedrückt hatte, während ich mit Abby auf der Schulter nach draußen gelaufen war. Jedoch wollte ich mich nicht an ihren Klamotten zu schaffen machen und selbst nach dem Autoschlüssel suchen.

»Warte.« Abby gelang es endlich, ihre Augen offen zu halten. Sie schien noch immer nicht zu raffen, wer ihr half, was darauf schließen ließ, dass ihr Erinnerungsvermögen vom vielen Alkohol weiterhin getrübt war.

Ohne den Hauch einer Verwunderung streckte sie den Rücken durch, zog aus der vorderen Jeanstasche ihr Schlüsselbund und drückte es mir in die Hand.

»Und was ist mit euren Taschen?«, erkundigte ich mich beim Verstauen der Schlüssel in meiner Jeans.

»Skylars Clutch liegt im …« Abby kräuselte die Nase, während sie nachdachte. »Ah, ich weiß es, im Handschuhfach. Meine Sachen auch.«

»Okay.« Ich war erleichtert, dass wir nicht gezwungen waren, das Haus abzusuchen. »Das heißt, wir können los. Dann hoch mit dir.«

Abby hatte ihre Arme fest um meine Taille geschlungen, dass ich zwei Anläufe benötigte, um von der Bank hochzukommen. Irgendwie schien sie mich nicht loslassen zu wollen.

Ich fasste nach ihren Handgelenken, lockerte ihre Arme um meinen Rücken und schob sie ein Stück von mir. »Wo steht dein Auto?«

»Die Straße runter«, kam als vage Antwort.

»Okay.« Ich kramte nach meinem Autoschlüssel und übergab ihn an Raoul. »Am besten, die Frauen gehen voran und wir folgen ihnen. Wenn du Skys Clutch hast, fährst du sie mit dem Pick-up nach Hause.« Prüfend sah ich ihn an. »Du hast doch auch nur ein bisschen Bier getrunken?«

»Ja, den Becher beim Bier-Pong. Zu mehr kam ich noch nicht.« Raoul schaute sich nach Skylar um, die sich zum Glück im Griff hatte und bei Abby stand. »Und wie kommst du zurück?«, wollte er wissen.

»Ich rufe mir nachher ein Taxi.«

»Na dann, Ladys, auf geht's«, rief Raoul lachend und machte eine einladende Handbewegung, dass die Frauen loslaufen sollten.

Dass eine viertel Meile mit zwei betrunkenen Frauen im Schlepptau eine halbe Ewigkeit dauern würde, hätte ich nicht erwartet. Jede Straßenlaterne wurde umarmt, Büsche gestriffen, mehr seitwärts als vorwärts gestolpert. Mehrmals waren Abby und Skylar stehen geblieben, um die Sterne zu bewundern. Ein Survivaltraining hätte kaum schwieriger sein können. Außerdem konnten wir froh sein, dass ich Abbys kleinen blauen Ford schon mal gesehen hatte, sonst wären wir vermutlich die restliche Nacht umhergeirrt.

Nach gefühlten Stunden waren wir am Auto angekommen. Dort begannen sich Abby und ihre Freundin überschwänglich zu verabschieden. Irgendwann hatten sie begriffen, dass sie sich spätestens am nächsten Tag wiedersehen würden. Bis dahin hatten sich Abby und Skylar mindestens fünf Minuten in den Armen gelegen, mit Küsschen linke Wange, Küsschen rechte Wange, alles verbunden mit einem Schwall alberner Liebesbekundungen. Typisch Frauen. Mir wurde mal wieder bewusst, wie unkompliziert Männer waren. Da drückte man sich kurz und das war's.

Aber Abby und Skylar hatten ihren Abschied derart nervig zelebriert, dass ich dann notgedrungen eingeschritten war. Ich war müde und sehnte mich nach meinem Bett. Raoul wirkte genauso erschöpft.

Ich setzte Abby auf den Beifahrersitz, beugte mich über sie, und half ihr, sich mit dem Gurt anzuschnallen.

Danach umrundete ich das Auto, ließ mich hinter das Lenkrad gleiten und schloss die Tür.

Bevor ich den Motor startete, fragte ich Abby nach ihrer Adresse. Schließlich lenkte ich den Ford aus der Parklücke und winkte Raoul und Skylar zum Abschied zu.

Abby saß schweigend und reglos neben mir. Ich hatte plötzlich den Verdacht, dass sich die Nebelwand in ihrem Kopf lichtete und ihr langsam bewusstwurde, mit wem sie unterwegs war.

Ich fühlte mich irgendwie hilflos, weil ich keine Ahnung hatte, wie sie mit der Erkenntnis umgehen würde.

Das Schlimmste, was passieren könnte, wäre, dass sie aus dem Auto springen würde. Sicherheitshalber beobachtete ich aus dem Augenwinkel ihre Hände, wobei ich mich vorrangig auf das Fahren konzentrieren musste. Die Straßen waren um diese Zeit leer, aber leichtsinnig wollte ich keinesfalls sein.

Meine Hände umfassten das Lenkrad und ich schwieg wie Abby. Ich wartete auf eine Reaktion von ihr. *Nun los, sag was, Abby.* Sie blieb weiter still, aber dass es hinter ihrer Stirn arbeitet, konnte ich an ihrem starr nach vorn gerichteten Blick erkennen.

Vielleicht sollte ich selbst etwas sagen, ein harmloses Gespräch anfangen?

Aber welches Thema sollte ich anschneiden? Verfluchte Scheiße, mir fiel einfach nichts ein, worüber wir jetzt unverfänglich reden könnten.

Nervös kaute ich auf der Unterlippe. Es war das erste Mal, dass ich ratlos neben einer Frau saß, und mir wurde schlagartig klar, auf was für einen dämlichen Deal ich mich eingelassen hatte.

Wenn wir jetzt nicht einmal miteinander reden konnten, wie sollte ich es hinbekommen, dass sie sich auf ein Date mit mir einließ? Ha, Blödsinn, wovon redete ich? Ich müsste sie einen ganzen beschissenen Monat daten, und diese Vorstellung überforderte mich. Wie sollte das klappen? Kaum vorstellbar.

Während ich über die verfickte Situation grübelte, riss mich plötzlich Abbys Stimme aus den Gedanken.

Sie hatte mir ihr Gesicht zugewandt und sah mich mit eisiger Miene an. »Ich habe dich auf der Party nicht gesehen, ist schon überraschend, dass du dort warst. Sky und ich haben etwas zu heftig gefeiert. Deshalb bin ich dir dankbar, dass du mir vorhin geholfen hast und mich nach Hause fährst.«

Sie strich sich eine Strähne hinter das Ohr, hielt einen Augenblick inne. »Wirklich nett, dass sich Raoul um Sky kümmert. Aber damit das klar ist …« Ihre kalte Stimme ließ die Temperatur im Autoinneren in den Minusbereich sinken, und ein Schauer lief mir über den Rücken.

Abby räusperte sich, bevor sie fortfuhr: »Das ändert nichts daran, dass du das größte Arschloch unter der Sonne bist, Dylan Jenkins.« Nachdem sie geendet hatte, stieß sie ein abweisendes Knurren aus, lehnte sich zurück und verschränkte die Arme vor der Brust.

Langsam sickerten ihre Worte in mein Hirn. Abby hatte mich beleidigt. Einerseits bedankte sie sich für Raouls und meine Hilfe, betitelte mich aber im gleichen Atemzug als Arschloch. *Spinnt die Frau?*

Fassungslos schnappte ich nach Luft, bevor ich zurückschoss. »Du bezeichnest mich als Arschloch?«, fuhr ich sie an. »Du bist ja wohl die letzte Person auf dieser Welt, die so etwas über mich behaupten dürfte.« Wütend schlug ich mit der Hand aufs Lenkrad. »Wenn wir schon dabei sind, wie wir uns gegenseitig einschätzen, dann kann ich zu dir nur sagen, dass du die abgebrühteste Frau bist, die mir jemals über den Weg gelaufen ist. Ich verstehe echt nicht, wie du zu dieser Einschätzung gelangen konntest. Ich bin vieles, aber gewiss kein Arschloch, Abigail Thompson.«

Ich war derart aufgebracht, dass ich bewusst tief ein und aus atmete, um mich zu beruhigen. Schnell warf ich einen Blick auf Abbys Gesicht, bevor ich mich wieder der Fahrbahn zuwandte. Abby hielt die Augen geschlossen, langsam hob und senkte sich ihre Brust. Wahrscheinlich konnte sie mich genauso wenig direkt ansehen wie ich sie jetzt. Ich verstand nicht, woher ihr seltsamer Gefühlsausbruch gekommen war und warum sie mich grundlos ein Arschloch genannt hatte.

Nun gut, könnte sein, es lag an den vielen Drinks, die sie auf der Party in sich hineingeschüttet hatte. Vermutlich war es für sie ziemlich peinlich gewesen, dass ich sie beim Schnüffeln an meinem verschwitzten Sportshirt erwischt hatte. Aber warum sie so schlecht über mich dachte … Ich hatte keinen blassen Schimmer. Sie war es, die meine Gefühle verletzt hatte, nicht umgekehrt.

Meiner Meinung nach war es so weit, dass wir reinen Tisch machen und über die gemeinsame Nacht sprechen sollten, was am nächsten Morgen passiert war. Wir hatten uns lange genug ignoriert.

Wer wusste schon, ob es vom Schicksal nicht gewollt war, dass wir gemeinsam in Abbys Auto saßen? Sollte ich die Chance nutzen und ehrlich zu ihr sein?

Ich musste es versuchen.

Ich leckte mir über die Lippen, dachte darüber nach, wie ich beginnen sollte. »Kannst du dir vorstellen«, sagte ich sanft, »dass du die erste Frau warst, in die ich mich jemals verliebt habe?«

Abby grunzte, ein Zeichen für mich, mit meinem Geständnis fortzufahren: »Ich musste meinen ganzen Mut zusammennehmen, um dich anzusprechen, damals, bei deinem Cheerleadertraining. Nur traute ich mich nicht mehr, als dich nach deinem Namen zu fragen. War blöd, weil ich ihn schon kannte. Aber ich war dir gegenüber irgendwie gehemmt, nun ja … Wie sage ich's am besten …« Ich hob seufzend die Schultern. »In der Mannschaft wurde herumerzählt, dass du Männer datest und sie hinterher wie eine heiße Kartoffel fallen lässt. Deshalb hat es so lange gedauert, bis ich mich überwunden habe, dich wenigstens zu fragen, ob wir uns auf einen Kaffee treffen wollen. Mit dir Zeit zu verbringen, war echt schön. Ich habe mich noch mehr in dich verliebt und deshalb kalte Füße bekommen. Das mit uns war so tief und da war dann diese Scheißangst, dass du mit mir das Gleiche abziehen könntest wie mit den anderen Typen.«

Seufzend rieb ich mir mit der Hand über den Mund, dann redete ich weiter: »Vermutlich ging es dir ähnlich mit mir. Ich weiß ja, mein Ruf war nicht besser. Ich habe mich mit Frauen getroffen und wir haben gefickt. Das war's. Aber mit dir … Nach der Party, unsere Nacht, der Sex … Am nächsten Morgen wollte ich dir so viel erzählen, von mir, meinen Gefühlen für dich, dass ich vor Glück explodieren könnte … Mann, Abby. Ich krieg das nicht in meinen Kopf rein. Was war auf einmal los mit dir, erklär's mir?«

Ich stieß geräuschvoll die Luft aus. Statt mir zu sagen, warum das zwischen uns für sie nur ein Spiel gewesen war, bekam ich wieder so ein bescheuertes Grunzen zu hören.

Dass sie mir jedes Wort aus der Nase zog, aber sich nicht selbst zu der Nacht äußerte, regte mich tierisch auf, weswegen ich zu ihr sagte: »Wenn wir bei dir angekommen sind, wirst du mir Rede und Antwort stehen, was dich geritten hat, mit mir so mies umzuspringen!«

Wie erwartet, grunzte sie ihre Antwort. *Mensch, das nervt.* »Echt jetzt, Abby. Ich gestehe dir, dass ich für dich Gefühle hatte und den ganzen anderen Scheiß, aber du antwortest mir nur mit diesem blöden Grunzen. Ferklisch muss ich erst lernen, also sprich mit mir in einer Sprache, die ich verstehe.«

Kopfschüttelnd starrte ich nach vorn und wartete, dass sie endlich den Mund aufmachte. Nichts. Na wunderbar, nun gab sie keinen verfickten Laut mehr von sich. War ja logisch, sie spielte die Beleidigte, weil sie mir zum Gesagten nichts entgegensetzen konnte.

Nachdem ich den Ford in der Nähe ihres Hausaufgangs geparkt hatte, schaffte ich es nicht mehr, mich zurückzuhalten.

Nach einem letzten tiefen Durchatmen fuhr ich mir mit beiden Händen durchs Haar. Ich war schon halb am Verzweifeln, weil Abby mich die ganze Zeit um Kopf und Kragen hatte reden lassen. Wütend zog ich den Autoschlüssel aus dem Zündschloss und drehte meinen Oberkörper zu ihr.

»Kannst du mir mal bitte …« Mitten im Satz brach ich ab.

»Sind wir schon da?« Gähnend rekelte sich Abby auf dem Beifahrersitz.

Stöhnend ließ ich den Kopf auf das Lenkrad sinken und verharrte mit geschlossenen Augen in dieser Position, bevor ich ihre Frage mit einem gemurmelten Ja beantwortete.

Abby fummelte am Gurt, bis ein Klicken zu hören war. Sie holte ihr Handy und das Portemonnaie aus dem Handschuhfach, stopfte alles in ihre Jeans und öffnete die Tür. Dann kletterte sie aus dem Auto. »Meine Schlüssel«, hörte ich sie rufen.

Schlecht gelaunt hob ich den Kopf. Ich stieß die Tür auf und schwang mich vom Fahrersitz.

Von wegen Schicksal, ich labere mir alles von der Seele und sie hat gepennt. Scheiß Alkoholrausch, der mir schön dazwischen gegrätscht ist. Ein klares Zeichen, mich keinesfalls ein zweites Mal zu outen.

Ich würde diese Datesache durchziehen, aber mich nie wieder vor Abby zum Idioten machen. Die Geschichte von damals musste abgeschlossen werden. Vielleicht besser so.

Schlussendlich hätte ich keine Garantie dafür, dass sie mich nicht doch auslachen würde, wenn ich ihr gegenüber zugäbe, dass mir unsere gemeinsame Nacht wichtig gewesen war. *Gott bewahre, auf diese Peinlichkeit verzichte ich gern freiwillig.*

14. Kapitel – Abby

Während Dylan das Auto verschloss, ließ ich meine Augen über die Häuserfassade schweifen. »Hast du mich nach Hause gefahren?«

»Ja, was dachtest du denn, wohin ich dich gebracht habe?«, fragte Dylan und kam ums Auto gelaufen. Prüfend sah er mir ins Gesicht. »Geht's dir gut?«

Schulterzuckend betastete ich meinen Kopf, der vom Zusammenstoß mit Sky ein wenig schmerzte. Hatte ich echt mit ihr auf dem Esstisch getanzt? *Mann, das passiert, wenn man zu viel zusammengemixtes Zeug trinkt.* Ob Dylan meine Entgleisung mitbekommen hatte, oder war er erst später dazugekommen?

Ich konnte mich nur an Einzelheiten erinnern. Was hatten Sky und ich alles angestellt? Keine Ahnung. Filmriss.

»Vielen Dank, dass du mich nach Hause gebracht hast«, sagte ich und streckte die Hand aus. »Gibst du mir jetzt bitte die Schlüssel?«

Dylan schmunzelte kopfschüttelnd. »Glaubst du wirklich, ich lasse dich einfach so auf der Straße stehen?«

»Yep, genau das denke ich. Du kannst dich auf den Heimweg machen.« Ungeduldig winkte ich mit der Hand. »Schlüssel!« Ich fand, dass wir nicht länger als nötig Zeit zusammen verbringen sollten.

Ohne auf meine auffordernde Geste einzugehen, legte Dylan seinen Arm um meine Taille. »Erst, wenn ich dich sicher vor deiner Wohnungstür abgeliefert habe, lasse ich dich allein. Bis dahin bleibst du unter meiner Aufsicht.« Um seiner Entscheidung mehr Nachdruck zu verleihen, schob er mich Richtung Hauseingang.

Da ich viel zu müde und betrunken war, akzeptierte ich seine Entscheidung. Obwohl ich ihn im nüchternen Zustand definitiv von mir gestoßen hätte. Immerhin war er ein Arschloch. Das hatte ich ihm im Auto direkt ins Gesicht gesagt. Darauf hatte er nicht reagiert. Jedenfalls konnte ich mich an keine Reaktion erinnern. Aber egal. Leider fehlte mir jetzt die Kraft, um mich mit ihm zu streiten.

Außerdem empfand ich seine Nähe als angenehm, obwohl ich mir im Klaren war, dass ich ihn lieber meiden sollte. Ich nutzte die Gelegenheit – nur noch dieses eine Mal, versprach ich mir –, um ganz unauffällig meine Nase gegen seine Brust zu drücken. Warum roch Dylan so verboten gut? Ich war schon damals ein Inhalierjunkie, was seinen Duft betraf.

»Abby, was machst du da?«, fragte Dylan irritiert.

»Nur einmal kurz schnupp … Äh, mein Kopf ist so schwer, sorry.« Hastig drückte ich mich von Dylan ab, befreite mich aus seiner Umarmung und wankte zur Haustür. Himmelherrgott, der Alkohol drehte in meinem Hirn ein paar flotte Runden, dass ich nicht Herrin meiner Sinne war. *Dylan Jenkins ist ein fieser Mistkerl, Abby, vergiss das nicht!*, rief ich mir ins Gedächtnis zurück.

Im Treppenhaus schaute ich jammernd die Stufen hoch. »Och nee, so viele muss ich hochsteigen?«

»Halt dich am Geländer fest, ich schiebe von hinten«, schlug Dylan vor, und schon spürte ich seine Hände an meinem Rücken.

Mühsam zog ich meinen Körper am Geländer hoch. Jedenfalls glaubte ich es. »Und Zug. Und Zug«, trieb ich mich an.

Dylan lachte hinter mir, was ich gar nicht witzig fand.

»Was ist so lustig, darf ich mitlachen?«, meckerte ich.

»Abby«, gluckste er.

»Was ist?« Ich schaute mit gerunzelter Stirn zu ihm.

»Du darfst nicht nur sagen, dass du ziehst, du musst auch

deine Beine bewegen.« Wir sind nicht eine Stufe hochgekommen.

»Ich bewege sie doch«, reagierte ich empört und schaute auf die Stufen. »Oh, ich bin ja noch am Anfang.«

»Bist du«, seufzte Dylan. Er trat neben mich und umschlang meine Mitte. »Gemeinsam geht's besser.«

Um nicht den gleichen Fehler ein zweites Mal zu begehen, konzentrierte ich mich vorrangig auf meine Füße. »Rechts, links, rechts, link«, forderte ich sie auf und stieg so die Treppenstufen hoch, bis wir vor der Wohnungstür angekommen waren.

»Geschafft«, sagte Dylan, wählte den richtigen Schlüssel und steckte ihn ins Schloss.

»Möchtest du, dass ich kurz mit reinkomme?«, fragte er und öffnete die Tür.

»Um meine Büchersammlung zu sehen?«, rutschte es aus mir heraus. *Wo kam denn das jetzt her?* Plötzlich fiel mir Raoul ein, der Willow bei Geschichte helfen wollte.

Dylan schaute verdutzt. Bei seinem Gesichtsausdruck musste ich kichern. »Ich hatte eine komische Erinnerung«, sagte ich schnell, bevor er mein Angebot missverstehen könnte, denn schlagartig machte sich ein freches Grinsen auf seinen Lippen breit. »Ein anderes Mal sehe ich mir gern deine Büchersammlung an. Ich werde auf dein Angebot zurückkommen.«

Dylan legte den Kopf schräg und sah mich nachdenklich an. »Wenn ich es mir so überlege, würde ich dich wirklich gern wiedersehen.«

Ich drängte mich an ihm vorbei, drehte mich zu ihm um und sah ihn mit ernster Miene an. »Früher hätte ich zugestimmt. Heute nicht mehr.«

»Abby, wir …«

Bevor er seinen Satz beenden konnte, zog ich den Schlüssel aus dem Schloss und knallte ihm die Tür vor der Nase zu. Für einen Augenblick hätte ich beinahe vergessen, was er mir angetan hatte. Zum Glück hatte ich rechtzeitig die Kurve gekriegt.

Mich mit ihm treffen … In welchem Traum ist der denn gelandet? Never again!

Das Ohr fest an die Tür gedrückt, lauschte ich. Mindestens zwei Minuten hörte ich keine Regung, dann vernahm ich Schritte, die sich entfernten.

Erleichtert atmete ich auf, dass Dylan gegangen war. Ich zog die Schuhe aus und ging in die Küche, um so viel Wasser wie möglich zu trinken, um einen hässlichen Kater zu vermeiden. Ich holte mir aus dem Kühlschrank eine Flasche und öffnete den Schraubverschluss. Während das Wasser Schluck für Schluck meine Kehle hinunterrann, dachte ich an Dylans Worte. Er hatte gesagt, er würde mich wiedersehen wollen. Mein Verstand sagte mir, dass ich richtig geantwortet hatte, aber mein verfluchtes Herz erklärte mit jedem Schlag, dass ich ihm eine letzte Chance geben sollte. Die Gefühle in mir waren zwiegespalten.

Bevor ich ins Bett ging, schaute ich nach Willow. Sie schlief mit einem Lächeln auf den Lippen wie ein unschuldiges Kind.

Ich selbst war noch immer von der Begegnung mit Dylan aufgewühlt und ging mit der Frage ins Bett, ob ich ihn wieder in mein Leben lassen sollte oder es besser wäre, ihn von mir fernzuhalten.

15. Kapitel – Abby

Mein Auto war nicht angesprungen, weil die Batterie leer war. Kaum verwunderlich, das Teil war genauso alt wie der Ford, weswegen ich mir vornahm, am Nachmittag zur Werkstatt zu fahren, um sie dort austauschen zu lassen.

Freundlicherweise hatte mir ein Nachbar mit seinem Wagen Starthilfe geleistet. Gleich am Montag mindestens eine Stunde zu spät zu kommen, wäre kein guter Start in die neue Woche. So hatte ich nur dreißig Minuten Zeit verloren.

Ich gähnte hinter vorgehaltener Hand, als ich den Reinigungswagen durch den Gang zum Seminarraum von Mathematikprofessor Charles Bolton schob.

Das Wochenende saß mir heute noch in den Knochen, dass ich mich wie eine Schnecke bewegte.

Gestern hatte ich den halben Tag im Bett gelegen, weil ich von der Party und dem vielen Alkohol geschafft war. Zum Glück war Willow bei Liv gewesen, um Seminaraufgaben zu erledigen. Sie hatte dort zu Abend gegessen, sodass ich nichts kochen musste. Den ganzen Tag hatte ich ein flaues Gefühl im Magen gehabt, dass mir allein durch den Gedanken an Essen Magensäure in die Kehle gestiegen war. Mir war so übel gewesen, dass ich nur gebügelt und das Bad und die Küche geputzt hatte.

Willow hatte nach ihrer Rückkehr die Zimmer gesaugt und eine Waschmaschinenladung Wäsche gewaschen. Dass sie immer mehr Verantwortung übernahm, registrierte ich erfreut und verspürte gleichzeitig Erleichterung.

Früher hatte alles unsere Mutter gemacht. Willow schien aber selbst das Bedürfnis zu haben, selbständig zu sein, und das war eine wichtige Eigenschaft, um erfolgreich das Studium zu meistern.

»Guten Morgen«, begrüßte ich den Professor, nachdem ich mit dem Reinigungswagen in den Raum gekommen war. Neugierig schaute ich auf seinen Tisch. Dort stand ein großer quadratischer Kasten aus Klarglas mit silbernem Metallrahmen und einem Boden aus Spiegelglas. Vorn war ein Vorhängeschloss angebracht. Meine Augen wanderten weiter zur Tafel, um zu lesen, was der Professor mit Kreide dort dranschrieb. Es ging um irgendwelche Formalitäten.

»Ah, Miss Thompson, guten Morgen. Spät dran heute, nicht wahr?« Der Professor hielt inne und drehte sich zu mir.

»Hm«, gab ich als knappe Antwort.

Bolton schmunzelte. »Dann lassen Sie sich von mir nicht aufhalten.«

»Welche Bewandtnis hat das mit dem Kasten?«, erkundigte ich mich und ging zum Abfalleimer, um die volle Mülltüte gegen eine leere zu tauschen. Den Müll warf ich in den Abfallbehälter, der an meinem Reinigungswagen befestigt war.

»Es findet ein Wettbewerb statt.« Mit dem Kinn deutete der Professor zur Tafel. »Hier stehen die Bedingungen. Ich bin aber noch nicht fertig. Jeden Montag, Mittwoch und Freitag wird morgens, Punkt sieben Uhr, vor dem Seminarraum im Schaukasten eine knifflige Aufgabe ausgehangen.« Der Professor zeigte mit dem Daumen Richtung Gang, wo der Schaukasten hing.

»Dienstag, Donnerstag und Samstag muss morgens, auch Punkt sieben Uhr, die Lösung auf Papier und zusammengefaltet im Kasten gelandet sein«, fuhr er fort. »Wer die Aufgabe richtig gelöst hat, erfährt es noch am selben Tag, Punkt sechs Uhr abends, durch Aushang der Matrikelnummer. Es wird kein Teilnehmer namentlich genannt. Der Wettbewerb findet so lange statt, bis nur noch ein Kandidat übrigbleibt. Der Gewinner erhält vierzigtausend Dollar.«

»Hu … Wow, vierzigtausend Dollar.« Mir wurde heiß. »Von wem kommt das Geld?«

»Darf ich Ihnen leider nicht verraten, aber der Betrag wurde von einem großen Finanzunternehmen gesponsert.« Seufzend hob der Professor die Schultern. »Leider dürfen nur Studenten, die mindestens im dritten Semester sind, daran teilnehmen, Miss Thompson. Tut mir leid, ich weiß, Sie hätten große Chancen auf den Sieg gehabt.« Der Professor wandte sich von mir ab und schrieb weitere Bedingungen an die Tafel.

Ich blickte wieder zum Glaskasten. Das Geld hätte mir geholfen. Ich begann zu träumen und stellte mir vor, wie ich mich nach Willows Abschluss erneut an der Universität einschrieb und ohne Geldsorgen mein eigenes Studium beendet hätte.

Doch Träume sind Schäume, wie es so schön hieß.

Ähm, nee nicht unbedingt …

Moment.

Ich biss mir auf die Unterlippe. »Sagen Sie, Professor Bolton, dürfen alle Studenten an dem Wettbewerb teilnehmen, oder ist er nur den Mathematikern vorbehalten?«

»Nein, alle Studenten können sich beteiligen. Es gibt dahingehend keine Vorgaben.«

»Wow, vierzigtausend Dollar«, murmelte ich, holte den Wischlappen aus dem Eimer und wrang ihn aus, um die Tische abzuwischen.

Der Professor räusperte sich. »Miss Thompson.«

Ich ließ den Lappen auf dem Tisch liegen und drehte mich dem Professor zu. »Ja?«

»Ich habe es Ihnen nie gesagt, aber ich bedauere es zutiefst, dass Sie nicht mehr in meinen Kursen sind und ich hoffe, dass Sie irgendwann die Möglichkeit haben, Ihr Studium wieder aufzunehmen.«

»Danke für Ihre Worte, Professor Bolton.« Ich lächelte ihn an. Er war ein strenger Dozent, der die Fünfzig längst überschritten hatte.

Seit ich an der Universität war, sah ich ihn nur braune Cordanzüge mit Fliege tragen. Verdammt altmodisch, doch im Kopf war er fitter als so mancher Student. Ich konnte ihn gut leiden, und dass er mich ebenso mochte, war ein schönes Gefühl. Vor allem, weil ich kaum ein nettes Wort von meinen ehemaligen Kommilitonen oder Professoren zu hören bekam.

Ich fegte und wischte eilig den Raum, um verschwunden zu sein, bevor das Seminar begann.

»Auf Wiedersehen, Professor Bolton«, verabschiedete ich mich. Er nickte mir zu, und ich verließ mit dem Reinigungswagen den Raum. In wenigen Minuten würden die ersten Studenten eintrudeln, begegnen wollte ich keinem von ihnen.

Auf dem Gang blieb ich mit dem Wagen stehen, holte mein Handy hervor und tippte eine Nachricht an Sky. Sie sollte nach dem ersten Block in die Cafeteria kommen. Ich hatte dringend etwas mit ihr zu besprechen.

Dann sah ich mich um, machte mit dem Handy schnell ein Foto von der Aufgabe im Schaukasten, bevor ich mich zu den Toiletten aufmachte.

Mit der Reinigung würde ich jedoch erst beginnen, wenn die Kurse angefangen hatten. Zuschauer beim Putzen – vor allem bei den Klos – brauchte ich nicht.

»Was willst du trinken?«, fragte mich Sky, als sie an den kleinen Tisch trat. Sie stellte die Tasche ab, schob ihre Schiebermütze von den Haaren und wühlte durch ihre Locken.

Skys Wangen waren gerötet. Ich sah ihr an, dass sie sich beeilt hatte, zu unserem Treffen zu kommen.

»Caffè Latte, danke«, sagte ich und lächelte. Wir wechselten uns beim Bestellen immer ab.

»Trinke ich auch, bin noch total müde«, sagte Sky, holte ihr Portemonnaie hervor und stellte sich am Tresen an.

Ich freute mich, dass Sky kommen konnte, und war gespannt, was sie zu meinem Plan sagen würde. Sie studierte Biologie, aber als Zweitfach hatte sie Sport gewählt. Sie wollte später die Tanzschule ihrer Mutter übernehmen. Dort wurde nicht Ballett, sondern für Kinder eine Mischung aus kreativem Tanz und experimenteller Körpererfahrung unterrichtet. Keine Ahnung, was das für improvisierte Sachen waren. Irgend so ein Montessorikram. Sky wollte mir mal dieses Baumeister-seiner-selbst-Konzept erklären, aber ich verband Montessori mit einer speziellen Form von Schulunterricht. Definitiv nicht mit Tanzen.

»Noch viel zu tun«, fragte mich Sky, stellte die Gläser auf den Tisch und setzte sich.

»Nach dem Küchendienst habe ich für heute Feierabend. Ich bringe mein Auto in die Werkstatt, dann fahre ich zur Schule deiner Mutter und mache dort die Reinigungsarbeiten.«

»Bist du mit dem Bus hier?«

»Nein, der Motor wollte erst nicht anspringen, lag an der Batterie. Und bei dir, langer Tag?«

»Hm, noch drei Blöcke, dann muss ich in die Bibliothek, bin mit der Möchtegernclique verabredet.« Sky grinste schief und schnaubte genervt. Ich lachte über ihren Gesichtsausdruck. »Nach der Party hast du wohl eine Allergie gegen diese Leute entwickelt.«

Sky nippte vom Caffè Latte. »Vor allem gegen Grace. Die ist so eine blöde Kuh.«

»Ach komm, Hauptsache sie sind ein Mehrwert beim Lernen.«

»Das sind sie, sonst würde ich mich mit ihnen keinesfalls mehr abgeben, aber nun sag du mir, warum du mich treffen wolltest.«

Schmunzelnd hob ich mein Glas an die Lippen, trank langsam, um die Spannung zu steigern.

»Hey, was ist?« Sky lachte kopfschüttelnd. »Deine funkelnden Augen verraten mir, dass du Pläne schmiedest. Hat es mit Dylan zu tun?«

Ich schnaubte. »Nein. Es geht um …«

Weiter kam ich nicht, weil Sky plappernd fortfuhr: »Raoul war übrigens sehr nett. Sein Gejammer war nur nervend, dass ich bloß nicht in Dylans Auto kotzen sollte. Also, bei dir war alles okay?«

»Klar.«

»Hat er sich wegen damals entschuldigt?«

Stöhnend rollte ich mit den Augen. »Wie kommst du denn darauf? Dylan hat mich nur bis zur Wohnungstür gebracht.«

»Mehr nicht, ihr habt nicht wegen der Sache damals gesprochen?«

»Nein, er ist dann abgehauen.« Ich trank noch einen Schluck Caffè Latte und stellte das Glas ab. Über Dylan wollte ich nicht reden. Ich hatte mich mit Sky wegen etwas anderem getroffen. »Was würdest du mit zwanzigtausend Dollar anfangen?«, wechselte ich abrupt das Thema.

»Oh, zwanzigtausend Dollar?« Durch die Zähne zog Sky die Luft ein. »Auf die Schnelle würde ich sagen, in der Tanzschule die Toiletten sanieren lassen, dafür fehlt meiner Mom das Geld.« Sky lehnte sich grinsend zurück. »Hast du zwanzigtausend Dollar zu verschenken?«, witzelte sie.

»Ja und nein«, sagte ich mit einem Zwinkern. »Aber wenn du in meinen Plan mit einsteigst, wäre die Chance groß, dass dein Wunsch in Erfüllung geht.«

»Aha. Willst du …« Sky beugte sich über den Tisch dicht an mein Ohr und raunte: »… eine Bank überfallen?«

Ich blickte mich in der Cafeteria um. Niemand beachtete uns. »Ich will in deinem Namen an einem Wettbewerb teilnehmen, bei dem man vierzigtausend Dollar gewinnen kann«, flüsterte ich, zog mein Handy aus der Jeans und zeigte Sky das Foto vom Schaukasten.

»Holy Shit. Ist das tatsächlich ein Mathematikwettbewerb an unserer Universität?«

»Ja, jeder Student ab dem dritten Semester darf daran teilnehmen. Das Einzige, was du machen musst, ist, mir deine Matrikelnummer zur Verfügung zu stellen. Die Lösungen schreibe ich auf dem PC, drucke sie aus und werfe sie ganz früh zusammengefaltet in den dafür vorgesehenen Glaskasten. So bekommt Professor Bolton nicht mit, dass ich die Aufgaben gelöst habe.«

»Bolton ist der Professor, der den Wettbewerb kontrolliert?«

»Genau.«

»Mann, Abby, das ist eigentlich Betrug«, zischte mir Sky zu.

Dass sie recht hatte, konnte ich nicht abstreiten. Aber hatte irgendeiner mit mir Mitleid gehabt, als ich von der Michigan und aus dem Cheerleading-Team geflogen war?

Ich war die Jahrgangsbeste gewesen und mich hatte niemand gefragt, ob ich diesen langweiligen Putzjob machen wollte.

Jetzt hatte ich die einmalige Gelegenheit, aus eigener Kraft mein altes Leben zurückzubekommen. Da war es mir scheißegal, ob man es Betrug nannte, oder nicht. Wem schadete ich denn? Der Beste würde gewinnen. Sky war Studentin wie ich, sie brauchte das Geld wie ich. Das war unsere Chance.

»Brauchst du zwanzigtausend Dollar, Sky?«

»Was für eine Frage, klar brauche ich das Geld.«

»Siehst du, und ich könnte nach Willows Abschluss wieder studieren. Das wäre doch nur fair, oder?«

»Das wäre cool«, seufzte Sky. »Du machst deinen Abschluss und meine Mom könnte die Tanzschule auf Vordermann bringen.«

»Gibst du mir deine Matrikelnummer?«

Nachdenklich sah mir Sky ins Gesicht. »Du meinst es ernst, willst die Sache wirklich durchziehen?«

»Sky, wenn ich es nicht tue, werde ich nie wieder aus diesem beschissenen Leben einen Ausweg finden.«

»Dein Vater war ein widerlicher Mistkerl, dass er dir, deiner Mom, euch allen das angetan hat.«

Ich nickte und versuchte, meine Stimme fest klingen zu lassen, obwohl mir die Erinnerung höllisch wehtat. »Er hat uns in den Ruin gestürzt und sich einfach auf schäbigste Weise aus dem Staub gemacht.«

Ich presste die Lippen zusammen und schluckte den Kloß hinunter, den ich plötzlich im Hals spürte. Ich verstand das Verhalten meines Vaters noch immer nicht.

Ohne Vorankündigung hatte er unsere Familie ins finanzielle Chaos gestürzt, seitdem büßten wir für seine Fehler.

Egal, was mein Vater damals Schlimmes getan hatte, er hätte mit uns gemeinsam die Sache durchstehen müssen, statt sich auf feige Weise davonzumachen. Und das, zum Teufel noch mal, konnte ich ihm nicht verzeihen.

Mein Vater hatte sich ohne Abschied und Erklärung das Leben genommen. Keine Frage, ich liebte und vermisste ihn.

Trotz dessen brodelte es in mir. Wut, Verzweiflung, vor allem mein schlechtes Gewissen.

Denn das Furchtbare war, dass eine innere Stimme nicht aufhörte mir zuzuflüstern, dass ich eine Mitschuld an seinem Tod tragen würde.

Und genau darin lag mein Problem, warum ich mich scheute, mit irgendjemandem darüber zu sprechen. Ich kam mit meinen zwiespältigen Gefühlen nicht klar.

Warum hatte mein Vater über die Schwierigkeiten kein Wort verloren, seine Sorgen vor uns geheim gehalten?

Lag es an mir, hatte mein Vater mir nicht vertraut? War ich in seinen Augen eine undankbare, egoistische Tochter gewesen und trug tatsächlich eine Mitschuld an seinem Tod?

Verdammt, das alles machte mich fertig.

Sky berührte meine Hand. Ich schrak hoch. »Abby, du bekommst die Matrikelnummer«, sagte sie lächelnd. »Und wenn ich dich irgendwie bei dem Wettbewerb unterstützen kann, dann sag es mir.«

»Das kannst du«, erwiderte ich.

»Okay. Hier hast du sie.« Sky zeigte mir ihren Studentenausweis und ich schrieb mir die Nummer ab.

»Ich schicke dir regelmäßig eine Liste aller Bücher, die ich für die Bewältigung der Aufgaben benötigen werde.«

»Hi Abby.« Dylan stand plötzlich vor uns und lächelte zu uns herunter. »Hi«, grüßte ich zurück. *Was sucht der denn an unserem Tisch?*

»Hey Dylan, was geht ab?« Sky grinste ihn frech an, und dafür hätte ich ihr am liebsten einen Tritt gegen das Schienbein verpasst. Sie sollte zu ihm keinesfalls freundlich sein, auch wenn er und Raoul uns nach der Party geholfen hatten.

»Hi Sky. Ich wollte mir nur einen Kaffee holen und dann zum Seminar.« Dylan wandte sich von meiner Freundin ab und mir zu. »Ich hätte vorher noch eine Frage an dich, Abby.«

»Welche?«, fragte ich und war über mich selbst überrascht, dass ich ihm die Möglichkeit gab, mit mir zu reden.

»Dich fragen, wann du mir deine Büchersammlung zeigst«, scherzte er, und ich spürte, wie ich rot anlief.

Sky sah mich perplex an. Sie nahm ihr Glas in die Hand. Beim Nippen am Getränk wanderten ihre Augen zwischen Dylan und mir hin und her.

»Ich zeige dir keine Büchersammlung, und falls du mich fragst, ob wir uns treffen wollen, dann lautet die Antwort ebenfalls nein.«

»Schade.« Dylans Tonfall klang tatsächlich enttäuscht. »Vielleicht überlegst du es dir, wenn ja, dann sag mir Bescheid. Willst du meine Handynummer?«

»Nein.«

»Bekomme ich deine?«

»Dylan, nein, verschwinde!«

»Wirklich nicht?«

Ich seufzte kopfschüttelnd, stützte mein Kinn auf die Hand auf und verdrehte die Augen. Aber ein Schmunzeln konnte ich nicht unterdrücken. Es war irgendwie süß, wie er hartnäckig an unserem Tisch stehenblieb.

Süß? Dylan ist weder süß, noch nett, noch sonst was, schimpfte ich mit meinem Herzen, das sich unerlaubt eingeschaltet hatte und mir diese dummen Gedanken bescherte.

»Na gut, heute nicht«, meinte er und zeigte über die Schulter zum Tresen. »Schönen Tag, Ladys, wie schon gesagt, ich muss mir einen Kaffee holen und zum Seminar.«

»Tu dir keinen Zwang an«, reagierte ich trocken.

»Du, Abby, meine Vorlesung geht gleich los«, meldete sich Sky und angelte nach ihrer Mütze und der Tasche.

»Ja, okay.« Ich war überrascht, dass sie auf einmal loswollte, aber da meine Schicht in der Küche gleich begann, würde ich nicht mehr lange hier sitzen bleiben.

»Lass dein Glas stehen, ich trinke meinen Latte aus und bringe die Gläser zum Geschirrwagen.«

Sky schulterte die Tasche, neigte sich zu meinem Gesicht und küsste mich auf die Wange. »Wenn du heute schon Bücher brauchst, schick mir die Liste und ich bringe sie dir nach Hause.«

»Mach ich. Bye, Sky!« Ich sah ihr hinterher und stellte verwundert fest, dass sie Dylan folgte, der mit einem dampfenden Becher in der Hand auf sie wartete. Er öffnete Sky die Tür und ließ ihr den Vortritt. Ich beugte mich nach vorn, um die beiden durch das große Fenster zu beobachten.

Dass Sky mit Dylan über den Campus lief und sie sich miteinander unterhielten, passte mir gar nicht. Darüber würde ich mit Sky in aller Deutlichkeit reden müssen.

16. Kapitel – Abby

Die Eingangstür öffnete sich und wurde geschlossen, Schritte näherten sich.

Verspätete sich ein Kind?

Vorhin war mir so, als ob alle Kursteilnehmer pünktlich erschienen wären.

»Hi Abby, noch so spät am Arbeiten?«

Mit aufgerissenen Augen fuhr ich herum. Mir fiel fast der Besen aus der Hand. Ich japste nach Luft, umklammerte den Holzstiel wie eine über Bord gegangene Schiffsreisende den Rettungsring. Das wäre zu peinlich, der Besen wäre krachend auf den Boden aufgeschlagen.

»Was machst du denn hier?«, stieß ich keuchend hervor. Mein Herz raste, dermaßen groß war der Schock, dass Dylan in der Tanzschule aufgetaucht war.

Wie demütigend.

Gibt es hier keinen Berg wie bei ›Ali Baba und die 40 Räuber‹, wo ich nur sagen muss: ›Sesam öffne dich‹, um in die Höhle vor Dylan zu flüchten?

Ich hatte mich heute beim Austeilen des Mittagessens mit Tomatensoße bekleckert und sah in dem dreckigen Sweatshirt und den verschwitzten Strähnen, die mir an der Stirn und den Wangen klebten, grässlich aus. Er dagegen stand schön und wie immer perfekt gestylt vor mir, mit seinem sexy männlichen Duft.

Ob ich mich bei ihm erkundige, welches Parfüm er benutzt? Dann kaufe ich es mir und kann heimlich am Flakon schnuppern.

Das alles dachte ich natürlich nur. Eher ließ ich mir den Mund zunähen, als Dylan meine Gedanken zu gestehen. Aber wissen würde ich es schon gern. Ach Mann, warum standen Frauen wie ich auf Arschtypen, wie er einer war? Und wieso dachte ich gerade jetzt daran? Falscher Gedanke, falscher Moment.

Ich räusperte mich, um meine Konzentration zurückzugewinnen.

»Ich hätte eine Frage, na ja, eher eine Bitte«, sagte Dylan, während ich mich wieder ans Kehren machte, um mich von ihm irgendwie abzulenken. Kein Wort wollte ich mit ihm reden.

»Abby, hörst du mir zu?«

Himmelherrgott, er lässt nicht locker. »Ich kann es nicht fassen, dass du mir hierher gefolgt bist.« Ich hielt mit meiner Arbeit inne und sah ihn mit abweisendem Gesichtsausdruck an.

Er trat dichter an mich heran, und ich würde am liebsten die Luft anhalten, um Dylans Geruch nicht einzuatmen, was aber nicht funktionierte, wenn ich nicht ersticken wollte. Aber seine Nähe war genauso Gift für mich. Ich seufzte. *Was für ein schreckliches Dilemma.*

»Abby, ich bin aus einem einzigen Grund hier«, fuhr er unbeirrt fort. »Weil ich dich fragen wollte, ob du nach der Arbeit mit mir einen Kaffee trinken gehen würdest. Wir könnten auch in einem Diner eine Kleinigkeit essen, wenn dir das lieber ist. Hättest du Lust?«

Ich schluckte schwer. »Ich … Ich wüsste nicht, warum ich mich mit dir treffen sollte«, murmelte ich, ohne ihn direkt anzusehen. Dylans Bitte verunsicherte mich. Mein Blick huschte Richtung Kursraum. Von dort drangen Musik und Mrs. Camerons Anweisungen zu uns. Skys Mutter gab gerade Tanzunterricht und ich putzte in der Zwischenzeit ihr Büro, die Küche und die Gänge. Wenn die Kinder gegangen waren, würde ich mich um den Rest kümmern.

Es war ein komisches Gefühl mit Dylan allein auf dem Flur zu stehen. Er so männlich und attraktiv, ich so furchtbar aussehend. Wenn wir an der Universität unter vielen Leuten wären, würde ich mich sicherer fühlen, doch hier …

»Mal ehrlich, Abby, dafür, dass ich dich am Samstag nach deiner Alkoholentgleisung gerettet habe, hätte ich ein Dankeschön verdient. Bitte, geh mit mir nachher in irgendeinen Laden, damit wir wieder versuchen, einen Draht zueinanderzufinden.«

»Abgesehen davon, dass ich keinesfalls mit dir einen gemeinsamen Draht finden will, woher weißt du überhaupt, dass ich hier bin?«

»Nun ja«, fing Dylan mit seiner Erklärung an und hob frech grinsend die Schultern. »Sky hat verstanden, dass sie mir ein Dankeschön schuldet. Ich habe sie zwar mächtig bearbeiten müssen, aber sie hat mir verraten, dass du hier arbeitest.«

Skylar Cameron, na warte … Ich werde dich teeren und federn, du Verräterin!

»Nein, vergiss es.« Ich kehrte Dylan den Rücken zu und fegte weiter.

»Eine Stunde, Abby, mehr von deiner kostbaren Zeit verlange ich nicht.«

Selbst eine Minute mit Dylan wäre zu lang. Was hatte sich Sky dabei gedacht, ihm zu erzählen, wo er mich findet? Sie teeren und federn würde nicht ausreichen, um sie zu bestrafen. Aber irgendwie seltsam war sein Anliegen schon. Dylan wollte sich mit mir treffen? Die Abfuhr letztes Mal im Stadion war doch eine deutliche Sprache? Er hatte kein Interesse an mir. Also, wieso war er hier aufgetaucht?

Ist mir irgendwas entgangen, warum er sich plötzlich ins Zeug legt, um mir wieder näherzukommen?

Unerklärlich, woher die Eingebung kam, aber sämtliche Alarmglocken schrillten in meinem Kopf.

Was könnte ich tun, um Dylan von seinem Vorhaben abzubringen? Er machte keineswegs den Eindruck, dass er ohne meine Zusage gehen würde. Und mein Herz stand plötzlich mit meinem Verstand im Boxring und fightete um eine Entscheidung.

Meine rationale Seite benötigte dringend Unterstützung, damit ich nicht einknickte und seiner Bitte nachgab.

»Du willst, dass ich dir eine Stunde meiner Zeit schenke, als Dankeschön für deine Hilfe am Wochenende sozusagen?«

Dylan starrte mich an. Offensichtlich war er überrascht, dass ich nicht ablehnte, aber gleichzeitig runzelte er argwöhnisch die Stirn. »Äh, ja.«

»Okay, ich bin einverstanden.«

»Einfach so?«

»Natürlich nicht.« Ich schüttelte schmunzelnd den Kopf. Mir war eine fantastische Idee gekommen, ihn loszuwerden.

»Beweise es, wie ernst es dir ist, mit mir Zeit verbringen zu wollen.«

Er nickte erfreut. »Alles, was du willst.«

O Dylan, wie leichtsinnig du zustimmst.

»Dann warte hier, ich bin gleich wieder bei dir.« Ich nickte ihm grinsend zu und sah das Misstrauen in seinen Augen aufflackern.

»Okay, beeile dich.« Er strich mir über den Arm, und ich zuckte zurück. Dylans Berührung war wie ein kleiner Stromschlag gewesen. Ich verspürte ein ähnliches Kribbeln wie auf dem Gang im Stadion, als seine Lippen mein Ohrläppchen berührt hatten. Es war jedes Mal das Gleiche. Wenn ich ihn spürte, fing ein winziges Feuer in mir zu lodern an, dass sofort im Keim erstickt werden musste, damit es keinesfalls größer wurde.

Während ich den Besen beiseitestellte und die Tür öffnete, wandte er sich den Bildern mit den tanzenden Kindern an der

Wand zu. »Aber wir trinken nur einen Kaffee zusammen«, rief ich Dylan zu.

»Klar.« Er wandte mir lächelnd sein Gesicht zu. »Du suchst das Café aus.«

»Gegenüber von der Tanzschule ist eins«, sagte ich und warf ihm einen letzten Blick zu, bevor ich in den Unterrichtssaal schlüpfte, um mit Mrs. Cameron zu sprechen.

Als sie mich sah, unterbrach sie Miss Garner, die Dame am Klavier, und blickte mich fragend an. »Gibt es ein Problem, Abby?«

»Eher eine Bitte«, erwiderte ich. »Ziemlich speziell.«

Mrs. Cameron hob die Augenbrauen, klatschte schließlich in die Hände und rief den Kindern zu: »Kurze Pause.« Mit einem freundlichen Lächeln wandte sie sich mir zu. »Worum geht es, Abby?«

»Draußen steht jemand, der gern eine Probestunde bei Ihnen nehmen möchte, Mrs. Cameron.«

»Tatsächlich?« Skys Mutter war nicht entgangen, dass es sich um keinen gewöhnlichen Teilnehmer handelte. Mein frohlockendes Grinsen verriet mich. »Wie ist sein Name?«

»Dylan Jenkins.«

17. Kapitel – Dylan

Okay, mit dem Deal hatte ich auf gar keinen Fall gerechnet. »Kann ich nicht auf Strümpfen tanzen, statt diese Dinger zu tragen?«, fragte ich Mrs. Cameron und schaute auf die komischen türkisfarbenen Gymnastikschläppchen, die ich über meine Füße gestreift hatte.

Welche Frau hatte solche riesigen Füße, dass sie mir passten?

Die Größe von Mrs. Cameron war das definitiv nicht, dachte ich beim Blick auf ihre Füße. Scheiß drauf, für ein Date mit Abby machte ich diesen Quatsch mit.

»Auf Strümpfen tanzt keiner meiner Schüler, also werden Sie schön die Schläppchen tragen«, kam es süffisant von Mrs. Cameron.

Ich schielte zu Abby, die merkwürdigerweise während meiner Probestunde die Spiegel im Tanzraum putzen musste. Wenn ich das richtig sah, beobachtete sie mich und grinste.

Mein Blick schweifte weiter zu den Kindern, die mich kichernd von Kopf bis Fuß musterten.

Jaja, ich mache mich für eine Frau zum Idioten.

Man konnte nur hoffen, dass sich die Mädchen der Tanzgruppe Abby nicht als Vorbild nahmen und später selbst solche absurden Forderungen an Jungen stellten, die sie nach einem Date fragten.

Ihr kleinen Hüpfer, lasst euch sagen, so bescheuert ist nur ein Kerl, der bei Bier-Pong verloren hat.

Als ich mein Gesicht wieder der Tanzlehrerin zuwandte, hüstelte sie und drückte ihre Faust gegen den Mund. Wenn sie dachte, ich sah nicht, wie ihre Mundwinkel zuckten, hatte sie sich geirrt. Sie konnte ihre amüsierte Miene kaum unter Kontrolle halten.

Ich hatte schon eine Menge Blödsinn gemacht, um Frauen für mich zu gewinnen, aber mich bei einem bescheuerten Kindertanzkurs anzumelden, das war Premiere.

»Wir bilden einen Kreis«, forderte Mrs. Cameron die Kinder auf.

Ich lehnte mich an die Wand, um mir das Ganze erst einmal von außen anzuschauen.

»Dylan, ich dachte, Sie wollen eine Probestunde nehmen?«, bemerkte Mrs. Cameron. Sie lächelte und zeigte auf einen rothaarigen Jungen und ein blondes Mädchen. »Am besten, Sie stellen sich zwischen Liam und Zoe, wenn das für Sie in Ordnung ist«, schlug sie mir vor.

»Ja, ist kein Problem für mich«, versicherte ich achselzuckend, was natürlich gelogen war.

Als ich Abby gefragt hatte, welche Aufgabe ich erfüllen müsste, damit sie bereit wäre, mit mir einen Kaffee zu trinken, hatte ich mit allem gerechnet, aber nicht mit einer verfickten Tanzstunde.

Nachdem sie mir ihre Bedingung mitgeteilt hatte, hatte ich sie entsetzt angestarrt und sie gefragt, ob das ihr verdammter Ernst wäre. Abby hatte mir ein unschuldiges Lächeln geschenkt und einfach nur mit einem Ja geantwortet. Furztrocken, ohne mit der Wimper zu zucken.

»Miss Garner, wir beginnen«, wandte sich Mrs. Cameron an die Frau mit dem grauen Pagenschnitt und den langweiligen schwarzen Klamotten, die mit regungsloser Miene am Klavier saß. Diese Miss Garner sah wie eine alte Trockenpflaume aus.

Die Tanzlehrerin dagegen – ich schnalzte anerkennend mit der Zunge – war eine ziemlich heiße Lady, schätzungsweise Mitte vierzig. Ihre blonden Locken trug sie hochgesteckt, ihr enges blaues T-Shirt und die schwarze Yogahose verrieten ihre Topfigur.

Wie die ältere Ausgabe von Skylar sah sie aus. Nicht verwunderlich, Mrs. Cameron war schließlich die Mutter.

»Okay, alle zusammen. Wir sind Kirschbäume und man will unsere Früchte pflücken. Los, streckt euch, wehrt euch, niemand darf eure Kirschen erreichen.«

Hä, Moment … Die Gute verarscht uns, oder?

»Ich bin ein Kirschbaum, echt jetzt?« Misstrauisch zog ich eine Augenbraue hoch.

»Ja«, erwiderte sie im ernsten Tonfall, »wir sind alle Kirschbäume und werden die Arme nach oben strecken, weil niemand an unsere Kirschen herandarf.«

»Meine Kirschen dürfen alle pflücken«, reagierte ich achselzuckend. Die Frau dachte doch nicht wirklich, dass ich hier auf Zehenspitzen im Kreis tapste und meine ausgestreckten Arme sinnlos über den Kopf wirbeln ließ?

Mich nervte das blödsinnige Umhergelaufe. »Das ist doch absoluter Bullshit!«, zischte ich zwischen den Zähnen hervor.

Abrupt blieb Mrs. Cameron stehen und funkelte mich an. »Mäßigen Sie sich! Das ist ein experimenteller Tanzkurs für Kinder.« Sie hob die Hand und pointierte beide Silben, damit es der letzte Idiot begriff: »Kin-der.« Ihr Blick hielt meinen gefangen, als sie die Hand sinken ließ. »Verstanden, Dylan? Sparen Sie sich ihre scheußlichen Ausdrücke, während Sie mit uns tanzen!«

Dass ich nicht lache. Das ist kein Tanzen, sondern irgendein improvisierter Mist. Ich knurrte unwillig. Alles hatte seine Grenzen. Das, was wir in diesem Kurs machten, war mir eindeutig zu doof.

Trotzig blieb ich stehen, schob die Unterlippe vor und verschränkte die Arme vor der Brust, während die Kinder und Mrs. Cameron als Kirschbäume um mich herumwanderten.

Jemand pikste mich in die Seite. Mit gerunzelter Stirn

schaute ich nach unten.

»Du musst mitmachen, sonst schmeißt dich Mrs. Cameron aus dem Kurs«, warnte mich Zoe und klimperte mit den Wimpern. Entschlossen griff das Mädchen meine Hand. »Komm, ich zeig dir, wie das geht. Ist ganz einfach.«

»Na gut, ich versuche es«, willigte ich knurrend ein und schielte aus dem Augenwinkel zu Abby. Ich hatte geglaubt, sie würde sich vor Lachen den Bauch halten, aber das tat sie nicht. Mit einem Lächeln schaute sie zu mir rüber.

Was soll's, dann mache ich mich mal zum Affen.

Ich streckte mich, tanzte auf Zehenspitzen mit den Kindern und Mrs. Cameron nach der Musik und kam mir weniger blöd vor, als ich zunächst angenommen hatte. Es machte direkt ein kleines bisschen Spaß, wie ich mir innerlich eingestand.

Als die Stunde vorbei war, ging ich zu Abby.

»So, Aufgabe erfüllt.«

»Hast du.« Sie sah mich unsicher an. »Ich hoffe, ich bin mit meiner Forderung nicht zu weit gegangen«, meinte sie.

»Wieso?«, fragte ich überrascht. »Du brauchtest einen Beweis, dass ich es ernst meine, mit dir ausgehen zu wollen. Es ist zwar nur ein Besuch in einem Café, aber ich freue mich.«

»Dann beeile ich mich mit den Räumen, damit du nicht zu lange auf mich warten musst«, sagte Abby, bückte sich und hob den Glasreiniger und die Küchenkrepprolle vom Boden auf.

Ich schluckte und mein Blick haftete wie festgeklebt auf ihrem hübschen Arsch, den sie mir entgegenstreckte.

»Dylan?«

»Äh … Ja?« Ich bemerkte Mrs. Camerons Schmunzeln. Sie war zu uns gekommen und hatte mich dabei ertappt, wie ich Abby auf den Arsch gestarrt hatte. Aber statt mich zu verpfeifen, sagte sie: »Wenn Sie Lust haben, können Sie jederzeit wiederkommen. Zoe hat mich schon gefragt, ob Sie bei der nächsten Kursstunde wieder dabei sind.«

Verlegen rieb ich mir den Nacken. »Vielen Dank für das Angebot, aber ich werde mich nie mit dem Gedanken anfreunden, ein Baum zu sein, nicht einmal für eine Stunde.«

»Du bist kein schlechter Tänzer«, neckte mich Abby.

»Trotzdem bleibe ich lieber bei Football«, lehnte ich lachend ab. So ungezwungen mit Abby zu scherzen, gefiel mir, dass ich mir wünschte, wir würden das zukünftig öfters tun.

Ich zog mir die Schläppchen von den Füßen und deutete mit ihnen zum Wandregal. »Ich packe die Gymnastikschuhe zurück.«

»Tun Sie das und falls Sie es sich anders überlegen … Sie sind herzlich willkommen«, betonte Mrs. Cameron.

Sie besprach noch einige Aufgaben mit Abby, bevor sie sich den Mädchen und Jungen zuwandte. »Einen schönen Abend wünsche ich euch, grüßt eure Eltern!«, beendete sie die Tanzstunde und verließ mit den Kindern und Miss Garner den Kursraum.

Als wir in der Tanzschule allein waren, half ich Abby, mit den Reinigungsarbeiten fertig zu werden. Während sie die Räume fegte und danach wischte, brachte ich die Müllsäcke zu den Tonnen unten im Hof und schloss nach meiner Rückkehr sämtliche Fenster.

Im Treppenhaus schaltete ich das Licht an. Abby verschloss die Tür, verstaute den Schlüssel im Rucksack und schob ihn auf den Rücken. Es war bereits neun Uhr abends, als wir die Treppenstufen hinabstiegen. Ich fragte mich, warum sich Abby so ein Leben freiwillig antat. Ich verstand sie nicht und überlegte, ob ich es wagen könnte, sie im Café nach ihren

Beweggründen zu fragen.

Wir traten aus dem Haus. Der Himmel war schwarz und ein kühler Wind wehte. Ich zog die Schultern hoch und vergrub die Hände tief in die Jeans.

»Das Café meinte ich vorhin, das führen Italiener«, erklärte Abby und zeigte auf die gegenüberliegende Straßenseite, während wir über die Fahrbahn liefen.

Drinnen saßen ein paar Gäste. Wir entschieden uns für zwei Plätze am Fenster. Eine jüngere Frau kam, überreichte uns zwei Karten und zündete die Kerze auf unserem Tisch an.

»Was möchten Sie trinken?«

»Sagen wir Ihnen später«, wimmelte ich die Kellnerin ab.

Abby las in der Karte, und ich hoffte, dass sie sich eine warme Vorspeise oder wenigstens ein Sandwich bestellen würde, damit wir ein bisschen mehr Zeit miteinander verbringen könnten. Ein Kaffee wäre verdammt schnell ausgetrunken. Wenn Abby sich entschließen würde, eine Kleinigkeit zu essen, hätte sie vielleicht Lust, anschließend eine Cola oder etwas anderes mit mir zu trinken.

Unauffällig betrachtete ich sie. Abby zupfte an ihrem Sweatshirt herum. Ich vermutete, dass sie ein bisschen verlegen war, weil sie sich mit Tomatensoße bekleckert hatte. Mich störten die kleinen Spritzer nicht. Mein Blick wanderte zu ihrem Gesicht, dann zu ihren schmalen Schultern. Abby wirkte dünner als früher. Komisch, dass es mir erst heute so direkt auffiel. Ich fragte mich, ob sie genug aß und schlief.

Erneut schlich sich die Frage in meinen Kopf, warum sie das Studium hingeschmissen hatte. Wäre es zu intim, sie darauf anzusprechen? Irgendwie schon, aber ich wollte es zu gern wissen.

»Ich bleibe bei einem Kaffee«, entschied Abby.

»Magst du wirklich keine Kleinigkeit essen? Du musst doch nach dem langen Tag ausgehungert sein.«

»Du willst mich auf diese Weise überreden, dass wir eine Weile im Café bleiben, oder?« Abby lachte und warf einen zweiten Blick in die Karte. »Okay, bestell mir bitte die Kräuterravioli auf Wildsalat.«

»Bekommst du.« Ich verkniff mir ein breites Grinsen. Es war ein schönes Gefühl, dass sie diesmal offensichtlich kein Problem damit hatte, Zeit mit mir zu verbringen. Ich studierte selbst die Karte und entschied mich für das gleiche Gericht.

»Danke für die Einladung«, sagte Abby leise.

»Kein Ding«, winkte ich ab und sprang in Gedanken vom Stuhl, um alle Gäste abzuklatschen und die Faust in die Luft zu stoßen, weil ich so glücklich war, dass Abby mit mir zu Abend aß.

Verrückt, dass ich darüber so dachte, aber irgendetwas hatte sich in der Tanzschule zwischen uns geändert. Wir saßen uns gegenüber, abends, bei Kerzenlicht. Das war fast wie ein richtiges Date. Und auch wenn der Anlass der Deal mit Raoul war, würde ich Abby weiterhin daten wollen. Was zwischen uns schiefgelaufen war, blendete ich aus. Sie und ich, das fühlte sich richtig an.

»Haben Sie gewählt?«

»Wir nehmen zwei Mal die Kräuterravioli, einen Kaffee und eine Cola.« Ich schaute Abby fragend an. »Möchtest du Saft, Limo, Wasser?«

»Nein, ich habe keinen Durst«, lehnte sie ab und lächelte freundlich die Kellnerin an, die sich unsere Karten schnappte, bevor sie den Tisch verließ. Keine fünf Minuten später brachte sie unsere Getränke und das Besteck.

Während wir auf das Essen warteten, fragte mich Abby, wie der Start in die neue Footballsaison gelaufen war und wo ich die Sommerferien verbracht hatte. Sie wirkte interessiert und hörte mir ohne Unterbrechungen zu. Wenn ich aber das Gespräch auf sie lenkte, um mehr aus ihrem Leben zu erfahren, blockte sie mit einer neuen Frage ab. Sie zeigte mir deutlich, dass sie keinesfalls über sich reden wollte. So verschlossen wie heute, war sie früher nicht gewesen.

Als Abby die Kellnerin erblickte, die mit unseren dampfenden Tellern kam, huschte ein kleines Lächeln über ihr Gesicht.

»Lassen Sie es sich schmecken«, sagte die Frau und winkte zwei Gästen zu, die sie riefen. »Ich komme zu Ihnen.«

Abby neigte sich zu den Ravioli und schnupperte. »Hm, die riechen lecker.«

»War doch gut, eine Kleinigkeit zu essen zu bestellen«, meinte ich schmunzelnd und wickelte das Besteck aus der Serviette.

Ich hatte selbst gemerkt, dass mein Magen grummelte und das italienische Café schien einen Koch zu haben, der sein Handwerk verstand. Das waren definitiv selbstgemachte Ravioli, und wir aßen den Teller bis auf den letzten Bissen leer. Ich hätte mir am liebsten eine zweite Portion bestellt, aber Abby schaute auf ihr Handy und runzelte die Stirn. »Gleich halb elf, ich muss mich beeilen, um den Bus zu bekommen.«

»Bist du ohne Auto hier?«

»Es steht in der Werkstatt, ich kann es erst morgen abholen. Die Bushaltestelle ist zehn Minuten von hier entfernt, ich komme schnell nach Hause.« Sie lächelte und steckte ihr Handy in die Außentasche ihres Rucksacks.

»Vergiss den Bus, ich fahre dich«, bot ich Abby an.

Einen Augenblick sah sie mich nachdenklich an. »Brauchst du nicht, ich komme allein zurecht.«

»Abby, du wirst nachts nicht mit irgendeinem beschissenen Bus fahren, wenn ich mit dem Auto hier bin.«

Mein Tonfall duldete keinen Widerspruch, und Abby gab nach. »Okay, wenn dir das so wichtig ist, nehme ich dein Angebot an.«

»Sehr vernünftig«, erwiderte ich, winkte die Kellnerin heran und zog meine Brieftasche aus der Jeans.

Währen der Fahrt schaltete ich das Radio an. Post Malone sang *Circles* und Abby sang leise mit.

»Dir gefällt der Song?«, stellte ich fest.

»Ich steh auf die Musik von Post Malone«, antwortete sie. »Was hörst du gern?«

»Muse.«

»Oh, ja, die sind toll. *Starlight* ist seit Jahren einer meiner Lieblingssongs.«

»Stimmt, der Song ist gut.«

Ich fühlte mich wohl neben Abby, klopfte leicht den Rhythmus auf dem Lenkrad mit und warf ihr ab und zu einen Blick zu. Sie wirkte in diesem Moment unbeschwert und sanft, als sie sich eine Strähne hinter das Ohr schob. Sie wandte mir ihr Gesicht zu und lächelte. Mich überkam der Wunsch, am Straßenrand zu halten, ihr den Dutt zu lösen, um meine Hände in ihr seidig schimmerndes Haar zu vergraben und sie zu küssen. Abby war so hübsch und sexy, dass ich meine Finger fest um das Lenkrad krallen musste, um dem Drang nicht nachzugeben.

Als wir vor Abbys Haus angekommen waren, schaltete ich die Musik aus.

»Wir sind da«, hatte Abby unnötigerweise gesagt.

Ich schmunzelte. »Scheint dein Haus zu sein.«

Wir lösten die Gurte, doch stiegen wir nicht aus, sondern blieben schweigend sitzen.

18. Kapitel – Abby

Als wir vor meinem Haus angekommen waren, hätte ich aussteigen müssen. Aber es war zu schön, mit Dylan im Auto zu sitzen.

»Abby, ich will dich wiedersehen«, sagte er leise.

Ich seufzte. Schon seltsam, ich hatte den gleichen Gedanken. Ich wünschte mir, dass mich Dylan nach einem Date fragen würde. Der Abend mit ihm war romantisch und ich hatte mich bei ihm wohlgefühlt.

Als er seinen Oberkörper zu mir drehte und die Hand ausstreckte, hielt ich für einige Sekunden die Luft an. Sanft streichelte er mit den Fingerspitzen meine Wange. Obwohl seine Berührungen federleicht waren, spürte ich, wie mein Gesicht zu glühen anfing.

»Mir war gar nicht klar, wie sehr ich dich vermisst habe«, sagte er mit rauer Stimme.

Nach dem Geständnis zuckte ich zurück und starrte ihn mit großen Augen an.

Er hat mich vermisst?

Ich verstand ihn nicht, weil er mich damals von sich gestoßen hatte.

Dylan sah mich traurig an, Enttäuschung flackerte in seinem Blick. Hastig zog er die Hand weg, schluckte schwer und räusperte sich. Offensichtlich hatte er mein Zurückweichen missverstanden.

Verlegen biss er sich auf die Unterlippe. »Entschuldige, dass ich dich berührt habe … Ich … Ich hätte das nicht tun dürfen«, stammelte er.

Als er mir vorsichtig ins Gesicht blickte, fuhren meine Gefühle mit mir Achterbahn. Dylans Nähe, der Abend, ich war verwirrt. Meine Augen wanderten zu seinen Lippen.

Ich will ihn, so sehr.

Mein Herz hämmerte gegen die Rippen, meine Zungenspitze huschte über meine Oberlippe.

Bevor mein Verstand mich stoppen konnte, neigte ich mich zu Dylan, strich mit den Fingern über seine Lippen und drückte meinen Mund auf seinen.

Er wirkte für einen Moment überrumpelt, holte tief Luft, doch bereits im nächsten Augenblick öffnete er seine Lippen, strich mit seiner Zungenspitze über meine. Neckte sie, zärtlich, lockend. Wir küssten uns und ich erinnerte mich wieder an seinen Geschmack, der mich schon damals berauscht hatte. Eine Mischung aus Pfefferminze, Orange und Dylan.

Aus seiner Kehle entwich ein heiserer, sexy Laut, der eine Hitzewelle durch meinen Körper jagen ließ. Schlagartig stellten sich meine Brustwarzen auf und drückten gegen den BH.

Dylan legte eine Hand in meinen Nacken und zog mich dichter zu sich heran.

Kurz löste er sich von mir und schob den Sitz zurück. »Abby, komm her«, flüsterte er dicht an meinem Mund, bevor er wieder seine Zunge zwischen meine Lippen schob.

Ohne zu zögern und ohne den Kuss zu unterbrechen, kletterte ich zu ihm rüber und setzte mich rittlings auf seinen Schoß.

Dylans Hände wanderten zu meinem Dutt. Er öffnete ihn, vergrub seine langen Finger in meinen Haaren und unser Kuss wurde erotischer, feuchter, drängender.

Als er seine Lippen von meinen nahm, versuchte ich, ihn weiter zu küssen. Aber er schüttelte leicht den Kopf. »Nicht«, flüsterte er, und ich spürte sein Lächeln an meinem Mund.

Ich verkniff mir ein Wimmern, stöhnte auf, als seine Lippen langsam von meinem Mund abwärts glitten.

Sein warmer Atem prickelte auf meiner Haut. Dylan biss in

mein Kinn, kreiste mit der Zungenspitze über die Haut.

Ich legte meinen Kopf in den Nacken und bot Dylan meinen Hals an, damit er ihn überall mit seinem Mund liebkoste.

Dylan schrammte mit den Zähnen über meine Kehle. Er saugte und knabberte sanft an meinem Hals, zupfte am Ohrläppchen und streichelte mit der Zunge die sensible Haut unter dem Ohr.

»Hör nicht auf«, stöhnte ich, spürte, wie mein Körper auf ihn reagierte. Hitze breitete sich in meinem Bauch aus, zwischen meinen Beinen kribbelte die Lust. Um den Moment noch mehr zu genießen, schloss ich die Augen und gab mich seinen Berührungen hin.

»Wie weich deine Haut ist, wie gut du riechst«, raunte Dylan an mein Ohr. Seine Hände wanderten meinen Rücken hinunter und pressten meinen Unterleib fest gegen seinen Schritt. Dass er erregt war, spürte ich an der harten Beule unter seiner Jeans. Und auch mein Slip war schon feucht von meiner Nässe.

Als wir uns irgendwann voneinander gelöst hatten, streichelte Dylan mein Gesicht und sah mich mit ernster Miene an. »Abby, ich muss dir eine Frage stellen, die mich einfach nicht loslässt.«

Schweigend schaute ich ihn an, bevor ich antwortete: »Okay, was willst du wissen?«

Sein Blick schweifte von meinem Gesicht zu meinem Haus und wieder zurück. Es hatte den Anschein, dass er mit sich rang, mir seine Frage zu stellen.

»Wieso studierst du nicht mehr?«

Die Frage schoss wie eine Revolverkugel in meinen Kopf. Ich schnappte erschrocken nach Luft. Meine Gesichtszüge erstarrten.

Warum fragt er mich das?

Hat er im Café nicht bemerkt, dass ich über mich keinesfalls reden will?

Sollten wir nicht lieber darüber sprechen, warum er damals ohne ein Wort, eine Nachricht, irgendeinen verfickten Hinweis abgehauen ist?

Er hat mich gedemütigt, obwohl ich ihm alles von mir gegeben habe, um ihm zu zeigen, wie sehr ich ihn liebte. Und ja, immer noch liebe. Ich brauche mir dahingehend nichts mehr vorzumachen.

Ich presste die Lippen zusammen, atmete tief ein und aus.

»Ich halte es für keine gute Idee, wenn wir uns noch einmal treffen. Danke, dass du mich nach Hause gebracht hast.«

Obwohl ich von seiner Frage völlig geschockt war, schaffte ich es, meinen Rucksack zu schnappen, die Fahrertür aufzustoßen und aus dem Pick-up zu stürzen.

Ich stolperte, stützte mich auf der Motorhaube ab, um das Gleichgewicht zu halten, und hetzte zum Hauseingang.

Dylan sprang aus dem Wagen und rannte mir hinterher.

»Abby, entschuldige«, rief er. »Ich wollte dich mit meiner Frage nicht verletzen. Es tut mir leid! Du bist mir keine Antwort schuldig.«

An der Hauseingangstür hatte er mich eingeholt, packte mit seiner großen Hand meinen Ellenbogen und wirbelte mich zu sich herum.

Panisch riss ich mich los und stieß ihn zurück. Er taumelte, fing sich wieder und trat einen Schritt auf mich zu. »Abby, was ist los mit dir?«

Abwehrend hob ich die Hand. »Nein, Dylan, ich kann nicht, es geht einfach nicht, bitte akzeptiere meine Entscheidung!«

Mein Hirn fuhr Karussell, mein Kopf war kurz vorm Explodieren.

Mir war nach seiner Frage schlagartig bewusst geworden, dass es zwischen mir und ihm niemals funktionieren könnte, weil ich gezwungen wäre, ihm alles zu erzählen, über mich, Willow, meinen Vater, die verdammte beschissene Situation, in der ich steckte.

Aber genau das ging nicht.

Mein Leben ohne Dylan war schon kompliziert genug. Und er brauchte keine Freundin, die sich von morgens bis abends den Arsch aufriss, um mit schlechtbezahlten Jobs irgendwie über die Runden zu kommen. Er würde bald Karriere machen, ich war ein Nichts im Vergleich zu ihm.

Wir passten nicht zusammen. Früher nicht, jetzt nicht und auch nicht in naher Zukunft.

»Wir reden ein anderes Mal, wenn das für dich jetzt alles zu viel ist«, fing Dylan an und streckte die Hand nach mir aus, um meinen Arm zu berühren.

Ich wich kopfschüttelnd zurück. »Es gibt nichts zu bereden, lass mich einfach in Ruhe«, wies ich ihn ab.

Forschend sah mir Dylan in die Augen. Er sagte nichts mehr, sondern nickte nur kurz, kehrte mir den Rücken zu und ging.

Das Aufheulen des Motors ließ mich zusammenzucken. Ich blickte dem Pick-up hinterher, bis ihn die Nacht verschluckte.

Die Hauseingangstür fiel hinter mir krachend ins Schloss. Mühsam schleppte ich mich die Treppe hoch. Dylan von mir zu stoßen, war mir unsagbar schwergefallen. Ich schluchzte, bemühte mich, meine Tränen zurückzuhalten. Der Schmerz brannte in meiner Brust. Nicht weinen, befahl ich mir, denn Tränen lösten meine Probleme nicht.

Ich blieb einige Minuten vor der Wohnung stehen. Erst nachdem ich mich innerlich gefangen hatte, öffnete ich die Tür und war überrascht, als Stimmen aus dem Wohnzimmer zu mir drangen.

Ich stellte den Rucksack auf den Boden und kickte die Schuhe von den Füßen.

Sky und Willow saßen zusammen. Sie hatten es sich auf der Couch gemütlich gemacht und schauten den Film *P.S. I Love You*.

Ich lachte hart auf. *Wie passend.*

Sky sah mich forschend an. »Du siehst nicht aus, als ob der Abend schön war.«

»Wovon redet ihr, hast du dich mit einem Mann getroffen?«, erkundigte sich Willow und sah mich erwartungsvoll an.

»Äh … Ja, aber nicht das, was du denkst.«

»Och, Abby, spann mich nicht auf die Folter«, hakte meine Schwester nach. »Wer war der heiße Kerl?«

»Uninteressant, es gibt nichts zu erzählen, Willow«, wiegelte ich ab und zeigte mit dem Daumen zur Tür. »Es ist spät, du hast morgen eine Menge Kurse, ab ins Bett mit dir.«

»Ja, verstehe, ihr wollt über den Typen reden, ohne dass ich dabei bin. Wieder mal typisch für euch«, reagierte Willow in leicht angepisstem Ton.

Mit zusammengepressten Lippen schaltete sie den Fernseher aus und stand auf. Zum Glück war sie heute nicht so diskussionsfreudig wie sonst. Ich hätte gedacht, sie würde neugieriger sein, und das wäre mir ziemlich unangenehm gewesen, weil ich ihr Raoul Garcia ausgeredet hatte.

Ich hatte ihr gesagt, dass man Footballspieler nicht über den Weg trauen dürfte.

Doch was war ich für ein super Vorbild?

Ich hatte mich von Dylan Jenkins einladen lassen. Bravo, Abby!

Irgendwie seltsam, dass Willow keine weiteren Fragen stellte. Stattdessen drückte sie erst Sky und danach mir einen

Kuss auf die Wange. »Ich gehe Zähneputzen. Gute Nacht!«, sagte sie und winkte uns zu, bevor sie verschwand.

Ich stemmte meine Hände in die Hüften und schaute Sky mit schmalen Augen an.

Sie grinste verlegen. »Oh, nach deinem Gesicht zu urteilen, lief mit Dylan alles ein bisschen schief.«

»Wieso hast du ihm erzählt, dass ich bei deiner Mutter in der Tanzschule arbeite?«

»Weil er sich entschuldigen wollte.«

Ich verdrehte die Augen, weil ich wusste, dass er das niemals zu ihr gesagt hätte. »Skylar Cameron, bleib bei der Wahrheit!«

»Mann, ja. Er hat gemeint, dass du ihm wichtig bist und er dir das sagen will, aber du ihm ständig ausweichst.«

»Ich will ja auch nichts mehr von ihm«, erklärte ich.

Sky seufzte. »Damals hat er sich wie ein Arschloch verhalten. Ich fand, dass es für ihn an der Zeit wäre, dass er sich dir endlich erklärt, um es wieder gut zu machen.«

»Nein, Sky, so einfach ist das nicht.«

»Doch, Abby. Jeder hat das Recht auf eine zweite Chance. Immerhin hat Dylan uns geholfen, als wir beide auf der Party völlig betrunken echt verrückte Sachen gemacht haben. Das tut man nicht, wenn da keine Gefühle sind. Ich bin nicht blind, ich habe es ihm angesehen, auch heute in der Cafeteria. Du bist ihm keineswegs gleichgültig, egal, was zwischen euch schiefgelaufen ist. Ich dachte, heute wäre die Gelegenheit, dass ihr euch aussprecht.«

Ich rieb mir die Stirn. »Wir haben miteinander gesprochen, aber ich bin zum Entschluss gekommen, dass das mit uns keinen Sinn macht.«

»Ach, wirklich?«

Misstrauisch blickte mich Sky an.

Sie erhob sich von ihrem Platz, kam auf mich zu und nahm meine Hand. »Willst du darüber reden?« Sie zog mich zur Couch und ich ließ mich neben ihr nieder.

Ich berichtete Sky von dem Abend, dass Dylan und ich uns geküsst hatten und wie er mich mit seiner Frage in die Enge getrieben hatte.

Ohne mich mit Zwischenfragen zu unterbrechen, hörte sie zu. »Du bist dir sicher, dass du ihm keine Chance geben willst, und du möchtest auch nicht, dass das, was zwischen euch steht, geklärt wird?«

»Nein.« Ich schüttelte den Kopf.

»Denke darüber in einer ruhigen Minute nach, kann ich dir nur raten. Ich weiß natürlich nicht, was richtig und was falsch ist. Die Entscheidung musst du treffen.«

Sky blieb die letzte Viertelstunde bis Mitternacht. Sie hatte mir die Bücher gebracht, um die ich sie gebeten hatte.

Nachdem sie gegangen war, holte ich meinen Laptop ins Wohnzimmer und stürzte mich auf die erste Mathematikaufgabe. Es galt, mich die nächsten Wochen hauptsächlich auf den Wettbewerb zu konzentrieren.

19. Kapitel – Dylan

Ich starrte auf die Fahrbahn und war ratlos. Ich konnte mich nicht entscheiden, ob ich aufgeben oder um Abby kämpfen sollte.

Ich stieg aus dem Pick-up aus und sah mich um. Lucas schien unterwegs zu sein, dabei hätte ich jemanden zum Reden gebraucht, über den Abend und Abbys merkwürdiges Verhalten.

Als ich die Wohnungstür aufschloss, traf ich Lucas Freundin im Flur. Sie wollte gerade in sein Zimmer gehen.

»Hi Ash«, begrüßte ich sie. »Ist Luc doch zu Hause? Ich habe den Jeep nicht gesehen.«

»Er übernachtet bei seinen Großeltern. Er ist mit ihnen und seiner Mom zu einem Musical gefahren.«

»Luc macht auf Kultur?« Ich hob verwundert eine Augenbraue.

»Die Großeltern haben die Tickets besorgt. Ich musste kurzfristig zwei umfassende Referate vorbereiten und habe seine Familie deshalb nicht begleiten können. Eigentlich war das meine Karte, aber sie wäre sonst verfallen«, erklärte Ashley und sah mich vorsichtig an. »Du hast doch nichts dagegen, dass ich hier übernachte und nicht ins Wohnheim zurückgefahren bin?«

»Nein, stört mich nicht.« Ich lehnte mich mit dem Rücken an die Wand, vergrub die Hände in den Hosentaschen und blickte zu Ashley. Ich dachte darüber nach, ob ich mit ihr über Abby reden könnte.

»Ist was, Dylan?«

»Ja… Irgendwie schon. Hast du Zeit zum Reden?«

Ashley schmunzelte. »Ziemlich spät dafür.«

»Stimmt auch wieder, sorry.« Ich zuckte mit den Schultern und wandte mich ab, um in mein Zimmer zu verschwinden.

»Hey Dylan, klar habe ich Zeit. Blöder Scherz.«

»Na ja, es ist fast Mitternacht.«

»Komm rein.« Sie drückte die Klinke und öffnete die Tür zu Lucas' Zimmer. Ich ging an ihr vorbei und ließ mich auf die Couch fallen.

»Ich koche uns einen Pfefferminztee, damit redet's sich leichter«, hörte ich Ashley aus der Küche rufen. Sie hantierte mit Geschirr, Wasser rauschte. Am liebsten würde ich ihr sagen, dass ich jetzt nichts trinken wollte, weil ich sofort mit ihr reden müsste. Aber wenn sie meinte, das gehörte dazu, dann würde ich jetzt keinen Aufstand machen.

Nach einigen Minuten kam sie mit zwei Bechern zurück. Einen reichte sie mir, mit dem anderen setzte sie sich neben mich auf die Couch.

»Wie kann ich dir helfen?«, fragte Ashley, nippte am Tee und beobachtete mich über den Rand ihres Bechers.

»Ich bin in eine Frau verliebt, die nichts von mir wissen will.«

»Oh … Das passiert dir?«

Ich stöhnte auf. »Ja-ha, ist das so schwer vorstellbar?«

Ashley beugte sich nach vorn und stellte den Becher auf den flachen Tisch. »Abigail Thompson, richtig?«

Ach du Scheiße, woher weiß sie das?

Hastig trank ich einen Schluck Tee. »Autsch.« Blinzelnd japste ich nach Luft, weil ich mir die Zunge verbrannt hatte. »Der ist ja heiß.«

»Frisch zubereitet.« Ashley lachte kopfschüttelnd. »Wow, Dylan, dich hat's gewaltig erwischt. Abby ist tatsächlich die Glückliche, die dich geknackt hat.«

»Wie kommst du darauf, dass ich von Abby rede?«, wollte ich wissen und stellte meinen Becher neben ihren auf den Tisch – ich hatte keinen Bock mehr auf zu heißen Tee.

»Du beobachtest sie. Meiner Freundin Chloe war das auch schon aufgefallen. Wenn du Abby ansiehst, bekommst du einen warmen Glanz in den Augen.«

»Das ist doch Blödsinn«, widersprach ich. »Abby schaue ich wie alle anderen Frauen an.« *Warmer Glanz? Niemals, das wäre weibisch!*

»Wenn du meinst, komisch, dass ich dann ins Schwarze getroffen habe.«

Stimmt auch wieder. Ich muss zukünftig besser auf meine Mimik achten. Warmer Glanz …

»Was ist denn nun mit Abby? Was glaubst du, könnte ich dir raten?«

»Es ist so … Abby und ich kannten uns von früher«, begann ich und überlegte, wie ich das mit ihr und mir beschreiben könnte. »Ich meine damit, wir hatten mal was miteinander, nur kurz. Jedenfalls sind wir uns heute wieder nähergekommen.«

»Wie meinst du das?«

Ich holte tief Luft und stieß sie geräuschvoll aus. »Abby jobbt in einer Tanzschule. Da machen die Lehrerin und ihre Schüler so komische Tänze, so einen experimentellen Kram, wenn ich das richtig verstanden habe.«

»Eine Form Ausdruckstanz, verstehe. Und?«

»Ich war dort und habe mich für Abby zum Idioten gemacht, bin in türkisfarbenen Schläppchen als Kirschbaum herumgewandert.« Ich hob die Schultern. »Die Kinder, die Lehrerin, wir waren da alle bescheuerte Kirschbäume.«

»Das hast du gemacht?« Ashley klappte die Kinnlade runter. Sie lachte, und als ich ihr einen verärgerten Blick zuwarf, griff sie hastig nach ihrem Tee. »Ich stelle mir dich als Baum vor«, murmelte sie glucksend am Becher.

»Könntest du mal wieder ernst werden? Das war echt nicht lustig, aber Abbys Bedingung, damit sie mit mir einen Kaffee trinken geht.«

Ashley hörte nicht auf zu lachen. »Ich sag's ja, dich hat's erwischt. Kirschbaum … Türkisfarbene Schläppchen.«

»Hör auf!« Ich kämpfte selbst gegen mein Lachen an. Den Kirschbaum würde ich für Abby nicht noch einmal machen, obwohl … Vielleicht doch? Scheißgefühle, die mich weichkochten.

»Okay, ich reiße mich zusammen.« Ashleys Schultern zuckten, während sie versuchte, mit ihrem blöden Gegacker aufzuhören.

Grinsend stellte sie den Becher zurück. »Ich versuche, mir das Lachen zu verkneifen, versprochen.« Sie räusperte sich. »Ihr hattet heute ein Date?«

»Ja …« Ich verzog das Gesicht und machte eine abwägende Geste. »So ähnlich. Ich habe sie danach nach Hause gefahren. Wir sind dann noch im Auto geblieben, haben ein bisschen rumgemacht. Abby war scharf auf mich, so wie ich auf sie. Ich war richtig hart und …«

Ashley kräuselte die Nase und schüttelte abwehrend die Hand. »Mann, verschone mich mit Details!«

»Sorry, stimmt ja, du bist verklemmt.«

»Dylan!«

Ich lachte. »War die Revanche für den Kirschbaum.«

Ashley hob grinsend den Becher und prostete mir zu. »Touché!«

»Jedenfalls frage ich mich schon eine Weile, warum sie das Studium vor einem Jahr so abrupt abgebrochen hat. Sie ist so klug, sie würde so viel erreichen.«

»Bei den Cheerleadern hat sie auch gleich danach aufgehört«, ergänzte Ashley nachdenklich. »Das war schon seltsam.«

»Genau, wo doch jetzt ihre Schwester an der Michigan studiert. Das passt alles nicht zusammen.«

»Und ich nehme an, du hast Abby gefragt, warum sie das Studium geschmissen hat?«

Hilflos warf ich die Arme in die Luft. »Sie ist total ausgerastet und hat mir ins Gesicht geschleudert, dass sie von mir nichts mehr wissen will. Ich verstehe sie nicht.«

»Ich kenne Abby nur flüchtig, aber ich kann mir beim besten Willen nicht vorstellen, dass sie freiwillig aufgehört hat. Da steckt was dahinter, worüber sie mit niemandem reden will.«

»Ja, und sie kapselt sich ab. Dabei ist es mir egal, ob sie studiert, oder putzt, oder sonst was macht.«

»Wow, so wichtig ist sie dir?«, fragte Ashley überrascht.

»Ich bin verliebt in diese Frau und ich will sie zurückgewinnen.«

»Du weißt aber nicht, ob du eine Chance hast?«

»Leider, nein«, seufzte ich. Das war ja mein Problem, warum ich Hilfe bräuchte.

»Check erst mal, ob sie noch Gefühle für dich hat.«

»Wie denn?«

»Komm, Dylan, du bist derjenige, der ganz genau weiß, was da zu tun ist. Ich bin mir sicher, du kennst sie schon so gut, dass du weißt, wie du das anstellen musst.«

»Und wenn sie Gefühle für mich hat?«

»Denkst du dir etwas ganz Besonderes für sie aus. Sie muss sich selbst ihrer Gefühle sicher sein und dann wird sie hoffentlich über ihren Schatten springen. Eine Garantie gibt es nicht. Aber wenn es geklappt hat, ist es wichtig, dass du sie nicht drängst, dir zu erzählen, warum sie mit dem Studium aufgehört hat.«

»Ich lasse sie dahingehend in Ruhe.«

»Hast du eine Idee, womit du sie überraschen könntest?«

Mir fiel Raoul ein, der ein paar bestimmte Typen kannte.

»Ja, habe ich.« Ich beschloss, gleich morgen mit ihm zu sprechen, damit er ein Treffen mit seinen Buddys für mich arrangieren würde. Ich wollte ihm dann auch sagen, dass mir Abby wichtig war, sonst wäre er verwundert, warum ich mich für sie so ins Zeug legte. Außerdem müsste ich Mrs. Conner ein bisschen bezirzen, um von ihr unterstützt zu werden. Drei Tickets für Mann und Kinder für das nächste Football-heimspiel würden sie gewiss überzeugen.

Ich hörte die Wohnungstür klappen. Ashley stutzte. »Ist Luc doch nach Hause gekommen?«

Im Türrahmen wanderten Lucas' Augen zwischen mir und Ashley hin und her, schließlich blieb sein Blick an den Bechern haften. »Ihr sitzt zusammen und trinkt Tee?«

Ashley und ich quatschten ab und zu ein paar Worte, aber selten allein und dann nicht in solch einer vertrauten Atmosphäre.

Ich stand auf. »Ash hat mir einen Rat gegeben.«

»Ach wirklich?« Lucas sah mich gespannt an.

»Ja, wegen einer Sache mit einer Frau.«

»Willst du auch mit mir darüber reden?«

Ich winkte ab und zeigte auf Ashley. »Das habe ich schon ausgiebig mit Ash. Wir beide reden ein anderes Mal, ich bin müde.«

»Gut, dann gehe ich duschen, bin selbst geschafft«, sagte Lucas. Als er sich abwandte, hielt er inne und sah über die Schulter zu mir.

»Du, Dylan.«

»Ja?«

Lucas warf Ashley einen verliebten Blick zu.

»Ich freue mich, dass ihr beide euch versteht.«

»Klar, Bro.« Ich zwinkerte Ashley zu. »Deine Freundin ist echt okay.«

Lucas grinste uns zu, bevor er im Bad verschwand.

Ich bückte mich zu meinem Becher, hob ihn an die Lippen und leerte ihn mit einem langen Zug. Der Tee war mittlerweile kalt geworden, aber zum Wegkippen zu schade.

Ashley griff ihren Becher und streckte die Hand aus. »Gib her, ich bringe die Becher in die Küche.«

»Nein, lass mal, gib mir deinen.« Lächelnd reichte sie mir ihren. »Danke, Dylan, und viel Erfolg!«

»Ich gebe mir Mühe. Schlaf gut, Ash. Cool, dass du mit mir geredet hast.«

»Ich hoffe, alles klappt.«

Nachdem ich die Becher in das Waschbecken gestellt hatte, ging ich in mein Zimmer. Ich hatte noch ein paar Studienaufgaben zu erledigen. Sie lenkten mich von Abby ab. Gegen zwei Uhr legte ich mich ins Bett. An Schlaf war nicht zu denken, weil meine Gedanken um Abby kreisten. Erst bei Anbruch der Morgendämmerung fielen mir die Augen zu. Aber ich hatte einen Plan, um herauszufinden, ob Abby tiefere Gefühle für mich hätte. Das andere würde ich mit Raoul klären, immerhin ging es auch um die Rettung unseres Deals.

20. Kapitel – Abby

Es ist erst ein Uhr mittags, aber mir taten jetzt schon die Füße weh. Ich ließ mir nichts anmerken. Mit freundlichem Lächeln stand ich hinter dem Essensausgabetresen und fragte die Studenten, welches Gericht sie wollten, wie ich das immer von montags bis freitags fragte. Wenn die Mittagspause vorbei war, wischte ich die Tische ab und reinigte die Salatbar, auch von montags bis freitags. Samstags jobbte ich halbtags in einer Starbucks-Filiale. Die Woche war zu vergleichen mit dem Film *Und täglich grüßt das Murmeltier.* Immer derselbe eintönige Trott.

Rita war in der Küche verschwunden, um frisch gegrillte Steaks zu holen. Die waren heute der Renner. Die ganze Zeit nahm ich Bestellungen entgegen, ohne mitzubekommen, wer sie aufgab, weil meine Gedanken um den gestrigen Abend kreisten. Mein Herz war wund, fast bereute ich es, Dylan eine Abfuhr erteilt zu haben. Gestern war ich davon überzeugt gewesen, das Richtige getan zu haben, seit heute früh war ich mir unsicher. Während ich morgens meine Haare geföhnt hatte, hatte ich über Skys Worte nachgedacht. Nun überlegte ich, ob es ein Fehler gewesen war, Dylan von mir zu stoßen.

Hätte ich uns eine Chance geben sollen? Ach, Mann, warum war das alles so kompliziert?

»Ich möchte das Chili mit Reis. Kannst du mir ein paar Tropfen Tabasco drauf träufeln?«, hörte ich eine bekannte Stimme sagen.

Mein Kopf ruckte hoch. Ich sah direkt in Dylans braune Augen. Ein gurrendes Lachen lenkte mich von ihm ab. »Du scheinst zur scharfen Sorte zu gehören, Dylan.« Grace, die hochnäsige Bitch, die ich auf den Tod nicht ausstehen konnte, stand dicht neben ihm und laberte diesen dummen, zweideutigen Mist. Als sie mir ins Gesicht sah, ratterte es in ihrem Kopf, wie ich es an ihrer Miene ablesen konnte.

»Hey Abby, wie geht's«, zwitscherte sie wie ein unschuldiges Vögelchen. »Was macht dein Studium in … Na, sag schon …« Sie tippte sich mit dem Zeigefinger an die Unterlippe und tat so, als ob sie nachdenken müsste. »Ah, es ist mir wieder eingefallen.«

Boah, Weib, sag nichts Falsches, wenn du keine Ladung Kartoffelpüree ins Gesicht geklatscht bekommen willst!

Die Bitch grinste hinterhältig. »Haushaltswir …«

»Sorry, Grace«, unterbrach Dylan die Kuh, bevor er sich wieder mir zuwandte. »Denkst du bitte an mein Chili und den Tabasco?«

»Äh, natürlich.« Ich lächelte Dylan verkrampft an. Es tat weh, ihn mit einer anderen Frau zu sehen, aber da musste ich jetzt durch. *Du hast es verbockt, Abby.*

Mit zusammengepressten Zähnen griff ich das Tabascofläschchen, nachdem ich ihm eine Portion *Chili con Carne* auf den Teller gefüllt hatte.

»Der Reis fehlt.«

»Reis?« O Gott, ich war schon ganz wuschig. »Bekommst du.« Ich lächelte freundlich, bemüht, mir nicht anmerken zu lassen, wie mich die Situation überforderte.

»Wollen wir nach dem Mittagessen auf einen Kaffee in die Cafeteria gehen?«, meldete sich Grace.

Ich dachte, meine Ohren spielten mir einen Streich. Ohne darüber nachzudenken, hämmerte ich den Tabasco auf das Chili und knallte den Teller vor Dylan auf den Tresen. »Hier, lass es dir schmecken!«

Dylan schmunzelte, als er seinen Teller nahm. »Danke.« Er drehte mir den Rücken zu und schien Grace nicht mehr zu beachten.

»Was ist, gehen wir in die Cafeteria?«, rief sie ihm hinterher.

Dylan drehte sich zu ihr um. »Ein andermal, ich habe gleich Training.«

Schnaubend wandte sich die Bitch mir wieder zu. »Was ist mit meinem Essen?«

»Du hast keine Bestellung aufgegeben«, antwortete ich mit unschuldiger Miene. Innerlich feixte ich und mein Herz hüpfte triumphierend. Dylan hatte das eingebildete Weib abgewiesen.

»Ich habe keinen Appetit mehr auf diesen« – sie musterte mich mit einem abfälligen Blick, ohne sich das Angebot anzusehen – »Mist.«

»Schau dich an der Salatbar um, wenn du von den warmen Gerichten nichts essen willst«, schlug ich ihr vor.

»Vermutlich besser«, kommentierte Grace, reckte das Kinn und rauschte davon.

Während ich die nächsten Studenten bediente, tauchte Rita mit den Steaks auf. »Es gibt Ärger, flüsterte sie mir zu.«

»Wieso?«

»Ein Student will, dass du zu seinem Tisch kommst, hat mir eine der Aushilfen gesagt.«

»Seit wann dürfen Studenten solche Forderungen stellen?«

»Es ist Dylan Jenkins. Der darf das«, sagte sie trocken. »Geh lieber zu ihm, bevor er sich beim Chef über dich beschwert.«

»Ich habe doch gar nichts gemacht?« Irritiert sah ich mich in der Dining Hall um. Ich entdeckte Dylan in der Nähe des Eingangs sitzen. Er war allein.

»Irgendwas stört ihn am Essen.«

»Wenn das so ist, soll er sich doch beim Koch beschweren?« Ich verstand Dylans Problem nicht, aber schnappte mir einen Löffel und machte mich lieber auf den

Weg zu ihm. Ich hatte keine Lust auf Stress mit dem Küchenchef.

Ich baute mich vor ihm auf und blickte mit schmalen Augen zu ihm herunter. »Was für ein Problem gibt es?«

»Das ging ja schnell. Nett, dass du gekommen bist.« Dylan lächelte zu mir hoch.

»Ja, wenn Mr. Jenkins ruft, springe ich sofort«, meinte ich sarkastisch. »Warum hast du mich … *herbestellt?*« Das letzte Wort zog ich bewusst in die Länge.

»Du hast das Chili versaut.«

»Tut mir leid, falsche Adresse. Beschwere dich beim Koch, wenn's nicht wie bei deiner Mommy schmeckt.«

Einen Augenblick huschte ein Schatten über Dylans Gesicht, doch schon im nächsten Moment blitzten seine Augen amüsiert.

»Die Beschwerde geht an dich, du hättest jedes Essen ungenießbar gemacht.«

Ach ja? Macht er sich einen Spaß mit mir?

Ich verzog seufzend den Mund. »Du hast nur den Teller von mir empfangen.«

»Allerdings«, sagte er süffisant. »Aber bevor wir weiter diskutieren, probiere selbst, was du mir zumuten wolltest. Ich rate dir, nur ein bisschen davon zu kosten.«

Idiot, gibt hier die Dramaqueen ab.

Ich rutschte mit einer halben Pobacke auf den Stuhl Dylan gegenüber. Er schob mir den Teller und sein Milchglas zu, lehnte sich zurück und faltete die Hände auf dem Tisch. »Nur zu, Abby.«

Grinsend nahm ich mir einen großen Löffel vom Chili. Ich ließ mir Zeit, blieb cool und zwinkerte ihm zu. Dann öffnete ich den Mund.

»Nein, ein bisschen habe ich dir gesagt!«, rief Dylan erschrocken. Sein Arm schnellte nach vorn, um mir den Löffel aus der Hand zu schlagen.

Ich grinste eine Spur breiter. *Ha, zu spät …*

21. Kapitel – Dylan

Wenn eine Eigenschaft bei mir besonders ausgeprägt war, dann Hartnäckigkeit.

Abby hatte gedacht, dass sie mich mit ihrer Abfuhr so schlimm treffen würde, dass ich mich mit eingezogenem Schwanz davonmachte. Zum Anfang war das schon heftig gewesen und ihre verletzenden Worte hatten mein Ego getroffen. Aber Abby hatte keine Ahnung, was für ein Dickschädel ich sein konnte, wenn ich etwas mehr als alles auf der Welt wollte.

Das war sie, Abigail Thompson. Die schwierigste, kratzbürstigste, wunderbarste Frau in ganz Ann Arbor.

Ich war ein Footballspieler mit Zielen. Wenn mir eine Niederlage gleich den Boden unter den Füßen wegziehen würde, hätte ich nie die Chance auf Erfolg. Es hieß bei mir: Wunden lecken, aufstehen, weitermachen.

Okay, Abby hatte alles versucht, mir zu suggerieren, dass ich ihr gleichgültig wäre, aber das Gespräch mit Ashley hatte mich überzeugt, Abbys wahre Gefühle herauszufinden. Deswegen hatte ich dringend Skylar sprechen müssen, um sie zu fragen, ob es eine Möglichkeit gäbe, Abby eifersüchtig zu machen.

Ich hatte Skylar vor der Dining Hall abgepasst. Abbys Freundin war von meiner Idee angetan gewesen. Sie hatte mir Grace gezeigt und gemeint, Abby würde vor Wut platzen, wenn ich ihr die Frau vor die Nase setzte. Also hatte ich Grace bei den Getränken angequatscht. Der Plan war aufgegangen. Sofort hatte ich eine Klette an der Backe.

Nun gut, als ich mit Grace am Tresen aufgetaucht war, war Abby nicht geplatzt. Stattdessen wäre ich beinahe Opfer eines Giftanschlags geworden. Da ich auf alles gefasst gewesen war, hatte ich Abby keine Sekunde aus den Augen gelassen, während sie mir das Essen aufgefüllt hatte.

Dass sie Grace verachtete, war nicht zu übersehen gewesen. Ihre Blicke hatten Pfeile geschossen.

Abbys glühende Wangen, ihre funkelnden Augen, der trotzige Gesichtsausdruck hatten meine Gefühle für sie wachsen lassen. Holy Shit, war ich in diese Frau verliebt.

Ich hatte echt Mühe gehabt, mich Abby gegenüber gleichgültig zu zeigen und nicht über den Tresen zu springen, um sie in die Arme zu reißen und zu küssen.

Grace hatte nicht geschnallt, wie ich Abby mit meinen Augen verschlungen hatte. Die Frau hatte dummes Zeug gequasselt und war mir mit ihrem penetranten Gehabe auf die Nerven gegangen. Obwohl ich ihr meinen Namen nicht verraten hatte, kannte sie mich. Sie hatte herumgegurrt, sich benommen, als ob ich schon ein berühmter Footballspieler in der NFL wäre. Diese Aufmerksamkeit war mir keineswegs neu, aber hatte mir nur im ersten Semester an der Michigan geschmeichelt. Mittlerweile war es mir egal geworden. Die Frage nach dem Kaffee hätte Grace sich dann auch schenken können. Ihr Verhalten gegenüber Abby war das Letzte gewesen. Arrogante Zicken waren mir zuwider.

Trotz dessen war Grace' anbiederndes Verhalten gut für mich gewesen. Wie irre hatte Abby die halbe Flasche Tabascosoße auf mein Essen geschüttet. Sie war so sauer gewesen. Einfach süß.

Ihre offensichtliche Eifersucht war ein wunderbarer Beweis gewesen, dass ich ihr keinesfalls gleichgültig war. Mein Herz war in meiner Brust wie auf einem Trampolin gesprungen.

Um mir absolut sicher zu sein, hatte ich mir eine Studentin gegriffen, die in der Küche jobbte. Ich kannte sie und hatte sie darum gebeten, Abby zu mir schicken zu lassen, wobei ich ihr eindringlich gesagt hatte, dass der Küchenchef nichts davon erfahren dürfte. Wegen mir sollte Abby keinen Ärger bekommen.

Mit finsterer Miene war Abby zu mir gestampft gekommen, den Löffel fest mit den Fingern umkrallt.

Heilige Scheiße, sie war so wütend gewesen, so verdammt heiß und sexy wütend, dass mein Schwanz in der Jeans angeschwollen war. Nervös war ich auf dem Stuhl herumgerutscht und hatte mir ihre Sprüche angehört.

Am liebsten hätte ich sie mir über die Schulter geworfen und wäre mit ihr in mein Apartment gerannt, damit wir uns in meinem Bett die Seele aus dem Leib fickten.

Ja, ich gebe es freiwillig zu, ich bin verrückt nach dieser Frau.

Doch jetzt passierte ein riesiges Desaster, das ich leider nicht verhindern konnte.

Die Gesichtszüge angespannt, setzte sich Abby mir gegenüber. Ich war mir noch immer unsicher, ob sie tatsächlich keine Ahnung hatte, dass sie mir literweise Tabasco aufs Chili gekippt hatte. Deswegen schob ich ihr demonstrativ den Teller und als Wink mit dem Zaunpfahl das gefüllte Milchglas rüber.

Na, mal schauen, ob du freiwillig diesen Mist kostest.

Falls das ein kleines Attentat von ihr war, würde sie nach Ausflüchten suchen, um irgendwie um den Geschmackstest herumzukommen. »Nur zu, Abby«, sagte ich.

Grinsend schob sie den Löffel bis zum Anschlag in das Chili.

Ich schenkte ihr mein Pokerface. Kein Muskel zuckte.

Sie zwinkerte und machte den Mund sperrangelweit auf.

Ich blieb cool. Von mir kein Blinzeln.

Der gefüllte Löffel wanderte zu ihrem geöffneten Mund und hieß das Chili willkommen.

Verfickte Scheiße!

Erschrocken riss ich die Augen auf. »Nein, ein bisschen habe ich dir gesagt!«, rief ich entsetzt.

Mein Arm schnellte nach vorn, um ihr den Löffel aus der Hand zu schlagen. Ich war zu langsam gewesen.

Sie grinste, kaute eine Sekunde, zwei Sekunden.

Ich starrte sie mit offenem Mund an, völlig unfähig, mich zu rühren.

Wie von einer Tarantel gestochen, schoss sie hoch, um im nächsten Augenblick wieder auf den Stuhl zu sinken und mit den Händen wild vor ihrem Gesicht zu fuchteln.

»Meine Zunge«, keuchte Abby, »meine Zunge, wie das brennt.«

Schweiß brach auf ihrer Stirn aus, die Augen tränten. Sie spuckte, japste, lief knallrot an und hechelte, als ob sie kurz vorm Ersticken wäre.

Himmel, nein, das wollte ich nicht, wirklich nicht.

Ich sprang auf, raste um den Tisch herum und griff mit meinen Fingern in ihren Mund, um die letzten Scheißbohnen aus der Mundhöhle zu fischen.

»Abby, wieso isst du diesen Fraß?«, stieß ich verzweifelt hervor und reichte ihr das Milchglas, dass sie in riesigen Schlucken leer trank. Ich preschte zu den Getränken, füllte Milch nach und raste zu ihr zurück. Hastig leerte sie das zweite Glas.

Das Blut rauschte in meinem Kopf, mein Hirn spielte mit meinen Gedanken Ping Pong. Ich steckte in einem Labyrinth voller Schuldgefühle.

»Es tut mir so leid, ehrlich«, winselte ich wie ein verfickter Köter, wischte meine mit Chili beschmierten Finger an der Jeans ab und hockte mich neben Abby. Vorsichtig streichelte ich ihren Rücken hoch und runter, redete dabei auf sie ein, um sie zu beruhigen.

Einige Leute warfen merkwürdige Blicke zu uns herüber. Vermutlich dachten sie, ein Pärchendrama live zu sehen, weil Abby die Tränen über die Wangen liefen. Ich drückte sie an meine Brust, damit ihr niemand mehr ins Gesicht starren konnte, laberte weiter tausend Entschuldigungen.

Plötzlich spürte ich ein Zittern.

Oh. Mein. Gott. Jetzt heult sie richtig los. Ich bin so am Arsch! Ich habe alles vermasselt.

Hilflos hielt ich ihren bebenden Körper in meinen Armen, ohne ein Wort zu sagen. Es dauerte einige Sekunden, bis ich auf einmal schnallte, was mit ihr los war.

Abby lachte.

Ihre Schultern hüpften, während sie immer lauter lachte.

»Habe ich dir die ganze Flasche Tabasco ins Essen gekippt?«, japste sie an meiner Brust und hob das Gesicht.

»Ja, und ich Idiot habe dich nicht gewarnt, sondern dich den Mist essen lassen.«

»Ich war so sauer auf Grace, dass ich gar nicht bemerkt habe, wie viel scharfe Soße das war. Du wolltest doch nur ein paar Tropfen.«

»Ich esse gar kein Chili, ich hasse Bohnen«, gestand ich Abby.

Sie stutzte. »Aha.« Mehr sagte sie zu meinem Geständnis nicht. Ein breites Grinsen erschien auf ihrem Gesicht. »Du isst keine roten Bohnen, weil man davon so viel pupst?«, neckte sie mich und brach in schallendes Gelächter aus. Schnell schob sie mich von sich, weil sie sich vor Lachen kaum einkriegte. Ihre Fäuste schlugen auf den Tisch. Sie schnappte nach Luft, Tränen liefen ihr über die Wangen, ohne dass sie mit dem Lachen aufhörte.

»Mann, Dylan«, keuchte sie. »Du musst doch wirklich geglaubt haben, ich hätte vorgehabt, dich zu vergiften?«

Meine Mundwinkel zuckten, als ich mich ihr wieder gegenübersetzte. »Um die Wahrheit zu sagen, ich habe gerätselt, ob das dein Plan war.«

»Nein.« Sie schüttelte den Kopf. »Es lag nie in meiner Absicht, dich mit Tabasco aus der Welt zu schaffen.«

»Heißt das, du nimmst meine Entschuldigung an?«, fragte ich hoffnungsvoll lächelnd.

»Wenn du meine annimmst, auf alle Fälle.« Sie reichte mir die Hand. »Frieden?«

»Ja.« Ich umschloss ihre Finger. »Frieden.«

»Schön.« Abby deutete zur Essensausgabe. »Willst du ein Steak oder ein anderes genießbares Gericht, auf Kosten der Küche?«

Ich schüttelte bedauernd den Kopf. »Würde ich gern«, sagte ich mit einem schiefen Lächeln, »aber ich muss mich mit einer Packung Powerriegel zufriedengeben. Mein Training beginnt gleich.«

Abby erhob sich von ihrem Platz.

Sie schaute mir sanft in die Augen, bevor sie mit einer Papierserviette die ausgespuckten Bohnen wegwischte.

Schließlich nahm sie Teller, Besteck und das Milchglas vom Tisch. »Viel Spaß beim Training«, wünschte sie und deutete zur Essensausgabe. »Die Arbeit ruft und ich werde ein bisschen Frischkäse mit Weißbrot essen. Die Zunge brennt noch etwas.«

Sie ging drei Schritte, zögerte und fuhr herum. »Warum hast du das Chili bestellt, obwohl du es nicht magst?«, rief sie mir zu.

»Das willst du wissen?«

Sie reagierte schulterzuckend und sah mich einen Augenblick schweigend an.

Ich hätte ihr jetzt sagen können, dass ich sie mit dem Tabasco testen wollte. Denn wäre ich ihr gleichgültig gewesen, hätte sie mir nur ein paar Tropfen auf das Essen gekippt. Zumindest war das meine Logik. Aber sie wartete keine Antwort ab, sondern drehte sich um und ging.

Ich schaute ihr einen Moment hinterher. Wärme breitete sich in meinem Bauch aus. Ich war mir auf einmal absolut sicher, dass es zwischen uns keinesfalls vorbei war. Abby hatte gefragt, warum ich das Chili bestellt hatte, wollte aber keine Antwort hören. Ich wusste, sie kannte sie bereits. Ihr Schweigen hatte mir zu verstehen gegeben, dass sie mir eine Chance gab.

Das wiederum bedeutete für mich, dass nach Rücksprache mit Raoul die zweite Phase meiner Ich-will-Abby-zurück-Aktion starten würde.

Nolan schaute auf die Uhr: »Okay, letzte Runde, Jungs!«

Lucas, unser Center Mason, Ray und ich übten zum Abschluss des Trainings einen speziellen Spielzug: die *Run-Pass-Option.* Sie diente dazu, die Defence der gegnerischen Mannschaft zu verwirren.

Wir begaben uns auf unsere Positionen. Mason übergab Lucas den Ball. Ich sprintete von links nach rechts an Lucas vorbei und empfing dabei den Ball.

»Hanson, jetzt wirfst du Collister den Ball zu!«, forderte Nolan Lucas auf.

Ich lief zurück und übergab Mason den Football. Der gleiche Spielzug wurde wiederholt. Diesmal täuschten wir die

Übergabe nur an. Lucas behielt den Football, lief ein paar Schritte zurück und warf einen Pass zu Ray. Nolan schaute zufrieden auf die Stoppuhr und trug die Daten ein.

»So, Jungs, Schluss für heute«, beendete Nolan das Training. Sein kurz aufflackerndes Lächeln verriet, dass er zufrieden war, ohne uns zu loben. Das musste er auch nicht. Wir waren schnell gewesen, die Ballübergaben präzise.

Mason, Lucas, Ray und ich klatschten uns ab, bevor wir uns von Nolan verabschiedeten.

Am Spielfeldrand entdeckte ich meinen Running Back-Coach. Er hatte uns zugeschaut. Ich griff mein T-Shirt am Saum, hob es hoch und wischte mir den Schweiß vom Gesicht.

»Wie kommst du mit dem Studium klar, wirst du dich für die letzten Prüfungen anmelden?«, fragte er mich, nachdem ich ihn begrüßt hatte.

»Ja, wenn nichts Unerwartetes dazwischenkommt, werde ich meinen Abschluss dieses Semester schaffen und könnte beim nächsten Draft dabei sein.« Forschend blickte ich in Coach Youngs Gesicht. »Gibt es einen Grund für die Frage?«

»Man hat dich gegen Ohio beobachtet.«

»Wer?« Mein Körper war sofort angespannt.

Young zuckte mit den Schultern. »Der Chefcoach.« Er sagte es in einem lockeren Ton, als ob dieser Umstand das Normalste auf der Welt wäre.

»Von den *New England Patriots*?« *Nun hau schon raus!*

»Äh, na ja.« Er grinste, bevor er lachend mir zuzwinkerte und sich dicht zu meinem Ohr neigte. »Er war da«, flüsterte er, »aber ich darf darüber offiziell kein Wort verlieren. Wenn ich es richtig verstanden habe, holen sie dich. Michael wird sich um alles kümmern, wenn es so weit ist, vorausgesetzt, dein Abschluss steht.«

Ja! Ich ballte die Faust. Definitiv würde es nicht ein Hindernis geben, das mich aufhielt, mein Studium vorzeitig zu beenden. Mir war vollkommen bewusst: kein Abschluss, keine Spielberechtigung für die NFL, keine Einladung zum Draft. Und das würde mir nicht einmal im schlimmsten Albtraum passieren.

»Willst du gleich los, oder hast du noch ein paar Minuten zum Quatschen?«, fragte Coach Young.

Ich ließ meine Augen über das Spielfeld schweifen. Hinten sah ich Raoul trainieren. Nachher würden wir uns in Sam's Diner mit seinen Buddys treffen, die ich für meinen Plan benötigte, um Abby zu beweisen, dass sie die Frau war, die ich wollte.

Ich schüttelte den Kopf. »Nein, ich bin nicht in Eile.« Ich unterhielt mich gern mit Coach Young. Wir verstanden uns auch außerhalb des Trainings sehr gut. Sein Bruder Michael würde mich managen, wenn ich mit dem Studium fertig war und dann zu den Footballprofis wechselte. Sein Team hatte mehrere bekannte NFL-Footballspieler unter Vertrag, und ich war froh, dass er mich aufnehmen würde. Ich kannte mich auf dem Spielfeld mit Strategien und Taktiken aus, aber keinesfalls mit Verträgen im Business. Dafür brauchte ich die richtigen Leute.

Wir schlenderten zur Bank, wo meine Wasserflasche stand, und setzten uns.

Schweigend beobachteten wir die Spieler auf dem Feld. Ich schraubte den Verschluss meiner Wasserflasche auf und leerte sie.

Der Coach wandte mir sein Gesicht zu. »Es verwundert mich keineswegs, dass NFL-Teams vorrangig an Footballspielern von der Michigan interessiert sind. Frank und Ron haben innovative Trainingsmethoden, die darauf ausgerichtet sind, euch den Weg in die Profiliga zu erleichtern.«

»Sie wollen, dass wir gewinnen, aber nicht nur aus dem Grund, um Einnahmen zu sichern und das Stadion jedes Spiel zu füllen«, antwortete ich.

Der Coach lehnte sich zurück und legte den Kopf in den Nacken. »Das Problem ist«, fuhr er fort, »dass Football an vielen Universitäten dazu dient, die weniger populären Sportarten mitzufinanzieren. Das hat die Michigan zum Glück nicht nötig, sonst würde man Frank und Ron die Hölle heiß machen, wenn ihr weniger erfolgreich sein würdet.«

Grinsend drehte ich mich Young zu. »Wenn ich an das Spiel gegen Ohio denke, hat man schon gemerkt, dass Nolan es verdammt wichtig ist, dass wir gewinnen.«

»Das stimmt schon, aber es reicht nicht aus«, gab Young zu bedenken. »Nehmen wir Lucas Hanson und dich als Beispiel. Ihr seid an der Michigan top Superstars und Leistungsträger. Aber wenn wir Coaches euch nicht so trainieren würden, wie die NFL euch braucht, dann würdet ihr den dortigen Anforderungen kaum gerecht werden. Das könnte dazu führen, dass eure Karrieren schneller beendet wären, als ihr euch einmal um die eigene Achse gedreht habt.«

»Ja, da ist was Wahres dran«, stimmte ich zu.

Nicht umsonst trainierte Lucas lange Pässe. Er war zwar schnell und wendig, konnte super Moves, aber wenn er den Ball nicht mindestens fünfzig Yards werfen würde, hätte er in der NFL kaum eine Chance.

Bei mir sah das ähnlich aus.

Abgesehen von meiner Fitness brauchte ich auf dem Spielfeld Geduld und einen explosiven Antritt. Ich musste abwarten, analysieren, Situationen richtig einschätzen, um dann die Lücke zu finden, um dort wie ein Blitz hindurch zu sprinten. Dem Gegner durfte ich keine Möglichkeit geben, rechtzeitig zu reagieren. Und genau das waren meine Stärken, die mich ausmachten und weswegen die *New England Patriots* an mir dieses große Interesse zeigten.

Wir fachsimpelten, ohne mitzubekommen, dass die letzten Spieler ihr Training beendet hatten.

Plötzlich wurde der Himmel dunkel. Ich blinzelte hoch. Raoul stand vor mir. Wenn man saß, und er wie ein riesiger Berg vor einem hochragte, war das schon beeindruckend. Er war einen halben Kopf größer als ich und bestand Hals abwärts nur aus monströsen Muskeln.

»Hi Coach«, begrüßte er Young und wandte sich mir zu. »Treffen wir uns in Sam's Diner oder soll ich auf dich warten?«

Fragend sah ich zum Coach. »Nein, du kannst gehen, Dylan«, antwortete er. »Wir haben ja bloß so ein bisschen gequatscht.« Der Coach stand auf und hob die Hand. »Wir sehen uns, macht's gut, Jungs!«

»Bis morgen, Coach Young«, verabschiedeten wir uns.

Während der Coach sich auf den Weg zum Verwaltungsgebäude machte, begaben wir uns zur Mannschaftsumkleidekabine.

»Du willst also, dass wir dein Projekt bis morgen fertigbekommen?«, wiederholte Kyle meine Bitte und wedelte mit dem Zettel, den ich Raoul für ihn mitgegeben hatte.

Ich nickte. »Ja, so dachte ich.«

Wir saßen an einem unserer Stammtische in Sam's Dinner. Lucy hatte verwundert geguckt, während sie die Bestellung aufgenommen hatte. Sie kannte Raouls Buddys, weil sie öfters Gäste waren und wie wir an der Michigan studierten, aber nicht zum Footballteam gehörten.

»Und du hast mit Mrs. Conner alles abgeklärt?«

»Hmmm, fast.« Ich hielt kurz inne, weil Lucy mit den Getränken gekommen war.

Neidisch schielte ich zu den Bierflaschen. Raoul und ich hatten Cola geordert.

»Wenn es Ärger gibt, übernimmst du die volle Verantwortung?«

Aus meiner Brieftasche zog ich zwei große Scheine. »Sicher, Kyle, wie abgesprochen. Ihr bekommt jetzt die zweihundert Dollar für eure Arbeit und ich ziehe morgen in der Mittagspause die Sache durch. Falls es Stress gibt, nehme ich die ganze Schuld auf mich.« Wobei ich glaubte, dass meine Strafe lediglich ein scharfer Blick unseres Präsidenten sein würde, wenn ich Mrs. Conner hoffentlich auf meiner Seite hatte. Sie war seine Sekretärin und wohl entfernt mit ihm verwandt, jedenfalls hatte sie mir das einmal erzählt.

Mrs. Conners Mann und die zwei Kids waren absolute Michigan-Footballfans. Ich hatte ihr letztes Jahr für Weihnachten von Lucas, Ray und mir Trikots mit Unterschrift organisiert, die sie ihrer Familie geschenkt hatte. Wenn sie mich sah, schwärmte sie immer noch davon und hatte mir versprochen, dass ich sie um einen Gefallen bitten könnte, wenn ich ihn benötigte. Den würde ich morgen einlösen wollen.

»Da jetzt alles geklärt ist, sollten wir austrinken und zu uns nach Hause fahren, um zu proben«, meinte Kyle.

»Brauchst du meine Hilfe?«, erkundigte sich Raoul und hielt sich die Faust vor den Mund, als er gähnte.

»Nein, alles gut«, sagte ich.

»Du, Dylan, ich würde mich auch an den zweihundert Dollar beteiligen«, schlug er vor.

»Danke für das Angebot, Bro, ist aber nicht nötig. Du brauchst das Geld für deine Familie und wenn ich dich so ansehe, unbedingt ein paar Stunden Schlaf.« Raoul gähnte ein zweites Mal. Er sah vom Training ausgelaugt aus, helfen konnte er mir heute sowieso nicht mehr.

Ich war aber angenehm berührt, dass Raoul versuchte, mich zu unterstützen, damit das mit Abby und mir klappte. Er war auch keineswegs überrascht gewesen, als ich ihm gestanden hatte, dass es mir mit Abby ernst war, weil ich tiefe Gefühle für sie hatte. Und nun wollten wir beide verhindern, dass unser Deal am Ende scheiterte.

Raoul hatte mir verraten, dass Willow und er zusammengekommen waren.

Sie hatten sich öfters in der Bibliothek getroffen. Wenn Abby die Universität verlassen hatte, saßen sie außerdem in der Cafeteria zusammen.

Die beiden waren ineinander verliebt. Deswegen war es nachvollziehbar, dass sie ihre Beziehung vertiefen wollten. Und dazu mussten sie die Möglichkeit bekommen, sich außerhalb des Campus zu treffen, ohne dass ihnen Abby auf die Schliche kam.

Raoul beichtete mir, dass Willow und er gern Sex miteinander hätten. Da Abby wie eine Glucke über ihre Schwester wachte, war mehr als Küssen, Streicheln und ab und zu ein kurzer Handjob nicht möglich. Sex auf die Schnelle wollte Willow nicht. Sie wünschte sich das volle Programm, lange Kuscheleinheiten und am liebsten noch mit Übernachtung und Frühstück im Bett. Wobei sie darauf zur Not verzichten würde. Wäre aber in ihren Augen perfekt. Meinte Raoul.

Mein Bro jammerte mir die Ohren voll, dass er schon Schwielen an den Handflächen hätte, weil er sich jede Nacht einen runterholte. Ich hatte ihm nach seiner Beichte gesagt, dass er sich die Details seiner Verzweiflungstaten sparen könnte.

Keiner wusste besser als ich, was man so nachts unter der Decke trieb bei diesem Gefühlswirrwarr. Meine Hände umklammerten deshalb fest das Colaglas, damit Raoul meine Schwielen nicht sah. Seit dem Abend im Café dachte ich jede freie Minute an Abby.

Wenn sie vor meinem inneren Auge erschien, wurde ich hart und mein Schwanz begann zu pochen, dass ich in solchen Momenten gezwungen war, mir selbst ein wenig Erleichterung zu verschaffen.

Lucas hatte mich heute früh spöttisch gefragt warum ich so lange duschen war. Na ja, laut stöhnend im Bett mit den Händen unter der Decke zu liegen, wäre vermutlich viel auffälliger. Ich gehörte beim Sex nicht gerade zu den leisesten Genießern. Das Wasserrauschen dämpfte ein bisschen meine animalischen Geräusche, die ich dabei von mir gab.

Natürlich könnte ich andere Frauen abschleppen, doch da tickte ich wie Raoul. Er wollte nur mit Willow schlafen, und ich hatte nur noch Abby im Kopf. Wenn man verliebt und geil zugleich war, war das eine ziemlich verfickte Situation.

Aber morgen würde sich alles ändern. Morgen würde Abby endlich erfahren, dass ich bis über beide Ohren in sie verschossen war.

»Dass Liebe einem das Hirn butterweich machen kann, wusste ich«, sagte Rick, der bisher still an seiner Bierflasche genuckelt hatte. Ungläubig schüttelte er den Kopf. »Dass man sich aber zu so einer Sache hinreißen lässt, finde ich schon irgendwie irre und gleichzeitig cool.«

»Sei dir sicher, wenn du dich einmal so richtig verknallt hast, wirst du selbst auf die verrücktesten Ideen kommen«, erwiderte ich trocken und erhob mich von meinem Platz. »Ich schlage vor, ich gehe zu Lucy an die Theke und bezahle. Wir treffen uns auf dem Parkplatz bei meinem Pick-up.«

Es war höchste Zeit, dass wir aufbrachen, damit mein Plan gelingen würde. Ich hatte keine Lust, mich morgen lächerlich zu machen, weil wir für mein Projekt nicht genügend Zeit zur Verfügung hatten.

Kyle und Cole waren Zwillingsbrüder, Rick ihr bester Freund. Sie wohnten gemeinsam in einem kleinen Haus mit Keller außerhalb des Campus. Sie hatten sich dazu entschieden, um keinen Nachbarn mit dem Krach, den sie veranstalteten, zu nerven.

Ich war beeindruckt, als mein Blick durch den Keller schweifte. Raouls Buddys hatten eine Menge Geld in ihr gemeinsames Hobby gesteckt.

»Wie lange macht ihr das schon zusammen?«, fragte ich Kyle.

»Uns gibt es seit der High School, mittlerweile sechs Jahre.«

»Und werdet ihr später professionell arbeiten?«

»Da sind wir noch am überlegen«, sagte Cole. »Unser Terminkalender ist jedes Wochenende voll, aber so richtig durchstarten ... Wir sind unschlüssig, ob wir das Risiko eingehen wollen. Mit einem echten Brotjob ist man abgesichert ... Familiengründung und so, du weißt schon.«

Er reichte jedem eine Flasche Bier, ich lehnte ab. Cole sah mich verwundert an. »Du hältst dich ernsthaft an das Alkoholverbot eures Chefcoachs?«

»Tue ich«, gab ich freimütig zu. »Mir ist meine Karriere zu wichtig, um sie wegen Sauferei zu gefährden.«

»Und das morgen?«

»Kostet mich nicht die Karriere, aber es geht um die wichtigste Frau in meinem Leben.«

»Na, wenn das so ist« – Rick klopfte mir auf die Schulter – »sollten wir langsam loslegen.«

22. Kapitel – Dylan

Noch bevor ich das Hauptgebäude erreichte, klingelte mein Handy.

»Hi Dylan«, meldete sich Raoul.

»Lass mich raten«, reagierte ich sofort, ohne zurückzugrüßen. »Du willst wissen, ob gestern alles geklappt hat.«

»Und?«

»Ich hoffe, Abby rastet nicht aus, sondern es gefällt ihr.«

»Puh, ich bin vermutlich aufgeregter als du.« Ich hörte Raoul seufzen. »Es steht so viel auf dem Spiel.« Ich merkte ihm an, dass er unter Spannung stand, genauso wie ich das tat.

»Drück mir die Daumen, dass Mrs. Conner mir ihr Büro zur Verfügung stellt.«

»Wann willst du loslegen?«

»Wenn nichts schiefläuft, dann wie geplant in der Mittagspause.«

»Das heißt, du kommst nicht in die Dining Hall, da haben sie heute so eine neue Essensgeschichte am Start. Soll eine riesige Überraschung sein.«

Grinsend fuhr ich mir durchs Haar. »Ich nehme an, dafür hast du sogar das Frühstück ausgelassen.«

»Ich will so viel Platz wie möglich im Magen haben.«

»Du hast echt nichts gegessen? Ich habe einen Scherz gemacht. Dass du überhaupt an Essen denken kannst.« Ich selbst hatte heute früh keinen Bissen hinunterbekommen. Meine Kehle war vor Aufregung wie zugeschnürt gewesen, dass ich schon Schwierigkeiten hatte, den Kaffee zu trinken. Doch da ich erst vier Uhr morgens ins Bett gekommen war, brauchte ich Koffein, um im Kopf einigermaßen fit zu sein.

»Wir müssen Schluss machen«, sagte ich zu Raoul. Ich griff nach der Klinke und zog den rechten Flügel der Eingangstür auf.

»O Fuck, du bist da.« Raoul kicherte nervös. »Also, Dylan, dann drücke ich dir … Äh, ich meine, ich drücke uns die Daumen.«

»Glück können wir gebrauchen. Bis später, Raoul.«

Nachdem wir uns voneinander verabschiedet hatten, warf ich einen Blick auf das Display. Es war zwanzig Minuten nach sieben Uhr. Genug Zeit bis zum ersten Block, dachte ich zufrieden und schob das Handy in die Jeans zurück.

An der Treppe verharrte ich einige Sekunden und atmete tief durch. Ich fühlte mich wie an dem Tag, als ich erfuhr, ob das mit meiner Aufnahme im Collegefootballteam geklappt hatte.

Meine Handflächen wurden feucht, meine Unterlippe zitterte. Scheiße war ich aufgeregt. *Krieg dich wieder ein, Jenkins*, befahl ich mir, bevor ich die Stufen zu Mrs. Conners Büro hochstieg.

Ich klopfte an die Tür, und nachdem Mrs. Conner: »Ist offen!«, gerufen hatte, trat ich ein.

Mrs. Conner strahlte mich mit ihren porzellanweißen Zähnen an, so perfekt, dass mir jedes Mal in den Kopf schoss, wenn ich sie traf, dass ihre Beißer keinesfalls echt sein konnten. Ich zweifelte auch daran, dass die Haare auf ihrem Kopf ihre eigenen waren. Jede Strähne ihres fuchsroten, kinnlangen Bobs saß akkurat.

Sie schwang sich vom Drehstuhl hoch und kam zu mir an den Tresen.

»Mister Jenkins, Sie hier?«, gurrte sie mit einem Aufblitzen in ihren blauen Augen und reichte mir ihre ringgeschmückte Hand. Dass sie ein fable für Schmuck und elegante Klamotten hatte, war keineswegs zu übersehen. Sie trug ein grünes, knielanges Kleid. Dafür, dass sie bereits über fünfzig war, hatte sie eine gute Figur.

»Für Sie Dylan, liebe Mrs. Conner«, flirtete ich mit einem Blinzeln, wischte mir die Handfläche an der Jeans ab und umfasste ihre Hand, um sie zu schütteln.

»Natürlich, Dylan, wie geht es Ihnen?«, erkundigte sich Mrs. Conner und strich sich mit den Fingerspitzen über den Nacken. »Wollten Sie zum Präsidenten? Der ist leider abwesend und kommt heute erst gegen zwei Uhr. Viele Termine, die er erledigen muss.« *Perfekt.* Ich atmete auf.

Dass der Präsident während meines Vorhabens abwesend war und Mrs. Conner mich so freundlich ansprach, nahm mir die Nervosität.

»Ich komme aufgrund eines Anliegens zu Ihnen, damit meine ich, dass ich Ihre Hilfe benötige.«

»Ah, verstehe. Wobei kann ich Ihnen helfen?«

»Also, es ist so«, fing ich an und erzählte Mrs. Conner, warum ich zu ihr gekommen war.

Während ich redete und redete, wechselte ihre Miene von freundlich zu finster. Als ich ihr die Tickets für das nächste Spiel anbot, schaute sie mich mit ernstem Gesichtsausdruck an. »Ihnen ist schon klar, dass Sie sich richtig Ärger mit der Sache einhandeln können?«

»Sie schulden mir einen kleinen Gefallen«, spielte ich die letzte Trumpfkarte aus.

Mrs. Conner fragte mich, wieso ich mich für Abby so ins Zeug legte, welches Ergebnis ich mir von meiner Aktion erhoffte.

Ich gestand ihr, dass ich Abby zurückgewinnen wollte. Mrs. Conner meinte dann, dass sie mich verstehen würde. Sie konnte sich an Abby erinnern. Sie bedauerte, dass Abby keine Studentin mehr war.

Als ich nachhakte, ob sie mir die Gründe verraten würde, biss sich Mrs. Conner kopfschüttelnd auf die Unterlippe. »Tut mir leid, Dylan, darüber darf ich mit Ihnen nicht sprechen«, sagte sie mit einem bedauernden Schulterzucken.

Nachdenklich trommelte Mrs. Conner mit ihren rot-lackierten Fingernägeln auf dem Tresen. Ich starrte sie wie hypnotisiert an. »Hm, Dylan. Wir machen das wie folgt«, lenkte sie ein, und ihr verschwörerischer Blick bohrte sich in mein Gesicht. Sie hielt einige Sekunden inne, bevor sie fortfuhr: »Ich werde mir um ein Uhr einen Cappuccino aus der Cafeteria holen und vergessen, das Büro abzuschließen.«

»Mrs. Conner, das ist der Wahnsinn. Ich weiß gar nicht, was ich sagen soll, vielen Dank!« Dass es so leicht war, sie von meinem Vorhaben zu überzeugen, kam für mich unerwartet. Ich dachte, ich müsste sie, auf Teufel komm raus, bezirzen und umschmeicheln, ihr den Erhalt weiterer Tickets zusichern.

»Ach, Dylan, ich verstehe Sie zu gut. Es geht hier um die Liebe, da werde ich Ihnen meine Unterstützung keineswegs verwehren«, erklärte Mrs. Conner, winkte mich zu sich heran, und führte mich zu ihrem Schreibtisch, um mir die Anlage zu erklären. Ich konnte mein Glück kaum fassen, bis jetzt lief der Plan reibungslos. »Mrs. Conner, Sie sind die Beste«, schwärmte ich, und meinte es in dem Moment auch so.

»Ich habe zu danken«, sagte Mrs. Conner. »Ich hoffe natürlich, Sie halten mich auf dem Laufenden, ob Sie Miss Thompson mit ihrer Aktion erobern konnten.«

»Selbstverständlich. Sie werden die Erste sein, der ich davon berichte.«

»Ich wäre enttäuscht, wenn Sie mich in Unkenntnis ließen«, scherzte sie und lächelte.

Bevor ich die Tür hinter mir schloss, nickte ich Mrs. Conner zu. Heute Mittag war es soweit.

O Mann, es darf auf gar keinen Fall schiefgehen!

Während ich mich zu meinem Kurs begab, tippte ich Raoul eine Nachricht, dass Mrs. Conner mir ihr Okay gegeben hatte.

23. Kapitel – Abby

In der Dining Hall war die Hölle los. Wir hatten den frisch eingeführten Thementag und unser *All-you-can-eat-Buffet* – heute mit indischen Gerichten – musste ständig nachgefüllt werden. Von dem Butterhähnchen hatte ich mir zwei Portionen für das Abendessen stibitzt. Es hatte absolut lecker gerochen.

Doch so toll die Idee mit dem Thementag war, und die Studenten und Universitätsmitarbeiter sich über die Abwechslung freuten, so war sie für uns Küchenmitarbeiter der Supergau. Wir waren nur am Wirbeln. Ich hatte jetzt schon das Gefühl, dass ich die Strecke zwischen Küche und Buffet hunderttausend Mal gelaufen war, weil ich die Behälter so oft austauschen musste. Ich würde beim Küchenchef eine Erschwerniszulage einfordern, wenn das so weiter ging.

Als ich wieder auf dem Weg zum Buffet war, sah ich Lucas, Ray und Raoul in die Dining Hall kommen.

Wo war Dylan?

Ich bemühte mich um Beherrschung, um meine Enttäuschung zu unterdrücken, und nickte ihnen zu, als sie zum Buffet kamen und die verschiedenen Gerichte begutachteten.

»Echt lecker, was die Köche gezaubert haben«, sagte Raoul und grinste mich an. »Kannst du mir ein Gericht empfehlen? Die Auswahl ist der Wahnsinn.«

Ich musterte ihn. Er war ein Schrank im Vergleich zu seinen Freunden. Wer mit Raoul nachts unterwegs war, müsste nicht einmal in den dunkelsten Ecken von Ann Arbor Angst haben, überfallen zu werden. »So wie du aussiehst, wirst du alle Gerichte durchprobieren. Es ist alles lecker, was du hier siehst.«

»Wenn das so ist, probiere ich zuerst das Linsencurry.«

»Ja, gute Wahl«, sagte ich und lächelte freundlich. Raoul war mir für meinen Geschmack ein bisschen zu gesprächig. Abgesehen von dem einen Mal auf der Verbindungsparty hatten wir uns bisher zwar gegrüßt, aber kaum ein Wort miteinander gewechselt.

Hatten wir uns überhaupt früher unterhalten?

Nein, nicht einmal während meiner Zeit als Cheerleaderin.

Wieso redete der Kerl mit mir?

Vermutlich aus Höflichkeit.

Ich füllte die Reisbällchen nach, nahm den leeren Behälter und nickte Raoul zu. »Man sieht sich«, murmelte ich und beeilte mich, Richtung Küche zu verschwinden, um mir einen sauberen Lappen und Papiertücher zu holen. Beim Vorbeilaufen war mir aufgefallen, dass die Salatbar wie nach einer Schlacht aussah. Ich würde Rita Bescheid sagen, dass Rohkost nachgefüllt werden müsste.

Während ich mich um die Reinigung der Salatbar kümmerte, huschten meine Augen wie unter Zwang durch die Dining Hall. Ich hatte mich so gefreut, Dylan hier zu treffen und mir vorgenommen, ein paar Worte mit ihm zu wechseln. Irgendwie wünschte ich mir, die Woche zurückdrehen zu können, sodass heute nochmals Montag wäre. Wir hätten uns noch einmal im Auto geküsst, und wenn er mich danach nach einem Date gefragt hätte, wäre ich keinesfalls abgeneigt gewesen.

Diese alberne Flucht aus seinem Auto.

Wieso hatte ich mich so dumm verhalten und ihn abgewiesen?, dachte ich frustriert.

Ich musste das zwischen uns geradebiegen. Leider hatte ich keine Ahnung, wie ich das anstellen sollte.

Ob er das mit uns aufgegeben hatte?

Oh, nein, hatte ich das endgültig verbockt?

Wieso waren seine Freunde ohne ihn hier?

Rita kam zu mir. Stöhnend verdrehte sie die Augen, während sie die Schüsseln mit den geraspelten Zucchini und Möhren auswechselte. »Wenn der Tag vorbei ist, mache ich drei Kreuze. Diese bescheuerte Themenidee bringt uns eine Menge Dreck und mehr Arbeit ein.« Angewidert verzog sie den Mund. »Manchmal frage ich mich, ob einige Leute nicht gelernt haben, dass man die Löffel nur für die vorgesehenen Schüsseln verwendet, statt sie irgendwohin zu stecken. Wer will Lauchringe in der Roten Beete haben?«

Ich grinste über Rita, die sich maßlos ärgerte. »Was unsere lieben Studenten als Kinder nicht gelernt haben …« Auffordernd nickte ich ihr zu.

»… werden wir ihnen wohl kaum anerziehen können.« Rita musste nun selbst schmunzeln. »Deine Ruhe hätte ich gern.«

»Der Schein trügt«, meinte ich und wischte mit einem sauberen Krepp um die Schüsseln. »Aber ich versuche, den Ärger einfach hinunterzuschlucken.«

Plötzlich war aus dem Lautsprecher, der in einer Ecke an der Decke hing, ein grässlicher Pfeifton zu hören. *Gibt es einen ungeplanten Feueralarm?*, fragte ich mich. Wenn tatsächlich gleich der Alarm losging, würden alle Studenten panisch aus der Dining Hall stürzen.

Halleluja, das würde dann hier wie nach einem Bombenangriff aussehen.

Ich hatte auf einmal das Gefühl, sechs Augenpaare brannten sich in meinen Rücken ein. Ich wandte mich um und sah, wie mich Raoul, Lucas und Ray wie gebannt anstarrten.

Hat mir jemand eine Schweinerei auf den Rücken geschrieben, oder warum sahen mich Dylans Freunde so komisch an? Das war hier echt crazy, wie sich ihre Augen in meinen Kopf bohrten, als ob sie hofften, bis in mein Hirn vordringen zu können.

Ich war kurz davor, in die Küche zu flüchten, als plötzlich eine Stimme aus dem Lautsprecher drang.

O nein! Das ist … Das ist Dylans Stimme?

Ach du lieber Himmel …

»Dieser Song ist für eine bestimmte Frau, die mir mein Herz gestohlen hat. Wenn ich dafür ihr Herz bekomme, darf sie meins behalten.«

Rita sah mich von der Seite an. »Abby, ist alles in Ordnung mit dir? Du bist total blass?« Sie wandte ihr Gesicht dem Lautsprecher zu. »Wer ist das? Das ist ja unglaublich süß.«

In der Dining Hall waren schlagartig die Gespräche eingestellt worden, kein Klirren, nichts war zu hören. Jeder schien gespannt die Luft anzuhalten. Nur ein Hüsteln aus der linken Ecke drang zu mir herüber, sonst herrschte absolute Stille.

Meine Knie gaben nach, sodass ich mich an der Salatbar aufstützen musste, um nicht zusammenzusacken.

Und dann hörte ich die Melodie von *Starlight.*

Dylan sang den Song von Muse.

Er wusste, wie sehr ich das Lied liebte. Ich hatte es ihm am Montag im Auto gesagt.

Oh. Mein. Gott.

Ich war fassungslos, aber vor allem, weil ich keine Ahnung hatte, dass Dylan eine dermaßen schöne und tiefe Stimme hatte.

Mein Herz quoll vor Liebe auf und drückte gegen meinen Brustkorb.

Wärme strömte durch meinen Körper, von den Haarwurzeln bis zu den Zehen. Welchen Mut Dylan aufbrachte, um für mich dieses Lied zu singen. Ich wollte mir gar nicht vorstellen, welche Strafe er sich mit der Sache hier einfangen würde. Er benutzte das Mikrofon des Präsidenten, und das bedeutete, dass er auf dem ganzen Campus zu hören war.

Aber wie hatte er das geschafft? Im Hintergrund spielte eine echte Band. Wann hatte er das mit den Bandmitgliedern arrangiert?

Als Dylan die Zeilen sang, dass er sich aufs Neue in mich verlieben würde, spürte ich ein Brennen in den Augen.

Ungebremst rollten mir die Tränen über die Wangen. Dylan hatte mir mit dem Lied eine Liebeserklärung gemacht.

Mein Blick wanderte zu Dylans Freunden, die mich anlächelten. Sie wussten Bescheid. Er hatte ihnen offensichtlich gesagt, dass er tiefere Gefühle für mich empfand.

Verdammt, ich musste zu ihm. Ich wollte ihn umarmen, seine Lippen auf meinen spüren, ihn riechen, schmecken.

Raoul stand von seinem Platz auf. Er neigte sich zu Lucas und Ray über den Tisch und sprach mit ihnen, bevor er auf mich zu kam.

»Dylan ist im Sekretariat von Mrs. Conner«, raunte er mir ins Ohr. Warm sah Raoul mich mit seinen samtbraunen Augen an und zeigte zum Ausgang. »Ich denke, er würde glücklich sein, wenn du jetzt zu ihm gehst.«

Meinen Körper hatte ich halbwegs unter Kontrolle, dass ich meine Hände von der Salatbar nahm.

»War der Song für dich?«, fragte mich Rita irritiert.

Ich rieb mir die Tränen aus dem Gesicht. »Ja«, rief ich und warf lachend die Arme in die Luft.

Als ich zum Ausgang rannte, hatte der Song geendet. Die ganze Dining Hall reagierte auf Dylans gesangliche Darbietung begeistert. Um mich herum herrschte ein gewaltiger Krach. Es wurde gegrölt, geklatscht, »Zugabe« gerufen und gepfiffen. Nachdem die Eingangstür zugefallen war und ich mich auf dem Gelände des Campus befand, hörte ich nichts mehr außer meinen hektischen Atem und mein Herz, das wie ein Presslufthammer bis zu meinem Hals wummerte.

24. Kapitel – Abby

Nach vorn gebeugt, die Hände auf den Oberschenkeln abgestützt, sah ich mich keuchend um. Meine Emotionen, Dylans Song, vor allem meine schlechte Kondition – Himmelherrgott, ich sollte echt mal wieder joggen gehen – ließen mich hektisch nach Luft japsen. Ich war Hals über Kopf aus der Dining Hall gestürmt, dass ich nun orientierungslos auf dem Campus stand.

Verflixt und zugenäht, wo hatte der Präsident seine Büroräume?

Ich richtete mich auf und meine Augen schweiften umher, als ich mich um die eigene Achse drehte.

Ah, dort! Als ich endlich das imposante Gebäude erkannte, preschte ich los. Ein zweites Mal verfluchte ich meine pfeifende Lunge und die Scheißseitenstiche. Wie eine Kettenraucherin hechelte ich mit offenem Mund. Aber egal. Nichts und niemand konnte mich aufhalten.

Mit stur geradeaus gerichteten Augen rannte ich zu dem Mann, der mir dieses wunderbare, einmalige Geschenk gemacht hatte. Den Refrain von *Starlight* hörte ich wie eine Endlosschleife in meinem Kopf. Es war kaum zu fassen, Dylans Stimme hatte einen unglaublich verführerischen und sinnlichen Klang, dass ein kribbelnder Schauer nach dem nächsten ununterbrochen über meinen Rücken rann.

Ich riss die Flügeltür auf und stieg, gleich zwei Stufen auf einmal nehmend, die Treppe hinauf.

Ich kam auf dem Flur an und sah Mrs. Conner, die mich mit großen Augen anstarrte. Sie hielt einen Coffee-to-go-Becher in der Hand.

»Wo ist Dylan … ’tschuldigung, Dylan Jenkins?«, keuchte ich. Meine Wangen glühten, ich zitterte vor Aufregung.

»Abigail Thompson, richtig?« Sie musterte mich lächelnd. »Ja, Sie sind es.«

»Klar bin ich das!«

Mein Kopf flog von links nach rechts. *Scheiße, zu viele Türen.* Ich war so durcheinander, von meinen Gefühlen überwältigt, dass ich mir vorkam, Knall auf Fall eine Analphabetin geworden zu sein. Die Namen neben den Türen waren plötzlich Hieroglyphen, die ich nicht entziffern konnte.

Mrs. Conner zeigte auf die Tür links neben sich.

»Da?«, fragte ich erleichtert. Ich schob mich an ihr vorbei und riss die Tür auf.

Dylan saß auf dem Drehstuhl, vor sich das Mikrofon, und starrte mich an. »Abby!«

Ich strahlte, mein Herz schien zu bersten – oder es war die überstrapazierte Lunge –, keine Ahnung. Aber ich war so verdammt glücklich, ihm gegenüber zu stehen.

»Hast du wirklich dieses Lied mit einer Band aufgenommen, um aller Welt mitzuteilen, dass du Gefühle für mich hast?« Während ich das sagte, zeigte ich erst auf ihn dann auf mich.

Einen Moment sah er mich schweigend an. Dann lachte er los, und ich schaffte es nicht, mich zurückzuhalten, und stieg in sein Lachen ein.

Dylan sprang von dem Stuhl auf und öffnete die Arme. »Was hätte ich denn deiner Meinung nach sonst tun sollen, Babe, damit du über deinen Schatten springst und begreifst, dass ich der einzige richtige Kerl für dich bin?«

Ohne lange nachzudenken, umrundete ich den Tresen und sprang in seine Arme.

»Gott, Abby, wie ich mich danach gesehnt habe«, raunte Dylan in mein Haar. Mir ging es wie ihm, und dass er mich *Babe* genannt hatte, klang unbeschreiblich schön in meinen

Ohren. Ich drückte meinen Kopf fest gegen seine Brust, spürte sein Herz heftig pochen, genauso wie meins. O Mann, wieso hatte ich mich ihm gegenüber so bescheuert benommen?

Schnelle, schwere Schritte, die sich Mrs. Conners Büro näherten, waren auf dem Flur zu hören.

»Mr. Jenkins, was haben Sie in Mrs. Conners Büro zu suchen?«

Erschrocken ließ Dylan mich los und wir stolperten auseinander. Unerwartet stand Mr. Ward, der Präsident der Michigan, vor dem Tresen. Einen Augenblick später kam seine Sekretärin ins Büro.

Mrs. Conner rieb sich verlegen den Nacken und räusperte sich. »Entschuldigen Sie, Jonathan. Ich hatte Mr. Jenkins gebeten, einen Moment zu bleiben und auf meine Sachen zu achten.«

Misstrauisch runzelte Mr. Ward die Stirn und wandte sein Gesicht Mrs. Conner zu. »Dafür haben Sie doch wohl einen Schlüssel, Ella?«

»Ja, schon ...« Mrs. Conner hob mit zerknirschter Miene die Schultern. »Aber ich musste zu meinem Auto, weil ich mein Portemonnaie im Handschuhfach vergessen habe. Ich war so in Hektik, dass ich den Schlüssel nicht sofort finden konnte.« Sie lächelte entschuldigend. »Glauben Sie mir, Jonathan, auf Mr. Jenkins ist Verlass.«

»Der Schlüssel steckt im Schloss des Schreibtischfachs«, erklärte Dylan.

»Ah, schön zu wissen.« Mrs. Conner nickte ihm zu.

Mr. Ward musterte Dylan, bevor sein Blick wieder zu seiner Sekretärin schweifte. »Besser, Sie vergessen Ihre Sachen das nächste Mal nicht, Ella.« Ein amüsantes Schmunzeln huschte für einen Augenblick über sein Gesicht. Ich war mir keinesfalls sicher, ob er Mrs. Conners Ausrede geglaubt hatte, genauso war ich mir unsicher, ob er nicht doch Dylans Song gehört hatte. Mr. Ward trug noch seinen Mantel und hatte seine Aktentasche dabei, dass es aussah, als wäre er erst vor wenigen Minuten auf dem Campus eingetroffen.

»Nun gut, Ella, dann schicken Sie bitte Mr. Jenkins und … die junge Frau aus ihrem Büro. Ich benötige einen Kaffee und Sie für eine Besprechung.«

»Natürlich, Jonathan«, sagte Mrs. Conner hastig und lächelte.

»Ihnen beiden wünsche ich einen schönen Tag!« Mr. Ward nickte uns zu, bevor er die Tür zu seinem angrenzenden Büro öffnete und sie hinter sich schloss.

Als Dylan und ich schon halb auf dem Flur standen, steckte Mr. Ward den Kopf aus der Tür seines Büros. »Mr. Jenkins!«

Dylan drehte sich um. »Ja, Mr. Ward?«

»Sie haben keine schlechte Stimme, aber ich sehe Sie trotzdem lieber Football spielen.« Dylan zuckte zusammen, obwohl das versteckte Lachen aus Mr. Wards Stimme herauszuhören war.

»Äh … Da… Danke!«, stammelte Dylan und lief rot an. Ich zog die Schultern hoch und kicherte hinter vorgehaltener Hand. Dylan peinlich berührt zu sehen, war ein lustiger Anblick. Mrs. Conner glühte mit Dylan um die Wette.

Nachdem Mr. Ward verschwunden war, kam sie zur Tür und stieß sichtlich erleichtert die Luft aus. »Ein Glück hat Mr. Ward gute Laune. Ich war kurzzeitig auf Toilette, dass ich Sie beide leider nicht warnen konnte«, flüsterte sie uns zu und stieß einen Seufzer aus. Mrs. Conner wandte sich direkt Dylan zu. »Normalerweise würde er uns für Ihre Aktion verbal die Hölle heiß machen, aber glücklicherweise ist alles gut ausgegangen, Dylan.« Sie machte eine fegende Handbewegung. »Nun aber gehen Sie schnell. Viel Glück, Ihnen beiden.«

Als wir auf dem Flur allein waren, zeigte mir Dylan einen USB-Stick. »Der ist für dich.«

Ich schluckte schwer, während ich den USB-Stick in die Hand nahm. »Danke, Dylan.« Ich betrachtete das kleine unscheinbare Ding, das mir mehr wert als alles andere war, was ich besaß.

»Hebe ihn gut auf und höre dir den Song an, wenn du noch einmal an mir zweifelst, Abby.«

Ich schüttelte den Kopf. »Ich weiß, was du für mich getan hast. Du hättest mir keinen größeren Beweis geben können.«

»Du, Abby.« Dylan rieb sich den Nacken »Musst du zur Arbeit zurück, oder könnten wir Zeit miteinander verbringen?« Uns beiden war es nicht möglich, nach Dylans Aktion auf dem Campus zu bleiben.

Für mich gab es nur eine Antwort. »Du wartest auf dem Parkplatz auf mich. Ich nehme heute Überstunden.«

»Und wo fahren wir hin?« Dylan drückte mir einen kleinen Kuss auf den Mund. »Zu dir oder zu mir?«

Auch dafür brauchte ich keine Sekunde überlegen. »Zu dir.«

25. Kapitel – Abby

Nachdem ich das letzte Mal Hals über Kopf aus Dylans Pick-up geflüchtet war, weil ich mit ihm über mich und mein Leben kein Wort wechseln wollte, saß ich jetzt auf einmal wieder glücklich neben ihm.

Ich hoffte aber, dass er sich Fragen über mich verkneifen würde. Ich fühlte mich nicht bereit, mit ihm über meine Probleme zu sprechen. Vielleicht in naher Zukunft, aber keinesfalls heute, morgen oder in den nächsten Wochen.

Dylan startete den Motor, einen Augenblick sahen wir uns lächelnd an, dann verließ er den Parkplatz.

»Und hat dir der Song gefallen?«, fragte er beim Abbiegen auf die Straße Richtung seines Apartmenthauses, sobald wir das Campusgelände verlassen hatten.

»Ja, ich war hin und weg, sogar geheult habe ich vor Rührung.«

»Ich habe dich zum Weinen gebracht? Das stand mir aber nicht im Sinn.« Dylan legte seine Hand auf meinen Oberschenkel. Sofort prickelte meine Haut unter seinen Fingern. »Bevor ich den Song für dich sang, habe ich dir gleich zu Beginn eine Frage gestellt, Abby. Du erinnerst dich?«

»Äh … Ja.«

Er drückte meinen Oberschenkel. »Und wie lautet deine Antwort?«

Ich sah ihn von der Seite an. Dylan behielt den Blick auf die Fahrbahn gerichtet. Sein Kiefer war angespannt. »Ich will dein Herz behalten«, sagte ich leise, »du bekommst dafür meins.«

Ein Lächeln erschien auf seinem Gesicht. Er wirkte erleichtert. »Die Antwort habe ich mir gewünscht. Du bist die erste Frau, der ich so was gesagt habe. Ich bin nicht so der

Typ, der seine Gefühle auf der Zunge trägt. Aber ich wollte, dass du das weißt.«

Dass Dylan kein Mann war, der leichtfertig Frauen gestand, dass er sie mag, wusste ich. Und auch er wusste, dass ich mich in Gefühlsdingen genauso schwertat.

Als wir uns damals nähergekommen waren, hatten wir dahingehend nichts zu uns gesagt. Von ihm zu hören, dass ich ihm wichtig war, beruhigte mich irgendwie, sodass ich über damals kein weiteres Wort verlieren wollte. Ich vermutete, dass er ähnlich dachte.

Also würden wir das, was damals passiert war, nicht ansprechen. Es wäre zu gefährlich, denn dann könnten alte Wunden aufreißen. Es zählte für mich nur das Hier und Jetzt. Dylan und ich hatten entschieden, auf Reset zu drücken, und wir würden heute damit anfangen, um uns neu und vorurteilsfrei kennenzulernen. Jedenfalls nahm ich es mir vor, er anscheinend ebenso. Ob es uns gelingen würde? Abwarten.

Auf der Fahrt zu Dylans Apartment hatten wir die meiste Zeit geschwiegen. Es war keine unangenehme Stille, denn ich genoss seine Finger, die zärtlich über meinen Oberschenkel kreisten und in meinem Unterleib eine erwartungsvolle Spannung erzeugten.

Nachdem Dylan den Pick-up vor dem Apartmenthaus geparkt hatte, waren wir Hand in Hand die Stufen zur Eingangstür hochgestiegen.

Bereits im Treppenhaus fielen wir übereinander her. Unsere Münder prallten aufeinander, und Dylan stieß seine Zunge in meinen Mund, um mich zu küssen. Ich legte meine Arme um seinen Hals, und nachdem er mich hochgehoben hatte, schlang ich meine Beine um seine Hüften. Bis vor der Wohnungstür dauerte unser hitziger Kuss. Dylans Hand zitterte, als er den Schlüssel ins Schloss steckte.

Kaum waren wir im Apartment, schob Dylan mir den Rucksack von den Schultern. Wir kickten die Schuhe von den Füßen, ließen die Jacken fallen und ich presste meine Lippen erneut auf seinen Mund.

Während unsere Zungen miteinander leidenschaftlich spielten, stolperten wir in sein Zimmer. Aus dem Augenwinkel nahm ich wahr, dass es groß war. Die Wände weiß, der Boden aus dunklem Holz, mit schicken Möbeln, nicht überladen.

Mit dem Fuß stieß Dylan die Tür zu, löste meinen Dutt und fuhr mit den Fingern durch mein langes Haar.

Wir zerrten uns gegenseitig die T-Shirts über den Kopf und warfen sie achtlos auf den Boden. Während ich mich an Dylans Jeans zu schaffen machte, öffnete er meinen BH. Schnell zogen wir die restlichen Klamotten aus und schoben die Kissen und Decken beiseite.

Nackt und engumschlungen fielen wir auf Dylans Kingsize Bett, das eher einer großen Spiellandschaft glich.

Sobald seine Hände meine Hüften streichelten, begannen Tausende Schmetterlinge in meinem Bauch zu flattern. Dylan leckte über seine Unterlippe, während er mich mit funkelnden Augen ansah. »Du hast keine Vorstellung, wie oft ich mir in letzter Zeit vorgestellt habe, dass du nackt unter mir liegst«, flüsterte er. Seine Worte ließen meinen Mund trocken werden. Das Blut rauschte wie ein reißender Fluss durch meine Venen und mein Herz hämmerte wild in meiner Brust.

In diesem Moment war ich verloren, weil ich nichts mehr begehrte als ihn und mit einem Schlag süchtig nach seinen Berührungen war.

Dylans sinnliche Lippen wanderten zärtlich meinen Hals abwärts, liebkosten abwechselnd meine Brustwarzen, die sich sofort zusammenzogen und aufrichteten. Sanft biss er erst in den linken Nippel, dann in den rechten.

Seine Lippen gingen weiter auf Wanderschaft, tiefer und tiefer, während er mit einer Hand meine rechte Brust massierte und mit der anderen meine Hüfte streichelte.

Ich spürte wie die Erregung in mir wuchs, sich Nässe zwischen meinen Beinen sammelte und die Innenseiten meiner Oberschenkel benetzte.

Dylan rutschte weiter runter. Vor dem Bett kniete er sich auf den Boden. Er packte mich an den Fußgelenken, zog mich zu sich heran und spreizte meine Beine.

Damit er bequem an meine Mitte kam, stellte ich am Bettrand die Füße auf.

Dylan senkte den Kopf, schnalzte mit der Zunge und ich spürte sein Lachen an meiner intimsten Stelle vibrieren.

»Du bist so nass für mich, als ob du auf meinen Mund gewartet hast«, wisperte er und umschlang mit den Armen meine Schenkel.

Hitze breitete sich in meinem Magen aus, und ich wimmerte vor Lust, als ich seine Zungenspitze spürte, die über meine Spalte glitt, bevor sie die Schamlippen teilte und mit meiner Lust zu spielen begann.

Träge leckte er mit der Zunge über meine Klit, umschloss sie mit seinen Lippen und saugte sanft daran.

»Ah«, stöhnte ich auf, kniff die Augen zusammen und bog den Rücken durch, während meine Finger sich in das Laken krallten. Die Bewegungen seiner Zunge, das Saugen seiner Lippen fühlten sich wie leichte Stromschläge an, die durch meinen Unterleib pulsierten.

Als er zwei Finger dazu nahm, die in mich hinein- und hinausglitten, verlor ich die Kontrolle über meine Beine, die anfingen zu zittern. Mein Becken zuckte und ich seufzte: »Dylan, oh, oh Dylan …«

»Soll ich dich kommen lassen?«, hörte ich plötzlich seine heisere Stimme.

Ich öffnete die Augen und hob den Kopf. »Nein«, hauchte ich. »Das reicht mir nicht, ich will mehr, ich will dich.«

»Sicher, Babe?«, neckte er mich und sah mit einem verführerischen Lächeln zu mir hoch. »Dann sag, bitte, lieber Dylan.«

Mein Herz ging auf beim Anblick seines Gesichts. Dylans Augen glänzten, seine Lippen waren geschwollen und seine Wangen gerötet.

»Los, Babe, sag es«, wiederholte er leise. Dylan drückte sanfte Küsse auf meine Haut, während er zu mir hochgekrochen kam, und ich mit ihm nach oben rutschte.

Verspielt biss er in mein Kinn, strich mit der Zunge über die Stelle und neigte sein Ohr dicht an meinen Mund. »Sag es.«

Ich leckte mir über die Lippen, hielt einige Sekunden inne, bevor ich in seine Ohrmuschel hauchte: »Bitte, lieber Dylan, ich will dich ganz in mir spüren.« Ich zupfte an seinem Ohrläppchen, bewegte meine Zungenspitze in seiner Ohrmuschel vor und zurück und hörte, wie er scharf die Luft einzog.

Sein heißer Atem traf mein Gesicht, als er sich mir wieder zuwandte. Dylan sah mich mit einem derart verlangenden Blick an, dass ich das Gefühl hatte, er würde mit seinen Augen einen Brand in meinem Unterleib entfachen. Sein Gesichtsausdruck verriet, dass er mich ebenso wollte wie ich ihn.

Einen Moment verharrte Dylan vor meinem Mund. Er drehte seinen Kopf zur Tür. »Warte kurz, die Kondome sind im Bad«, flüsterte er, küsste mich auf die Lippen und wälzte sich von mir runter.

Ich stützte mich auf die Ellenbogen auf, erhaschte einen Blick auf seinen imposanten, steil nach oben ragenden Penis, der leicht vor und zurück federte, als er aus dem Bett stieg und aus dem Zimmer stürmte.

Mit einem Päckchen in der Hand kam Dylan zurück und stieß hinter sich die Tür zu. Er riss es mit den Zähnen auf, während er zu mir auf das Bett kletterte.

»Lass das Kondom im Päckchen und leg dich auf den Rücken!«, forderte ich ihn auf.

Ohne mir zu widersprechen, tat Dylan, was ich gesagt hatte. Mit großen Augen sah er mich an, als ich mich aufsetzte, ihm das offene Päckchen aus der Hand zog und es neben mich auf die Matratze legte.

Ich kniete in Höhe seiner Hüften, betrachtete voller Genuss Dylans muskulösen Körper und strich mit den Fingerspitzen über die Maori-Tattoos, die seine Arme und den Brustkorb verzierten. »Deine Tätowierungen sind wunderschön«, flüsterte ich mit belegter Stimme.

Dylan lächelte, hob seine großen Hände und umfasste meine Brüste, die perfekt hineinpassten. »Ich finde deine Brüste wunderschön«, antwortete er. »Sie sind weich, glatt, mit süßen rosa Nippeln.«

Bevor wir uns in der Betrachtung unserer Körper verloren, löste ich seine Hände von meinem Busen und neigte mein Gesicht zu seinem Penis, um ihn mit meinen Lippen und der Zunge zu verwöhnen. Ich wollte Dylan den gleichen Genuss verschaffen, wie er es mit seinem Mund bei mir gemacht hatte.

»Willst du das wirklich tun?«, hörte ich ihn mit einer Spur Unsicherheit in der Stimme fragen.

»Ich dachte, du magst das.« Damals war es so gewesen.

Dylans Blick hielt mich gefangen. »Ja.« Er lächelte, biss sich auf die Unterlippe und wirkte ein wenig verlegen. »Allein die Vorstellung, dass du mir einen bläst, ist schon irre.«

Nachdem ich meine Lippen über Dylans Eichel gestülpt hatte und sanft an ihr saugte, quollen die ersten Lusttropfen aus dem Schlitz. Die Vorboten der Lust nahm ich mit der Zungenspitze auf, während ich mit der Hand den unteren Teil des Schafts umschloss und meine Finger hoch- und runtergleiten ließ.

Dylan reagierte mit einem animalischen Laut, packte meine Haare und stieß seine Hüften mir entgegen. »Fuck, Abby … O Gott, Abby«, knurrte er, während ich meinen Kopf und meine Hand immer schneller vor- und zurückbewegte.

Er stöhnte lauthals, schnappte nach Luft, während er seine Erektion in meine Kehle stieß. Offensichtlich schien ich ihn in den Himmel zu blasen, was mich noch mehr anspornte, dass ich immer schneller und härter seinen Schaft bearbeitete, bis Dylan wie ein Wolf aufjaulte und ein tiefes Grollen aus seiner Brust drang.

Herrgott … Dylan, du bist völlig ohne Hemmungen, dachte ich amüsiert. Außer mit ihm hatte ich bisher mit keinem Mann geschlafen, der so laut und wild den Sex mit mir genoss. Das war mir schon bei unserer einzigen gemeinsamen Nacht aufgefallen …

Scheiße, diese Nacht. Ich blinzelte. Für einen Augenblick war ich unkonzentriert.

Doch plötzlich, ohne Vorwarnung, riss Dylan meinen Kopf von seinem Penis, hob mich auf seine Oberschenkel und stöhnte: »Komm, Babe, reite mich!«

Als ich rittlings auf ihm saß, war ich schlagartig von meiner düsteren Erinnerung abgelenkt.

Ich fummelte das Kondom aus der Packung, rollte es über Dylans Schafft und ließ mich Stück für Stück auf ihn niedersinken, bis ich ihn vollständig aufgenommen hatte.

Dieses Gefühl, von ihm innerlich ausgefüllt zu sein, war unsagbar berauschend. Ich legte den Kopf in den Nacken und seufzte, als meine inneren Muskeln sich um seinen Penis schlossen. Dylan hielt mich, seine Finger drückten sich links und rechts in mein Fleisch. Sein Gesicht war lustvoll verzerrt und er stöhnte, während ich mich mit dem Becken kreisend auf und ab bewegte. Ich ritt ihn. Wild, hart, tief. Dylan schlang die Arme um meinen Rücken, zog mich an seine schweißnasse Brust und schob mir die Hüfte entgegen. Wieder und wieder, immer schneller werdend.

Nachdem er ein letztes Mal zugestoßen hatte, schrien wir wie aus einem Mund auf. Dylans Penis pulsierte in mir, während wir zum gleichen Zeitpunkt einen Orgasmus erlebten, der uns mit unvorstellbarer Wucht überrollte.

Erschöpft blieb ich auf Dylan liegen, strich mir eine feuchte Strähne aus dem Gesicht und keuchte mühsam nach Luft. Auch Dylan war völlig erledigt. Unter meinem Kopf hob und senkte sich hektisch seine Brust und ich spürte seinen harten Herzschlag. Wir brauchten beide eine Weile, bis wir gleichmäßig atmen konnten.

Dylans Finger glitten an meinen Seiten hinunter und streichelten meinen Hintern. »Weißt du, dass du einen unfassbar süßen Arsch hast, der sich genauso gut in meinen Händen anfühlt wie deine Brüste?«

»Wenn du das sagst …«, meinte ich und konnte mir ein Kichern nicht verkneifen, als ich Dylans Finger spürte, die Blumen auf meine Pobacken malten. Eine Gänsehaut rann mir über den Rücken, so zärtlich kratzte Dylan mit den Nägeln über die Haut. Ich presste schnell die Lippen zusammen, um nicht wie eine Katze zu schnurren.

Zufrieden rollte ich mich von Dylan runter und sah zu ihm hoch. Er lag mit geschlossenen Augen neben mir. Ohne sie zu öffnen, zog er das Kondom ab, verknotete es und warf es auf den Boden.

»Abby, das mit uns war unfassbar schön«, flüsterte er und ein zufriedener Seufzer entwich seinem Mund.

»Das war es«, erwiderte ich, stützte den Kopf in die Hand und streckte den freien Arm aus. Meine Finger glitten über sein Sixpack.

Dylan nahm meine Hand von seinem Bauch und zog sie zu seinen Lippen. Sanft küsste er jede Fingerkuppe. »Ich muss bald zum Training. Bleibst du die Nacht bei mir?« Er hatte die Augen geöffnet. Fragend wandte er mir sein Gesicht zu.

Ich entzog ihm meine Finger. Bedauernd schüttelte ich den Kopf, denn ich musste mich um die Wettbewerbsaufgabe für morgen kümmern. Außerdem durfte Willow nichts von mir und Dylan erfahren, denn sonst würde sie das gleiche Recht für sich einfordern. Aber das Studium war wichtiger als Dates und heiße Flirts.

Sofort schoss mir eine Frage in den Kopf.

Was ist das zwischen Dylan und mir, eine reine Bettgeschichte oder mehr?

Er hatte sich die letzten Tage um mich bemüht, keine Frage. Doch war das zwischen uns nur ein aufflackerndes Strohfeuer, das ein paar Wochen halten würde?

Er hatte gesagt, dass er Gefühle für mich hegte. Das glaubte ich ihm sogar. Wir waren im Bett gelandet und ich bereute es keine Sekunde, aber trotz dessen … *Ist damit sein Interesse an mir befriedigt?*, fragte ich mich.

Verflucht noch mal, ich hatte keine Lust auf eine wiederholte Abfuhr. Unsere damalige Nacht hatte sich in mein

Gedächtnis zurück gekämpft, um mein Hirn mit konfusen Ängsten zu malträtieren.

Sperr die Gedanken weg, Abby, genieße den Augenblick, befahl mein Herz meinem Verstand. Genau, so musste ich an die Geschichte mit ihm herangehen.

Ich nahm mir vor, jede Sekunde mit Dylan als Geschenk anzusehen, mir keine Gedanken darüber zu machen, ob er sich irgendwann von mir abwenden würde oder nicht. Dafür war das Zusammensein mit ihm zu schön. Ich spürte, dass ich ausgehungert war, mich nach Zuneigung und körperliche Nähe sehnte.

Dankbar würde ich annehmen, was er mir zu geben bereit war, ohne mir länger den Kopf darüber zu zerbrechen, ob er es tat, weil er mich gernhatte, oder es nur die Lust auf Sex war. Ich hatte Angst, dass ich in seine Bemühungen zu viel hineininterpretierte.

»Du, Babe, was ist mit Samstag?«, riss mich Dylan aus meinem Gedankenkarussell.

»Äh, was?«

»Samstag, nach dem Spiel. Ich dachte, wir könnten zusammen in Sam's Diner gehen?«

Ich zögerte. In Dylans Stammlokal? Dort würden wir auf seine Freunde treffen. Ich war mir unsicher, ob ich das wollte.

»Nur, wenn du magst«, ergänzte er. Mein Zögern war ihm nicht entgangen.

»Dort geht die ganze Footballmannschaft hin.«

»Wenn dich das stört, lass uns was anderes machen. Mäuse fangen und an streunende Katzen verfüttern.«

Ich schlug ihm lachend die Hand gegen die Schulter. »Solche bösen Spiele kommen auf gar keinen Fall infrage.«

»Dann eben nicht.« Dylan schwang sich aus dem Bett, sammelte unsere Klamotten vom Boden auf und warf mir meine Sachen in den Schoß.

»Du hast ja ein paar Tage, um dir selbst zu überlegen, wohin ich dich ausführen darf.« Er schlüpfte in die Boxershorts, danach in die Jeans und zwinkerte mir zu. »Es wäre unser erstes richtiges Date. Und nimm dir Wechselklamotten mit, du schläfst die Nacht bei mir.«

»Willst du, dass ich das ganze Wochenende bei dir bleibe?«, fragte ich verwundert. »Ich weiß nicht … Meine Schwester …«

»Sie ist volljährig, oder, Abby?«

»Du hast ja recht, aber … Ich weiß trotzdem nicht, ob das geht.« Ich wiegte den Kopf. Dylans Vorschlag war überraschend und gleichzeitig aufregend. Ich müsste vorher mit Sky darüber reden, weil ich meine Freundin als Alibi benötigen würde, damit Willow keinen Verdacht schöpfte.

Sollte ich zustimmen, oder das Wochenende zu Hause bleiben? *Zwei Tage mit Dylan, die Vorstellung ist schon verlockend … Ach Mann, ich bin sooo unentschlossen.*

»Hey Babe, ich mache das beste Frühstück in ganz Ann Arbor«, versuchte Dylan, mir meinen letzten Zweifel aus dem Kopf zu vertreiben. »Bitte, Abby, gib dir einen Ruck. Das wird ein fantastisches Wochenende, versprochen.«

Ich seufzte. »Aber ich erwarte Pancakes mit Ahornsirup.«

»Sollst du haben!«

»Eier mit Speck und …« Grinsend wackelte ich mit den Augenbrauen. »Einen aus roten Beeren frisch zubereiteten Smoothie.«

»Kein Problem, ich pflücke die Früchte.«

Ich lachte kopfschüttelnd und zwinkerte ihm zu. »Wenn ich Fisch möchte, würdest du ihn für mich fangen, richtig?«

»Was dachtest du denn?«, sagte Dylan und fasste sich mit

todernster Miene ans Herz. »Ich würde ihn sogar ausnehmen und räuchern, falls das dein Wunsch ist.«

»Okay, okay, überredet«, willigte ich schließlich ein. »Wir gehen in Sam's Diner und ich bleibe über Nacht.«

»Cool.« Dylan zerrte das T-Shirt über den Kopf, beugte sich zu mir und küsste mich auf den Mund. »Nachher im Auto gebe ich dir meine Handynummer, damit wir alles absprechen können.«

Er schnappte seine Socken, angelte nach dem Kondom und zeigte zur Tür. »Ich bin in der Küche, Müsli zubereiten, zieh du dich in der Zwischenzeit an.«

Im Türrahmen drehte er sich um. »Magst du auch eine Portion?«

»Nein, ich habe keinen Hunger«, lehnte ich ab. Ich nahm den BH vom Schoß, steckte meine Arme durch die Träger und schloss ihn mit dem Hakenverschluss auf dem Rücken.

Kurz nachdem ich angezogen war, kam Dylan mit einer Wasserflasche ins Zimmer zurück. Er legte sie in die Sporttasche, suchte Trainingsklamotten zusammen und packte sie dazu. Die Tasche über die Schulter gehangen, ging er mit mir in den Flur und öffnete uns die Wohnungstür.

Vierzig Minuten später saß ich in meinem eigenen Auto und starrte grinsend auf mein Handy. Dylan hatte mir seine Nummer gegeben.

Soweit ich ihn von früher kannte, gab er sie an Frauen selten weiter. Ob es vielleicht doch mehr zwischen uns war? Immerhin hatte er das Lied für mich gesungen.

Rede dir keinen Mist ein, brachte ich die lockende Stimme in mir zum Schweigen. Es wäre ein dummer Fehler, wenn ich mir zu großen Hoffnungen machte.

»Wir werden eine Weile Spaß miteinander haben. Das ist es doch, was wir beide suchen?«, sagte ich zu mir selbst, um meine negativen Gedanken zu vertreiben. Ich strich mir das Haar hinter die Ohren, startete den Motor und fuhr los.

26. Kapitel – Abby

Die nächsten Wochen vergingen wie im Flug. Und mit jedem Tag, den ich mit Dylan verbrachte, schwand meine Angst, dass das mit uns ein Traum wäre, aus dem ich heute oder morgen erwachte. Ich hatte längst angefangen, ihm zu vertrauen.

Sky hielt dicht und verschaffte mir die notwendigen Alibis. Das war nicht schwierig – zu meiner Freude –, weil Willow oft und lange unterwegs war und sich intensiv um ihr Studium kümmerte. Oft hielt sie sich in der Bibliothek auf oder arbeitete mit Kommilitonen zusammen, sodass ich jede freie Minute bei Dylan sein konnte oder wir gemeinsam etwas unternahmen, ohne dass meine Schwester Verdacht schöpfte.

Ich hatte mittlerweile den Eindruck gewonnen, dass Willow es verstanden hatte, wie wichtig ein guter Abschluss war, um einen anständig bezahlten Job zu bekommen. Wenn ich mir ihre Unterlagen anschaute oder sie mich bei den Studienaufgaben um Unterstützung bat, sah ich, wie ernst sie sich mit den Kursthemen befasste.

Ich war stolz auf meine kleine Schwester. Männer schien sie endlich aus ihrem Kopf verbannt zu haben, denn sie waren kein Thema mehr.

Trotz ihrer positiven Einstellung gegenüber dem Studium, missfiel mir eine Kleinigkeit. Aber statt einen Streit vom Zaun zu brechen, biss ich lieber die Zähne zusammen und schluckte den Ärger hinunter. Ich war ja selbst viel zu glücklich, um mich mit meiner Schwester über zweitrangigen Kram zu streiten. Wir hatten nun mal einen unterschiedlichen Klamottengeschmack. Sie mochte es aufreizend, ich eher schlicht.

Außerdem betonte Willow ihre Volljährigkeit. Sie war der Meinung, dass ich ihr keinesfalls vorschreiben dürfte, wie sie sich zu kleiden hätte. Also verkniff ich mir einen bösen Kommentar, wenn ich sie geschminkt und in ihren grässlichen Fummeln täglich in der Michigan sah.

Ich kapierte nicht, warum sie es darauf anlegte, aufzufallen. Merkte Willow nicht, wie die Typen ihr alle mit heruntergeklappten Kinnladen hinterherstarrten?

Am liebsten würde ich jedem Kerl, der sie mit Stielaugen anglotzte, eine Schüssel in die Hand drücken. Die sollte er sich mal schön unter das Kinn halten, damit der Sabber nicht auf den Boden tropfte. Die Schweinerei musste ich immer wegwischen. Ein Wunder, dass noch niemand auf der Spucke ausgerutscht war.

Heute früh hatte mir Willow eine Nachricht geschickt. Ich war schon arbeiten. Sie hatte gefragt, ob ich bis acht Uhr abends der Wohnung fernbleiben könnte. Wobei ihr bis zehn Uhr lieber wäre. Willow wollte sich mit ein paar Leuten treffen, um ein Referat mit einer Präsentation vorzubereiten. Sie würden ein Plakat fertigen müssen und somit das Wohnzimmer in Beschlag nehmen. Ursprünglich hätten sie das bei einem Typen aus ihrer Gruppe machen wollen, aber da war wohl was dazwischengekommen, sodass sie auf unsere Wohnung ausweichen müssten.

Bevor ich ihr meine Zusage gab, wollte ich Dylan anrufen. Erfreulicherweise hatte er gestern schon sein Spiel gehabt. Theoretisch hätte er Zeit, wenn der Tag nicht mit seinen Freunden verplant war.

Eigentlich hatten wir vorgehabt, uns morgen bei ihm zum Sonntagsfrühstück zu treffen. Als Dylan mir zu unserem ersten Date ein besonderes Frühstück versprochen hatte, hatte er keineswegs übertrieben gehabt. Das hatte sich auch danach nicht geändert. Wenn ich einen Sonntag bei ihm war, bekam ich Pancakes und einen frisch zubereiteten Beerensmoothie.

Also rief ich ihn an.

»Hi Babe«, begrüßte er mich erfreut. Wir hatten gestern erst miteinander telefoniert, aber jedes Mal, wenn ich seine Stimme hörte, führte ein Bienenschwarm einen wilden Tanz in meinem Bauch auf. Dann spürte ich, wie meine Wangen sich erhitzten und mein Herzschlag sich beschleunigte. Scheiße, war ich verliebt in diesen sexy Kerl.

»Hi Dylan, hättest du nachmittags Zeit für mich?«

»Klar, bin aber heute noch mit meinen Bros verabredet. Männerabend, du verstehst?«

»Ach ja, natürlich, hast du mir bei unserem letzten Telefonat erzählt. Willow ist mit Kommilitonen verabredet und will die Wohnung für sich haben. Wie lange hättest du Zeit?«

»Schätzungsweise bis halb acht. Um acht Uhr treffen wir uns in unserem Stammlokal.«

»Sam's Diner, ich weiß«, antwortete ich und überlegte. »Hmmm … Willow hat mich gefragt, ob ich eventuell erst zehn Uhr nach Hause kommen könnte.«

»Hat sie das?« Dylan atmete tief durch. »Wenn du willst, treffe ich mich mit meinen Bros später.« Besonders glücklich klang sein Vorschlag nicht.

»Nein, nein. Alles gut«, beruhigte ich Dylan. Ich wollte ihm den Abend nicht verderben. »Ich werde Sky anrufen und hinterher zu ihr fahren. Bestimmt freut sie sich.«

»Kann ich mir vorstellen«, meinte Dylan hörbar erleichtert. »Und wo treffen wir uns?«

»Was hältst du davon, wenn wir ein bisschen durch den Park spazieren und danach irgendwo eine Kleinigkeit trinken?«

»Klingt gut«, stimmte er zu.

Wir sprachen noch ab, wo wir uns genau treffen wollten. Dylan sagte, dass er sich auf mich freuen würde und die

Bienen in meinem Bauch flogen auseinander, summten nun in jeder Zelle meines Körpers. Verdammt, der Mann machte mich so was von happy. Fast hätte ich ihm gesagt, dass ich ihn lieben würde. Aber ich schaffte es, mir vorher auf die Zunge zu beißen und nur knapp zu sagen, dass ich mich ebenso auf ihn freute.

Es überraschte mich, dass ich mich beinahe zu einem Liebesgeständnis hätte hinreißen lassen. Wir hatten uns die drei Worte bis jetzt verkniffen, und ich würde gewiss nicht die Erste sein, die sie aussprach. Dylan hatte mich gern, daran zweifelte ich nicht, ob es mehr war, dahingehend war ich mir unsicher.

»Weißt du, dass du mir fehlst?«, hörte ich ihn wispern.

Ich lachte. »Wir haben uns am Montag und Mittwoch gesehen.«

»Eben drum, das sind jetzt schon zwei Tage ohne dich.«

»Es geht mir genauso. Du fehlst mir Dylan«, erwiderte ich und vernahm von ihm ein Seufzen.

»Abby? … Ich …« Er atmete schwer.

Mein Puls raste, weil ich ahnte, dass er mir etwas gestehen wollte, aber ihm die richtigen Worte fehlten.

»Eigentlich will ich dir sagen, dass ich dich …« Dylan stöhnte.

Ich konnte mir direkt vorstellen, wie er sich die Haare raufte.

Ging es ihm wie mir? Hatte er diese drei Worte auf den Lippen und traute sich nicht, sie auszusprechen?

»Dylan, was willst du mir sagen?«, hakte ich nach, um ihn zu ermuntern, falls er mir seine Gefühle beichten wollte. Wenn er sich überwinden würde, würde ich es auch.

»Äh, nichts weiter ….«

Es schien noch zu früh zu sein.

Es ging ihm wie mir, deswegen bohrte ich nicht hartnäckig nach.

Wenn wir uns sicher waren, würden wir uns trauen, die drei Worte auszusprechen.

Wir verabschiedeten uns voneinander und ich legte auf.

Schnell verabredete ich mich mit Sky und tippte Willow die Nachricht, dass sie mit ihren Leuten ungestört arbeiten könnte. Die Vorstellung, mal wieder mit meiner Freundin ein paar Stunden zu verbringen und über alles Mögliche zu quatschen, war ein schönes Gefühl. Da ich mit Dylan eine Beziehung führte, kam unsere Freundschaft zu kurz.

Sky machte mir keine Vorwürfe, weil sie merkte, dass ich endlich glücklich war. Das hatte sie mir gesagt, als ich sie einmal darauf angesprochen hatte, ob sie auf mich sauer wäre, weil wir weniger Zeit miteinander verbringen würden.

Dylan stand an seinem Pick-up gelehnt und grinste mir entgegen, als ich zu ihm kam, nachdem ich mein Auto verschlossen hatte.

»Du siehst wunderschön aus.« Er neigte sich zu mir und küsste mich.

»Ich sehe aus wie immer«, sagte ich lächelnd, obwohl mir sein Kompliment schmeichelte.

Als wir den Eingang des Parks passiert hatten, vibrierte mein Handy. Verwundert holte ich es hervor, wischte über das Display und las. »Ach, schade«, seufzte ich. »Sky hat mir abgesagt. Ihre Mutter ist erkältet, weswegen Sky länger in der Tanzschule bleiben muss, um den Abendkurs zu übernehmen.«

»Dann fährst du doch früher nach Hause?«, fragte Dylan.

Ich hob die Schultern. »Nun ja, Pech für Willow. Aber die zwei Stunden, die ich eher zu Hause bin, wird sie verkraften.

Ich ziehe mich einfach mit einem Buch in mein Zimmer zurück.«

»Und wenn wir nachher doch noch irgendwas unternehmen?«, schlug Dylan vor.

»Lass gut sein, du bist verabredet«, wiegelte ich ab.

»Wäre aber …«

»Dylan, nein, deine Freunde warten«, unterbrach ich ihn. »Ich will lieber nach Hause.« Ich wusste, dass er sich auf den Männerabend freute.

»Wenn du das sagst«, meinte Dylan. Er schlang einen Arm um meine Taille und wir spazierten über einen Kiesweg.

Auf einer kleinen Brücke, die über einen künstlich angelegten Bach führte, ließ er mich los. »Ich muss mal ans Handy«, murmelte er und ging ein paar Schritte beiseite. Seine Finger flogen über das Display, kurz warf er mir ein Lächeln zu. Keine Ahnung, warum, aber ich hatte den Eindruck, er war ein wenig nervös.

»Hast du ein Geheimnis vor mir?«, fragte ich ihn scherzhaft.

Dylan riss die Augen auf, während er das Handy in die Jeans steckte. Fahrig fuhr er sich mit der Hand über die Stirn. »Nein, wieso fragst du?«

Kopfschüttelnd lachte ich. »Mann, Dylan, das war ein Scherz.« Wobei ich mir tatsächlich jetzt die Frage stellte, ob er etwas vor mir verbarg.

»Ich habe mich schon gewundert«, sagte er, zog mich an sich und küsste mich auf den Mund. Arm in Arm überquerten wir die Brücke und schlenderten weiter den Kiesweg entlang.

Statt in eine Lokalität zu gehen, holten wir uns an einem Stand Hotdogs und Cola und setzten uns auf eine Bank, um zu essen und zu reden.

Es war zwanzig Minuten nach sieben Uhr, als wir den Park

verließen.

Dylan brachte mich zu meinem Auto. Während wir uns umarmten, glitten seine Lippen zärtlich über meine Stirn.

Ich schloss die Augen, schlang die Arme um Dylans Hals und bot ihm den Mund an. Er berührte mit den Fingerspitzen sanft meine Unterlippe. »Deine Lippen sind so weich und verführerisch. Ich liebe das, was sie alles mit mir machen können.«

»Morgen gehören sie dir. Sie machen alles, was du dir wünschst«, versprach ich, spürte dieses Knistern zwischen uns, dass ich ihn am liebsten in den Park hinter einen Busch ziehen würde, um ihm sofort zu zeigen, welche Fähigkeiten sie hatten.

»Mein Gott, Abby, wie soll ich dich denn jetzt gehen lassen?«, flüsterte Dylan dicht an meinem Mund, bevor er seine Zungenspitze zwischen meine Lippen schob.

Er presste die Hände auf meinen Po, drückte mich an sich. Ich spürte durch die Jeans seine Härte an meinem Bauch. Wir stöhnten beide, während wir uns aneinander rieben, ohne darauf zu achten, ob Leute an uns vorbeikamen.

»Wir müssen aufhören, Abby«, sagte Dylan, nachdem er den Kuss unterbrochen hatte. Es fiel mir schwer, von ihm abzulassen. Aber ich wusste, dass er mit seinen Freunden verabredet war, weswegen wir uns verabschieden mussten.

»Schon gut«, seufzte ich, drückte meine Lippen schnell auf Dylans Mundwinkel, bevor ich mich aus seinen Armen löste.

Dylan öffnete mir galant die Fahrertür und schlug sie zu, nachdem ich mich hinter das Lenkrad gesetzt hatte. Ich steckte den Schlüssel ins Zündschloss und drehte ihn.

Außer ein leises, gleichmäßiges Summen gab das Auto keinen Mucks von sich. Ich verdrehte die Augen, lächelte zu Dylan, der mich mit gerunzelter Stirn beobachtete, und wiederholte den Startversuch.

Erneut hörte ich dieses komische Geräusch, sonst nichts.

»Mann, das gibt es doch nicht«, schimpfte ich und schlug verärgert die Handflächen auf das Lenkrad. »Ich will nach Hause, spring verflucht noch mal an du … Du blö …!« *Nein, ich werde dich nicht so nennen, liebes Auto, sonst bist du bis in die Steinzeit auf mich sauer.* »Bitte, bitte, lass mich nicht im Stich und spring an! Ich kann mir keinen zweiten Werkstattbesuch leisten.« Ein drittes Mal versuchte ich, den Motor zu starten. Nichts passierte. *Verdammter Mist!*

Dylan öffnete die Fahrertür »Ich sollte dich nach Hause bringen«, bot er mir an und hob überrascht die Augenbrauen, als ich kopfschüttelnd reagierte.

»Warum nicht?«

»Du bist mit deinen Freunden verabredet, ich will nicht daran schuld sein, wenn du zu spät kommst.«

»Hör auf mit dem Quatsch«, knurrte Dylan. »Wo gibt's denn so was? Ich bin mit dem Wagen hier und meine Freundin geht zu Fuß.«

»Und was passiert mit dem Auto?«

»Darum kümmere ich mich. Ray hat einen Kumpel mit einer Werkstatt. Dort bringe ich meinen Pick-up hin, wenn es notwendig ist. Du musst mir nur den Schlüssel für deinen Ford geben.«

»Ich kann mir keine Reparatur leisten.« Zerknirscht sah ich Dylan an. Ich sprach ungern über meine finanziellen Probleme.

»Abby-Baby, das ist das Letzte, worüber du dir Sorgen machen musst. Nun los, gib mir einfach den Autoschlüssel, um alles andere kümmere ich mich.«

Erwartungsvoll lächelte mich Dylan an, aber ich war es nicht gewöhnt, dass man mir half. Der Umstand war mir unangenehm.

»Abby, steig aus dem Auto!« Dylan schien von meinem Gehabe genervt zu sein. Sein Tonfall duldete keinen Widerspruch.

»Ist ja gut, ich komm ja schon«, willigte ich ein, stieg aus dem Auto und verschloss die Tür. Dylan hielt auffordernd die Hand auf. »Her damit!«

»Jaja.« Ich übergab ihm den Schlüssel.

Dylan schob ihn in die Jeans, nahm mich lachend an die Hand. »Meine Güte, du bist manchmal ziemlich kompliziert«, meinte er, und ich nickte ergeben. Obwohl es für mich schwierig war, von Dylan Hilfe anzunehmen, spürte ich, dass mein Vertrauen zu ihm noch mehr gewachsen war.

27. Kapitel – Dylan

Jede Lücke war mit einem Auto besetzt. Ich sah mich auf der Straße um. Glücklicherweise entdeckte ich nirgendwo Raouls roten Mustang. *Dann hat er wohl meine Nachricht gelesen.* Ich konnte ihn kein zweites Mal warnen, weil Abby neben mir im Auto saß.

Beruhigt stieß ich die Luft aus, was mir erneut einen zweifelnden Blick von Abby bescherte. Als ich im Park Raoul eine Warnung per Handy geschickt hatte, dass er sich vor acht Uhr aus Abbys Wohnung verdrücken müsste, hatte sie mich schon misstrauisch angesehen. Abby hatte mir auch noch die verhängnisvolle Frage gestellt, ob ich ein Geheimnis vor ihr hätte. Und für einen Augenblick war mir das Herz in die Hose gerutscht. Ich dachte schon, Raoul und ich wären aufgeflogen. Zum Glück hatte Abby einen Scherz mit mir gemacht.

Ich hatte gewusst, dass Raoul heute mit Willow verabredet war, weil am Sonntag die Taufe seines Neffen bevorstand.

Deswegen war ich darauf vorbereitet gewesen, dass Abby sich im Laufe des Tages bei mir melden würde. Eigentlich hatten Raoul und ich abgesprochen, dass er nur bis acht Uhr bei Willow bleiben sollte. Abbys Schwester hatte sich nicht an unsere Absprache gehalten. Erst schien es kein Problem zu sein, denn Abby wollte sich mit Skylar treffen.

Doch plötzlich ging alles schief. Skylar hatte abgesagt und Abbys Auto war kaputt.

Besser geht's nicht, dachte ich voller Ironie.

Außerdem plagte mich das schlechte Gewissen.

Ich hatte die Befürchtung, wenn Abby das mit Raoul und Willow herausfinden würde, könnte sie glauben, dass ich ein falsches Spiel mit ihr trieb.

Und so war es wahrhaftig nicht.

Abby bedeutete mir alles. Ich war bis über beide Ohren verliebt in sie.

Als sie mich am Handy gefragt hatte, ob wir uns treffen könnten, war ich kurz davor gewesen, ihr meine Gefühle zu gestehen. Ich hatte es gelassen, weil es für mich zu früh war.

Im Endeffekt gab es nur zwei Menschen, die mir verdammt wichtig waren: Grandma und Abby.

Ich hatte meine Bros, aber sie ersetzten keine Familie. Mom und Dad hatte ich bei einem Verkehrsunfall verloren, da war ich erst zwei Jahre alt gewesen. Die einzige nahe Verwandte, die ich noch hatte, war Grandma. Sie hatte mich nach dem Tod meiner Eltern zu sich genommen und aufgezogen.

Meine Kindheit war glücklich – keine Frage –, daher wusste ich nicht, ob das ein Segen oder Fluch war, dass ich mich an meine Eltern kaum erinnerte.

Aber wenn es eine Sache gab, die ich mir mehr wünschte, als Footballprofi zu werden, dann die Möglichkeit, einen einzigen Tag mit meinen Eltern zu verbringen, um zu erfahren, wie sie waren und um ihnen zu sagen, dass ich sie nie vergessen würde. Dass ich an sie dachte und sie liebte.

Vermutlich war ihr Verlust der Grund, dass ich mich in Liebesdingen so schwertat.

»Hey Dylan, du bist an der Lücke vorbeigefahren.«

»Lücke?« Abby hatte mich aus meinen Erinnerungen gerissen. Ich drehte den Kopf erst nach links, dann nach rechts. »Ich sehe keine.«

»Links hinter dir.«

»Alles klar, ich kehre um.«

Ich wendete den Pick-up, fuhr zurück und parkte ein. *O Mann, wo war ich bloß mit meinen Gedanken gewesen?*

»Kannst du mir sagen, wo wir sind?«, fragte ich beim Aussteigen.

»Wir sind rechts in die zweite Querstraße eingebogen. Wir müssen zurück«, sagte Abby und deutete zur großen Straße.

»Ach, stimmt ja.« Jetzt dämmerte es mir, wo wir gelandet waren. So weit von ihrem Haus entfernt, hatte ich noch nie parken müssen. Dabei dachte ich, am Wochenende wären die meisten Leute unterwegs. Offensichtlich war das heute nicht der Fall.

»Ich wundere mich selbst, wie vollgeparkt alles ist«, sagte Abby, als wir uns auf den Weg machten.

Ich hielt die Eingangstür auf und ließ Abby vor mir eintreten. Sie knipste das Licht an und wir stiegen die Treppenstufen hinauf.

Vor ihrer Wohnungstür drehte sich Abby zu mir um. »Kommst du mich morgen früh abholen?«

»Äh … Lass uns das drinnen besprechen.«

Ich war nervös, denn mich beschlich ein ungutes Gefühl, weil aus Abbys Wohnung keine Geräusche drangen. *Fickten Raoul und Willow? Hat er meine Nachricht nicht gelesen? Wenn das so wäre, heilige Scheiße!*

Abby runzelte die Stirn, während sie einen Blick auf ihre Armbanduhr warf. »Es ist doch schon acht Uhr? Du bist verabredet.«

»So viel Zeit muss sein«, wich ich ihrer Frage aus.

»Wenn du meinst.«

Keine drei Minuten später wusste ich, dass der verfickte Deal aufgeflogen war.

Abby schaltete im Flur das Licht an, schloss hinter uns die Wohnungstür und horchte irritiert. »Irgendwas stimmt hier nicht«, murmelte sie.

Da sind wir schon zwei, die das denken.

Ich folgte Abby durch den Flur zum Wohnzimmer. Sie öffnete die Tür, steckte den Kopf rein. Alles still und duster.

Sie drehte sich um. Ich trottete ihr mit staubtrockenem Mund und Schweißperlen auf der Stirn hinterher, als sie Willows Zimmer direkt ansteuerte.

Scheiße. Scheiße. Scheiße.

Ich benötigte keine Zauberkugel, um zu wissen, was dort abging.

»Willow, wo steckst du?«, rief Abby. »Was in Teufelsnamen ist hier …« Wie erstarrt blieb sie stehen, als sie das Zimmer ihrer Schwester betreten hatte. Das Licht war gedämpft.

Ein Ruck ging durch Abbys Körper. Sie trat einen Schritt weiter vor. »Willow! Was zur Hölle treibst du da?« Fassungslos warf sie die Hände in die Luft.

Wie vermutet, sie sind am Ficken.

Scheiße. Scheiße. Scheiße.

Abby keuchte auf, rang nach Worte. »Ich glaub's ja nicht … Willow? Was macht der nackte …«

»Dylan, du …« Entsetzt wirbelte sie zu mir herum und stieß mir wutentbrannt den Finger in die Brust »Du hinterhältiges Arschloch hast es die ganze Zeit gewusst?«

Diese beschissene Lügerei. Ich nickte schuldbewusst. Alles abzustreiten, war sowieso sinnlos, sie hatte Raoul und ihre Schwester in flagranti erwischt. Meine Augen schweiften von Abby zum Bett.

Raoul lag nackt unter Willow, die ebenso nackt rittlings auf seinem Bauch saß. Schweigend und mit knallrotem Gesicht wickelte sich Abbys Schwester die Decke um ihre Blöße und rutschte ein Stück von Raouls Hüften herunter, damit wir seinen Schwanz nicht auch noch präsentiert bekamen.

Die Situation war so peinlich, dass selbst mir beim Anblick der beiden die Schamesröte ins Gesicht schoss. Dabei war ich alles, aber gewiss nicht verklemmt.

O Gott, was haben wir für einen verfickten Scheiß angerichtet?

Hätte ich mich doch bloß nicht auf diesen Deal eingelassen.

So wütend Abby auf mich war, kam meine Reue eindeutig zu spät. Sie würde unsagbar enttäuscht von mir sein, wenn sie erfuhr, dass wir uns immer dann getroffen hatten, wenn Raoul mit ihrer Schwester zugange war.

Wobei wir auch zu Dates verabredet waren, wenn Raoul keine Zeit mit Willow verbracht hatte – wollte ich mal so zu meiner Verteidigung anmerken.

Ob das als mildernde Umstände durchgehen würde?

Wohl kaum.

Falls ich mit der Ausrede käme, würde mich Abby vermutlich fragen, ob ich nicht mehr alle Nadeln an der Tanne hätte.

Willow benötigte einen Augenblick, bis sie reagieren konnte. Mit schreckgeweiteten Augen saß sie auf Raoul und stammelte: »Abby … Ich … Es tut mir …«

»… leid?«, beendete Abby den Satz. Die Hände in die Hüften gestemmt, wandte sie sich ihrer Schwester zu. »Wie könnt ihr so mein Vertrauen missbrauchen?«

»Du hast gesagt, du kommst erst um zehn.«

»Und wäre ich dann auch, wenn Sky keinen Abendkurs in der Tanzschule hätte. Ich kann ihr nur dankbar sein, dass sie mir absagen musste, sonst hätte ich diesen Verrat … Mann, Willow, wie konntest du mich derart hintergehen?«

Schnaubend winkte Abby ab. Sie hatte die Nase voll von uns. Ohne mir in die Augen zu sehen, drängte sie sich an mir vorbei und stampfte aus dem Zimmer. Auf dem Flur hörte ich sie schreien: »Ihr alle seid das Letzte! Raoul und Dylan, verpisst euch aus meiner Wohnung!«

So, jetzt reichte es mir! Abby sprach davon, dass Willow sie hintergehen würde. Benahm sie sich anders?

Immerhin verheimlichte sie vor ihrer Schwester unsere Beziehung.

Außerdem verstand ich ihr engstirniges Verhalten nicht. Raoul war ein zuverlässiger, anständiger Kerl, dessen Gefühle für Willow echt waren. Statt sich wie eine Furie aufzuführen, sollte Abby sich für ihre Schwester freuen, fand ich zumindest.

Mit dem Daumen über die Schulter zeigte ich Richtung Flur. »Zieht euch an«, forderte ich die beiden Ertappten auf. Dann wandte ich mich direkt an Raoul. »Und du, Bro, fahr zu Sam's Diner, sag Luc und Ray, dass ich später komme, ich muss hier einige Dinge klären.«

»Okay, ich mache, was du sagst.« Raoul sah mich unglücklich an. »Warum hast du uns nicht gewarnt?«

»Check dein Handy. Ich habe dir eine Nachricht geschickt.« Ich atmete tief durch und lächelte beruhigend. »Ich denke aber, dass es besser ist, wenn wir endlich reinen Tisch machen.«

»Legst du ein gutes Wort für Willow und mich ein?«, bat Raoul mich kleinlaut.

»Ich versuche mein Bestes.«

Als ich das Wohnzimmer betrat, warf mir Abby einen finsteren Blick zu. »Hau ab, Dylan«, zischte sie mir zu. Das Kinn auf die herangezogenen Knie gestützt, kauerte sie auf der Couch.

»Die beiden sind verliebt, deshalb diese Heimlichtuerei.«

»Heimlichtuerei? Willst du mich verarschen? Das war ein fieser Betrug.«

»Weil du so verdammt engstirnig bist und deiner Schwester keinen Freund gönnst.«

»Oh, nein!« Abby sprang von der Couch auf, stürmte auf mich zu und stieß mir ihre kleine Faust gegen die Schulter. Einen Schritt taumelte ich zurück. *Das war ein beachtlicher*

Wumms, gestand ich mir beeindruckt ein und rieb mir die schmerzende Stelle.

»Um sie vor so einem Mistkerl zu schützen, wie du einer bist!«, spie mir Abby entgegen, ihre Augen funkelten aggressiv.

»Ach ja? Bin ich das, du wilde Raubkatze?« Ich stieß geräuschvoll die Luft aus. »Man sollte lieber Männer vor Frauen wie *dir* warnen, die einen Kerl nach dem geilsten Fick seines Lebens einfach sitzen lassen.«

»Wie bitte?« Abby schob das Kinn vor. »Du hast mich nach dem … Wie nanntest du es so schön …« – Abby malte Gänsefüßchen in die Luft – »geilsten Fick … Mann, *du* mieses Arschloch hast mich am nächsten Morgen sitzen lassen!«

»Ich habe beschissene Zimtschnecken und Champagner gekauft und du warst« – ich schnipste mit Daumen und Zeigefinger vor ihrem Gesicht – »einfach verschwunden. Ich dachte, ich spinne, als ich mit dem süßen Zeug und der scheißteuren Flasche Prickelbrause zurückkam und ein leeres Bett vorfand. Das war die fieseste Nummer, die jemals eine Frau mit mir abgezogen hat.«

»Moment …« Abby rieb sich kopfschüttelnd mit den Fingerspitzen die Augen. »Du warst Zimtschnecken und Champagner kaufen?« Zitternd fuhr sie sich durchs Haar, ihre Unterlippe bebte. »Scheiße.«

»Was meinst du?«

»Du warst nicht da. Ich bin in die Küche vom Verbindungshaus gegangen und habe dort Mayers getroffen. Ich fragte ihn, wo du bist und er hat mich so seltsam angesehen und gemeint, er hätte dich auf dem Flur getroffen, nachdem du aus dem Zimmer geschlichen bist.«

Abby seufzte. Sie schaute betreten auf ihre Finger, die sie vor ihrem Bauch knetete. Es fiel ihr schwer, über das Zusammentreffen mit Mayers zu sprechen. Aber sie musste endlich sagen, was damals vorgefallen war, damit ich verstand, weshalb sie einfach abgehauen war.

Ich hob eine Hand und strich mit den Fingerspitzen über ihre Wange. »Abby, sprich weiter«, forderte ich sie leise auf, bevor ich die Hand sinken ließ.

»Gleich.« Abby holte tief Luft. »Das Arschloch behauptete, dass du mich an ihn weiterempfohlen hast. Nach dem Motto, wenn er mal Bock auf eine Frau hätte, die gut bläst und hemmungslos vögelt, sei ich die Richtige dafür.«

Abby lächelte verkrampft, sie brauchte einige Sekunden, bevor sie fortfahren konnte. »Das Gesagte war für mich so erniedrigend, dass ich meine Sachen schnellstmöglich eingesammelt habe, und überstürzt aus dem Verbindungshaus geflüchtet bin. Danach ist mir die Lust auf Verbindungspartys und Männer gänzlich vergangen. Auf meinem Zimmer habe ich vor Scham und Enttäuschung den halben Tag gekotzt.«

Abbys Geständnis, wieso sie mich seit unserer Nacht ignoriert hatte, war ein riesiger Schock.

Ich war an dem Morgen Mayers begegnet, wir hatten uns normal gegrüßt. Ich wäre niemals auf die Idee gekommen, dass er Abby solche Lügen auftischen würde.

Meine Kehle war auf einmal wie zugeschnürt. Ich schluckte, räusperte mich, schluckte ein zweites Mal. »Das … Fuck …«, krächzte ich.

Ich drehte mich um, stützte meine Hände an der Wand ab und senkte den Kopf.

Ich brauchte Luft, viel Luft, um mich zu beruhigen. In meinem Kopf wütete ein Orkan, wirbelten konfuse Gedanken durcheinander, als ob ich in einem Karussell sitzen würde. Alles drehte sich wie verrückt.

Bewusst atmete ich ein und aus, bis sich der Schwindel gelegt hatte.

Ich wandte mich Abby zu, nahm ihre Hand und zog sie neben mich auf die Couch. Ihre braunen Augen schauten traurig in mein Gesicht. »Wieso hast du mir keine Nachricht hinterlassen?«

»Das hatte ich«, sagte ich leise. »Ich habe dir einen Zettel hinterlegt.«

»Ich habe keinen gefunden? Wo lag er?«

»Auf meiner Decke.«

In Zeitlupentempo öffnete sich Abbys Mund.

»Was?« Verwundert hob ich die Hände.

»Es ist meine Schuld. Ich habe gedacht, ich würde dich in der Küche finden. Ich wollte deinen Duft noch in der Nase behalten. Darum habe ich deine Decke genommen und mich darin eingewickelt, bevor ich dorthin gegangen bin. Der Zettel muss heruntergefallen sein.« Unsicherheit und Verzweiflung las ich in Abbys Blick. »Dylan, es tut mir alles so schrecklich leid«, hauchte sie.

Ich schenkte ihr ein sanftes Lächeln. »Das muss dir nicht leidtun. Es ist nur unsagbar schade, dass wir so viele Monate nie miteinander über das Missverständnis gesprochen haben.«

Ich neigte mich zu Abby und strich mit meinen Lippen über ihre. »Wir haben so viele schöne Monate verpasst«, flüsterte ich dicht an ihrem Mund.

Meine Miene wurde hart, als ich mich zurücklehnte. »Aber Mayers, dieser Wichser, bekommt eine Abreibung, die sich gewaschen hat!«

Abby stieß einen erschrockenen Laut aus. »Nein, Dylan, das darfst du nicht tun!«

Ich griff nach ihrer Hand, drückte sie, während ich Abby fest in die Augen sah. »Er hat dich fies beleidigt. Außerdem lasse ich solche Lügen nicht auf mir sitzen.«

»Du riskierst eine heftige Strafe, Dylan, bitte, das wäre ein riesiger Fehler! Der Mistkerl ist es nicht wert, dass Frank Eliot dich für mehrere Spiele sperrt. Du darfst dich nicht meinetwegen prügeln.«

Einen Moment blieb ich still. Ich dachte an Raouls Bitte. Dass ich mir Mayers vorknöpfen würde, behielt ich für mich, um Abby nicht zu beunruhigen.

»Gut, Abby, ich halte mich zurück … Unter einer Bedingung …«

»Die da wäre?«

»Du gibst Raoul und Willow die Chance, es miteinander zu versuchen.«

»Das geht nicht. Raoul lenkt Willow nur vom Studium ab.«

»Das tut er nicht, Abby. Raoul hat Willow wirklich gern.« Ich ließ nicht locker.

»Du verlangst ziemlich viel von mir!«, stöhnte Abby, ihr Widerstand schien zu bröckeln.

»Ich weiß, doch sei nicht so hart.« Ich näherte mich ihrem Gesicht. »Du würdest dir auch nicht in unsere Beziehung reinreden lassen.«

Abbys Atem prickelte auf meiner Haut. »Nein. Auf gar keinen Fall.« Sie seufzte, bevor sie einlenkte: »Okay, Raoul bekommt seine Chance.«

»Sehr vernünftig, Babe«, wisperte ich, schlang die Arme um ihren Rücken und lächelte sie an. »Und jetzt küss mich!«

28. Kapitel – Dylan

Sonntagabend ging ich nie in den Kraftraum, aber heute musste ich mich abreagieren. Eigentlich wollte ich allein sein, aber Lucas arbeitete am Aufbau seines Bizeps und nahm die Gelegenheit wahr, mich zu begleiten.

Ich war erleichtert, dass wir die Einzigen waren, die trainierten. Auf Gequatsche und Musik hätte ich keine Lust.

Mich beherrschte eine innere Unruhe, weswegen ich Stille benötigte, um runterzukommen. Die Gedanken an Mayers folterten mein Hirn.

Lucas saß mit zwei Kurzhanteln auf der Trainingsbank und führte verschiedene Bi- und Trizeps-Curls aus. Dabei achtete er auf seinen geraden Rücken und beugte langsam und kontrolliert die Arme, während ich beim Bankdrücken war.

Ich hatte neunzig Kilogramm aufgelegt und trainierte in Sätzen mit acht Wiederholungen und zwei- bis dreiminütigen Satzpausen. Bei jeder Ausführung stöhnte ich nicht nur aufgrund des Gewichts, sondern auch wegen Mayers' Worte über Abby, die gleichzeitig in meinem Kopf wie ein Echo widerhallten. *Gut bläst und hemmungslos vögelt … Gut bläst und hemmungslos vögelt …*

Ich war innerlich dermaßen wütend, dass ich einfach nicht müde wurde. Die Übung kam mir irgendwie leicht vor, obwohl mir der Schweiß in Bächen über den Nacken und die Brust lief. Aber es war mir egal.

Gut bläst und hemmungslos vögelt … Gut bläst und hemmungslos vögelt …

Ich putschte mich immer mehr auf, wurde noch wütender.

Dieser verfickte Arsch hatte es gewagt, auf so unglaublich demütigende Weise mit Abby zu reden. Er war schuld gewesen, dass sie aus dem Verbindungshaus abgehauen war.

Der Wichser hatte uns um kostbare, glückliche Monate beraubt.

Gut bläst und hemmungslos vögelt … Gut bläst und hemmungslos vögelt …

Unerwartet stand Lucas hinter mir und schaute zu mir herunter. »Soll ich dich sichern?«

»Nein«, presste ich zwischen den Zähnen hervor. »Passt schon.«

Ich ignorierte Lucas misstrauischen Blick und drückte einfach weiter. Mittlerweile war ich beim achten Satz in der siebten Wiederholung. Mayers' Scheißworte in meinem Kopf wurden nicht leiser. Mein Trizeps, der Brustkorb und die Schultern brannten. Ich ignorierte die Schmerzen, drückte weiter.

Auf einmal spürte ich, dass ich die Langhantel nicht mehr hochbekam. Ich war erleichtert, dass Lucas noch immer hinter mir stand. Wortlos griff er nach der Hantel und half mir, sie in die Halterung zurückzuführen.

»Danke, Bro«, keuchte ich und nickte ihm zu.

Plötzlich hörte ich Geräusche an der Tür. Jemand betrat den Kraftraum. »Hi Leute.«

Mein Blick schoss nach vorn, als mein Hirn begriff, wer uns begrüßte.

Mayers!

Eine monströse Druckwelle raste ungebremst von meinem Kopf direkt in die Fäuste. Wie irre fing es an, in meinen Fingerknöcheln zu jucken.

Ich schwang mich hoch, drei lange Schritte und ich stand vor dem Arsch.

Mayers' Kinnlade klappte runter, die Sporttasche plumpste zu Boden, als er mir in mein finsteres Gesicht sah. »Dylan, w-was ist los?«

»Echt jetzt? Abigail Thompson kann gut blasen und hemmungslos vögeln?«, brüllte ich ihn an.

Angstschweiß perlte von Mayers Stirn. Überraschenderweise wusste er sofort, wovon ich sprach. »Nein … Ich weiß nicht. Fuck, Dylan. Sorry, Mann. Das ist doch nur ein Witz gewesen!«

»Hey Dylan, bleib cool«, hörte ich Lucas hinter mir sagen.

Aus dem Augenwinkel nahm ich wahr, wie mein Bro neben mich trat und seine Hand auf meine angespannte Schulter legte. Er drückte leicht zu, um mich zu beruhigen. Ein sinnloses Unterfangen. In mir brodelte der Hass auf den Kerl, der so abfällig über meine Frau geredet und Lügen über mich verbreitet hatte.

Dafür musste er bezahlen!

Panik flackerte in Mayers' Augen auf, sein Kinn zuckte vor Angst.

Außer unserem hektischen Atem war es still im Raum.

»Sie ist doch nur 'ne Putze«, quiekte er, und mein Kopf explodierte.

Ich konnte fast hören, wie mir sämtliche Sicherungen durchbrannten und ich nur noch rotsah.

»Dylan, nein!« Lucas versuchte, mich festzuhalten. Mayers stürzte zur Tür.

»Du feige Pussy!«, brüllte ich, riss mich von Lucas los und preschte hinterher.

Bevor der Feigling die Türklinke in die Hand bekam, hatte ich ihn eingeholt. Ich brachte ihn zu Boden, drehte ihn auf den Rücken und setzte mich auf seinen Bauch.

Winselnd hob Mayers die Arme. »Nicht das Gesicht, nicht das Gesicht!«, schrie er verängstigt.

»Dein fucking Gesicht ist mir so was von scheißegal!«, brüllte ich und schlug seine Hände weg, dann krachte meine

Faust auf sein Kinn. Wie im Blutrausch prügelte ich auf den wimmernden Typen ein, bis ich zwei Arme spürte, die meinen Brustkorb umschlangen.

»Du prügelst Mayers halbtot, willst du alles verlieren, worauf du hingearbeitet hast?«, brüllte mir Lucas ins Ohr, während er mich von Mayers zog und mich zur Wand schleifte. Ich war so in Rage, dass ich wie ein Kleinkind strampelte und um mich schlug. »Lass mich los, ich mach ihn fertig, ich mach dieses Arschloch fertig!« Ich hatte gänzlich die Kontrolle über mich verloren.

Lucas schob mich mit dem Rücken gegen die Wand und baute sich vor mir auf. »Du hältst verdammt noch mal deine Fresse!«, brüllte er mich an, seine flache Hand klatschte in mein Gesicht.

Er stand mit funkelnden Augen direkt über mir, seine Nasenflügel bebten, während er wütend zu mir herunterblickte.

Ich blinzelte, der rote Nebelschleier in meinem Kopf wich zurück. Sofort hörte ich auf zu brüllen und um mich zu schlagen. Mein Blick schweifte zu Mayers, der heulend auf dem Boden kauerte. Sein Haar stand nach allen Seiten ab. Er hob schniefend das Gesicht. Blut tropfte auf seine Brust, sein Kiefer war geschwollen.

»Bleibst du hier sitzen?«, fragte mich Lucas. Obwohl er leise sprach, war sein Tonfall eindringlich und scharf.

»Ja«, sagte ich nickend und rieb mir mit dem klammen T-Shirt über das schweißnasse Gesicht.

Ich beobachtete Lucas, der neben Mayers in die Hocke ging. »Wenn du es wagst, auch nur ein Sterbenswörtchen über das zu verlieren, was hier vorgefallen ist, werde ich dir dein hübsches Näschen brechen und dafür sorgen, dass du keinen einzigen Modelauftrag mehr bekommst. Habe ich mich verständlich ausgedrückt?«

Die Worte, die Lucas Mayers eintrichterte, sickerten in meinen Kopf. Schlagartig wurde mir klar, auf welches gefährliche Terrain ich mich mit meinem hitzigen Übergriff begeben hatte. Wenn herauskommen würde, dass ich Mayers verprügelt hatte, würde ich für den Rest der Saison gesperrt werden. Und nicht nur das. Meine Footballkarriere wäre in Gefahr. Abby hatte mich gewarnt, und Lucas war gerade dabei, mir den Arsch zu retten.

Mayers versprach, den Mund zu halten. Er schien mächtig Angst zu haben, mein Bro würde seine Drohung wahrmachen.

Nachdem Mayers den Kraftraum verlassen hatte, ging Lucas zu unseren Sporttaschen, die auf der gegenüberliegenden Seite standen, und holte aus meiner die Wasserflasche und das Handtuch. Er glitt neben mir die Wand herunter.

Einige Minuten saßen wir mit angezogenen Knien schweigend nebeneinander. Mir war nach der Aktion erneut bewusst geworden, was für einen guten Freund ich hatte.

»Du musst trinken«, erinnerte mich Lucas. Er hatte recht. In meinem Kopf pochte der Schmerz.

Ich schraubte den Verschluss ab, führte die Flasche an die Lippen und trank sie leer.

»Ich würde von dir gern wissen wollen, wieso du Mayers zusammengeschlagen hast«, forderte mich Lucas auf, ihm meinen Ausraster zu erklären.

Schnell griff ich das Handtuch, wischte mir den Schweiß von Nacken und Gesicht. Meine Haut kribbelte ekelhaft, aber noch widerlicher war das, was Mayers damals zu Abby gesagt hatte.

Ohne mich zu unterbrechen, hörte mir Lucas zu, als ich ihm erzählte, was damals vorgefallen war. Er war überrascht, dass ich in Abby verliebt gewesen war und er das nicht mitbekommen hatte.

Uns wurde wieder bewusst, dass wir erst angefangen hatten, offen über private Dinge zu sprechen, nachdem er mit Ashley zusammengekommen war. Lucas war der einzige Freund, der wusste, dass ich als kleines Kind meine Eltern verloren hatte und bei meiner Grandma aufgewachsen war.

Außerdem hatte ich nur ihm verraten, dass mir nach meinem einundzwanzigsten Geburtstag ein Fond ausgezahlt wurde.

Grandma war mein Vormund gewesen und hatte mein Erbe gewinnbringend angelegt. Finanziell war ich abgesichert, sodass ich mich um Geld nie sorgen müsste. Aber wie das Sprichwort sagte: Geld beruhigte nur. Glücklich machte mich Abby.

Abby …

Ich hoffte, sie würde nicht nachhaken, wieso Mayers aussah, als ob ihn ein Zug überrollt hätte. Aber wie ich sie kannte, würde sie sich mit fadenscheinigen Erklärungen nicht zufriedengeben und wahrscheinlich wäre sie enttäuscht, dass ich mich nicht an unsere Abmachung gehalten hatte.

Ob ich den morgigen Tag abwarte oder vorher mit ihr darüber reden sollte, bevor sie Mayers begegnete?

Ich musste erst mal Zeit finden und in Ruhe nachdenken. Ich hatte keine Ahnung, wie ich mich verhalten sollte.

Lucas stupste mich mit der Schulter an. »Los, Dylan, ab zu den Duschen.«

Wir schwangen uns vom Boden hoch und schlenderten zu den Sporttaschen.

»Lust auf Pizza und Bier?«, fragte Lucas, während wir den Gang entlang gingen.

»Bist du schon mal so richtig ausgerastet?«, stellte ich die

Gegenfrage, statt ihm zu antworten.

»Bin ich.« Lucas verdrehte die Augen. »Die Sache mit Ethan und Kaylee, als sie mir Lügen über Ash erzählt haben. Da musste ich die Wahrheit aus unserem damaligen Ersatzquarterback herausprügeln.« Lucas schnaubte. »Mann, bin ich ausgetickt.«

»Ich erinnere mich«, sagte ich und tippte mir gegen die Schläfe. Ethan hatte mit fast jedem Stress gehabt. Nachdem er sich mit Nolan angelegt hatte, war er aus dem Footballteam geflogen. Keiner hatte dem Typen hinterhergetrauert.

Lucas tätschelte meinen Rücken. »Komm, Bro, vergiss Mayers. Er ist ein Vollidiot.«

»Stimmt.« Grinsend sah ich zu Lucas. »Und dein Vorschlag mit der Pizza und dem Bier klingt super.«

»So soll's sein.«

Eine Weile hielt das beklemmende Gefühl an, dass ich nicht in der Lage gewesen war, die Beherrschung zu behalten. Unter dem warmen Wasser ließ die Empfindung nach. Ich fühlte mich besser, als wir in Lucas Jeep zum Apartment fuhren. Zwischendurch hielten wir bei Pizza Hut, um unser Abendessen zu holen.

29. Kapitel – Abby

Ein Brummen und ein aufleuchtendes blaues Licht ließen mich aufschrecken. Ich war bereits im Halbschlaf.

Gähnend tastete ich mit den Fingern meinen kleinen Nachttisch ab und nahm mein Handy in die Hand.

Ich schaute verwundert auf das Display.

»Dylan?«

»Sorry, Babe, es ist schon Mitternacht, ich weiß, du musst früh raus.«

Ich richtete mich auf den Ellenbogen auf. »Warum rufst du denn so spät an?«

»Ich muss die Beichte ablegen.«

»Aha, dann geh in die Kirche, dafür ist der Pfarrer zuständig.« Ich kicherte, weil ich meinen Witz gut fand.

Er stöhnte auf. »Abby, es ist nichts zum Lachen.«

»Okay, Dylan, was ist los?«

Ich setzte mich auf, rutschte ein Stück die Matratze hoch und lehnte meinen Rücken gegen das Kopfteil. Dylan hatte irgendetwas auf dem Herzen, sonst würde er mich zu dieser gottlosen Zeit nicht anrufen.

»Ich wollte es dir erst morgen erzählen. Aber du wirst Mayers vor mir sehen, also muss ich dir das heute noch sagen.« Ich hörte ihn schwer atmen und wartete ab, bis er mit der Sprache herausrückte. Mir schwante Schlimmes. »Ich habe Mayers verprügelt, vorhin im Kraftraum, beim Training.«

»Oh.« Ich räusperte mich. »Du hast mir versprochen, ihn nicht anzurühren.«

»Ich weiß. Tut mir leid.«

»Gab es einen Grund, dass du ausflippen musstest?«

Ich kannte Dylan, er war kein Schläger. Mayers musste ihn

mächtig auf die Palme gebracht haben, dass er ihn verprügelt hatte. »Hast du ihn meinetwegen geschlagen?«

»Er konnte seine Zunge nicht im Zaum halten.«

»Dylan, wenn du alle Leute verprügelst, die fiese Sachen über mich sagen, wirst du dir bald mächtig Ärger einfangen.«

»Weiß ich doch, Babe, aber er hat uns auseinandergebracht und ist ständig dabei, dich zu beleidigen. Er brauchte die Lektion.«

»Verstehe ich doch, trotzdem wirst du mir ehrlich versprechen, dass du nie wieder jemanden verprügelst.«

»Verachtest du mich deswegen?«

Ich lächelte. »Nein, ganz gewiss nicht. Du hast es für mich getan und dafür danke ich dir.« Meine Stimme klang weich. »Aber ich will mir keine Sorgen machen müssen, dass du Leute schlägst, weil du wütend bist.«

»Du musst dich nicht sorgen, ich verspreche es dir.«

Eine Weile saßen wir schweigend am Handy. »Abby, hast du aufgelegt?«

»Nein.« Den Kopf zur Seite drehend, gähnte ich. Die Müdigkeit saß mir in den Knochen.

»Heute, nach dem Frühstück … Der Sex mit dir war unglaublich.« Meine Wangen fühlten sich plötzlich heiß an. Ich erinnerte mich, wie ausdauernd und intensiv wir miteinander geschlafen hatten. »O ja, das war er.«

»Abby?«

»Hm?«

»Es dauert zwar noch eine Weile, aber würdest du nach Weihnachten einige Tage mit mir bei meiner Grandma verbringen? Die Silvesterparty verpassen wir nicht, wir fahren an dem Vormittag nach Ann Arbor zurück. Ich möchte, dass du sie kennenlernst … Falls du willst.«

Überrascht schlug ich die Hand vor dem Mund. Gänsehaut breitete sich auf meinen Armen aus. Mein Herz klopfte schneller.

Wollte mich Dylan seiner Familie vorstellen? Würde ich seine Eltern kennenlernen?

»Ja, klar … Ich freue mich.« Ich presste die Lippen zusammen, schluckte meine Unsicherheit hinunter und fragte frei raus: »Würdest du mich von meiner Mutter abholen, und über Nacht bleiben, dass wir danach zu deiner Grandma fahren?«

Dylan schwieg. Ich hörte ihn atmen. Nervös strich ich mir eine Strähne hinter das Ohr. »Du willst nicht?« *Hätte ich mir doch bloß diese Frage verkniffen*, dachte ich über mich selbst verärgert.

»Abby, das mit uns wird ernst, oder?«

Ich biss mir in die Innenseite der Wange, damit ich vor Glück nicht aufjauchzte. »Hm, sieht so aus.«

»Ich nehme deine Einladung an und freue mich, deine Mutter kennenzulernen.« Aus Dylans Stimme hörte ich sein Lächeln heraus.

Es setzte eine Pause ein, die ich beendete. »Dylan, ich bin schrecklich müde.« Ich schickte einen Luftkuss zu ihm. »Gute Nacht, schlaf gut.«

»Du ebenso, träum von mir.«

30. Kapitel – Dylan

Die Weihnachtsfeiertage hatte Abby bei ihrer Familie und ich bei meiner Grandma verbracht. Insgesamt waren wir drei Tage getrennt gewesen.

Drei Tage ohne Abby.

Nachdem die Beziehung zwischen Willow und Raoul aufgeflogen war und Abby sich damit abgefunden hatte, dass ihre Schwester einen Freund hatte, gab es selten einen Tag, an dem wir uns nicht gesehen hatten. Unsere Zeit war knapp, weil Abby von morgens bis abends arbeitete und ich den halben Tag auf dem Stadiongelände oder an der Uni verbrachte. Aber die wenigen Stunden, die wir hatten, nutzten wir, um etwas gemeinsam zu unternehmen. Außerdem schlief Abby bei mir oder ich bei ihr.

Heute würde ich ihre Mutter kennenlernen, und langsam wuchs die Aufregung in mir, ob ich in Mrs. Thompsons Augen gut genug für Abby wäre. Ich hoffte, einen guten Eindruck nach meinem Besuch zu hinterlassen. Dass der Vater vor anderthalb Jahren verstorben war, tat mir leid, obwohl es mich überrascht hatte. Abby sprach so gut wie nie über ihn.

Ihr Dad hatte mit großen Immobilien gehandelt, mehr Informationen gab sie nicht preis. Wenn ich nachhakte, verschloss sich ihr Gesicht und mir wurde sofort klar, dass sie über ihn nicht reden wollte. Das war merkwürdig, aber es konnte auch sein, dass sie seinen Tod noch nicht überwunden hatte und es ihr schwerfiel, das zu zeigen.

Doch genauso wenig wusste Abby etwas über meine Familie. Dass ich bei Grandma aufgewachsen war, würde ich ihr erst erzählen, wenn sie bei mir zu Hause war. Ich glaubte, es wäre der richtige Moment, um mit ihr über meine Familie und mich zu sprechen. Im Großen und Ganzen hatte ich eine glückliche Kindheit gehabt. Grandma konnte mir Mom und Dad nicht ersetzen, aber es gab kaum etwas, das ich hätte vermissen müssen. Denn Grandma war die wunderbarste Frau auf der Welt.

Sie selbst lebte in bescheidenen Verhältnissen, hatte jeden Cent meines Erbes für mich angelegt, damit ich sorgenfrei studieren und meinen Traum leben konnte, Footballprofi zu werden.

Obwohl ich genügend Geld hatte, um ihr den Alltag zu erleichtern, weigerte sie sich, auch nur einen Dollar anzunehmen, geschweige denn, dass ich ihr ein neues Haus kaufen durfte.

Wenn ich versuchte, ihr eine Reise, einen schicken Mantel oder ein nettes Auto schmackhaft zu machen, bekam ich von ihr zu hören, dass sie alt wäre und die Geschenke rausgeworfenes Geld wären.

Sie sagte, wenn sie einen Wunsch hätte, dann wäre es, mit den Nachbarn vor dem Fernseher zu sitzen, *Super Bowl* zu gucken und ihnen dabei zu erzählen: *Der Running Back dort bei den ›New England Patriots‹ ist mein Enkel!* Grandma war stolz auf mich, weil ich Bestnoten im Studium erzielte und in der Collegefootballmannschaft spielte. Und dass sie so stolz auf mich war, machte mich wiederum glücklich.

Als ich die Stadt Reading erreichte, in der Abbys Familie lebte, spürte ich meinen rasenden Puls. Ich war ziemlich nervös.

Die Abenddämmerung war angebrochen. Langsam fuhr ich die Straße entlang und sah mir die Umgebung an. Reading wirkte trotz des trüben Wetters gepflegt, in den Häusern wurden nach und nach die Lichter angeschaltet.

Bestimmt kannten sich die Leute untereinander, wie so oft in kleinen Städten.

Nachdem ich vor Abbys Haus gehalten hatte, fuhr ich mir mit den Händen durchs Haar. Ich schnappte mir den Rucksack, nahm die Blumen und Pralinen und stieg aus.

Wow, das Haus war größer, als ich es mir vorgestellt hatte.

Sofort schoss mir die Frage in den Kopf, wieso Abby als Putzkraft und Küchenhilfe an der Universität arbeitete und samstags in einer Starbucks-Filiale hinter dem Tresen jobbte, wenn ihre Familie augenscheinlich in Geld schwamm. Das passte nicht zusammen, und schon kam mir mein erster Eindruck in den Sinn, den ich von Abby hatte, dass sie irgendeine Rebellion auslebte und deswegen das Studium geschmissen hatte.

Wieso würde sonst ihre Schwester studieren und sie nicht?

Ich hatte bereits mehrmals versucht, mit Abby über dieses Thema zu reden, aber jedes Mal blockte sie ab. Warum auch immer sie sich so verhielt, es blieb mir ein Rätsel.

Was sollte ich tun?

Wenn sie dieses Leben wollte, wie sie felsenfest behauptete – was ich jedoch bezweifelte –, dann hatte ich darauf keinen Einfluss. Ich hoffte aber, dass ich hier Antworten finden würde, warum Abby sich für einen schweren Alltag entschieden hatte, obwohl sie es viel besser haben könnte, wenn ich mich so umschaute.

Das hellbraune zweistöckige Holzhaus hatte eine Veranda und große Fenster. Es war von einem Garten umgeben, der vorwiegend aus Rasenflächen, Blumenstauden und ein paar Sträuchern bestand. Der Weg zum Haus war mit sandfarbenen Pflastersteinen belegt.

Ich stieg die fünfstufige Treppe hinauf. Vor der Haustür empfingen mich bereits Abby, Willow und ihre Mutter.

»Hallo Dylan, ich bin Melissa. Ich freue mich, dass Sie uns besuchen und ich Sie endlich kennenlerne«, begrüßte mich Abbys Mutter und streckte mir die Hand entgegen. Ich betrachtete sie dabei unauffällig.

Abbys Mutter war eine schöne, große Frau mit blonden kinnlangen Haaren und braunen Augen. Sie war sechsundvierzig, aber wirkte mindestens zehn Jahre jünger. Wie Abby und Willow trug sie blaue Jeans, dazu eine cremefarbene Bluse.

»Danke für die Einladung, ich freue mich ebenso, Mrs. Thompson.« Ich lächelte, während ich ihre Hand schüttelte.

»Nennen Sie mich Melissa«, bot mir Abbys Mutter an.

Ich reichte ihr die Blumen und Pralinen und bedankte mich mit einem Lächeln, als sie die Geschenke entgegennahm.

Willow umarmte mich unbefangen und drückte mir einen Kuss auf die Wange. »Schön, dass du gekommen bist«, sagte sie strahlend. Abby benahm sich im Gegensatz zu ihrer Schwester fast schüchtern. Sie sah mich mit leicht gerötetem Gesicht an und schien wie ich nervös zu sein. Ich freute mich schon auf den Moment, wenn ich sie endlich an mich drücken und küssen konnte und auf die Stunden, die wir dann allein sein würden.

O Mann, ich hatte Abby schrecklich vermisst.

Nachdem Melissa mir das Haus gezeigt hatte, führte sie mich zu Willow ins Esszimmer, wo bereits der Tisch für das Abendessen gedeckt war.

Abby hatte nach der Begrüßung meine Jacke und den Schal an den Garderobenhaken gehangen, meine Boots neben ihre Stiefel gestellt und den Rucksack in ihr Zimmer gebracht. Jetzt hantierte sie in der Küche.

Willow half, die Schüsseln mit Kartoffelpüree, Mais, Rindfleisch und Brötchen auf den Tisch zu platzieren.

Melissa stellte das Soßenkännchen zwischen das Porzellan und goss jedem Wasser und Wein in die Gläser.

»Erzähl, Dylan, was planst du nach dem Universitätsabschluss?«, fragte Melissa, nachdem wir unsere Teller gefüllt hatten.

»Ich strebe nach Beendigung des Studiums eine Footballprofikarriere an.«

»Das klingt interessant. Wirst du dann Ann Arbor verlassen?«, wollte Melissa wissen und nippte am Wein.

»Wenn alles klappt, werde ich nach Massachusetts gehen. Mein Ziel ist es, bei den *New England Patriots* zu spielen. Das Footballteam hat in Foxborough sein Stadion.« Melissa und Willow sahen mich beeindruckt an, nur Abbys Miene blieb regungslos, während sie schweigend aß.

»Willow möchte später Lehrerin werden. Sie studiert Englisch und Geschichte«, sagte Melissa stolz.

»Ja, das Studium macht mir unglaublich Spaß«, flötete Willow und schob sich die volle Gabel in den Mund. »Und wie gefällt dir das Haus, Dylan, cool, oder?« Sie grinste mich mit dicken Backen an und kaute.

»Ja, das Haus ist fantastisch.«

»Hatte mein Mann bauen lassen.« Melissa lächelte wehmütig. »Er liebte das Haus. Wir waren glücklich hier.«

»Na klar, unglaublich glücklich.« Abby stieß ein Lachen hervor, das eher einem wütenden Schnauben glich.

Meine Augen schweiften erneut zu Abby. Ihr Blick, den sie ihrer Mutter zuwarf, war finster.

Ein Klingeln unterbrach das Gespräch am Tisch. Ich war froh darüber, weil die Atmosphäre im Zimmer sich schlagartig abgekühlt hatte.

»Entschuldigt.« Melissa wischte sich mit der Serviette den Mund ab, stand auf und verließ den Tisch. Mit dem Handy am

Ohr kam sie zurück. »Danke, Mr. Silverman, ich komme gleich vorbei und hole das Kaminholz«, sagte sie und legte das Handy neben ihren Teller.

Melissa räusperte sich. »Nach dem Essen muss ich kurz zu Mr. Silverman. Das Brennholz liegt bereit«, erklärte sie.

»Wenn Sie möchten, kümmere ich mich darum«, schlug ich vor.

»Das würden Sie tun, Dylan? Das wäre wunderbar. Wie ich gesehen habe, hat ihr Auto eine große Ladefläche.« Melissa klatschte erfreut in die Hände. »Bezahlt ist alles, Sie brauchen nur die Säcke holen. Sind nicht viele, wir haben selten den Kamin an.«

Ich lächelte. »Natürlich, sagen Sie mir die Adresse und ich fahre hin.«

Während Abby und Willow das Geschirr abräumten, brachte mich Abbys Mutter zur Tür und erklärte mir den Weg.

Sie zeigte zum Schuppen. »Dort legen Sie es rein. Stapeln müssen Sie es nicht, um die paar Säcke kümmere ich mich morgen in Ruhe. Die Eingangstür lasse ich offen, manchmal höre ich die Klingel nicht.«

Der Abend war kühl. Ich vergrub die Hände tief in die Jackentaschen, als ich zum Auto ging.

»Kann ich bei dir mitfahren?«, rief Willow und kam zu mir gerannt.

»Logisch«, sagte ich und öffnete ihr die Beifahrertür. »Wo willst du hin?«

»Zeig ich dir, das ist auf dem Weg zu Mr. Silverman. Ich will eine Freundin besuchen.«

»Wie kommst du nach Hause?«, fragte ich, nachdem ich das Auto umrundet und mich hinter das Lenkrad gesetzt hatte.

»Ich benötige keinen galanten Fahrdienst für den Rückweg«, neckte mich Willow. »Der Dad meiner Freundin bringt mich nach Hause.«

Als ich die Netzsäcke in den Schuppen gestellt hatte, betrat ich das Haus. Ich hing meine Sachen an die Garderobe, zog die Boots aus und schaute geradeaus zur Küche. Stimmen drangen zu mir, die Küchentür war nur angelehnt. Abby und Melissa stritten sich.

»Was sollte der Scheiß, Dylan zu erzählen, dass Willow Englisch und Geschichte studiert? Du weißt, dass ich es beschissen finde, wenn du in meiner Anwesenheit über solche Dinge sprichst! Und dann fängst du auch noch an, von diesem Arschloch zu schwärmen?«

»Abby, er ist dein Vater!«

»Der uns belogen hat. Seine riskanten Geschäfte haben mir meine Zukunft versaut!«

Riskante Geschäfte, die Abby das Studium gekostet haben? Dann hat der Vater ihr jetziges Leben zu verantworten?

Wie Schuppen fiel es mir von den Augen, dass hinter dem Studienabbruch keine Rebellion steckte.

Außerdem wurde mir klar, warum Abby mit undurchdringlicher Miene schweigsam am Tisch gesessen hatte und auch sonst nie über ihren Vater reden wollte. Offensichtlich hatte er sich finanziell übernommen. Abby musste dafür bluten, aber warum studierte dann Willow?

Wurde die kleine Schwester von der Mutter bevorzugt?

Ich hatte keineswegs den Eindruck, dass Melissa Abby weniger liebte als Willow. Abby hätte mich auch nicht zu sich eingeladen, wenn das so wäre. Davon ging ich aus.

»Ich verstehe, Abby, dass du auf deinen Dad wütend bist. Und ich bin froh, dass mir wenigstens das Haus geblieben ist.«

»Ich weiß Mom«, lenkte Abby mit sanfterer Stimme ein. »Das Haus ist unsere Absicherung und durch den Haushaltsjob bei den Rickmans kannst du zumindest alle Rechnungen bezahlen.«

»Wenn du es verlangst, Abby, verkaufe ich das Haus. Das weißt du. Und Willow würde es auch verstehen. Es tut mir weh, dass du das Studium aufgegeben hast und hart von morgens bis abends schuftest.«

Abby seufzte. »Du arbeitest genauso viel, um uns das Haus zu erhalten.« Einige Sekunden war es still in der Küche, schließlich fuhr Abby fort: »Ehrlich, Mom, wenn du mir einen Gefallen tun willst, dann sprich einfach dieses Thema nie wieder an. Willow darf nicht mitbekommen, was Dad angerichtet hat. Sie würde das nicht verkraften. Dads Tod hat sie schwer getroffen. Jetzt ist sie endlich wieder aufgeblüht und nicht mehr so traurig.«

»Ja, das ist sie, Abby, und das verdanke ich dir. Aber was ist mit Dylan? Er scheint doch eine Menge Geld zu haben, kann er nicht …«

»Mom, kein Wort in diese Richtung«, unterbrach Abby ihre Mutter scharf.

»Aber wieso denn nicht?«, bohrte Melissa nach.

Ich hörte Abby wütend schnauben. »Darüber haben wir schon Weihnachten gesprochen. Lass das endlich! Ich komme allein zurecht, verstanden?«

»Ja, aber …«

»Nichts, aber, Mom. Ich rede mit dir darüber kein Sterbenswörtchen mehr. Gute Nacht!«

Ich hörte Schritte und ahnte, dass Abby oder Melissa aus der Küche kommen würden. Schnell nahm ich meinen Schal vom Haken, um so zu tun, als ob ich das Haus gerade betreten hätte.

Die Küchentür wurde aufgerissen und Abby kam heraus.

»Dylan?«

»Hi Abby.« Ich hing den Schal an den Haken und lächelte sie an.

»Seit wann bist du hier?« Argwöhnisch musterte sie mich.

»Gerade gekommen.«

Sie deutete die Treppe hoch. »Wollen wir uns zurückziehen, um ein bisschen Zeit für uns zu haben?«

»Dein Vorschlag klingt vielversprechend.«

Ich ging Abby entgegen und griff ihre Finger. Nachdem ich Melissa eine gute Nacht gewünscht hatte, stiegen wir Hand in Hand die Treppe hinauf.

Abby zog mich in ihr Zimmer, knipste die Stehlampe an und schloss hinter uns die Tür.

Egal, welcher Streit zwischen ihr und Melissa gelaufen war, sie schien nicht mehr daran denken zu wollen, sondern war jetzt voll auf uns konzentriert. Und ich würde keine Fragen zu der Auseinandersetzung stellen. Ich musste akzeptieren, dass Abby nur dann mit mir über ihren Vater und die ganzen Probleme reden würde, wenn sie fand, dass es der richtige Zeitpunkt wäre. Wobei sie mich jeder Zeit nach Geld fragen könnte, wenn sie welches benötigte.

Aber wie ich schon gehört hatte, würde sie sich nie die Blöße geben, mich um Unterstützung zu bitten. Das wäre vermutlich für sie zu demütigend. Abby besaß eine riesige Portion Stolz.

Meine Lippen strichen über ihre Wange. Ich hauchte ihr einen Kuss auf die Ohrmuschel. »Was willst du, Babe«, flüsterte ich.

»Dich«, wisperte Abby. Ihre Hand glitt zwischen meine Beine und streichelte meinen anschwellenden Schwanz durch die Jeans.

Ich griff den Saum ihres Sweatshirts, zog es ihr mit einer einzigen fließenden Bewegung über den Kopf und warf es auf den Boden.

Langsam öffnete ich ihre Jeans, zog sie mit dem Slip ein Stück hinunter. Sacht kreisten meine Fingerspitzen über ihren Venushügel.

Abby stöhnte, lehnte ihre Stirn gegen meine Schulter und bewegte sich nicht. Ich massierte sanft ihre Schamlippen, spürte, wie feucht sie bereits war. Es war erstaunlich und gleichzeitig machte es mich an, dass meine kleinsten Berührungen diese Empfindungen in ihr auslösten. Während ich zwei Finger durch ihre Nässe gleiten ließ, atmete sie schwer und ihr Stöhnen wurde lauter.

Ich hakte meine Finger in den Bund ihrer Jeans und zog sie mit dem Slip bis zu den Knöcheln runter, während ich mich vor sie hinkniete. Abby schüttelte Jeans und Slip von den Füßen. Ich zog ihr die Strümpfe aus und schob alles beiseite.

Abbys Beine fingen an zu zittern, als ich meine Zunge um ihre Klitoris kreisen ließ, bevor ich an ihr zu saugen begann.

Ich hätte nie gedacht, dass es mir einmal wichtiger sein würde, eine Frau zu befriedigen, als auf meine eigenen Kosten zu kommen.

Vor Abby war ich selbstsüchtig gewesen, hatte nur Frauen mit dem Mund stimuliert, wenn sie nicht schnell genug feucht wurden und ich selbst kurz vorm Orgasmus stand.

Abby leckte ich, weil ich ihren Geschmack liebte und es mich erregte, wenn sie sich unter meiner Zunge wand und ich sie so zum Höhepunkt bringen konnte.

Hastig drückte Abby ihre Faust in den Mund, um ihre Lustschreie zu unterdrücken. Mit der anderen Hand packte sie meinen Kopf, vergrub ihre Finger in meinen Haaren und zog an den Strähnen, während mein Mund ihre geschwollenen

Schamlippen liebkoste, meine Zähne zärtlich an ihnen knabberten.

Mit schnellen Bewegungen leckte ich Abby, stieß meine Zunge in sie hinein und hinaus, bis sie sich kaum noch auf den Beinen halten konnte.

»Dylan, ich will, dass du in mir bist, wenn ich komme«, keuchte Abby und drückte ihre Mitte gegen mein Gesicht.

Ich biss ein letztes Mal in ihre Schamlippen, küsste mich von ihrem Hüftknochen, über ihren Bauch, zwischen ihre Brüste zu ihrem Kinn hoch, und meine Zunge eroberte ihren Mund.

Ohne den hitzigen, feuchten Kuss zu unterbrechen, taumelten wir zum Bett und ließen uns auf die Tagesdecke fallen.

»Dreh dich um«, forderte ich Abby auf, zog mir eilig meine Klamotten aus und kniete mich hinter sie.

Grinsend schaute Abby über die Schulter, als sie mir auf allen vieren ihren prallen Arsch entgegenstreckte.

Ich öffnete den BH, schob die Träger hinab, und Abby zog ihn unter sich hervor und warf ihn auf den Boden. Zart strich ich mit der Zungenspitze über ihre Wirbelsäule, während meine Hände ihre Brüste umfassten und kneteten. Seit sechs Wochen nahm Abby die Pille, wofür ich ihr dankbar war, denn ohne Kondom zu ficken, war für uns beide doppeltes Vergnügen.

Ich streichelte ihre Seiten, während ich dicht an sie heran rutschte und bis zum Anschlag in sie eindrang.

Stöhnend warf ich den Kopf in den Nacken und kniff die Augen zusammen. O fuck, ohne Gummi fühlte es sich so verdammt gut an. Langsam schob ich mich hinein und hinaus, wollte dieses unbeschreibliche Gefühl, von ihrer warmen, feuchten Enge umschlossen zu sein, so lange wie möglich auskosten.

Abby atmete schwer, wimmerte vor Lust und ich schob meine Hand zwischen ihre Beine, um ihre Klitoris zu reiben.

»Hm, hmmm … Oooh, Dylan, mach schneller«, keuchte Abby, doch ich hörte nicht auf ihre Bitte, bewegte mich im gleichmäßigen Rhythmus und reizte mit den Fingerspitzen ihre empfindliche Stelle.

Als ich merkte, dass es in meinem Unterleib zu kribbeln anfing, meine Hoden sich zusammenzogen und ich kurz vor dem Abschuss stand, rammte ich meinen pulsierenden Schwanz immer härter in sie rein. Ich fuhr mit der Hand über ihren nassen Rücken, spürte, wie auch mir der Schweiß von den Schläfen rann.

Holy Shit, ist das gut, so unglaublich gut.

Meine Finger krallten sich in ihre Hüften, ich starrte wie hypnotisiert auf ihren sexy Arsch und hörte, wie Abby mit einem langen Wimmern kam.

Nach drei tiefen Stößen kam auch ich mit ihrem Namen auf den Lippen.

Nachdem ich mich aus ihr zurückgezogen hatte, drehte sich Abby auf den Rücken. Ich sank erschöpft neben ihr nieder, schlang meinen Arm um ihre Taille und zog sie an mich heran. Abbys Kopf ruhte auf meiner Schulter.

Wir blieben eine Weile aneinander gekuschelt liegen, streichelten und küssten uns, bevor wir uns für die Nacht fertigmachten.

Nur mit Slip und Boxershorts bekleidet, stiegen wir ins Bett.

Als wir unter der Bettdecke lagen, dachte ich an Foxborough. In einigen Monaten würden uns 760 Meilen, zwölf

Autostunden trennen. Das Wissen legte sich als bitterer Geschmack auf meine Zunge.

Ich hatte tiefe Gefühle für Abby. Aber war unsere Beziehung schon so intensiv, dass sie diese Entfernung überstehen würde?

Was hätte unsere Fernbeziehung für ein Ziel? Wir könnten nicht immer getrennt bleiben.

Alles Fragen, auf die ich keine Antworten wusste.

»Worüber denkst du nach?«, fragte Abby.

»Keine Ahnung, über dies und das«, wich ich aus.

»Ich bin zu müde zum Grübeln, gute Nacht«, sagte Abby schläfrig, hauchte mir einen Kuss auf das Tattoo über meinem Herzen und wandte mir den Rücken zu.

Ich drehte mich auf die Seite, rückte an sie heran und drückte meine Lippen auf ihren Nacken. Bevor ich die Augen schloss, legte ich meinen Arm um ihre Taille.

Lange blieb ich wach, weil die Gedanken über unsere Zukunft in meinem Kopf rotierten.

31. Kapitel – Dylan

Der Duft von frischem Brot und Kaffee umwehte meine Nase. Ich strich über das Laken. Abbys Platz war leer. Ich blinzelte, rieb mir die Augen und richtete mich auf die Unterarme auf.

Mein Blick schweifte durch den Raum. Gestern Nacht war es zu dunkel, um mir Abbys Zimmer anzusehen.

Ich grinste erleichtert.

Kein klischeehaftes rosa Mädchenzimmer wie das von Willow, das mir Melissa bei unserem gestrigen Rundgang gezeigt hatte, sondern ein absolut zu Abby passendes Abbyzimmer mit dunklen Möbeln, Postern von Post Malone, Eminem und Drake an den Wänden. Gegenüber vom Bett stand ein Regal, das bis zur Decke mit Büchern vollgestopft war.

Meine Augen wanderten zum Schreibtisch neben dem Fenster und ich stieß ein Lachen hervor, als ich dort eine kleine Gipsbüste von Che Guevara entdeckte.

Echt jetzt? Typisch für Abby, meine süße Rebellin. Sie war immer wieder für Überraschungen gut. Ich könnte wetten, irgendwo stand noch der deutsche Philosoph und Gesellschafts-theoretiker Karl Marx herum. Wenn nicht, würde ich ihn ihr zum Geburtstag schenken, jetzt war es zu spät.

Die Weihnachtsfeiertage waren vorbei und wir hatten uns als vorzeitiges Weihnachtsgeschenk einen gemeinsamen entspannten Wellnesstag gegönnt, mit Massage, Schwimmbad, Restaurantbesuch und solchen Sachen. Das war definitiv nicht unser letzter Wellnesstag gewesen. Dieses Paarding hatte richtig Spaß gemacht. Die Idee dafür hatte ich von Lucas bekommen, der mit Ashley regelmäßig einen dieser Wellnesstempel aufsuchte. Vielleicht sollten wir das irgendwann zu viert machen. Auf alle Fälle würde ich ihm das vorschlagen, wenn Abby darauf Bock hätte. Ich müsste sie erst fragen.

Ich wälzte mich aus dem Bett, um ins Bad zu gehen. Ich brauchte dringend eine kalte Dusche, um munter zu werden. Mein Gedankenkarussell gestern Nacht hatte mich bis zum Einbruch der Morgendämmerung wachgehalten, und heute stand uns eine längere Autofahrt bevor. Die Arme streckend und lauthals gähnend, schleppte ich mich Richtung Badezimmer. Praktisch, dass Abby ein eigenes Bad hatte. Ich war nicht so der Pensionsfreund. Das Letzte, worauf ich Lust hätte, wäre, mit Kulturbeutel und Handtuch über den Flur zu schlurfen. Ich zog Privatsphäre vor.

Plötzlich stolperte ich mit dem Fuß gegen irgendein Ding und hätte mich beinahe der Länge nach hingepackt.

»Au, au, au«, jaulte ich auf und hüpfte auf einem Bein im Kreis. *What the fuck* … Der Schmerz pochte in meinem großen Zeh.

»Verdammt, Abby«, fluchte ich, rieb mir den roten Zeh und schaute nach unten, was mir den schmerzhaften Unfall beschert hatte. *Na klar, Babe, deine Reisetasche.*

Was stand das Teil im Weg, und was zur Hölle wollte sie da mitschleppen, Steine? Das würde ich jetzt nicht herausfinden, weil ich kein kranker Taschenspanner war und nicht in fremden Sachen herumwühlte. Aber fragen würde ich sie.

Verflucht noch mal, wieso steht die Tasche mitten im Zimmer herum? Kein Wunder, dass die meisten Unfälle in den eigenen vier Wänden passieren. Ich sollte vorgewarnt sein, ob mich nicht unten ein Minenfeld aus Staubsauger, Eimer und anderem Kram erwartete.

Als ich die Hand nach der Klinke zum Bad ausstreckte, waren Schritte auf dem Flur zu hören. Die Zimmertür öffnete sich und Abby kam strahlend herein. »Guten Morgen!« Sie hielt eine dampfende Tasse in der Hand. *Abby, für den Einfall könnte ich dich knutschen.*

»Hier, ein Muntermacher«, sagte sie und reichte mir die Tasse.

»Danke, an den Service könnte ich mich gewöhnen.« Ich grinste, und Abby lachte kopfschüttelnd. »Da verstehst du die Deutung aber falsch. Ich erwarte, dass du mir bei deiner Grandma jeden Morgen frisch gebrühten Kaffee und die Tageszeitung ans Bett bringst.«

»Und eine Fußmassage inklusive, oder was?«, scherzte ich.

»Hmmm.« Abby wiegte den Kopf, als ob sie ernsthaft darüber nachdachte.

»Vergiss es«, reagierte ich lachend, bevor sie auf dumme Gedanken kommen könnte. »Wenn mir jemand einen Kaffee und eine Zeitung ans Bett bringt und sich um meine Füße kümmert, dann du, Babe!«

»Hey, wir sind im einundzwanzigsten Jahrhundert, träum mal schön weiter«, prustete Abby los. »Der Mann hat der Frau zu dienen.«

Ich trank einen Schluck Kaffee und sah Abby ernsthaft an. »Wenn die Weihnachtsferien vorbei sind, bekommst du jeden Morgen vor Kursbeginn einen Caffè Latte aus der Cafeteria.«

»Das würdest du tun?«

»Logisch.«

»Dann musst du dir aber auch einen Kaffee holen, damit wir ein bisschen quatschen können, bevor die ganzen Kurse anfangen.«

»Keine schlechte Idee. Wir haben so wenig Zeit, dass wir uns ein paar Minuten zusätzlich freischaufeln sollten.« *Weil ich bald nicht mehr bei dir, sondern in Foxborough bin,* schoss es mir in den Kopf. Hastig führte ich die Tasse an den Mund und kippte den Kaffee hinunter, während ich über den Tassenrand meine

Augen auf Abby gerichtet hielt. Ihr Blick war plötzlich traurig, als ob sie das Gleiche dachte.

Ich räusperte mich, überreichte Abby die Tasse und zeigte zum Bad. »Ich gehe mal duschen, bestimmt wartet ihr unten mit dem Frühstück. Nochmals danke für den Kaffee.«

»Mach das«, meinte Abby. Kurz hielt sie inne, bevor sie noch fragte: »Willst du gebackene Bohnen zu deinen Eiern mit Speck?« Sie zuckte mit den Schultern. »Mom will das wissen, sie übertrifft sich gerade selbst. Sie hat sogar Brot gebacken.«

»Hört sich cool an«, stimmte ich zu und griff schnell nach der Klinke, um der angespannten Situation zu entfliehen. Abby schien ähnlich zu empfinden und meine Unsicherheit zu spüren. Sie deutete mit der Tasse zur Tür. »Ich sage Mom, dass du die Bohnen nimmst und in zwanzig Minuten runter kommst.«

»Tu das.«

Als ich Abby den Rücken zukehrte, spürte ich ihre Hand auf meiner Schulter. »Dylan?«

Ich drehte mich um. »Ja?«

Ohne dass sie ein Wort sagte, trat sie dicht an mich heran. Abby hob den Kopf und drückte mir einen Kuss auf den Mund. »Ich freue mich, dass wir die Ferien gemeinsam verbringen«, sagte sie. Der Kuss und ihr Lächeln reichten, um die negativen Gedanken zu verdrängen.

»Ich wusste gar nicht, dass deine Mom das Brot selbst bäckt«, versuchte ich, ein neutrales Thema anzuschneiden.

»Früher hat sie alle zwei Tage gebacken, jetzt nur noch, wenn wir zu Besuch kommen.«

»Meine Grandma wird uns mit ihrem Cheesecake jeden Tag überraschen.«

»Ich liebe Cheeescake.«

»Dann hast du jetzt schon einen dicken Sympathiepunkt bei

ihr sicher.«

Abby lächelte mich an, bevor sie das Zimmer verließ, und ich begab mich unter die Dusche.

Wie anvisiert, saß ich zwanzig Minuten später mit den drei Frauen am Tisch. Melissa füllte meinen Teller mit allen möglichen Leckereien, die sie vorbereitet hatte. Das Brot war der Hammer, und Melissa holte Papier und Stift, um mir das Rezept für Grandma aufzuschreiben, obwohl ich sie nicht darum gebeten hatte. Ich bedankte mich, faltete den Zettel zusammen und steckte ihn in die Jeans.

Nach dem Frühstück standen wir neben meinem Pick-up auf der Straße. Es war bereits halb elf. Höchste Zeit aufzubrechen.

Melissa drückte Abby fest an sich und ihr Geheule nervte mich. Die Tränen flossen wie Bäche über ihr Gesicht und ich hätte sie am liebsten gefragt, ob sie die Straße damit fluten wollte.

Mir war das alles unangenehm. Betreten stand ich daneben und fummelte am Schultergurt meines Rucksacks herum. Willow drückte sich ebenso ein paar Tränchen raus. Warum eigentlich, sie sah Abby doch in ein paar Tagen wieder?

Himmelherrgott, seufzte ich, *wie ich diesen Abschiedsscheiß hasse.*

Glücklicherweise tickten Grandma und ich gleich. Wir machten kurzen Prozess. Mir fielen in diesem Moment unsere Abschiede ein. Eine Umarmung, Grandmas Hinweis: *Junge, iss genug*, und das war's. Vermutlich benahmen wir uns so, weil die meisten Abschiede in unserer Familie endgültig waren.

Ich kniff die Augen zusammen, ein kalter Schauer lief mir über den Rücken. Wenn es irgendetwas gab, wovor ich richtig Schiss hatte, dann war es der Tag, an dem sich Grandma von mir für immer verabschieden würde.

Da der Himmel leuchtend blau war und die Sonne schien, nahm ich Abbys Tasche und meinen Rucksack, räumte alles in den Wagen und packte zum Schluss unsere Jacken und Schals auf das Gepäck. In den paar Minuten draußen bräuchten wir keine warmen Klamotten überziehen, hatte ich angenommen.

Fehlanzeige.

Die Abschiedszeremonie wollte keineswegs enden. Also musste ich mir Gedanken machen, um das alles irgendwie abzukürzen.

»Sorry«, unterbrach ich das Geheule. »Das Gepäck hat mich gebeten, mal nachzufragen, wann es losgeht. Was soll ich dem Rucksack und der Reisetasche antworten?« Unschuldig lächelnd legte ich den Arm um Abbys Schultern und hoffte, die drei Ladys verstanden meine Botschaft.

»Entschuldige, Dylan, ich kann mich so schwer von Abby und Willow trennen«, schniefte Melissa und drückte mir ihre feuchten Lippen auf die Wange.

Boah, innerlich schüttelte es mich. *Lass dich nie von heulenden Frauen küssen.* Ich kämpfte mit dem inneren Drang, mit dem Ärmel über meine nasse Wange zu wischen.

Verständnisvoll sagte ich zu Melissa: »Ich nehme doch nur eine Tochter mit.« Dass ich mir Abby über die Schulter geworfen und sie schwungvoll auf den Beifahrersitz gepackt hätte, wenn ihre Mutter nicht zum Ende gekommen wäre, die Information behielt ich mal lieber für mich.

Erst zehn Minuten später saßen wir halb erfroren im Auto, weil Melissa eine zweite Heulattacke bekommen hatte.

Ich steckte den Autoschlüssel ins Zündschloss, startete den Motor und stellte sofort die Lüftung an, damit wir nicht länger frieren mussten. Abby saß bibbernd und mit roter Nasenspitze neben mir und hielt sich die Arme vor der Brust gekreuzt.

Zum Glück hatte der Pick-up eine starke Heizung. Schon nach wenigen Minuten war es im Wageninneren angenehm warm.

»Kann es sein, dass deine Mom nahe am Wasser gebaut ist?«, fragte ich Abby, nachdem wir Reading verlassen hatten und auf die M-49 eingebogen waren.

Abby sah mich grinsend an. »Schrecklich, nicht wahr? Man hätte denken können, ich würde nach Kanada auswandern.«

»So sah es aus, aber andererseits ist es schön, dass sie so an dir und deiner Schwester hängt«, sagte ich, und Abby nickte. »Willow kommt nach meiner Mutter.«

»Du wohl eher nach deinem Dad?«, rutschte es aus mir heraus. Sofort verdrehte ich die Augen und verpasste mir eine imaginäre Ohrfeige. Mist, ihren Vater hätte ich nicht erwähnen dürfen. Immerhin war es beim gestrigen Streit unmissverständlich herauszuhören gewesen, dass Abby von ihm enttäuscht war. Ich fragte mich, was ihr Vater angestellt hatte, dass sie ihren Groll nicht überwand.

»Wie lange werden wir brauchen, bis wir Jenison erreicht haben?«, erkundigte sich Abby.

»Wir sind ungefähr 135 Meilen unterwegs. Die Tour zu deiner Mutter hatte gut zwei Stunden gedauert, so als Richtwert.«

»Zu welcher Uhrzeit erwartet uns deine Grandma?«

»Ich hatte ihr gesagt, dass wir gegen späten Mittag bei ihr sein werden.«

»Ach deswegen hast du gedrängelt.«

»Nicht deswegen. Mir war kalt und ich finde dieses Rumgeheule anstrengend.«

»So sind wir Frauen nun mal«, trotzte Abby, und ich gab ihr einen Nasenstüber, den sie lachend abwehrte.

»So ist nur deine Mutter«, widersprach ich, und Abby seufzte, lehnte sich zurück und schaute aus dem Fenster.

Während wir über den Highway bretterten, schwiegen wir die meiste Zeit.

Von weitem sahen wir eine Tankstelle. »Könntest du halten?«, fragte Abby. »Der Frühstückskaffee hat sich gemeldet.«

Ich warf einen Blick auf die Tankanzeige. Sie leuchtete nicht, aber wenn Abby auf dem Klo wäre, könnte ich die Zeit zum Tanken nutzen.

Ich hielt an der Zapfsäule und wir stiegen aus. »Wenn du zur Kasse gehst, bringst du eine Packung Kaugummis mit?«, erkundigte sich Abby.

»Die Sorte ist egal?«

»Yep.« Abby hob den Daumen, bevor sie davonstürzte.

Als ich an der Theke stand, trat sie neben mich, schlang ihren Arm um meine Taille und streichelte mit den Fingerspitzen meine Seite. Ich bezahlte, reichte ihr die Kaugummis und wir schlenderten zum Wagen zurück. Obwohl es völlig belanglos war, tanken zu gehen, empfand ich es als schön, mich mit Abby in der Öffentlichkeit zu zeigen. Es fühlte sich vertraut an. Wenn es nach mir ginge, würde ich stehen bleiben und sie vor aller Welt küssen, aber das würde Abby vermutlich schräg finden.

Abby riss die Packung auf. »Magst du?« Ich schüttelte den Kopf. Nachdem Abby einen Kaugummi ausgewickelt hatte, warf sie das Papier in den Abfalleimer und kletterte auf den Beifahrersitz.

»Höchstens eine Stunde werden wir bis Jenison brauchen«, sagte sie und tippte auf das Display auf dem Armaturenbrett.

Meine Augen folgten ihrem Finger. Sechs Minuten nach zwölf Uhr las ich auf der Anzeige. »Wenn wir in keinen Stau geraten, kommen wir schneller als gedacht an.«

Ich lenkte den Pick-up von der Tankstelle und fuhr auf den

Highway zurück.

Ab und zu warf ich einen Blick zu Abby. Sie schien ein wenig nervös zu sein, rutschte auf dem Sitz hin und her.

»Hey, meine Grandma freut sich auf dich.«

Abbys angespannte Gesichtszüge wurden weicher. »Wenn du viel von ihr hast, dann werde ich sie gernhaben«, sagte sie.

Ich griff ihre Hand. »Scheiße, Abby, du hast keine Ahnung, wie viel du mir bedeutest.«

Abby schluckte schwer, ihre Wangen röteten sich. »Doch, ich denke schon. Und ich empfinde das Gleiche für dich.«

Schlagartig spürte ich Wärme durch meinen Körper wallen. Mir war so warm, dass wir die Heizung hätten ausschalten können.

Ich freute mich auf unsere gemeinsamen Tage. Es herrschte kaum Verkehr und ohne Verspätung erreichten wir Jenison.

Von weitem erkannte ich Grandmas Haus. Je näher wir kamen, desto schneller schlug mein Herz und die innere Hitze nahm zu. Bis Silvester wäre ich rund um die Uhr mit Abby zusammen, jeden Moment würde ich in meinem Hirn abspeichern.

32. Kapitel – Abby

Als wir Jenison erreichten, schaute ich mich aufmerksam um. Die Stadt wirkte charmant, mit breiten Fußgängerwegen.

Als wir vor dem Haus von Dylans Großmutter parkten, war ich überrascht. Ich hätte gedacht, es wäre ein riesiges, zweistöckiges Haus mit vielen Gauben, großen Fenstern und einem weitläufigen Garten.

Aber das kleine Haus strahlte Gemütlichkeit aus. Es war einstöckig mit einer Garage, großen Sprossenfenstern und einer Veranda. Das Haus war mit Weihnachtsdeko geschmückt. Meine Mutter hatte sie gleich nach den Weihnachtsfeiertagen abgenommen und in ihren großen Schachteln verstaut.

Kaum hatte Dylan den Motor ausgeschaltet, öffnete sich die Haustür und seine Großmutter erschien.

Ich löste den Gurt und stieg aus dem Auto aus. Meine Handflächen waren feucht, die Aufregung war zurück. Hastig wischte ich die Hände am Jeansstoff ab.

Dylan nahm unsere Klamotten und das Gepäck von den Rücksitzen und wir gingen zu seiner Großmutter.

»Hallo Abigail, ich freue mich, Sie kennenzulernen.«

»Grandma, ich sagte doch, du sollst Abby nicht so förmlich ansprechen«, brummte Dylan.

»Ja, sagen Sie bitte Abby zu mir«, bestätigte ich. Lächelnd reichte ich seiner Großmutter die Hand, die sie ignorierte, weil sie mich stattdessen in die Arme zog und an sich drückte.

»Gern, Abby, dann lassen wir die Förmlichkeiten. Ich bin Fiona. Herzlich willkommen!« Sie ließ mich los, trat einen Schritt zurück und betrachtete mich. »Du bist hübscher als auf dem Handyfoto.«

»Oh, danke!« Rasch warf ich einen Blick zu Dylan, der wie

ich rot anlief. Wann hatte er ein Handyfoto von mir gemacht? Ich hatte es gar nicht mitbekommen.

»Los, ihr zwei, kommt rein«, forderte uns Fiona auf und redete sofort weiter. »Ich wusste nicht, ob ihr es bis mittags schafft und habe uns nur ein paar Sandwiches vorbereitet. Im Radio wurde kein Stau gemeldet, aber man weiß ja nie.«

Während Dylan unser Gepäck in sein Zimmer brachte, bekam ich von Fiona eine kleine Hausführung. Überall begleitete uns der Duft von frisch gebackenem Kuchen. Ich schmunzelte, weil ich mich an Dylans Kommentar erinnerte, dass seine Großmutter uns mit Cheesecake verwöhnen würde.

Meine Augen schweiften umher. Das Haus hatte viele Einbauschränke, eine Garderobe, wo Dylan unsere Jacken und Schals angehangen hatte, einen Vorratsraum, der mit eingewecktem Obst und diversen Marmeladen gefüllt war. In einem Korb lagerten Äpfel. Es gab ein kleines Bad, eine Küche, ein Wohn- und Schlafzimmer und Dylans Zimmer, das ich mir später ansehen würde.

Nach dem Rundgang half ich Fiona, den Tisch zu decken, und musterte sie heimlich. Sie aufdringlich anzustarren, wäre mir peinlich.

Von Dylan wusste ich, dass seine Großmutter schon Mitte siebzig war. Sie trug ihr weißes Haar kurz. Ihre schlanke Figur verriet, dass sie viel in Bewegung war. Obwohl ihre blauen Augen lebendig wirkten, der Humor aus ihnen herausblitze, hatte ich den Eindruck, dass Fiona nicht nur gute Dinge im Leben zu Gesicht bekommen hatte.

Das Gleiche hatte ich bereits bei Dylan bemerkt, wenn er in Gedanken versunken war. Dann huschte manchmal ein Schatten über sein Gesicht und ich erkannte Schmerz in seinem Blick. In solchen Momenten würde ich ihm gern sagen, dass alles gut wäre. Meist wendete er sich von mir ab, und es schien mir, dass er darüber nicht reden wollte. Deshalb vermied ich es, Dylan zu fragen, ob ihn etwas bedrückte.

Ich dachte in solchen Augenblicken an mich, weil ich selbst einen schweren Ballast mit mir herumschleppte, über den ich nicht sprechen konnte. Wenn ich es wollte, schnürte sich mir die Kehle zu und ich hatte das Gefühl, ein riesiger Granitstein würde auf meiner Brust liegen und mich zerquetschen. Eine innere Stimme verbat mir, über die Dinge zu reden, die mich belasteten.

Während wir am Tisch saßen und die Sandwiches aßen, fiel mir ein gerahmtes Foto auf der Kommode auf. Ein dunkelhaariges Paar mit einem ungefähr zweijährigen Jungen lachten in die Kamera. Ein wundervolles Foto, das viel Liebe ausstrahlte. Hatte Dylan Geschwister? Der Mann und die Frau schienen höchstens dreißig zu sein.

»Wer ist das hübsche Paar auf dem Foto«, fragte ich und trank einen Schluck Eistee.

»Meine Eltern«, antwortete Dylan. Seine Stimme klang belegt, und mir fiel auf, dass Fiona seine Hand auf dem Tisch umschloss und sie drückte. Schlagartig herrschte eine seltsame, stille Stimmung im Wohnzimmer. Außer dem Ticken der Wanduhr war kein Geräusch zu hören.

Dylan sah mir direkt ins Gesicht. »Ich bin bei meiner Grandma aufgewachsen.«

Ich nickte langsam. Nach dem Geständnis wusste ich nicht, was ich sagen, wie ich reagieren sollte. Die plötzliche Anspannung zerriss mir den Brustkorb, doch glücklicherweise unterbrach Fiona die bedrückende Stille. »Dylans Eltern sind bei einem Verkehrsunfall ums Leben gekommen. Er war damals zwei Jahre alt.«

Ein zweites Mal nickte ich und schluckte den plötzlich im Hals wachsenden Kloß hinunter. Das war heftiger, als ich erwartet hätte. *Scheiße, was soll ich bloß dazu sagen?*

Dylan schien meine Gedanken hinter der Stirn lesen zu können. Er lächelte, und ich lächelte zurück.

»Ich vermisse Mom und Dad, aber denke nicht, dass ich ein bemitleidenswerter kleiner Junge war. Grandma hat dafür gesorgt, dass ich eine schöne Kindheit hatte.« Dylan neigte sich zu mir. Er hob die Hand und strich mir über die Wange. »Schau nicht so betroffen.«

»Sorry, aber das mit deinen Eltern schockiert mich und es tut mir sehr leid«, erklärte ich wahrheitsgemäß. Schnell griff ich nach dem Eistee. Ich brauchte irgendetwas in den Händen, um mit der Nervosität zurechtzukommen.

Mit allem hatte ich gerechnet, aber nicht damit, dass ich mit dem Tod Dylans Eltern konfrontiert werden würde. Einerseits war ich froh, dass er mir diesen Einblick in sein Leben gab, andererseits fühlte ich mich überfordert.

Auf einmal hatte ich das Gefühl, Dylan eine ganz bestimmte Frage stellen zu müssen. Ich leerte das Glas und stellte es neben meinen Teller. Um mich zu beruhigen, knetete ich die Finger unter dem Tisch auf dem Schoß. »Würdest du mir ihr Grab zeigen?«

»Willst du es sehen?« Die Traurigkeit in seinen Augen war wie weggewischt.

»Natürlich, ich will nicht nur die glücklichen Dinge mit dir teilen, sondern genauso wissen, was dich bekümmert oder traurig stimmt.«

»Wenn das so ist, dann zeige ich es dir morgen.« »Gut, dann morgen.« *Und ich werde dir die Wahrheit über meinen Dad erzählen.* Ich fand, dass es an der Zeit wäre, Dylan zu erklären, wieso mein Vater nicht mehr lebte.

Am Abend saßen Fiona und ich auf der Couch, aßen Popcorn und tranken vom selbstgemachten Cranberrylikör, den mir meine Mutter als Geschenk mitgegeben hatte, und schauten uns den Klassiker *Gone with the Wind* mit Vivien Leigh und Clark Gable an. Ich tat es Dylans Großmutter zu Liebe, aus alten Schinken machte ich mir nichts.

Kaum hatte der Film begonnen, war Dylan in die Küche geflüchtet. Vorher hatte er gemeint, dringende Telefonate mit seinen Freunden führen zu müssen. Ich hatte eher den Eindruck gewonnen, er war vor dem Film abgehauen. Wenn wir ein Footballspiel schauen würden, wäre er bei uns geblieben, hätte Bier getrunken und Popcorn gefuttert.

Nachdem wir wie ein altes Ehepaar nebeneinander im kleinen Bad gestanden und die Zähne geputzt hatten, wünschten wir Fiona eine gute Nacht vom Flur aus und begaben uns in Dylans Reich.

Sein Zimmer war ähnlich eingerichtet, wie das im Apartment. Nur das Bett war schmaler und es quietschte ein bisschen, aber für die wenigen Nächte reichte es. Da das Haus hellhörig war, würde ich mit Dylan hier auf gar keinen Fall Sex machen. Dafür waren wir beim Vögeln zu wild. Ich könnte morgens seiner Großmutter nicht ins Gesicht blicken, wenn das Bett wie irre gerumst und gequietscht hätte, weil wir so heftig miteinander Zugange gewesen wären.

Im Bett lag ich an Dylan gekuschelt und streichelte unter dem T-Shirt seinen Bauch.

»Dylan?«, flüsterte ich in die Dunkelheit.

Das Kissen raschelte, als er den Kopf hob und mir einen Kuss auf den Scheitel drückte. »Ja, Abby?«

»Danke, dass du mich zu deiner Grandma mitgenommen hast und ich das jetzt mit deinen Eltern weiß.«

»Ich bin auch froh, dass du hiergeblieben bist, anstatt wegzulaufen, nachdem du das mit dem Unfall erfahren hast.«

»Mein Vater hat sich erhängt«, flüsterte ich.

Dylan zog scharf die Luft ein. »Mein Gott, Abby, das muss schlimm für euch gewesen sein. Das tut mir leid für euch.« Er zog mich fest in seine Arme und gab mir das Gefühl von Sicherheit. Dylan schwieg, statt mich zu drängen, mehr zu erzählen.

»Er hat unser gesamtes Geld in eine völlig überteuerte Schrottimmobilie gesteckt«, fuhr ich fort, und plötzlich sprudelte alles aus mir heraus. »Er dachte, mit dem Geschäft würden wir reich werden und er könnte sich danach zur Ruhe setzten. Er hat das falsch eingeschätzt und die Warnzeichen übersehen. Mein Vater ist gegangen, ohne sich zu verabschieden. Ich hätte ihm verziehen, dass er diesen großen Fehler begangen hat. Aber dass er uns nicht einmal einen Brief hinterlassen hat, das kann ich ihm einfach nicht verzeihen.«

Ich konnte Dylan in der Dunkelheit nicht sehen, aber ich spürte seinen Blick auf mir ruhen. »Vielleicht hat er sich geschämt.«

»Man verlässt seine Familie nicht, ohne sich zu verabschieden. Deine Eltern konnten es nicht, weil der Unfall ein furchtbares Unglück war, aber mein Vater hätte es gekonnt.«

»Weiß deine Schwester, dass er sich erhängt hat?«

Ich schüttelte den Kopf. »Nein. Sie hätte es nicht verkraftet. Willow war sein kleiner, blondgelockter Engel und er ihr großer Held. Sie weiß nur, dass er gestorben ist. Dass ich von der Universität geflogen bin, weil abrupt die Zahlungen aufgehört haben, davon hat sie nichts mitbekommen. Ich bin selbst von den Ereignissen überrollt worden.«

Dylan rieb sich mit einer Hand das Gesicht. »Und jetzt hast

du diese vielen Jobs angenommen, damit Willow studieren kann.«

»Ich bin für sie verantwortlich. Meine Mutter schuftet, damit wir das Haus behalten können und ich sorge dafür, dass meine Schwester später einen guten Job hat.«

Eine Weile schwiegen wir, bevor ich erneut zu sprechen anfing. »Kannst du verstehen, warum ich mich so entscheiden musste?«

»Bereust du es?«, stellte Dylan die Gegenfrage.

»Manchmal könnte ich die Welt verfluchen, gleichzeitig hoffe ich auf ein Wunder«, sagte ich und dachte an den Mathematikwettbewerb.

Ich gehörte zu den letzten dreißig Teilnehmern. Das Ziel, die vierzigtausend Dollar zu gewinnen, rückte in greifbare Nähe. Mitte Januar begann die heiße Phase.

Manchmal hatte ich das Gefühl, Professor Bolton würde mich komisch ansehen, wenn ich seinen Seminarraum putzte und wir uns dort begegneten. Ich glaubte, dass mein schlechtes Gewissen mir dieses merkwürdige Gefühl beschied.

Sky und ich wussten, dass wir einen Betrug begingen. Gegenüber der Universität und dem Finanzunternehmen, das die vierzigtausend Dollar Preisgeld zur Verfügung stellte. Außerdem gegenüber dem Teilnehmer, dem ich den Sieg nehmen würde, wenn ich gewann.

Aber mal ehrlich, welche Wahl hatte ich, um meinem Leben eine neue Richtung zu geben?

Ich redete mir ein, dass jeder in meiner Situation so handeln würde.

»Findest du nicht, dass deine Schwester die Wahrheit erfahren sollte?«, fragte Dylan und unterbrach damit meine Gedanken.

Bei mir schrillten die Alarmglocken.

Ich setzte mich abrupt auf und wandte mich ihm zu. »Damit du erst gar nicht auf falsche Gedanken kommst … Willow wird nichts erfahren. Niemand hat sich in mein Leben einzumischen. Wenn ich irgendwann will, dass sie die Wahrheit zu hören bekommt, ist es allein meine Entscheidung.«

»Ich habe nicht vor, dich zu irgendetwas zu drängen. Jedoch finde ich, dass du darüber nachdenken solltest, ob deine Schwester kein Recht auf die Wahrheit hätte.«

Ich strich mir seufzend über das Haar. »Kann sein, dass ich das falsch einschätze und mein Verhalten egoistisch ist, trotzdem soll im Moment alles so bleiben, wie es ist.«

»Ganz ehrlich, Abby, ich finde deine Herangehensweise nicht richtig. Ich meine, ich kann es nachvollziehen, aber es bleibt für mich eine falsche Entscheidung.«

Ich merkte, dass die Geschichte in eine Richtung abdriftete, die ich vermeiden wollte. Dass ich über alles weiterhin schweigen würde, bedeutete, dass ich in Ann Arbor die nächsten Jahre festhing. Ich hatte die Vermutung, dass die Vorstellung Dylan belastete. Denn das hieße, wenn wir zusammenbleiben wollten, müssten wir eine Fernbeziehung führen.

War er dazu bereit?

Ich wusste es nicht und die Entscheidung konnte nur er treffen.

Ein schnellstmöglicher Themenwechsel wäre notwendig, damit unser Gespräch nicht zu einem Streit führte, darum fragte ich: »Wann suchen wir morgen das Grab deiner Eltern auf?«

Dylan legte den Arm um meine Schultern und zog mich an seine Brust. Er antwortete nicht sofort. Träge streichelte er mit den Fingerspitzen meine Hand, die auf seinem Herzen ruhte. Ich spürte seinen Herzschlag unter meiner Handfläche. Ganz still blieb ich liegen und konzentrierte mich auf das Pochen. »Ich dachte, dass wir einen Ausflug machen und ich dir die Umgebung zeige. Auf dem Rückweg würde ich mit dir zum Friedhof fahren«, sagte er schließlich.

Nach einigen Minuten sprachen wir über unkomplizierte Dinge. Dylan erzählte, wie er und seine Freunde die Weihnachtsfeiertage verbracht hatten und ich berichtete über die drei Tage mit meiner Mutter und Willow.

Als Dylan eingeschlafen war, lag ich wach neben ihm. Ich setzte mich auf, um ihn im Schlaf zu beobachten. Es war so dunkel, dass ich Dylan kaum sehen konnte. Meine Finger strichen über seine Arme, dort, wo ich glaubte, die Linien der Tattoos zu erahnen.

Ich klammerte mich an die Hoffnung, dass ich den Preis gewinnen würde, weil er auch mir und Dylan eine Chance bot, dass wir unsere Beziehung erhalten könnten. Höchstens vier Jahre müssten wir durchhalten. Und falls ich aus dem Wettbewerb flog, was wäre dann?

Verdammt, Abby, denk bloß nicht daran!

33. Kapitel – Dylan

Ich mochte den Winter. Die Luft war klar und kalt, die Bäume kahl und der Boden gefroren. Die Landschaft beruhigte mich, gab mir einen inneren Frieden. Wobei ich mich auf den kommenden Frühling freute, wenn die Luft sich erwärmte, die Sonne sich öfters blicken ließ und die ersten Blumen blühten. Man konnte den Frühling nicht nur sehen, sondern auch riechen, weil dann eine leichte Süße in der Luft schwebte.

Abby und ich schlenderten durch das Waldgebiet, wo ich als Kind mit meinen Freunden oft gespielt hatte. Damals waren wir auf unseren Fahrrädern hergekommen und hatten uns aus Laub und Holz Unterschlupfe gebaut. Meist waren wir den ganzen Tag hier geblieben und erst nach Hause zurückgekehrt, wenn die Dämmerung eingebrochen war.

Die Stille genießend, schlenderten wir den Waldpfad entlang. Wir befanden uns auf dem Rückweg zum Pick-up. Ich schaute zu Abby. Sie sah mit ihren roten Wangen und den glänzenden Augen einfach süß aus. Ihren Schal hatte sie über das Kinn gezogen, das schokobraune Haar umrahmte ihr Gesicht.

Es war halb vier Uhr nachmittags und wenn wir den Friedhof bei Tageslicht erreichen wollten, mussten wir in den nächsten Minuten losfahren.

Nachdem wir uns ins Auto gesetzt hatten, rieb sich Abby die Hände und hauchte sie an. »Es war schön im Wald, aber echt eisig kalt.«

Schnell schaltete ich den Motor an, damit es im Auto warm wurde. Abby hielt ihre Hände gegen das Gebläse und bewegte ihre steifen Finger.

Als wir angeschnallt waren, lenkte ich den Pick-up auf die Straße. Abby suchte im Radio einen Sender. Sie quiekte auf, als tatsächlich *Starlight* von Muse gespielt wurde. »Dylan, das ist doch Schicksal«, rief sie erfreut. »Wir sind zusammen, hier in Jenison und hören den Song, der uns wieder zusammengebracht hat.«

»Willst du mir damit sagen, es ist ab jetzt dein absoluter Lieblingssong?«

»Nein, ich will damit sagen, es ist unser Song«, meinte Abby mit tiefer Überzeugung in der Stimme und drückte meine Hand, die ich auf ihr Knie gelegt hatte.

Als wir auf eine Kurve zufuhren, hielt ich ungefähr fünfzig Meter davor am Straßenrand an und zeigte nach vorn. »Grandma hat erzählt, dass meine Eltern auf dem Rückweg von einer Party waren. Der Sheriff hat ermittelt, dass ein betrunkener Autofahrer ihnen entgegengekommen ist. Der Kerl hat die Spur nicht halten können und es hat einen frontalen Zusammenstoß gegeben. Alle Beteiligten waren sofort tot.«

»Also hat niemand überlebt?«

»Nein«, antwortete ich kopfschüttelnd, schaute auf die Fahrbahn, ob sie frei war. Rasch fuhr ich weiter, um so viele Meilen wie möglich Abstand von diesem schrecklichen Ort zu gewinnen. Die Erinnerung drückte auf meine Brust. Ich hielt es hier nie länger als ein paar Minuten aus. Das letzte Mal war ich vor zwei Jahren an dieser Stelle gewesen, die mein Leben von einer Sekunde zur nächsten nachhaltig beeinflusst hatte.

Es hatte zwei Gründe gegeben, warum ich mit Football angefangen hatte. Der Sport war hilfreich gewesen, um den Verlust zu überwinden, und mein Vater hatte selbst während der High School-Zeit Football gespielt. Grandma hatte gesagt, dass er kein Profispieler werden wollte, obwohl er talentiert gewesen war.

Heute spielte ich Football, weil mir diese Sportart eine innere Befriedigung verschaffte. Würde es mit der Profikarriere nicht klappen, hätte ich keinen Plan B, was ich sonst machen sollte. Deshalb trainierte ich wie ein Verrückter. Es gab einfach keine echte Alternative für mich.

»Ich glaube, deine Eltern wären sehr stolz auf dich, wenn sie sehen würden, wie erfolgreich du als Running Back bist«, sagte Abby leise. Ich zuckte bei ihren Worten zusammen, denn es klang, als hätte sie meine Gedanken hören können.

»Mein Vater war wie Lucas Quarterback. Und um das Klischee perfekt zu machen, meine Mutter war eine Cheerleaderin. Das hübscheste Mädchen im Team.«

»Nein«, rief Abby lachend.

»Doch«, erwiderte ich ebenso lachend. Mit einem Schlag war die traurige Stimmung verflogen und wir wechselten das Thema. Ich erzählte ihr ein paar witzige Storys aus der Zeit, als ich an der High School Football gespielt hatte.

Am Friedhof angekommen, wurde Abby still. Sie hatte gespürt, dass ich jetzt nicht mehr reden wollte. Hand in Hand gingen wir zum Grab. Dass Abby wusste, wann es besser wäre zu schweigen, war eine Eigenschaft, die ich an ihr schätzte.

Wieder zeigte mir Abby, dass es keine Frau gab, die besser zu mir passen würde und die ich mehr lieben könnte als sie.

34. Kapitel – Abby

Es waren wunderbare Ferientage in Jenison gewesen. Gestern Abend hatten wir die Taschen gepackt. Heute war unser letzter gemeinsamer Vormittag, bevor wir abreisen würden. Dylan und seine Großmutter hatten den Morgen genutzt, um noch einmal gemeinsam das Grab seiner Eltern zu besuchen. Ich hätte die beiden begleiten können, aber ich fand, dass sie den Moment für sich allein nutzen sollten. Wenn ich auch ehrlich zu mir selbst war, empfand ich Friedhöfe beklemmend, weil sie mich an den Tod meines Vaters erinnerten.

Während Dylan und Fiona auf dem Friedhof waren, hatte ich ein halbes Dutzend Brötchen in einer Bakery gekauft.

Mit dem Frühstück hatten wir uns Zeit gelassen. Ich hatte die verrückte Vorstellung, wir könnten nächstes Jahr gemeinsam Weihnachten feiern, vielleicht sogar mit meiner Mutter und Willow zusammen. Was für ein schöner und gleichzeitig schmerzhafter Gedanke das war. Alles hing vom Mathematikwettbewerb ab. Wenn mir der Sieg nicht gelang, würde es mit Dylan vermutlich das letzte Weihnachten sein. Deshalb müsste ich mein Bestes geben, um meinen Traum wahr werden zu lassen. Trotz dessen spürte ich ein Kribbeln im Bauch. Nach den letzten vielen Monaten, die ich mich mühsam durchgeschlagen hatte, könnte das nächste Jahr aufregend und schön werden.

Nachdem uns Dylans Großmutter einen frischgebackenen Cheesecake überreicht hatte, verabschiedeten wir uns. Fiona nahm mich in ihre Arme und drückte mich dermaßen fest an sich, dass ich kaum Luft bekam. Kaum hörbar flüsterte sie mir zu: »Abby, ich wünsche mir, dass du und Dylan zusammenbleibt. Du tust ihm gut.«

»Das hoffe ich auch«, bestätigte ich ganz leise.

Fiona lächelte, strich mir über das Haar und hauchte mir einen Kuss auf die Stirn, bevor sie sich Dylan zuwandte.

Gegen halb drei Uhr nachmittags setzte mich Dylan vor meinem Haus ab. Er musste wie ich ein paar Einkäufe erledigen. Außerdem wollte ich mich für die Silvesterparty zurechtmachen.

Da ich wusste, dass Dylan Frauen in kurzen Röcken liebte, rief ich Willow an. Sie war bei Raoul. Ich fragte sie, ob ich mich aus ihrem Kleiderschrank bedienen dürfte. Ausnahmsweise wollte ich mir einen Rock von ihr leihen. Willow war einverstanden und schlug mir noch diverse andere Klamotten vor, die für mich keine Option waren.

Never, never, never!

Durchsichtige Blusen, ungesäumte Minijeans, die nur halbe Pobacken bedeckten, und Netzstrümpfe kämen für mich nicht infrage.

Nachdem ich mich geduscht, die Haare geföhnt und sie in Locken aufgedreht hatte, schminkte ich mich. Diesmal durfte es ein bisschen mehr sein. Ich umrandete die Augen mit schwarzem Kajal, tuschte die Wimpern und benutzte einen pflaumenfarbenen Lippenstift – passend zu dem Top, das ich gewählt hatte. Mein Spiegelbild gefiel mir, so konnte ich feiern gehen. Danach durchforstete ich Willows Kleiderschrank. Ich entschied mich für den schwarzen Rock, den sie am ersten Semestertag angezogen hatte. Dazu wählte ich schwarze Strumpfhosen und passende Pumps. Meine Schwester und ich hatten zum Glück die gleiche Schuhgröße. Leider nicht bei den Klamotten.

Willow war ein paar Zentimeter kleiner als ich, sodass ich ständig den Drang verspürte, den Rock herunterzuziehen, um nicht zu viel von meinen Oberschenkeln zu zeigen. Das Letzte, was ich wollte, war, auf der Party den Leuten meinen Slip zu präsentieren. Deswegen sollte ich mich keinesfalls bücken.

Kurz vor sieben Uhr klingelte Dylan.

»Hi … Scheiße.« Sein Mund stand offen, während er mich anstarrte. Langsam wanderten seine Augen über meinen Körper. »Du …« Er räusperte sich. »Himmel, hast du schöne Beine.«

»Gefalle ich dir?« Ich spürte, dass meine Wangen sich rot färbten.

»Hammer, du … Du siehst umwerfend aus.«

»Der Rock ist nicht zu kurz?« Ich zerrte am Saum.

»Nein, er ist perfekt.«

Dylan wirkte noch nie so beeindruckt und sprachlos gleichermaßen, weshalb ich darüber nachdachte, mir zukünftig wieder ein paar kurze Röcke und Minikleider zu kaufen. Meine Klamottenwahl gefiel ihm, und ich fühlte mich schön und sexy.

»Bist du dir sicher, wir wollen auf die Party gehen?«, fragte mich Dylan. Seine glänzenden Augen spiegelten Begehren wider.

»Wir müssen ja nicht lange bleiben«, schlug ich vor.

»Dir ist schon klar, dass ich die ganze Zeit mit einem Ständer herumlaufen werde?«, flachste Dylan und deutete auf seine Mitte. Ich schluckte beim Anblick der beträchtlichen Beule, die sich gegen den Jeansstoff presste. Jetzt war auch ich wie eine rollige Katze scharf auf ihn.

Kein Wunder. Er sah in dem schwarzen engen Langarmshirt und der hellblauen Jeans, die seine muskulösen Oberschenkel betonte, nicht weniger heiß aus. Dazu seine Erektion …

»Mein Höschen ist feucht«, stieß ich hervor.

»Scheiß auf die Party«, knurrte Dylan, und schon stolperten wir in mein Zimmer und landeten im Bett.

Zwanzig Minuten vor Mitternacht hatten wir es in das Verbindungshaus geschafft, wo die Silvesterparty stattfand. Dylan hielt meine Taille umschlungen, als wir uns durch das Partygewühl im Wohnzimmer drängelten.

Sky entdeckte mich zuerst. Sie war mit einem Basketballspieler auf der Party. »Na, sieh mal einer an. Habt ihr es doch noch hierher geschafft«, neckte sie mich und umarmte zuerst Dylan. Grinsend schaute sie auf seine geschwollenen Lippen, dann auf meinen Hals. Sky zwinkerte wissend.

Dylan hatte mir doch tatsächlich einen albernen Knutschfleck verpasst, den ich nur halbwegs mit Make-up abdecken konnte. Er hatte behauptet, dass es keine Absicht gewesen wäre, was ich ihm keineswegs glaubte. Sein Blick hatte eine andere Sprache gesprochen. Er war ohne einen Hauch von Reue gewesen, weshalb ich geschimpft und ihn mit meinen kleinen Fäusten traktiert hatte, worüber er sich dann noch mehr amüsiert hatte.

Ich ignorierte Skys Grinsen und umarmte sie.

Während ich mich mit Sky und ihrer Eroberung unterhielt, machte sich Dylan auf den Weg zur Küche, um nach seinen Freunden Ausschau zu halten und uns zwei Gläser Sekt zu besorgen.

Kurz vor Mitternacht standen wir mit Sky, Willow und allen Freunden auf der Terrasse zusammen und hielten die Gläser hoch.

»Zehn, neun, acht, sieben …«, riefen wir wie aus einem Mund. Mein Herz schlug mir vor Glück und Liebe bis zum Hals.

»Sechs, fünf, vier …« Dylan strahlte mich an.

»Drei, zwei, eins… Happy new Year!«

Die Gläser klirrten, wir tranken, und dann bekam ich von Dylan einen Kuss, der meine Sinne vernebelte.

Diese wunderbare Nacht soll nie mehr enden, war alles, was ich in dem Moment denken konnte.

35. Kapitel – Abby

Mein Handywecker summte, als ich aufwachte. Ich knipste die Nachttischlampe an, tastete nach dem Handy und schaltete es aus. Dylan lag mir zugewandt auf der Seite. »Dylan«, flüsterte ich und fuhr ihm durchs Haar.

»Musst du schon raus?«, nuschelte er.

»Es ist vier Uhr.«

»Bleib liegen.« Er hob den Kopf mit geschlossenen Augen und grinste. »Ich stelle dich als mein Kuschelkissen ein und du kündigst den Job an der Uni.«

»Das hättest du gern«, erwiderte ich schmunzelnd, beugte mich zu ihm und drückte meine Lippen auf seine Wange.

»Das würde dir doch auch besser gefallen«, neckte er mich. Er rutschte dicht an mich heran, schlang einen Arm um meine Taille und legte den Kopf auf meine Brust.

Ich gluckste unter ihm halb begraben. »Werde ich hier zum Liegestreik verdammt?«

»Gefällt dir, oder?« Er hob den Kopf, küsste mich zwischen die Brüste und ließ ihn wieder sinken. Sein Haar kitzelte meine Haut. Wenn es nach mir ginge, würde ich bei ihm im Bett liegen bleiben, aber ich musste pünktlich raus. Heute war Dienstag. Gestern hatte es geschneit, der Januar war kalt. Und wie jeden Morgen müsste ich zuerst die Autoscheiben freikratzen, um danach losfahren zu können.

Ich griff Dylan ins Haar und zog sanft an den Strähnen. »Lass mich raus, ich komme sonst zu spät.«

»Beim Abendessen reden wir über deinen neuen Arbeitsvertrag«, sagte Dylan, biss mir zärtlich in die Brust und rutschte von mir runter.

»Du bist ein Spinner«, reagierte ich kopfschüttelnd, schob die Decke beiseite und stieg aus dem Bett. Bevor ich die

Nachttischlampe ausschaltete, schnappte ich meine Klamotten, küsste Dylan auf den Mund und huschte zur Tür.

»Wir sehen uns zwanzig nach sieben«, erinnerte er mich, und ich lächelte glücklich. Er hatte mir in den Ferien keine leeren Versprechungen gemacht. Jeden Morgen trafen wir uns in der Cafeteria und ich erhielt meinen Caffè Latte. Wir redeten ein paar Minuten, nippten an den Coffee-to-go-Bechern, bis jeder sich wieder seinen Aufgaben widmete. Dylan ging zu einem Kurs und ich begab mich zu den Toiletten, um sie zu reinigen.

»Ich freue mich, bis später«, verabschiedete ich mich und schlüpfte aus dem Zimmer.

Nachdem ich die Klamotten im Bad abgelegt hatte, eilte ich in die Küche, um die Kaffeemaschine anzuschalten. Ich war müde und brauchte dringend Koffein.

Damit Dylan nicht mitbekam, dass ich mehrere Nächte in der Woche am Schreibtisch saß und über die Wettbewerbsaufgaben brütete, musste ich warten bis er eingeschlafen war, weswegen ich dann nicht vor zwei Uhr ins Bett kam.

Zum Glück waren wir nur noch fünf Teilnehmer. Das K.-o.-System ließ die Anzahl schnell schrumpfen.

Theoretisch könnte morgen alles vorbei sein, vielleicht dauerte es noch bis Mitte Februar. Die Aufgaben waren mittlerweile immens schwer geworden. Die Anspannung, der Schlafmangel und die Heimlichtuerei zerrten an mir. Wenn der Druck kaum auszuhalten war, dachte ich an das Geld, stellte mir vor, wie es auf dem Küchentisch lag und ich es mit den Fingerspitzen berührte. Die Vorstellung gab mir Kraft, das alles durchzustehen.

Dylan war schon misstrauisch geworden, weil ich blass war und mit dunklen Schatten um die Augen herumlief. Ich redete mich mit der Begründung raus, dass es an der fehlenden Sonne und der Kälte liegen würde.

Erfreulicherweise war schon Licht am Ende des Tunnels zu sehen. Bald hörte die nervliche Anspannung auf, bald war das Ziel erreicht. Sky und ich würden feiern gehen, die vierzigtausend Dollar teilen und unsere Träume wahr werden lassen.

Halt durch, Abby, denke an das fantastische Leben, das dich erwartet, rief mir meine innere Stimme zu, als ich mit dem Kaffeebecher in der Hand über den Flur ging. Das schlechte Gewissen hatte ich längst in die hinterste Ecke meines Hirns verbannt.

Im Bad trank ich vom Kaffee, stellte den Becher auf das Waschbecken ab und stieg unter die Dusche.

Ich hielt die Augen geschlossen, das warme Wasser lief über meinen Körper hinab und entspannte mich.

Bevor ich das Haus verließ, schaute ich nach Willow, sie schlief. Schließlich steckte ich den Kopf in mein Zimmer herein. Dylan atmete ruhig und gleichmäßig. Er war wieder eingeschlafen.

Die Handschuhe über die Finger streifend, verließ ich das Haus. Ich kratzte das Eis von der Frontscheibe und setzte mich in das kalte Auto. Ich schaltete das Licht im Wageninneren an, klappte die Sonnenblende mit dem Kosmetikspiegel herunter, um meine Wimpern zu tuschen, weil ich es im Bad vergessen hatte. Ich hatte mir nur die Haare zu einem Dutt zusammengefasst. Der Blick in den Spiegel ließ mich erstarren.

Ach du heilige Scheiße …

Heute sah ich furchtbarer aus als sonst. Wenn ich so über den Campus spazierte, würden die Leute glauben, ich wäre ein

Vampir, der vergessen hätte, sich pünktlich in seinen Sarg zu verstecken.

Dass ich leichenblass war, meine Haut an Pergament erinnerte und ich fette Augenringe hatte, wusste ich. Aber jetzt starrte ich in ein Spiegelbild mit hässlichen geschwollenen, roten Augen. Mit dem Aussehen durfte ich mich keinesfalls blicken lassen. Dylan würde mich wie eine Zitrone ausquetschen, um herauszubekommen, wieso ich zum Zombie mutierte. Ich glaubte nicht, dass er mir abnehmen würde, ich hätte vor, mich für eine Hauptrolle in *The Walking Dead* zu bewerben.

Krampfhaft überlegte ich, welcher Supermarkt um diese Zeit geöffnet hätte, um mir getönte Tagescreme und Augenbefeuchter zu besorgen. Vor sieben Uhr machte kaum ein Laden auf. Ich würde zu Walmart fahren müssen, der rund um die Uhr geöffnet hatte. Es wäre zwar ein großer Umweg und ich käme eine Dreiviertelstunde zu spät, weil die Straßen glatt waren und ich langsam fahren musste. Aber ich wäre trotzdem rechtzeitig in Professor Boltons Seminarraum, um die Lösung in den Glaskasten zu werfen.

Am liebsten würde ich *Strike* rufen, weil ich es pünktlich geschafft hatte: Fünf Minuten vor sieben Uhr steckte ich das zusammengefaltete Lösungspapier durch den Schlitz. Vier Zettel lagen schon auf dem Glasboden.

Vor der Tür hörte ich Geräusche. Jemand hantierte am Schaukasten. Ich nahm an, es war Professor Bolton.

Da ich spät dran war, wechselte ich eilig die Müllbeutel. Den Raum würde ich später reinigen.

Ich schob den Reinigungswagen auf den Flur und sah zu dem Mann auf dem Gang. Ich hatte mich nicht geirrt. Es war

Professor Bolton, der dabei war, die alte Aufgabe aus dem Schaukasten herauszunehmen.

Mir wurde wieder ins Gedächtnis gerufen, dass wir nur noch fünf Teilnehmer waren. Jetzt, da die Lösung im Kasten lag, erlaubte ich meinem Herzen zu jubeln und Purzelbäume zu schlagen. O Mann, ich war so weit gekommen! Vor meinem inneren Auge sah ich mich in einer imaginären, schnaufenden Dampflok sitzen, die auf das Licht am Ende des Tunnels zuraste.

Professor Bolton wandte mir sein Gesicht zu. »Miss Thompson, guten Morgen!«, begrüßte er mich.

Mein Mund riss von allein auf, weil ich kräftig gähnen musste. Schnell wandte ich das Gesicht ab und drückte die Hand davor, um Bolton nicht meine Mundhöhle zu präsentieren. Wäre unhöflich. »Guten Morgen, Professor Bolton!«, antwortete ich verzögert.

»Sie sehen erschöpft aus, geht es Ihnen gut?«, erkundigte sich Bolton und musterte mich dabei mit sorgsamer Miene.

»Alles bestens, danke«, erwiderte ich nicht ganz wahrheitsgemäß. »Viel Arbeit. Ich muss mich mal wieder richtig ausschlafen.«

»Kann ich mir denken.« Er nickte mit einem freundlichen Lächeln. Einen Augenblick schwieg er mit nachdenklicher Miene. Dann tippte er mit dem Finger gegen die Glasscheibe direkt auf Höhe der ersten der untereinander aufgelisteten Matrikelnummern der Teilnehmer mit den richtigen Lösungen der vorangegangenen Aufgabe.

Was will er mir sagen? Fragend sah ich den Professor an.

»Ein junger Mann gehört zu den letzten fünf Teilnehmern. Er hat zwei Geschwister, seine Mutter ist alleinerziehend.«

»Ach so?« *Worauf läuft das hier hinaus?* »Ich dachte, sie kennen die Teilnehmer nicht?« Ich blinzelte nervös.

»Tue ich auch nicht, außer ihn, weil seine Matrikelnummer eine einprägsame Primzahl ist.« Der Professor lächelte und hob die Schultern. »Ungewollt.«

Ich ließ meine Augen zur Zahl schweifen. »200909«, murmelte ich. »Stimmt, Professor Bolton, sie ist leicht zu merken.« Ich runzelte die Stirn und drehte mein Gesicht dem Professor zu. »Aber wenn seine Mutter kein Geld hat, bekommt ihr Sohn gewiss ein Stipendium?«

»Stimmt schon«, erwiderte der Professor und sah mich traurig an. »Ich hatte mit seiner Mutter vor Kurzem ein Gespräch. Ihr Sohn wird das Studium abbrechen, weil sie eine Weile krankheitsbedingt nicht mehr arbeiten kann. Er wird sich einen Job suchen müssen.«

»O Gott!« Entsetzt schlug ich die Hand vor den Mund. Ich erlebte gerade eine Art Déjà-vu. Der Typ hatte ein ähnliches Schicksal wie ich. Wenn er das Geld nicht gewann, wäre seine Zukunft ruiniert.

Nein! Nein, nein, nein.

Das Gewissen kam aus der dunklen Ecke hervorgekrochen, setzte sich in die erste Reihe meines Hirns und nickte mir mit ernster Miene zu. *Na, Abby, willst du dem armen Kerl das antun, ihm das Preisgeld vor der Nase wegschnappen?*, fragte es mich.

Ja, genau das will ich, weil mein Leben genauso beschissen ist wie seins! Warum muss ich immer auf andere Rücksicht nehmen?, brüllte ich gedanklich. In mir kochte die Wut, dass sich das bescheuerte schlechte Gewissen mir zu sagen traute, was richtig und was falsch wäre.

Was kümmern mich die Probleme dieser Familie? Ich habe genug eigene Schwierigkeiten! Ich brauche das Geld, ich will eine Zukunft haben, die mir zusteht. Einen tollen Job, eine Beziehung mit Dylan, verfickte Scheiße noch mal!

»Aber wer weiß, da sind noch vier andere Teilnehmer, die Konkurrenten sind«, meinte ich schwach. Mein Widerstand bröckelte. Ich warf mein letztes Argument in den Ring, um mein Gewissen in die Schranken zu weisen, weil Mitgefühl ein schlechter Berater war, wenn man selbst ganz unten war.

»So wie ich das einschätze, wird es morgen das Finale geben. Die gestrige Aufgabe war eine ziemlich harte Nuss, die nur zwei Teilnehmer geknackt haben werden. Und ich ahne, wer sie gelöst hat«, meinte der Professor, drückte seinen Zeigefinger gegen die Scheibe des Schaukastens und sah mich mit diesem undefinierbaren Blick an, der mir schon eine Weile aufgefallen war.

Ich presste die Lippen zusammen, schielte zu seinem Finger, der auf eine bestimmte Nummer zeigte. *Verdammt, er scheint es zu wissen, unseren Betrug zu durchschauen.*

Ich merkte, wie meine Knie wackelten und ich mich zusammenreißen musste, mich nicht auf den Boden zu schmeißen, seine Beine zu umklammern und wie eine Sünderin zu rufen: Ich gestehe, Professor, ich verstecke mich hinter der Matrikelnummer 234906. Fehlte nur noch, dass er mir verriet, dass er sich erkundigt hätte, wer zur Matrikelnummer 234906 gehörte und er wüsste, dass es Skylar Cameron, meine beste Freundin wäre.

Plötzlich hörte ich beschwingt klingende Schritte hinter mir.

»Guten Tag, Professor Bolton!«, zwitscherte Sky, wie von Zauberhand zu uns gebeamt.

Das darf doch nicht wahr sein, hat sich alles gegen mich verschworen? Mach's perfekt Sky. Den Professor wird es überhaupt nicht wundern, dass du seinen Namen kennst, obwohl du bei ihm keinen einzigen Kurs belegt hast und auch nicht zu den betreuten Studenten seiner Fakultät gehörst.

»Guten Tag, Miss?«, reagierte der Professor, wie mit mir abgesprochen.

Ich warf Sky einen warnenden Blick zu. Ich konnte zusehen, wie die Rädchen in ihrem Hirn losratterten und das Licht der Erkenntnis in ihren Augen aufflackerte.

»Cameron«, sagte Sky und zog ihr Handy hervor. »Oh, mein Seminar beginnt gleich. Auf Wiedersehen, Professor Bolton.« Sie nickte ihm und mir zu, bevor sie den Gang hinunterlief. Erleichtert atmete ich auf, dass sie geschnallt hatte, mich vor Bolton nicht anzusprechen. In meiner Jeans vernahm ich ein Vibrieren.

Ich holte das Handy hervor.

Sorry, habe mich etwas verspätet? Bist du schon in der Cafeteria?, hatte mir Dylan geschrieben.

Ihn schickte der Himmel.

Ich lächelte meinen ehemaligen Dozenten an und fuchtelte mit dem Handy vor seiner Nase herum. »Tut mir leid, Professor Bolton, ich muss leider los.«

»Ich wünsche Ihnen einen angenehmen Tag, Miss Thompson«, sagte er mit einem verständnisvollen Nicken. Doch als ich mit dem Reinigungswagen zum Fahrstuhl eilte, spürte ich seinen bohrenden Blick im Nacken.

Nachdem ich den Fahrstuhl verlassen hatte, antwortete ich Dylan, dass ich mich selbst verspätete, aber gleich zur Cafeteria kommen würde. Ich räumte den Reinigungswagen in einen Abstellraum und schloss ab.

Das Zusammentreffen mit dem Professor, das Erscheinen von Sky und wie sie Bolton leichtfertig mit seinem Namen begrüßt hatte, die Angst, vor dem Glaskasten entdeckt zu werden … Das alles setzte mir mächtig zu.

Irgendwie fing ich an, eine Paranoia zu entwickeln, dass man mir am Gesicht ablesen konnte, dass ich am Wettbewerb unerlaubt teilnahm.

Alles ist gut, Abby, bleib locker, beruhigte ich mich.

Ich würde heute Abend zu dem Schaukasten gehen, Skys Matrikelnummer vorfinden, weil ich wusste, dass meine Lösung richtig war. Dann würde ich am Mittwoch die neue Aufgabe mit dem Handy abfotografieren und Donnerstag mein Ergebnis in den Glaskasten werfen.

Nur noch eine Aufgabe. Wenn die geschafft ist, musst du keine Angst mehr haben, erwischt zu werden.

Kurz vor der Cafeteria rief mich Sky an. »Hat der Professor was gemerkt?«, fragte sie atemlos vor Aufregung.

»Weiß nicht«, meinte ich und winkte Dylan zu, der schon vor der Cafeteria stand. »Ich hoffe nicht. Er guckt manchmal so komisch.«

»Hauptsache, es kommt nicht raus«, jammerte Sky. Langsam schob sie wie ich Panik.

»Bolton sagt, er glaubt, dass nur zwei Teilnehmer die Lösung haben. Wenn alles gut geht, bin ich morgen im Finale und dann können wir feiern.«

»Abwarten, ob du gewinnst«, mahnte Sky und versuchte damit, meine Euphorie zu dämpfen.

»Ich werde gewinnen, verlass dich drauf!«, reagierte ich mit Trotz in der Stimme, um die neu aufkeimenden, warnenden Gedanken zu unterdrücken, dass ich dabei war, dem armen Kerl mit der Matrikelnummer 200909 die Chance zu nehmen, sein Studium zu beenden.

36. Kapitel – Abby

Die Nacht hatte ich keinen Schlaf gefunden, stattdessen pausenlos Schäfchen gezählt, die nacheinander über einen Zaun gesprungen waren, und als das nichts half, mich hin und her gewälzt. Gleich müsste mein Handywecker klingeln, bevor er ansprang, schaltete ich ihn lieber aus.

War Dylan wach geworden?

Nein, er atmete ruhig. Leise stieg ich aus dem Bett und schlich aus dem Zimmer.

Auf dem Weg zur Küche dachte ich an die letzten Wochen.

Endlich Donnerstag. Wie hatte ich den heutigen Tag herbeigesehnt!

Jetzt war er gekommen und er fühlte sich weder besser noch schlechter an, sondern identisch wie alle Tage davor.

War das normal? Warum fühlte ich keine Erleichterung, Vorfreude, irgendetwas?

Ich hatte halbe Nächte mit den Mathematikaufgaben verbracht, ohne dass Dylan und Willow etwas mitbekommen hatten.

Sobald ich mir sicher war, dass die beiden fest schliefen, war ich ins Wohnzimmer geschlichen, hatte die Bücher hervorgekramt, die mir Sky aus der Bibliothek ausgeliehen hatte, und losgelegt. Zwei Wälzer musste meine Freundin für zweihundert Dollar kaufen, weil es Präsenzexemplare waren, die man aus der Bibliothek nicht ausleihen durfte. Mir war es unangenehm, dass Sky so viel Geld ausgegeben hatte, aber sie war der Meinung, dass man Opfer bringen müsste. Immerhin winkte uns ein dickes Preisgeld.

»Hi Babe!« Dylan kam in die Küche.

Ich lächelte ihm zu. »Du bist schon auf?«

»Ich bin wach geworden.« Er zog mich an sich, küsste mich, und ich legte meinen Kopf an seine Brust und schloss für einen Augenblick die Augen.

Dylan schob mich ein Stück von sich und musterte besorgt mein Gesicht. »Hast du die Nacht wieder schlecht geschlafen?«, fragte er. »Du siehst völlig erschöpft aus.«

»Keine Sorge, ab heute passe ich besser auf mich auf und schlafe mehr, versprochen«, sagte ich. Und das war fast die Wahrheit, weil der Wettbewerb höchstwahrscheinlich vorbei war. Professor Bolton hatte sich nicht geirrt. Der Typ mit der Primzahl-Matrikelnummer und ich standen im Finale. Die Aufgabe, die wir beide lösen mussten, war ein verdammt schwerer Brocken gewesen. Doch ich spürte, dass ich sie richtig gelöst hatte. Wenn mein Gegner einen Fehler begangen hatte, war er raus, Sky und ich um vierzigtausend Dollar reicher.

Ob das der Grund war, dass ich nichts fühlte, weil der Sieger erst ermittelt werden musste? Wenn wir beide die richtige Lösung hätten, würde es einen neuen Kampf geben. Nichts war entschieden. Und das war vermutlich eine logische Erklärung für die Leere in mir.

»Soll ich dir einen Kaffee kochen?«, holte mich Dylan aus meiner Grübelei zurück.

»Nein, geh ins Bett und schlaf noch ein bisschen, du hast auch einen harten Tag vor dir.«

»Du schickst mich echt ins Bett zurück?«

»Natürlich, ich will, dass du für die anstehenden Klausuren gut vorbereitet bist.«

»Na gut, überredet.« Dylan küsste mich auf die Nasenspitze. »Aber du weißt, dass ich heute nicht in der Uni bin, sondern bei mir zu Hause lerne.«

»Jaja«, winkte ich ab. »Dir sei verziehen, dass es für mich heute keinen Caffè Latte geben wird.«

Ich schob Dylan sanft aus der Küche hinaus. Wir küssten uns zum Abschied und ich sah ihm hinterher, als er zu meinem Zimmer ging. Dylan brauchte seinen Schlaf, wenn er das Arbeitspensum schaffen wollte, ohne mittendrin einzunicken.

Er stand im Prüfungsstress und büffelte seit Wochenbeginn für die schriftlichen Abschlussklausuren und die mündlichen Prüfungen. Im April fand der Draft statt, zu dem er eingeladen wurde. Zwar noch inoffiziell, doch wenn alles klappte, würde er die nächste Saison für die *New England Patriots* spielen. Ich drückte ihm die Daumen und wünschte ihm von Herzen, dass sich sein Traum erfüllen würde. Gleichzeitig hoffte ich, dass er an uns glaubte und bereit wäre, vier Jahre mit mir eine Fernbeziehung durchzustehen.

Mal ehrlich, was waren schon vier Jahre, wenn man sich liebte?

Okay, er hatte mir nicht gesagt, dass er für mich Liebe empfinden würde, ich hatte es ebenso bis jetzt nicht gewagt, die drei Worte auszusprechen. Aber ich wusste, dass Dylan tiefe Gefühle für mich hatte, und ich war mir absolut sicher, dass ich ihn liebte.

Also, was waren schon vier Jahre im Vergleich zu den gemeinsamen Jahren, die dann kämen?

Wenn Willow das Studium geschafft hatte, würde ich keine Sekunde zögern, meine Sachen packen, zu ihm ziehen und mit meinen zwanzigtausend Dollar auf dem Konto ein neues Studium beginnen. Mit einem Halbtagsjob und einem kleinen Studentenkredit würde es mir außerdem gelingen, mein Leben zu finanzieren, ohne Dylan um einen einzigen Cent bitten zu müssen.

Hey, klang das nicht verlockend?

Sobald ich unter der Dusche stand, spürte ich, wie sich ein leichtes Kribbeln in meinem Bauch einstellte. Jetzt wurde ich nervös, spannte sich jeder Muskel an. Meine Fantasien, wie die Zukunft mit Dylan verlaufen könnte, hatten mir schlagartig klar gemacht, was für ein absolut wichtiger Tag heute war. Ich hatte in dem Hamsterrad gesteckt, dass mich immer nur an die vielen Mathematikaufgaben denken ließ. Das Hamsterrad stand nun still. Endlich durfte ich daran glauben, dass eine neue, wunderbare Zukunft für mich beginnen würde.

Zitternd hatte ich mich eingeseift und den Schaum heruntergespült, selbst den Föhn konnte ich vor Aufregung kaum halten.

Als ich eine halbe Stunde später das Haus verließ, war ich ein Nervenbündel, durch dessen Körper eine riesige Armee Ameisen von der Kopfhaut bis zu den Fußsohlen hin und her krabbelte.

37. Kapitel – Abby

Ich schob den Reinigungswagen in Boltons Seminarraum und schloss hinter mir die Tür.

Ein Rascheln ließ mich zusammenzucken. Ich war nicht allein.

»Oh … Äh … Hi, sorry, ich muss …« Ich bemühte mich, meine Stimme fest klingen zu lassen. Ein Typ stand vor dem Glaskasten. Er hob den Blick, sah mir direkt ins Gesicht und lächelte, während er ein zusammengefaltetes Stück Papier durch den Schlitz schob.

Erschrocken schnappte ich nach Luft. Ich krallte die Finger der linken Hand um den Griff des Reinigungswagens, die rechte Hand wanderte zu meinem Hintern. Ich tastete nach der Gesäßtasche, spürte die Umrisse des Lösungszettels unter dem Jeansstoff.

Fuck, fuck, fuck! Das ist Matrikelnummer 200909.

Der Typ kam auf mich zu und reichte mir die Hand. Aber statt sie ihm zu schütteln, starrte ich ihn nur an.

»Entschuldige, du willst den Raum reinigen, ich bin gleich weg.«

»Äh, nein … Schon okay, du störst nicht«, stammelte ich.

Er strich sich durchs dunkle Haar und seufzte. »Bist du jeden Morgen um die Zeit hier?«

»Ja, bin ich.«

»Und du hast das mit dem Wettbewerb mitbekommen, oder?«

»Habe ich, wieso fragst du?«

»Na ja.« Er lächelte schüchtern. »Ich würde zu gern wissen, wer mit mir im Finale steht. Die Anspannung der letzten Wochen war heftig.«

»Bis vorgestern waren es wohl mehrere Teilnehmer.« Ich hob bedauernd die Schultern. »Tut mir leid, ich habe keine Ahnung, wer es mit dir geschafft hat.« Ich hatte dreist gelogen. Verdammt, es war mir unangenehm. Nervös zupfte ich an meinen Fingern herum, weil mich die Situation überforderte. Ich stand mit dem Typen vor dem Glaskasten und wusste, wenn er den Raum verlassen hatte, würde ich meinen Zettel durch den Schlitz stecken. Matrikelnummer 200909 hätte das Preisgeld verloren. Und wenn nicht heute eine Entscheidung fallen würde, dann an einem anderen Tag. Ich war besser als der Typ. Und ja, verflucht, ich wusste es nun mal.

»Vielleicht braucht mein Gegner das Geld so dringend wie ich«, sagte der Typ und seufzte. »Drück mir trotzdem die Daumen. Ich kann eine große Portion Glück echt gebrauchen.«

Er atmete tief durch und wandte sich von mir ab, um zu gehen.

»Wie geht es deiner Mutter?« *Scheiße!* Ohne dass ich es beeinflussen konnte, war die Frage aus meinem Mund gerutscht.

Der Typ wirbelte herum, seine Schultern spannten sich an. »Woher weißt du von ihr?« Misstrauisch zog er die Augenbrauen zusammen. Seine blauen Augen hielten meinen Blick gefangen.

Ich spürte, dass mir die Röte in die Wangen schoss. »Aufgeschnappt, irgendwo.« Ich kämpfte mit meinem Lächeln, dass es nicht zu verkrampft wirkte. »Weißt du«, sagte ich abwinkend. »Ich bin überall, man bemerkt mich kaum.«

Er neigte seitlich den Kopf, hielt kurz inne. »Stimmt, du arbeitest auch in der Dining Hall.«

»Ja, genau«, bestätigte ich, atmete innerlich auf, dass er nicht nachhakte, warum ich nach seiner Mutter gefragt hatte.

Er zögerte, fummelte am Saum seines abgetragenen T-Shirts, bevor er mir antwortete: »Sie muss operiert werden, der Darm. Aber wir sind optimistisch, dass sie gesund wird.«

Ich war betroffen von dem, was er gesagt hatte. Und nun konnte es nur eine Entscheidung für mich geben, egal wie schmerzhaft sie für mich sein würde.

»Ich hoffe von ganzem Herzen, dass deine Mutter gesund wird und ich drücke dir die Daumen, dass du den Wettbewerb gewinnst.«

Jedes einzelne Wort hatte ich aufrichtig gemeint, ohne den Hauch eines negativen Gedankens, obwohl gleichzeitig eine Welt für mich zusammenbrach.

Als er gegangen war, zog ich den Zettel hervor und starrte minutenlang auf das zusammengefaltete Papier.

Während ich meine Lösung zerriss und die Schnipsel in den am Reinigungswagen befestigten Müllsack fallen ließ, strömten die Tränen über mein Gesicht. Denn ich zerriss in diesem Moment mehr als ein Blatt Papier. Ich zerstörte alles, was mir wichtig war: meine Liebe, meine Zukunft, meine Unabhängigkeit, mein Glück.

38. Kapitel – Abby

»Steig ins Auto, Abby, ich bringe dich zu Dylan«, forderte mich Sky auf.

Ich konnte nichts sagen, nickte nur und senkte den Kopf. Niemand sollte mir direkt in mein verheultes Gesicht schauen können.

Ich kräuselte die Nase, schniefte den Rotz hoch, damit er mir nicht wie die Tränen über das Gesicht lief. Sky reichte mir ein Taschentuch. »Hier nimm.«

Meine Hand zitterte, als ich es entgegennahm. »Es tut mir so leid«, flüsterte ich, schnäuzte und schluchzte abwechselnd in das Taschentuch hinein.

Der kalter Wind blies mir ins Gesicht. Die Kühle tat meiner glühenden Haut gut, die sich anfühlte, als ob mein Körper ein brennender Ofen wäre.

»Die zweihundert Dollar für die gekauften Bücher zahle ich dir zurück«, versprach ich Sky.

»Darüber reden wir in Ruhe. Ich muss erst einmal wissen, was passiert ist.«

»Okay, ich erzähle es dir im Auto«, stimmte ich schluchzend zu und war froh, dem Campus zu entfliehen, der jetzt für mich ein Ort schrecklicher als die Hölle war.

Nachdem ich die Lösung in kleine Schnipsel zerrissen und in den Müllsack geworfen hatte, hatte ich meine Tränen mit dem Ärmel weggewischt und um Fassung gerungen, damit ich den Reinigungswagen über den Gang schieben konnte, ohne dass jemand mir sofort ansah, wie unglücklich und verzweifelt ich war. Ich kam mir klein und hilflos vor und hatte Angst, man würde mir ansehen, dass ich innerlich zerbrochen war. Wäre ich Typen wie Logan Mayers oder Skys Kommilitonin Grace begegnet, hätten sie heute auf meiner Seele herumtrampeln können, ohne dass ich die Kraft gehabt hätte, mich dagegen zu wehren, so nackt und schutzlos fühlte ich mich.

An Arbeit war keineswegs mehr zu denken. Deshalb hatte ich mich bei meinem Chef krankgemeldet. Zum Glück – wenn man das in meiner ausweglosen Situation so nennen konnte –, hatte er verständnisvoll reagiert und mich ohne quälende Fragen nach Hause geschickt und mir gute Besserung gewünscht.

Schnell hatte ich den Reinigungswagen in den Raum geschoben, wo unsere Reinigungsmittel und die anderen Arbeitsutensilien standen und Sky angerufen. Ich hatte sie gebeten, mich zu Dylan zu fahren. Ich brauchte ihn. Er war der Einzige, der mir in diesem schrecklichen Moment Trost spenden konnte. Bei ihm fühlte ich mich geborgen.

Sky war sofort gekommen. Im Eingangsbereich waren wir aufeinandergestoßen. Ich hatte auf sie draußen warten wollen, weil ich nicht damit gerechnet hatte, dass sie so schnell bei mir sein würde. Sie war die beste Freundin der Welt, die sofort alles stehen und liegen ließ, wenn ich sie brauchte, so wie auch ich immer für sie da war. Aber genau das machte unsere Freundschaft aus.

Mein Blick schweifte über den Campus, den ich zu gern mit den Augen einer Studentin betrachtet hätte. Dass das irgendwann wieder geschehen würde, der Traum war nun endgültig ausgeträumt. Mich erwartete für den Rest meines Arbeitslebens die Karriere einer Reinigungskraft.

»Abby, einsteigen.« Skys zweite Aufforderung war das Zeichen, mich vom Anblick der Gebäude loszureißen und in ihren alten Opel zu klettern. Meinen Ford ließ ich hier. Ich fühlte mich sowieso nicht in der Lage, selbst zu fahren. Rasch schlug ich die Tür zu, schob den Rucksack von den Schultern und stellte ihn in den Fußraum.

Schließlich legte ich den Gurt an und wartete auf das erlösende Geräusch.

Endlich hörte ich den Motor aufheulen. Das Auto setzte sich in Bewegung und Sky erkundigte sich nach Dylans Adresse. Als wir vom Parkplatz fuhren und auf die Straße einbogen, atmete ich erleichtert auf. Ich konnte den Anblick des Campus keine Minute länger ertragen.

»Wieso willst du mir die zweihundert Dollar zurückgeben?«, fing Sky an, um mit mir über den Grund meines Zusammenbruchs zu sprechen.

Ich räusperte mich, schwieg mit zusammengebissenen Zähnen, räusperte mich erneut. Das Geständnis kam nur schwer über meine Lippen. »Ich habe die Lösung für die Wettbewerbsaufgabe nicht abgegeben. Damit steht der Sieger fest. Er hat die Matrikelnummer 200909.«

Sky warf mir einen verwirrten Blick zu. »Warum hast du das getan?«

Mir wurde speiübel, Magensäure stieg mir in die Kehle. Mühsam schluckte ich sie hinunter. Was blieb, war ein bittersaurer Geschmack auf der Zunge. Ich war innerlich zwiegespalten. Ich wusste, dass ich richtig gehandelt hatte, aber ich kam mir gleichzeitig wie eine Verräterin vor. Sky und ich hatten Pläne geschmiedet, was wir mit dem Gewinn machen würden.

Sie hatte mir vorgeschwärmt, wie fantastisch die Tanzschule nach der Sanierung aussehen würde und ich hatte ihr erzählt, wie ich mir meine berufliche Karriere vorstellte. Und jetzt war alles schlagartig vorbei. Ich hatte unsere Träume unwiderruflich zerstört.

»Gestern hatte ich ein Gespräch mit Bolton …«, fing ich an, ihr mein Handeln zu erklären, ohne mich rauszureden oder haufenweise Entschuldigungen zu faseln, die sowieso niemandem halfen, warum ich kurz vor dem Ziel aus dem Wettbewerb ausgestiegen war. Ich redete und redete, bis alles gesagt war.

Sky hatte schweigend zugehört, schließlich sagte sie: »Mann, Abby, ich hätte das Gleiche getan. Wir hätten an dem Geld keine Freude gehabt, wenn wir die ganze Zeit mit dem Wissen leben müssten, dass wir es ungerechterweise einer Familie genommen hätten, die es viel dringender bräuchte als wir.«

»Du machst mir keine Vorwürfe?«

»Ich?« Sky lächelte mich an. »Niemals könnte ich dir einen Vorwurf machen.«

Ungebremst schossen mir die Tränen in die Augen und rannen über meine Wangen. »Die zweihundert Dollar zahle ich dir auf alle Fälle zurück, ich versprech's.«

Sky sah mich leicht verärgert an. »Untersteh dich, Abigail Thompson!« Ihre Stimme duldete keinen Widerspruch. »Wenn du versuchst, mir zweihundert Dollar in die Hand zu drücken, kündige ich dir die Freundschaft!«

»Dann sollte ich wohl deine Drohung ernst nehmen.« Ich fischte das Taschentuch aus meiner Jeans, das ich von Sky bekommen hatte. Es war schon zerknüllt und feucht. Sky deutete auf das Handschuhfach. »Nimm dir ein Neues, Abby, das ist eklig.«

»Danke, Sky!«

»Für das Taschentuch?« Sie zwinkerte mir zu. Ich lächelte schwach, zum Scherzen war mir nicht zumute. Mir war klar, dass Sky mich nur ein bisschen aufmuntern wollte, doch der beste Clown würde das nicht schaffen.

»Nein, ich will dir dafür danken, dass du meine Freundin bist, mein Handeln nicht in Zweifel ziehst.«

»Nun ja …« Sky hielt am Straßenrand. Sie zog die Stirn kraus und sah mir forschend in die Augen. »Es gibt etwas, was ich anders machen würde.«

»Was meinst du?« Ich wandte mein Gesicht ab, weil mir ihr ernster Blick unangenehm war. Erst jetzt bemerkte ich, dass wir vor Dylans Apartmenthaus standen.

»Ich hätte mit Willow über euren Vater gesprochen, ihr die Wahrheit gesagt, dass du aus der Universität geworfen wurdest, weil er die Rechnungen nicht bezahlt hat und du darum kämpfst, ihr eine gute Zukunft zu ermöglichen.«

Ich lehnte den Kopf an die Fensterscheibe und nickte. »Ich kann nachvollziehen, dass du mein Handeln in diesem Punkt nicht verstehst, aber ich kann es ihr nicht sagen. Und selbst wenn Willow es wüsste, würde sich für mich nichts ändern. Ich will sie mit meinen Problemen keinesfalls belasten.«

»Warum verkauft deine Mom das Haus nicht, oder nimmt eine Hypothek auf? Schlagartig wären eure Probleme gelöst.«

»Eine Hypothek kommt nicht infrage, weil wir damit eine Zwangsversteigerung riskieren, wenn Mom die Raten aus irgendeinem Grund nicht bedienen könnte. Das Haus ist unsere Absicherung. Wenn Mom irgendwann nicht mehr arbeiten kann, wäre ein Verkauf eine Option. Jetzt ist es der falsche Zeitpunkt.«

»Abby, es gibt nie einen richtigen Zeitpunkt.«

»Mein Vater hat sich ohne ein Wort davongemacht. Hat er den richtigen Zeitpunkt gewählt?«

»Nein, aber warum büßt du für seine Fehler, verdammt?« Sky schnappte nach Luft und warf die Hände in die Luft. »Ich verstehe dich nicht!«

Klar, dass sie mit Unverständnis reagierte. Für Außenstehende waren meine Beweggründe keineswegs nachvollziehbar. Was sollte ich antworten? »Das tue ich nicht«, log ich Sky an, denn ich dachte anders über den Tod meines Vaters. Ich hielt es für meine Pflicht, dieses Leben zu führen, und ja, in gewisser Weise tat ich es als Buße. Aber darüber redete ich mit niemandem, deshalb antwortete ich nur: »Und selbst wenn es so wäre, wen interessiert's, es ist egal.« *Meine Entscheidung.*

»Wir drehen uns im Kreis und ich weiß, dass ich dich nicht umstimmen kann. Es wäre falsch, nach dem ganzen Dilemma auch noch in deinen anderen Wunden herumzustochern.«

»Und dass du das nicht tust, dafür bin ich dir dankbar.«

Sky zeigte auf das Haus. »Soll ich dich bis vor die Tür begleiten?«

»Nein, ich werde ein paar Schritte laufen und dann bei Dylan klingeln.«

»Wir könnten gemeinsam spazieren gehen«, bot Sky mir an.

»Wirklich, Sky, ich möchte für ein paar Minuten allein sein.«

»Ja, schon gut, du weißt Bescheid, wenn du mich brauchst, ich bin für dich da, egal wann und zu welcher Uhrzeit.«

»Das weiß ich, danke, Sky.« Bevor ich ausstieg, umarmten wir uns. Ich winkte Sky hinterher, als sie mit dem Auto losfuhr.

Obwohl es Minusgrade waren, fühlte sich mein Gesicht immer noch erhitzt an. Dampfwölkchen stiegen aus meiner Nase, während ich langsam die Straße hoch und runter ging.

Ich stieg die Treppen zum Eingang hoch, suchte am Klingelschild Dylans Namen und drückte auf den Knopf.

»Hallo?«, hörte ich seine Stimme.

»Ich bin's, Abby«, antwortete ich und hielt die Tür gedrückt, bis der Summer ertönte.

»Bist du krank?«, fragte Dylan verwundert und zog mich in das Apartment. »Warum hast du mich nicht angerufen, ich hätte dich abgeholt.« Vorwurfsvoll und besorgt gleichermaßen sah er mich an. Ich hatte mir vorgenommen, meine Traurigkeit unter Kontrolle zu halten, aber ich schaffte es nicht. Laut schluchzte ich auf und fing wieder an, wie ein Schlosshund zu heulen.

»Mein Gott, Abby, was ist denn los?«

»B-bist du allein?«, stammelte ich zwischen zwei Schluchzern.

»Luc ist an der Uni, ich bin allein.« Dylan zog mir den Rucksack von den Schultern, lehnte ihn gegen die Wand und half mir aus der Jacke. Nachdem er sie an den Garderobenhaken gehangen hatte, kniete er sich vor mir nieder und sah zu mir hoch, während er mir die Stiefel abstreifte. »Möchtest du einen Tee?«, wollte er wissen, und ich nickte.

Er richtete sich auf und schlang seine Arme um meinen Rücken. »Wir reden, okay?«

»Vorher einen Pfefferminztee.«

»Bekommst du.« Dylan behielt mich im Arm, bis wir in seinem Zimmer waren. Als ich mich auf die Couch gesetzt hatte, ging er in die Küche.

Mit zwei dampfenden Bechern kam er wenige Minuten später zurück. Ich hatte keine Kraft mehr zu weinen. Still saß ich auf der Couch, starrte ins Leere. Dylan reichte mir einen Becher, ließ sich neben mir nieder und wartete geduldig darauf, dass ich ihm von meinem Kummer erzählte.

Schweigend saßen wir nebeneinander und tranken den Tee.

Dylan nahm mir den Becher ab und stellte ihn neben seinen auf den Tisch.

Ich sah mich in seinem Zimmer um und meine Augen blieben am Schreibtisch hängen. Wenn ich gelernt hatte, war bei mir Chaos angesagt, aber bei Dylan herrschte trotz der aufgeschlagenen Bücher, den Notizen und dem offenen Laptop eine kreative Ordnung.

Ohne Vorwarnung flammte der Schmerz wieder auf und ich heulte erneut los.

Wo kam nur die Tränenflut her? Ich dachte, den Vorrat für die nächsten Jahre verbraucht zu haben.

So viel habe ich nicht einmal am Grab meines Va …

Ich kam nicht dazu, den Satz zu Ende zu denken, weil schlagartig ein neuer Schwall Tränen aus meinen Augen schoss. Ich schmiss mich an Dylans Schulter, umklammerte ihn wie eine Ertrinkende.

»Hey, Babe, rede mit mir!«, flüsterte mir Dylan ins Ohr, sanft massierte er mir den Nacken.

Ich nickte, benötigte jedoch einige Minuten, bis ich mich einigermaßen beruhigt hatte. Nachdem ich mich aus seinen Armen gelöst hatte, erzählte ich ihm alles über den Mathematikwettbewerb.

Dylan hörte mir mit neutraler Miene zu. Weder ein Blinzeln noch ein zuckender Muskel waren zu erkennen. Nichts an seinem Gesichtsausdruck verriet, was er über das dachte, was Sky und ich getan hatten.

»Du hast gehofft, einen Weg zu finden, um dein Studium nach Willows Abschluss fortzusetzen.«

»Ich vermisse die Universität, ich hasse mein Scheißleben«, gestand ich Dylan.

»Aber ich kann dir das Geld geben, lass dir von mir helfen. Ich habe einen Fond ausgezahlt bekommen. Nimm von mir die zwanzigtausend Dollar.«

»Dylan, dass du Geld hast, weiß ich, aber ich kann es nicht annehmen.«

»Aber wie stellst du dir die Zukunft vor?«

»Ich habe keinen blassen Schimmer, wie es weitergehen soll.«

Ich mied es, Dylan anzusehen.

Bis heute früh hatte ich einen Plan, jetzt aber saß ich auf einem riesigen Berg zerbrochener Träume. Bis gestern wusste ich, wie mein Leben verlaufen würde, jetzt befand ich mich in einem Sumpf, aus dem ich mich nicht befreien konnte.

Dylan griff nach meinen Schultern und drehte mich zu sich. »Die Situation ist, wie sie ist. Wir werden keine schnelle Lösung finden. Bleib hier, leg dich ins Bett und schlafe dich einmal richtig aus. Du bist ein körperliches Wrack, aber ich weiß nun den Grund, warum du die letzten Wochen so erschöpft und blass gewesen bist.«

Ich war so ausgelaugt, dass ich mich nicht dagegen wehrte, als Dylan mich bis auf Slip und BH auszog und mich in sein Bett trug.

Seufzend schlang ich die Arme um das Kissen, schloss die Augen und spürte einen kühlen Windzug auf meiner Schulter, als Dylan mich zudeckte.

Schlaf würde mir meinen Schmerz nicht nehmen, aber mich ein paar Stunden von ihm befreien.

»Alles wird gut«, flüsterte Dylan, »vertrau mir.« Ich spürte seine weichen, warmen Lippen auf meiner Stirn, dann driftete ich in stille Finsternis.

39. Kapitel – Dylan

Abby hatte von gestern bis heute zwölf Uhr mittags durchgeschlafen. Ich war seit sechs Uhr früh wach, hatte mich auf meine Prüfungen vorbereitet und mit Professor Boltons Sekretärin einen Gesprächstermin für heute Nachmittag ausgemacht.

Nachdem ich mir stundenlang den Kopf zerbrochen hatte, wie ich Abby helfen könnte, war mir die rettende Lösung in der Küche eingefallen, während ich meinen ersten Kaffee nach der morgendlichen Dusche getrunken hatte.

Ich legte mich zu ihr ins Bett, rutschte ein Stück nach hinten, um mich mit dem Rücken an das Kopfteil zu lehnen. Dann zog ich Abby in meine Arme. Sie schmiegte sich an meine Brust, sie brauchte mich. So anschmiegsam wie heute, kannte ich sie nicht.

»Alles okay?«, flüsterte ich in ihr Haar.

»Hm«, murmelte sie. Abby weinte nicht mehr, aber dass es ihr wesentlich besser ging, wäre übertrieben.

Ich hatte schon eine Weile gemerkt, dass irgendetwas mit ihr nicht stimmte. Sie wirkte die letzten Wochen überarbeitet, und wenn ich fragte, ob es ihr gut ginge, sie Probleme hätte, war sie mir ausgewichen. Deswegen war es für mich kein großer Schock gewesen, als sie gestern aufgelöst und verzweifelt vor mir stand. Doch Abby war dermaßen verschlossen, dass ich darauf warten musste, bis sie von sich aus mit der Sprache rausrückte, um mir alles über den Mathematikwettbewerb und ihre Pläne mit den zwanzigtausend Dollar zu erzählen.

Dass sie von mir kein Geld annehmen würde, war mir von Anfang an klar gewesen. Abby wollte unabhängig sein, doch ihre Verbissenheit, alles ohne Hilfe erreichen zu müssen, war ein Grund, dass sie nun desillusioniert und erschöpft in meinem Bett lag. Dass sie bei mir Trost suchte, zeigte mir wiederum, dass sie verstanden hatte, nicht alles allein regeln zu können. Heute würde ich die Chance wahrnehmen, um sie zu unterstützen, vorausgesetzt, Professor Bolton half mir. Wenn ich eine Absage von ihm bekäme, müsste ich mir etwas anderes einfallen lassen.

»Es ist zwar schon Mittagszeit, möchtest du trotzdem frühstücken?«, fragte ich.

»Nur Kaffee«, sagte Abby, ließ mich aber nicht los, sondern klammerte sich an mich. Ich hob ihr Kinn. Abbys Nase war gerötet, ihre Augen und die Lippen vom vielen Weinen geschwollen. Es hatte mir den Magen umgedreht, sie so unglücklich zu sehen.

Ich drückte ihr einen Kuss auf die Lippen und schob sie sanft von mir. »Ich hole ihn.«

Sobald ich mit dem Kaffeebecher zurück war und mich zu ihr ins Bett gelegt hatte, lag sie wieder in meinen Armen und nippte am Kaffee.

»Dylan, kann ich bis Montag bei dir bleiben? Ich habe mich bis heute krankgemeldet.« Sie reichte mir den leeren Becher und ich beugte mich über die Bettkante und stellte ihn auf den Boden.

»Klar, Abby, ich muss gegen zwei Uhr los, Unikram erledigen. Danach habe ich Teammeeting und Training. Soll ich dir ein paar Klamotten mitbringen? Ich würde auf dem Rückweg bei dir vorbeifahren.« Natürlich konnte Abby die restliche Woche bleiben. Sie tat mir leid und ich hoffte, dass es mir gelingen würde, ihr zu helfen.

Abby nickte. »Das wäre cool«, stimmte sie zu. »Ich bräuchte Unterwäsche, Strümpfe und ein frisches Sweatshirt.

Den Schlüssel nimm aus dem Rucksack, vordere Tasche.« Sie küsste meine Brust unter dem T-Shirt. »Danke.«

Eine Weile lagen wir still im Bett.

Schließlich legte sie den Kopf in den Nacken und blickte zu mir hoch. »Du kannst lernen, ich schlafe noch etwas.«

»Okay.« Ich lächelte sie an, und überraschenderweise schaffte sie es, zurückzulächeln, bevor ich aus dem Bett stieg und die Decke über ihre Schultern schob.

Als ich zu ihr hinunterschaute, spürte ich ein Stechen im Herzen. Abby so verletzlich und traurig zu sehen, tat weh.

Ich drückte mir für uns beide die Daumen. Wenn das Gespräch mit Professor Bolton erfolgreich verlaufen würde, könnte ich Abby bald wieder glücklich sehen.

40. Kapitel – Dylan

Das Büro von Professor Bolton befand sich im Institut für Mathematik im dritten Stock. Ich begab mich zum Tresen der Sekretärin. »Hi, ich bin Dylan Jenkins und habe beim Professor um drei Uhr einen Termin«, kündigte ich mich an.

»Richtig, Mr. Jenkins«, sagte die Frau freundlich. »Bitte warten Sie einen Augenblick.« Die Sekretärin umrundete den Tresen, klopfte an die Tür links neben mir und öffnete sie.

»Charles, Mr. Jenkins ist gekommen.«

»Schicken Sie ihn herein, Ruth«, hörte ich den Professor sagen.

»Bitte, treten Sie ein!«, forderte mich die Sekretärin auf und schloss von draußen die Tür.

Professor Bolton kam auf mich zu, begrüßte mich und reichte mir die Hand, bevor er mich zu einer Sitzecke führte und wir uns dort niederließen.

Der Professor wirkte höflich und offen, und der Umstand beruhigte mich. Man schien mit diesem Mann reden zu können.

»Sie wollten mit mir über den Mathematikwettbewerb sprechen, der gestern geendet hat?«, eröffnete er das Gespräch.

»So ist es, Professor Bolton, deswegen bin ich hier. Vielen Dank, dass Sie mich empfangen.«

»Worum geht es, Mr. Jenkins?«

»Um Miss Abigail Thompson.«

»In welcher Verbindung stehen Sie zu ihr?« Aufmerksam sah mich der Professor an. Sein Gesicht zeigte keine Regung, aber ich hatte das Gefühl, dass er wusste, von wem ich sprach und warum ich bei ihm war. Als ich dem Professor erklärte, dass Abby meine Freundin wäre, strich er sich nachdenklich über das Kinn und hob die Hand. Mit der Geste gab er mir zu verstehen, dass ich schweigen sollte. Sofort schloss ich den Mund und sah ihn fragend an.

»Miss Thompson hat unerlaubt am Wettbewerb teilgenommen, mit der Matrikelnummer von Miss Skylar Cameron. Ich weiß Bescheid.«

Fuck! Das kann nichts Gutes bedeuten.

Ich presste die Lippen zusammen, in der Erwartung, dass ich erfahren würde, dass Abby und Skylar sich mächtig Ärger eingefangen hätten. Ich wurde nervös. Doch statt der Professor mir einen Vortrag über die Folgen von Abbys Handeln hielt, lächelte er beruhigend und meine Nervosität ließ nach.

»Miss Thompson war eine meiner fähigsten Studentinnen, die ich je hatte. Mir tat es leid, dass sie das Studium abbrechen musste. Ich habe ihr mit Absicht vom Wettbewerb erzählt. Ich ahnte, dass sie nicht widerstehen könnte und irgendwie versuchen würde, sich der Herausforderung zu stellen. Und ich habe sie bewusst mit der Situation konfrontiert, welche Folgen es für einen anderen Teilnehmer hätte, wenn sie gewinnen würde. Damit habe ich geprüft, ob sie es verdiente, dass ich mich für sie einsetze.«

»Sie haben die ganze Zeit gewusst, dass Abigail bei dem Wettbewerb mitgemacht hat?«

»Natürlich. Sie geht bei der Lösung von mathematischen Sachverhalten individuell und kreativ ran. Ich erkenne ihren Arbeitsstil. Deswegen habe ich bereits in der zweiten Runde gewusst, wer sich hinter Miss Camerons Matrikelnummer verbarg. Wenn Miss Thompson aber den Betrug aufrechterhalten hätte, wäre sie – also in dem Falle Miss Cameron – schlussendlich disqualifiziert worden.«

»Und was bedeutet das jetzt für Abigail?«, wollte ich vom Professor wissen.

»Ich habe ihre Lösungen dem Sponsor geschickt und ihm die Situation der Teilnehmerin erklärt. Sie wird von dem Unternehmen zwanzigtausend Dollar erhalten, wenn sie sich auf gewisse Bedingungen einlassen würde.«

»Darf ich fragen, um welches Unternehmen es sich handelt?«

»Nein, natürlich nicht, aber es ist ein Finanzunternehmen, das in ganz Amerika viele Zweigstellen hat.«

»Das wäre fantastisch«, stieß ich hervor. Was mir der Professor eröffnete, übertraf meine Erwartungen. Ich hatte geplant, ihn zu bitten, Abby als Zweitplatzierte von mir zwanzigtausend Dollar zu Verfügung zu stellen, ähnlich wie ein zweiter Sponsor, aber das war nicht mehr notwendig. Abby bekäme ohne meine Hilfe das Geld, das sie dringend benötigte.

Mit Skylar würde ich ausmachen, dass ich ihrer Mutter das Geld für die Sanierung der Toiletten in der Tanzschule spendete, damit Abby ihren Gewinn nicht teilen müsste. Der Fond ermöglichte es mir, großzügig zu sein, und es war ein schönes Gefühl, anderen helfen zu können.

Ich hatte angenommen, dass unsere Beziehung einen schweren Knacks bekommen würde, weil Abbys Zukunft bis vor wenigen Minuten ungewiss war. Ich hätte die Kosten für Willows Studium übernommen, damit Abby mich nach Foxborough begleiten könnte. Doch hätte sie niemals meinem Vorschlag zugestimmt. Aber jetzt waren die Karten neu gemischt. Abby und ich mussten über unsere gemeinsame Zukunft sprechen.

»Worüber genau wollten Sie mit mir reden, Mr. Jenkins?«, holte mich der Professor in das Hier und Jetzt zurück. Ich war nach der wunderbaren Mitteilung in meine eigene Gedankenwelt hineingeschlittert und hatte angefangen, mir auszumalen, wie cool das mit Abby und mir werden würde.

»Das hat sich erledigt. Ich möchte mich bedanken, dass Sie Abigail dermaßen unterstützen!« Ich war kurz davor, vor Freude in die Luft zu springen. Es fiel mir schwer, mich zusammenzureißen.

»Es wäre einfach bedauernswert, wenn eine Frau wie Miss Thompson ihre mathematischen Fähigkeiten nicht nutzen könnte. Deshalb ist es meine Pflicht, mich für sie einzusetzen.«

Nachdem der Professor sich erkundigt hatte, welche Zukunft ich für mich plante und er mir für meine Footballkarriere viel Erfolg gewünscht hatte, führte er mich zur Tür.

»Ich werde Montag mit Miss Thompson reden, leider ging es noch nicht, weil sie sich krankgemeldet hat.«

Ich nickte und reichte dem Professor die Hand. Nachdem er mir zugesagt hatte, Abby nichts von meinem Erscheinen zu erzählen, verabschiedeten wir uns. Wenn ich Abbys Wäsche geholt hatte, würde ich vorsorglich einen Tisch für nächste Woche Samstag in einem der angesagtesten Restaurants von Ann Arbor reservieren, denn ich war mir sicher, dass Abby mir Montag sagen würde, dass es was zu feiern gäbe.

Holy Shit, ich bin so glücklich!

41. Kapitel – Abby

Die Nächte bei Dylan hatten mir geholfen, mich zu fangen und mit dem Schmerz umzugehen. Ich fühlte mich in der Lage, wieder arbeiten zu gehen. Gestern hatten Willow und ich telefoniert. Raoul war bei ihr gewesen, sodass sie abgelenkt war und ich ihr keine Fragen am Handy beantworten musste. Es wäre mir schwergefallen, im lockeren Tonfall zu reden. Sie wusste zwar, dass ich bei Dylan war, nichtsdestotrotz sollte sie sich keine Sorgen machen.

Dylan hatte sich liebevoll um mich gekümmert, wobei ich den Eindruck hatte, dass er irgendetwas vor mir verbarg.

Am Freitag war er vom Training gekommen und wirkte seitdem verändert. Er hatte ein seltsames Leuchten in den Augen, und wenn er sich unbeobachtet fühlte, lächelte er mich an. Dylan unterdrückte das Lächeln, sobald er meinen verwunderten Blick auf seinem Gesicht spürte. Aber vielleicht täuschte ich mich und es war seine Art, mir zu zeigen, wie tief seine Gefühle für mich waren.

Daher wäre es an der Zeit, dass wir nicht mehr schwiegen, sondern uns sagten, was wir wirklich füreinander empfanden.

Andererseits schwebte die Frage über uns, ob unsere Beziehung eine Zukunft hätte, wenn Dylan seinen Lebensmittelpunkt nach Massachusetts verlegte. Ich hatte keinen Plan, wie es mit uns funktionieren sollte, weil es für mich unmöglich schien, auf Dylans Kosten zu leben.

Ich konnte mir nicht vorstellen, dass ein Profifootballspieler damit klarkäme, öffentlich zuzugeben, dass er eine Freundin hätte, die weder eine abgeschlossene Ausbildung noch ein Studium vorzuweisen hätte. Geschweige denn mit einem gutbezahlten Job punkten könnte. Ich war schon immer der Meinung, dass ich nicht in seine Welt passte. Obwohl

Dylan betonte, dass es ihm egal wäre, ob sich Leute über uns das Maul zerfetzten.

Dass er keine hohlen Phrasen von sich gab, hatte er mit seiner Aktion bewiesen, als er den Song *Starlight* für mich auf dem ganzen Campus verbreitet hatte.

Aber es wäre naiv, wenn ich glaubte, dass Dylans Einstellung so bliebe.

Ab dem Moment, wo er in der Öffentlichkeit stehen würde, befände er sich in einer neuen Situation. Und wenn ich so überlegte, wie fies manchmal mit Promis in der Öffentlichkeit umgegangen wurde, wenn man auf ihrer sauberen Weste einen hässlichen Fleck fand, dann wollte ich mir nicht ausmalen, wie man Dylan zerrupfte, sich darüber amüsierte, mit was für einer Frau er sich abgab. Diese Peinlichkeit würde ich ihm und mir ersparen wollen, dafür liebte ich ihn zu sehr.

Ich war um vier Uhr morgens aufgestanden, hatte einen Kaffee getrunken und mich fertig gemacht. Nach einer kurzen Kuschelrunde verabschiedete ich mich von Dylan. Er musste nicht aufstehen, um mich zur Michigan zu fahren. Ich hatte Glück, dass kurz nach fünf Uhr ein Bus in seiner Nähe fuhr, der mich direkt zum Campus brachte.

Als ich auf den Weg zum Abstellraum war, um den Reinigungswagen wegzustellen – meine Pause hatte begonnen –, traf ich eine Kollegin auf dem Gang, die mich zu sich heranwinkte. »Ich habe vor zehn Minuten einen Professor Bolton am Eingang getroffen, als ich die Glasflächen gereinigt habe. Er bat mich, dir auszurichten, dass er dich in seinem Büro treffen möchte. Er meinte, du wüsstest, wo es sich befindet«, erklärte sie.

»Was will er von mir?«, fragte ich und spürte, wie mir eine Gänsehaut über die Wirbelsäule rann. Würde ich jetzt für den

Betrug die Quittung bekommen? Waren Sky und ich aufgeflogen? Mich packte die nackte Angst, und obwohl ich mir Mut zusprach, dass er mich oder Sky nicht ans Messer liefern würde, weil er kein Arsch war, gelang es mir nicht, mich zu beruhigen.

Es war ein Gefühl, als wenn mein Chef mich erwartete, um mir zu kündigen. Ich hatte Schiss und mir war schlecht. Also würde meine Haut kalkweiß sein, weshalb ich mir in die Wangen zwickte, um ihnen ein bisschen Farbe zu verleihen.

Die Sekretärin öffnete mir die Tür zu seinem Büro. Ich guckte sie wie ein verschrecktes Kaninchen an, aber sie lächelte. »Keine Sorge, gehen Sie rein.«

Professor Bolton saß am Schreibtisch und hob den Kopf, als er mich sah. Ich hörte, wie die Tür hinter mir geschlossen wurde. Einfach schnell zu flüchten, würde nicht mehr funktionieren.

»Miss Thompson, schön, dass Sie wieder gesund sind. Ich hätte Sie vergangene Woche schon gern gesprochen, aber dann reden wir heute.« Er deutete auf den Stuhl, der vor seinem Schreibtisch stand. Ich zögerte, setzte mich dann.

»Ich wollte Sie wegen des Wettbe …«

Ich schaffte es nicht, mich zurückzuhalten. »Professor Bolton, es tut mir so leid«, unterbrach ich ihn. »Ich habe einen Fehler begangen. Miss Cameron kann nichts dafür, ich nehme alle Schuld auf mich.« Meine Entschuldigungen sprudelten ungebremst aus mir heraus.

»Bleiben Sie ruhig, Miss Thompson, es ist alles in Ordnung. Ich habe nicht vor, Sie oder Miss Cameron zu bestrafen. Ich will Ihnen eine erfreuliche Mitteilung machen.«

Er öffnete das Fach unter dem Schreibtisch und holte eine ledergebundene, rote Mappe hervor, die er mir überreichte.

Ich erfuhr von Bolton, dass er gewusst hatte, dass ich für

Sky am Wettbewerb teilgenommen hatte und freiwillig zurückgetreten war, obwohl ich das Finale erreicht hatte. Bolton hatte dem Sponsor meine Ergebnisse gezeigt. Der hatte dann entschieden, mich als Zweitplatzierte mit zwanzigtausend Dollar Preisgeld auszuzeichnen. Ich erfuhr, dass es sich bei dem Sponsor um eins der größten Finanzunternehmen handelte.

Aber es gäbe zwei Bedingungen, die ich erfüllen müsste. Das Unternehmen wünschte, dass ich meine zukünftigen Praktika in einer ihrer Zweigstellen durchführen würde. Sie wären daran interessiert, mich nach meinem Studienabschluss einzustellen. Eine zeitliche Vorgabe würde es nicht geben. Zum Glück, dachte ich, weil ich erst in vier Jahren mein Studium fortsetzen könnte.

»Wie sieht es aus, Miss Thompson, kann ich Ihnen zu Ihrem Erfolg gratulieren und Sie nehmen das Angebot an?« Professor Bolton nickte mir mit einem erwartungsvollen Lächeln zu.

»Ich weiß gar nicht, was ich sagen soll.« Ich war völlig perplex und musste die Informationen sacken lassen. »Ich erhalte zwanzigtausend Dollar?«, vergewisserte ich mich und kniff mich in den Oberschenkel, um sicher zu gehen, dass ich nicht träumte.

»Schauen Sie auf die Urkunde!«

Freudig blickte ich in die Mappe und las, was auf der Urkunde stand. *O mein Gott. Ich bekomme tatsächlich das Geld.* »Wie kann ich Ihnen danken, Professor Bolton?«, fragte ich beeindruckt, nachdem ich die Mappe geschlossen hatte.

»Wenn Sie als Studentin an dem Wettbewerb teilgenommen hätten, dann wären die vierzigtausend Dollar Ihr Preisgeld gewesen. Das weiß ich, und das wissen Sie. Ich finde, dass ein junger, begabter Mensch jede Chance erhalten sollte, um sich und seine Fähigkeiten zu entwickeln.«

Nachdem er mich zur Tür gebracht und mir alles Gute für die Zukunft gewünscht hatte, verließ ich strahlend und mit glühenden Wangen das Büro.

Draußen holte ich mein Handy hervor, um Dylan zu erzählen, welche glückliche Wendung mein Leben genommen hatte. Am liebsten würde ich alle Leute umarmen, denen ich auf dem Campus begegnete, so happy war ich.

42. Kapitel – Dylan

Als Abby das letzte Stück Schokoladenkuchen in den Mund schob und genüsslich kaute, winkte ich den Kellner heran. Er neigte sein Ohr zu meinem Mund, hörte mir zu, nickte und verließ den Tisch.

»Ich habe noch nie so einen leckeren Kuchen gegessen … Und erst die flüssige Schokolade …« Abby verdrehte die Augen und stöhnte. »Ich komme mir wie auf Wolke sieben vor.«

»Das Essen war insgesamt sehr gut«, sagte ich schmunzelnd. »Aber wenn du noch ein zweites Stück Kuchen möchtest, bestelle ich es dir.«

Abby wedelte abwehrend mit der linken Hand. »Bloß nicht, ein Stück Kuchen und ein Kaffee zum Abschluss reichen, sonst musst du mich aus dem Restaurant rollen.« Sie beugte sich über den Tisch, und ich kam ihr mit meinem Gesicht entgegen.

»Danke für den wunderschönen Abend«, hauchte sie an meinen Lippen, nachdem wir uns geküsst hatten.

»Es ist dein Abend.«

»Ich hätte nie gedacht, dass der Sponsor mich belohnt.«

»Und du musstest kein schlechtes Gewissen haben, dass du jemandem das Geld wegnimmst, weil es für dich bestimmt ist.« Ich schaute mich im Raum um, wann der Kellner endlich kam.

Einige Sekunden später erschien er und stellte zwei Gläser Champagner auf den Tisch. Er lächelte freundlich, räumte das schmutzige Geschirr zusammen, bevor er uns Richtung Küche verließ.

»Du hast Champagner für uns bestellt?«, Abby schmunzelte wissend. Ich zwinkerte ihr zu. Der Kellner wusste nicht, dass sie noch keine einundzwanzig war. Ich hatte Abby etwas Wichtiges zu sagen, doch dazu wäre Apfelsaft unpassend.

Wir griffen unsere Gläser, um anzustoßen. »Abby, ich habe dir etwas zu sagen.«

Ich kämpfte um meine Stimme, die mir plötzlich ganz dünn vorkam. Ob es albern war, was ich vorhatte, wusste ich nicht. Ich hatte mich nie getraut, Abby zu sagen, was ich wirklich für sie fühlte. Heute schien für mich der richtige Zeitpunkt gekommen, Klartext zu sprechen.

»Dylan?«

»Also … Ich wollte …« Ich prostete ihr zu. »Ach, lass uns erst trinken.«

Sie sah mich mit glitzernden Augen an. »Du machst es spannend.«

Nein, ich mach mir fast in die Hosen. »Auf dich, Abby!«

»Auf uns, und danke für den wundervollen Abend. Dass du an einem Samstag hier so kurzfristig einen Tisch bekommen hast, hätte ich nicht erwartet.«

»War Glück.«

Wir nippten an unserem Champagner. Als die Gläser geleert waren, gab es für mich keine Ausrede mehr, mein Geständnis länger zurückzuhalten.

Ich streckte über den Tisch meine Hand aus und wir verschränkten unsere Finger ineinander.

»Was willst du mir sagen, Dylan?«

Los, Jenkins, frei raus damit. »Abby, ich … Keine Ahnung, wie ich dir das sagen soll … Ich …« *Boah, dieses Gestammel.* »Ich, also ich …« *Ist das hier vielleicht nicht doch zu kitschig?*

»Dylan, nun sag schon.« Abbys Wangen waren leicht gerötet, und mein Kopf glühte, vermutlich knallrot, jedenfalls fühlte er sich so an.

»Äh …«

Scheiße, ich krieg die drei einfachen Worte nicht über die Lippen. Mann, das gibt es doch nicht.

»Dylan, ich liebe dich.«

»Jaja, das will ich dir …«, erwiderte ich abwinkend, bis plötzlich in mein Hirn schoss, was Abby zu mir gesagt hatte. Perplex riss ich die Augen auf und starrte sie ungläubig an. »Was?«, quiekte ich mit einer viel zu hohen Stimme. »D… D-du … Du tust was?«

»Ich liebe dich.« Sie lächelte nervös, und nun glühten unsere Köpfe knallrot um die Wette.

»Aber das wollte ich zu dir sagen, Babe.«

»Dann sag es doch endlich!« Abby sah mich gespannt an.

»Okay« *Ich piss mich ein, und Abby sagt es ohne Hemmungen. Mann, ich bin vielleicht ein feiger Hund. Komm, Jenkins, trau dich, sie will es hören.* »Abby … Ich … Ich liebe dich.«

»Und das war so schwer?« Abby fuhr hoch, und ich schob schnell den Stuhl zurück, weil sie bereits im Anflug war und auf meinen Schoß sprang. Ich hatte Mühe, das Gleichgewicht zu halten, beinahe wären wir mit dem Stuhl nach hinten gekippt.

Ich schlang meine Arme um ihren Rücken. Es war mir egal, dass wir von vielen fremden Augen beobachtet wurden. Weil wir in einer Ecke saßen, hatten nicht alle Gäste Abbys Gefühlsausbruch bemerkt.

Ich nahm Abbys Gesicht in beide Hände und zog es zu meinen Lippen. Wir küssten uns. Wieder und wieder. Ich schmeckte den Champagner auf ihrer Zunge. Verlockend, ein Versprechen, betrunken vor Glück. »Ich liebe dich«, flüsterte Abby zwischen jedem Kuss, bis uns ein strenges Räuspern unterbrach.

Eilig kletterte Abby von meinem Schoß und setzte sich auf

ihren Platz. Die Augen des Kellners wanderten zwischen mir und Abby hin und her. »Haben Sie noch einen Wunsch?«

»Nein, danke, bringen Sie uns bitte die Rechnung«, sagte ich.

Wir schwiegen, bis ich meine Dollarscheine in das kleine Buch gelegt hatte, das mir vom Kellner gebracht wurde.

Nachdem ich unsere Sachen von der Garderobe geholt hatte, half ich Abby gentlemanlike in den Mantel. Ich zog ihre Hand an meinen Mund, küsste sie, bevor ich Abby zum Ausgang führte.

»Ich will nach Hause«, wisperte ich ihr ins Ohr, als wir eng umschlungen das Restaurant verließen.

»Und warum?«, flüsterte sie provozierend.

Meine Hand wanderte über Abbys Rücken bis hinab zu ihrem wohlgeformten Arsch. »Was hältst du von einem zweiten Dessert?«

Als wir in meinem Zimmer waren, schloss ich hinter uns die Tür. Lucas war mit Ashley weggefahren, sodass wir das restliche Wochenende ungestört zusammen verbringen konnten.

Ich setzte mich auf das Bett und Abby stellte sich zwischen meine Beine. Ihre Zungenspitze huschte über ihre Oberlippe, während sie mir das anthrazitfarbene Hemd aufknöpfte. Wir hatten uns für den heutigen Abend schick gemacht. Ich hatte zum Hemd eine schwarze Anzugshose angezogen. Abby trug ein enges, dunkelblaues Kleid, das sie sich mit ein Paar schwarzen Pumps extra für diesen Abend gekauft hatte.

Ihre Hände schoben den Stoff über meine Schultern und Arme hinab.

Sie sank auf die Knie, öffnete den Gürtel, dann den Hosenknopf, und ich hörte, wie leise der Reißverschluss ratschte.

Ich stand auf, reichte ihre die Hand und half ihr auf die Füße. Meine Finger griffen den Saum von Abbys Kleid. Sie hob die Arme und ich zog ihr den seidigen Stoff über den Kopf.

Dann hielten wir uns nicht mehr zurück. Wir zerrten uns die restlichen Klamotten vom Leib, unsere Münder prallten aufeinander und wir fielen auf das Bett. Ich spürte, wie sich die Matratze unter uns bewegte. Ohne den Kuss zu unterbrechen, schoben wir unsere Körper hoch, Abby lag dabei auf mir.

Ich packte ihre Hüften, rollte sie auf den Rücken und kniete mich über sie mit einem Bein zwischen ihre Schenkel. Mein Mund wanderte über ihren Hals, hinab zu ihren Brüsten. Meine Zunge hinterließ eine feuchte Spur, als sie ihre Nippel umkreiste und dann hinunter zu ihrem Bauchnabel strich.

Knabbernd erkundete ich Abbys Körper, biss in die weiche Haut ihres Bauchs. Abby packte meine Haare, zog mich zu sich hoch und presste ihre Lippen auf meinen Mund. Ich spürte ihren Brustkorb, der sich heftig hob und senkte. »Liebe mich«, stöhnte Abby. Sie hob ihre Hüften und rieb sich an mir.

Ich legte mich zwischen ihre Schenkel, stützte mich mit dem Unterarm ab, um sie nicht zu erdrücken. Dann schob ich ihr rechtes Bein um meine Taille. Ich rieb ihre Klitoris, bis Abby lustvoll wimmerte. Es war, als ob ich über ihr schwebte. Langsam glitt ich in sie hinein, kniff seufzend die Augen zusammen. Fuck, was für ein geniales Gefühl.

Abby kreiste mit ihrem Becken, während ich in sie stieß. Ich stöhnte auf, spürte ihre Fingernägel, die über meinen Rücken kratzten. »O Gott«, knurrte ich lustvoll, stieß noch schneller zu, weil mich der süße Schmerz anmachte.

»Ich liebe dich«, keuchte ich bei jedem Stoß und merkte, dass ich gleich kommen würde.

Abby wimmerte, zitterte unter mir. Ihre Hände fuhren fahrig an meinen Hüften auf und ab, bevor sie sich in mein Fleisch krallten. Bei jedem Stoß kam ihr Becken mir entgegen und Abby seufzte: »Ich liebe dich, ich liebe dich so sehr.«

Mein Schwanz war schmerzhaft hart, pulsierte in ihrer feuchten Enge, dass ich immer schneller in sie hineinstieß.

Abby warf den Kopf in den Nacken, schrie auf, als sie kam, einige Sekunden später folgte ich ihr und mein Sperma schoss in mehreren Schüben in sie hinein.

Schlaff wälzte ich mich von Abby herunter und blieb nach Luft schnappend neben ihr liegen. Es dauerte eine Weile, bis wir ruhig atmeten.

Abby wandte mir ihr Gesicht zu. »Das war der schönste Abend, den wir bisher miteinander hatten«, wisperte sie.

»Ja, das war er«, flüsterte ich, neigte mich zu ihr und küsste ihre schweißbedeckte Stirn. Ich merkte, wie ich anfing, glücklich zu grinsen. Viel glücklicher, als wenn ich mit dem Football in der Hand über die Goalline bei einem Touchdown sprang.

Schließlich umfasste ich ihre Schultern und zog sie an mich. Abbys Kopf ruhte auf meiner Brust, und ihr Atem kitzelte mich. Ich streichelte mit den Fingerspitzen ihre Wirbelsäule auf und ab, lauschte ihrem Atem, der sich verlangsamte.

Abby war eingeschlafen. Auch ich wurde müde. Doch bevor mich der Schlaf übermannte, zerrte ich die Decke unter uns hervor und breitete sie über unsere Körper aus.

43. Kapitel – Dylan

Abbys Kopf lag auf meiner Schulter, als das Brummen ihres Handys mich weckte. »Abby, dein Handy«, flüsterte ich und streichelte ihre Wange. Sie stöhnte genervt und blinzelte.

Vorsichtig schob ich sie von mir runter, beugte mich zum Nachttisch und reichte ihr das Handy.

»Willow?« Abby gähnte und schaltete den Lautsprecher ein. »Was ist?«

»Hey, es ist schon elf Uhr, habt ihr etwa noch geschlafen?«

»Ja, wieso rufst du an?«

»Ich wollte fragen, ob ihr heute schon was vorhabt?«, erkundigte sich Willow.

Ich setzte mich auf, lehnte meinen Rücken gegen das Kopfteil und schnappte Abbys Handgelenk, damit sie sich auf meinen Schoß setzte.

Abby griff nach der Decke, um ihre Brüste zu bedecken. Ich zog sie wieder herunter und wedelte mit dem Zeigefinger verneinend vor ihrem Gesicht.

Meine Hände fuhren an ihren Seiten hoch, umfassten ihre Brüste und streichelten sie. Sanft kniff ich in die Nippel. Abby rollte mit den Augen. »Du bist unersättlich«, flüsterte sie und wand sich unter meinen spielenden Händen.

»Was hast du gesagt?« Willow klang verwundert.

Wir kicherten, während ich ihre Brüste knetete. »Dass wir nichts vorhaben, habe ich gesagt, warum fragst du?«, gluckste Abby und umfasste meinen erigierten Schwanz. Sie drückte einmal fest zu, dann bewegte sie ihre Hand auf und ab. Zischend zog ich die Luft ein, biss die Zähne zusammen, um nicht laut zu stöhnen. Abby grinste. *Rache*, formten lautlos ihre Lippen.

»Raoul kocht ein mexikanisches Menü, wollt ihr nachher mitessen?«

Abby sah mich fragend an. Ich verzog den Mund und schüttelte den Kopf. Mir war nach Zweisamkeit, statt Raouls Kochkünste.

»Nein, esst ohne uns, wir bleiben bei Dylan, aber lieb von euch, dass ihr an uns gedacht habt. By, Willow, grüß Raoul.«

Nachdem Abby aufgelegt hatte, nahm ich ihr das Handy ab und legte es auf den Nachttisch zurück.

Willows Anruf war für mich das passende Stichwort, um über unsere Zukunft zu sprechen, weswegen ich direkt fragte: »Hey Babe, was hältst du davon, wenn du Willow dein gewonnenes Geld gibst?«

Aus meiner Sicht gab es für Abby keinen Grund mehr, die eigenen Wünsche zurückzustellen, weil jetzt die Voraussetzungen geschaffen waren, neu anzufangen. Willow könnte sich einen Job suchen. Ich wusste von Raoul, dass er zu Abbys Schwester ziehen und die Miete zahlen würde, und Abby besaß die nötigen zwanzigtausend Dollar, um Willow das Studium zu finanzieren.

Was sprach dagegen, dass sie jetzt schon mit mir nach Foxborough zog? Warum sollten wir auf Willows Abschluss warten?

»Ich soll Willow den Gewinn geben?«, wiederholte Abby meine Frage, ihr Blick war irritiert.

Sie ließ meinen Schaft los, stieg von mir herunter, um sich eine Armlänge entfernt auf die Bettkante zu setzen. Der Abstand gefiel mir nicht, die Stimmung war mit einem Schlag ruiniert.

»Wie meinst du das?«, hakte Abby nach, beugte sich zum Boden, fischte nach ihren Sachen und zog sich schnell BH und Slip an.

Okay, das würde wohl auf ein ernsthaftes Gespräch hinauslaufen. Ich stieg aus dem Bett und holte mir aus dem Schrank frische Boxershorts, die ich mir schnell überstreifte, bevor ich mich neben Abby setzte.

»Ich möchte, dass du mich nach Foxborough begleitest.«

Abby starrte mich mit geweiteten Augen an. »Was?«

»Ich möchte, dass du mit nach Foxborough kommst, dass wir dort gemeinsam neu anfangen.«

»Bist du dir sicher, dass du das willst?«

Was soll die bescheuerte Frage? Ich schluckte das komische Gefühl hinunter, das sich plötzlich mit der Spucke in meinem Mund vermischte. »Natürlich, sonst würde ich dich nicht darum bitten. Klar, bin ich mir sicher.«

»Sorry, Dylan, ich verstehe das nicht. Wie kannst du dir so sicher sein, dass ich mitkommen soll? Wir kennen uns wenige Monate … Keine Ahnung, aber müssten wir nicht schon Jahre zusammen sein, um so eine Entscheidung überhaupt in Betracht ziehen zu können?«

Sie sah mich mit einem Blick an, den ich schwer deuten konnte. Ich hatte geglaubt, sie würde mir in dic Arme fallen, aber stattdessen saß sie da und ihre Miene blieb undurchdringlich.

»Abby, willst du mich nicht begleiten?«

»Darum geht es doch nicht. Ich will wissen, woher du weißt, dass du das wirklich willst?«

Ich neigte mich zu ihr und umfasste ihr Kinn. Sie zuckte zurück, doch ich ließ sie nicht los. »Abby, ich liebe dich … Deshalb weiß ich es. Und du fühlst das Gleiche für mich.« Mein Daumen fuhr über ihre Unterlippe. »Ist doch so?«

Sie riss meine Hand weg. »Das weißt du, ich habe es dir gestern gesagt.«

»Dann verstehe ich nicht, warum du dich so vehement

wehrst, mich nach Foxborough zu begleiten? Dort kannst du studieren, deinen Abschluss machen. Ich habe genug Geld für uns beide.«

»Dylan, was du mich fragst, ist nicht so einfach. Das ist eine Sache, die alles verändert.«

Will sie mich verarschen?

Ich warf die Arme in die Luft, weil ich ihr Verhalten nicht verstand. »Abby, was zur Hölle redest du für einen Schwachsinn?«

»Denk doch mal nach, Dylan. Wir beide ziehen zusammen und du merkst nach schätzungsweise« – Abby machte eine abwägende Handbewegung – »zwei, drei Monaten, dass ich Macken habe, die dir an mir noch nie aufgefallen sind, aber plötzlich nerven sie dich. Oder …« Sie holte tief Luft, und ich starrte sie fassungslos an.

Eindeutig, sie verarscht mich.

Bevor ich einhaken konnte, redete Abby schnell weiter: »Oder du verliebst dich in eine andere Frau. Du überlegst, was du tun sollst, aber das ist gar nicht so einfach, weil ich auf dich angewiesen bin, wenn ich ohne einen einzigen Cent bei dir lebe. Wo soll ich auch hin? Ich habe keine Wohnung, kein Geld, keinen Job.«

Sie zuckte mit den Schultern, ihre Stimme klang bitter. »Dylan, ich wäre von deiner Großzügigkeit abhängig. Sie würde uns für die nächsten Jahre zusammenketten, ob wir wollen oder nicht, weil du kein Arsch bist, der mich wie ein lästiges Insekt entfernen würde, wenn es mit uns schief ginge. Was ja auch nachvollziehbar wäre, denn du hast mich überredet, mit dir nach Foxborough zu gehen, 760 Meilen von Ann Arbor entfernt.«

Ich rieb mir die Schläfen, unterdrückte den Drang, Abby den Mund zuzuhalten. Ihr zermürbendes Gerede machte mich fertig. Die Worte waren wie ein Messer, das in meinen Bauch stach und mir die Därme zerfetzte. Es tat höllisch weh. Ich war verzweifelt, das Ganze schien auf die Beendigung unserer Beziehung hinauszulaufen, das Letzte, was ich wollte. Wie sollte ich Abby klarmachen, dass sie die Einzige für mich war, immer sein würde?

»Abby, merkst du nicht, dass du ununterbrochen Müll laberst? Ich verstehe dich nicht? Du bist meine Traumfrau, ich will mit dir zusammenbleiben. Nie würde ich mich von dir trennen wollen, also lass die bescheuerten Ausreden und dein endloses Geschwafel und komm mit nach Foxborough.«

Trotzig kniff sie die Augen zusammen. »Ich will aber Ann Arbor nicht verlassen.«

»Warum nicht, was hält dich hier?« *Scheiße, jetzt klinge ich jämmerlich.*

»Mann, Dylan, ich habe hier eine Wohnung, meine Freundin Sky, Willow, die Jobs. Hier findet mein Leben statt, in Foxborough habe ich nichts.«

»Hey, du hast mich, Babe«, stoppte ich ihre sinnlosen Ausflüchte.

Seufzend schüttelte sie den Kopf. »Ja, jetzt, aber was ist später?«

Stellte sie jetzt echt meine Gefühle infrage? Das hier wurde immer skurriler. Mit ernster Miene sah ich sie an. »Abby, du klingst, als hättest du nie vorgehabt, mit mir zusammenzubleiben. Also hör endlich auf, dummes Zeug zu quatschen. Wenn du nicht das Gleiche für mich empfindest wie ich für dich, dann sei ehrlich und sag es mir direkt ins Gesicht.«

Zitternd strich sie sich eine Strähne hinter das Ohr. Unser Gespräch setzte ihr mächtig zu. Es strengte mich genauso an. Als ich ihr direkt ins Gesicht sah, blinzelte sie. »Nein, so ist es doch nicht.« Ihre Stimme war ein Flüstern, als sie sagte: »Dylan, ich liebe dich.«

»Und warum zählst du dann lauter belanglose Gründe auf, um nicht mitkommen zu müssen? Was löst solche Panik in dir aus, dass du mir diesen ganzen Quatsch auftischst?«

Sie schluckte. »Wieso Quatsch?«

»Entschuldige mal, du hast zwanzigtausend Dollar, mit denen du deiner Schwester locker das Studium finanzieren könntest. Aber nein, du willst es die nächsten Jahre auf der Bank liegen lassen, weiter die miesen Jobs machen«, fing ich an, ihr die Wahrheit zu präsentieren, um die sie herumschlich wie die Katze um den heißen Brei. »Du liebst das Studieren, nimmst an diesem Wettbewerb teil, und dann willst du noch vier Jahre warten, statt das zu machen, was dir Spaß macht? Abby, das ist totaler Bullshit und du tust so, als ob ich ein Idiot wäre, der das nicht mitbekommt. Weißt du, was ich glaube?«

»Was denn?«

»Du bestrafst dich für irgendwas. Und es hängt mit deinem Vater zusammen. Es sieht so aus, als ob du glaubst, du darfst nicht glücklich sein.«

Schockiert starrte sie mich an. Tränen schimmerten in ihren Augen. Aus Wut, Traurigkeit? Ich war ratlos.

»Tue nicht so, als ob du mich kennst«, fuhr sie mich an. »Du weißt nichts über mich! Du warst doch nur scharf drauf, die kleine Putze zu vögeln. So, gefickt haben wir, bitte schön.«

Autsch. Ich dachte, sie bohrte mit ihrem Messer genug in meinem Körper herum, aber das war ein gezielter Stich in mein Herz. Ich atmete zitternd aus. »Es war mir immer egal, welchem Job du nachgehst. Wir vögeln, weil wir uns lieben und Spaß haben.«

Abby senkte den Blick. »Du gehörst nach Foxborough, du bist jetzt schon reich und kannst dir alle Wünsche erfüllen. Du wirst ein gefeierter Profispieler in der NFL werden, der eine Menge Kohle verdient. Und du wirst die schönsten Frauen treffen, irgendwann eine Schönheit aus einer reichen Familie kennenlernen, die zu dir passt und mit der du dich in der Öffentlichkeit zeigen kannst. Ihr werdet süße Kinder haben und Dinnerpartys geben. Das ist deine Welt, nicht meine.«

Die Situation war kaum noch auszuhalten. Dieses Gespräch war eine Farce, ein Besuch in der Hölle. Ich war unfähig, länger ruhig zu bleiben. »So was Idiotisches denkst du über mich?«, brüllte ich sie an.

»Nein, ich weiß es, ich bin Realist«, schrie sie zurück.

»Blödsinn, du hast ein völlig verqueres Bild von dir und von mir. Ich scheiß auf Geld, ich scheiß auf schöne Frauen. Du bist die Einzige, die mir wichtig ist.«

»Du fährst ein riesiges Auto, wohnst in einem teuren Apartment, trägst die besten Klamotten, führst mich in exquisite Restaurants aus. Also erzähle mir nichts. Du liebst es, Geld zu haben!«

»Ich, meinst du?« Ich lachte gequält auf. »Ehrlich, Abby, du weißt, wie schlimm es für mich ist, dass meine Eltern tot sind. Und Geld habe ich nur, weil Grandma den Fond angelegt hat. Wenn ich die Macht hätte, würde ich alles rückgängig machen. Dann würde es keinen Fond geben und ich wäre ein armes Schwein, aber ich würde es sofort tun, wenn ich dafür meine Familie zurückbekäme. Ich kann nur wiederholen, dass du solche idiotischen Sachen sagst, weil du nicht aufhören kannst, dich selbst zu bestrafen.«

»Ich bestrafe mich? Das ist eine bescheuerte und falsche Behauptung«, redete sie sich heraus. »Warum soll ich mich bestrafen, ich habe nichts getan, dass es einen Grund gäbe.«

»Und ob es den gibt«, widersprach ich ihr. »Du hast diese verfickte Idee im Kopf, dass du alles tun musst, damit deine

Schwester das Studium an der Michigan schafft. Aber um Himmels willen, wenn sie Spaß haben will, dann bekommt sie gleich Stress mit dir. Aber du gehst noch schlimmer mit dir um, weil du dir alles verbietest. Es macht dich verrückt, dass dein Vater dich verlassen hat, ohne sich zu verabschieden.«

Ich war so wütend, dass ich Abby am liebsten schütteln würde, stattdessen redete ich weiter, weil ich Frauen körperlich nie wehtun könnte. Aber was ich Abby zu sagen hatte, musste heraus. »Ich weiß, wie du früher warst. Du hast auf keiner Party gefehlt, du hast es genossen, dass dein Dad dir deine Rechnungen bezahlt hat, dass du die begehrteste Frau an der Uni warst. Und mit einem Schlag war alles vorbei und dein Dad hat nicht einmal den Arsch in der Hose gehabt, sich zu verabschieden. Weißt du, was ich denke? Du gibst dir die Schuld, dass er sich erhängt hat, weil du glaubst, er hatte gedacht, er wäre nicht mehr gut genug für dich! Und jetzt ziehst du diesen kranken Scheiß ab und verwehrst dir alles.«

»Ich ziehe keinen Scheiß ab!«

»Ach ja, warum hast du an dem Wettbewerb teilgenommen, wenn du so coole Jobs hast? Wieso arbeitest du an der Michigan, statt woanders zu putzen? Du sehnst dich nach deinem alten Leben und willst es zurück.«

»Ich habe genug, Dylan, ich gehe. Den Schwachsinn muss ich mir nicht länger geben.«

»Vergiss es, du redest mit mir!«

»Worüber? Dass du recht hast, ich mein Leben hasse?«, schrie sie und Tränen liefen über ihr Gesicht. »Dass ich den Wettbewerb mitgemacht habe, weil ich eine Chance sah, aus dem Dreck allein rauszukommen? Weil ich nie den Gedanken loswerde, dass ich Dad ausgenutzt habe? Er gegangen ist, weil er mir, Willow und meiner Mom nicht mehr in die Augen sehen konnte? Er sich für einen Versager gehalten hat? Weil ich ihm nie gezeigt habe, dass ich ihn liebe, weil er einfach nur mein Vater war, egal ob er Geld hatte oder nicht? Ist es das, was du von mir hören willst? Ist es das, echt jetzt, Dylan?«

Verdammt, ich habe ins Schwarze getroffen und sie in die Enge getrieben. Ich will doch nur, dass sie einsieht, dass wir zusammengehören.

Ich suchte nach den richtigen Worten, um nicht noch mehr kaputt zu machen. »Nein, Abby, ich will hören, dass du ein Recht auf Glück hast und dass du ohne schlechtes Gewissen mein Geld annehmen kannst, weil du eine wunderbare Frau bist, die es wert ist, von mir geliebt zu werden.«

Abby sprang auf. Ihre Hände hatte sie an den Seiten zu Fäusten geballt. »Hör auf, so einen Scheiß zu erzählen, Dylan. Ich will nicht mit dir nach Foxborough gehen, weil ich unabhängig sein will. Ich will dein beschissenes Geld nicht, ich will von niemanden auch nur einen Cent. Ich komme sehr gut ohne Hilfe aus. Nie werde ich von dir noch sonst wem irgendwas annehmen, wenn ich es mir nicht selbst erarbeitet habe.«

»Wenn du so denkst, dann sage mir, dass du mich nicht mehr willst, weil du ohne mich besser dran bist, und ich lasse dich sofort in Ruhe!« Ich musste alles auf eine Karte setzen, um sie von ihrem irren Trip runterzuholen.

»Warum setzt du mir die Pistole auf die Brust? Wieso ist es so schwer für dich, auf mich zu warten? Wir reden von vier Jahren, dann ist Willow mit dem Studium fertig.«

»Ich will aber keine vier verfickte lange Jahre warten, wenn du jetzt mit mir kommen kannst. Ich habe dir so oft bewiesen, wie sehr ich dich liebe. Beweis du nun mir, dass auch du mich wirklich liebst, indem du bereit bist, mit mir ein Risiko einzugehen. Ich will dich jetzt an meiner Seite haben.«

»Mir reicht es, Dylan.« Abbys Augen waren voller Wut und Schmerz. »Du willst es von mir hören? Okay: Ich will dich nie wiedersehen. Viel Glück und Erfolg in Foxborough.«

Scheiße, ich habe zu hoch gepokert.

Wie gelähmt saß ich auf dem Bett, registrierte stumm, dass Abby sich das Kleid über den Körper zerrte, hastig ihre Strumpfhose anzog und ihr Handy vom Nachttisch nahm. Sie schnappte sich ihre Clutch, schaute mich ein letztes Mal gequält an, bevor sie in die Pumps schlüpfte und kopflos aus dem Zimmer stürzte.

Die Gedanken rasten wirr durch meinen Kopf. Ich hörte Abby schluchzen. »Es tut mir leid, ich liebe dich.« Dann fiel die Tür ins Schloss.

Ich rieb mir das Gesicht. Abby hatte keine Ahnung, was sie mir für einen Schmerz zugefügt hatte, egal wie oft sie sagen würde, dass es ihr leidtäte.

Ich brüllte den Schmerz heraus, schlug die Fäuste auf die Matratze. »Fuck, fuck, fuck!«

Mir war bewusst, Abby würde von sich aus nicht zurückkommen. Doch ich musste sie wie ein Tier in die Enge treiben, damit sie sich ihrer Vergangenheit stellte und endlich begriff, dass sie ein glückliches Leben verdiente.

Doch wenn sie nicht bereit war, mich nach Foxborough zu begleiten, konnte ich ihr nicht helfen, dann reichte unsere Liebe nicht.

Ich hatte genug gekämpft, jetzt war sie an der Reihe, um mich zu kämpfen. Mir war dabei klar, es würde keinen Sieger geben, wenn Abby es nicht hinbekäme, über ihren eigenen Schatten zu springen.

Ich saß mit einer Flasche Whisky auf dem Bett und schaute irgendeinen Scheiß über die Antarktis.

Lucas kam gegen neun Uhr abends nach Hause und starrte mich mit hochgezogenen Augenbrauen an. »Du lässt dich volllaufen?«

»Ja, mir ist danach.« Ich prostete ihm mit der halbleeren Flasche zu, führte sie an die Lippen und nahm einen großen Schluck. Ich kniff die Augen zusammen, der Whisky brannte in meiner Kehle.

Nach Abbys Abgang hatte ich stundenlang auf dem Bett gelegen und stumm zur Decke gestarrt. Gegen sechs Uhr abends war ich in die Küche gegangen, hatte mir den Whisky geholt und den Dokukanal angeschaltet.

»Kennst du das, dass Schmerzen so stark sind, dass du sie nicht fühlen kannst?«, fragte ich Lucas.

»Wieso willst du das wissen, ist was passiert?« Lucas setzte sich neben mich auf die Bettkante, nahm mir die Flasche ab und trank einen Schluck.

»Abby hat sich von mir getrennt.«

»Fuck.« Lucas reichte mir die Flasche. Kopfschüttelnd fuhr er sich durchs Haar. »Du wolltest, dass sie mit dir nach Foxborough geht, stimmt's?«

»Ja, zu hoher Einsatz, ich habe verspielt.«

»Keine Chance, dass sie es sich anders überlegt?«

Ich schüttelte den Kopf, setzte die Flasche an die Lippen und trank.

»Wenn du reden willst, ich höre dir zu«, sagte Lucas und kletterte zu mir aufs Bett. »Aber das müssen wir jetzt noch nicht.«

»Danke, Luc, ich denke, ich werde eine Weile brauchen, bis ich dir das mit ihr erzählen kann.«

»Sag Bescheid.« Lucas lächelte mir aufmunternd zu.

Bis spät in die Nacht saßen wir schweigend zusammen, tranken Whisky und zogen uns eine bescheuerte Doku nach der nächsten rein.

Auch wenn ich über die Trennung nicht reden konnte und jede Faser meines Körpers Abby vermisste, tat es gut, Lucas bei mir zu haben.

44. Kapitel – Abby

Ich habe ihn verloren, er will nicht auf mich warten.

Ich wechselte die volle Gurkenschüssel gegen die leere an der Salattheke aus und beobachtete die Dining Hall. Dylan war nicht hier, nur Raoul, Ray und Lucas sah ich zusammensitzen. Der Einzige, der mich seit unserer Trennung grüßte oder freundlich ein paar Worte mit mir wechselte, war Raoul.

Als er mich entdeckte, nickte er mir zu, Ray und Lucas ignorierten mich. Dylan schien jeden Ort zu meiden, an dem wir uns begegnen könnten. Ich hatte gewusst, dass ich mich früher oder später entscheiden müsste, mit ihm nach Foxborough zu gehen. Doch so wie ich mich an die Hoffnung klammerte, das gewonnene Geld würde mir eine Frist verschaffen, war Dylans Vorstellung eine andere gewesen.

Seit Wochen hatten wir kein Wort mehr miteinander gesprochen. Der April neigte sich dem Ende. Ich hatte von Raoul erfahren, dass Dylan seine Prüfungen bestanden hatte und der Draft erfolgreich verlaufen war. Die *New England Patriots* hatten ihn ausgewählt. Ich freute mich für ihn, weil sein Traum in Erfüllung ging. Gleichzeitig war die Information wie eine Abrissbirne in meinen Brustkorb eingeschlagen und hatte mein Herz gebrochen.

Ich merkte, wie mich die Traurigkeit übermannte und mir die Tränen in die Augen schossen. Ich versuchte, gleichmäßig zu atmen, starrte auf die Salatschüsseln und ordnete überall die Löffel neu. *Du hast die Beziehung zerstört, Abby, jetzt jammere nicht heulend herum! Dylan wird nicht nachgeben, und du bist zu feige, mit ihm zu gehen.* Ständig schimpfte ich mit mir selbst, aber statt ich weniger heulte, ging es mir von Tag zu Tag schlechter.

»Hi Abby.« Ich zuckte zusammen, als ich Raouls Stimme neben mir hörte.

»Hi Raoul.« Hastig wischte ich mit dem Ärmel die Tränen weg und lächelte ihn an. »Magst du Salat?«

Er grinste, und ich rollte mit den Augen, weil mir nichts Sinnvolles einfiel, was ich hätte zu ihm sagen können.

»Dylan verlässt heute Abend Ann Arbor. Er will um sechs Uhr los.«

Regungslos stand ich da. Die Nachricht rieselte in mein Hirn. *Dylan zieht heute schon weg … Für immer.*

Raoul hob die Schultern. »Ich dachte, du willst es wissen.«

Ich nickte. Gedankenverloren nahm ich die leere Schüssel in die Hand. »Danke«, hauchte ich. Meine Beine schlugen mechanisch den Weg zur Küche ein. *Dylan verlässt Ann Arbor.* Der Schock saß tief.

»Abby, willst du dich nicht von ihm verabschieden?« Raoul lief neben mir her, packte meinen Ellenbogen, um mich zu stoppen. Ich sah zu ihm hoch. Raouls Miene war voller Mitgefühl, während er mich fragend ansah.

»Ich weiß nicht«, flüsterte ich und entzog Raoul meinen Arm.

»Ihr könnt nicht so auseinandergehen, Abby. Ihr habt euch geliebt, also sprecht wenigstens zum Abschied miteinander.«

Es gab nichts, was ich mir mehr wünschte, als mit Dylan zu reden. Aber ich hatte keine Ahnung, was ich zu ihm sagen sollte. »Ich kann nicht, Raoul, tut mir leid.«

»Es wird dir leidtun, wenn du ihn wortlos gehen lässt«, platzte es aus Raoul hart heraus.

Seine Stimme ließ mich aufschrecken. Verzweifelt sah ich zu ihm hoch. »Er wird mich nicht sehen wollen.«

»Doch, Abby, er leidet wie du. Überleg es dir«, sagte Raoul, strich mir über die Schulter und ließ mich stehen. Aus dem Augenwinkel nahm ich wahr, dass er zum Tisch zurückkehrte, wo Ray und Lucas saßen. Sie nahmen ihre Teller, die Gläser und das Besteck und brachten alles zur Geschirrabgabe, dann begaben sie sich zum Ausgang.

»Können wir reden?« Ich nestelte nervös an meinem Sweatshirt. Gefühlte zehn Minuten standen wir uns schweigend gegenüber, obwohl es vielleicht ein paar Sekunden waren. Ich lugte in den Flur und sah Dylans Gepäck dort stehen.

»Warte unten am Pick-up, ich will mich von meinen Bros erst verabschieden.« Er klang reserviert.

Ich nickte, schluckte den Seufzer hinunter, der aus meinem Mund drängte.

Einen Fuß vor den nächsten setzend, stieg ich die Treppenstufen hinab. Ich sah mich um, ob Dylan mir zu Ray und Raoul folgte, aber er schien erst mit Lucas und Ashley reden zu wollen. Ich ging davon aus, dass all seine Freunde anwesend waren, um sich von ihm zu verabschieden. Gegen das Gefühl konnte ich nicht ankämpfen, ich kam mir wie ein Eindringling vor, der in seinem Leben nichts mehr zu suchen hatte.

Bleib bei mir, geh bitte nicht nach Foxborough, hallte der irrsinnige Wunsch in meinem Kopf, bei jeder neuen Stufe, die ich betrat, und mein Herz wurde schwerer und schwerer.

Die zweite Trennung, der zweite Verlust, ein zweiter Abschied für immer. Erst verließ mich mein Vater, jetzt Dylan.

Als ich auf der Straße stand, betrachtete ich das Apartmenthaus. In den letzten Monaten war ich hier glücklich gewesen, jetzt bereitete mir der Anblick körperliche Qualen.

Ich lief vor dem Pick-up auf und ab, schaute auf die Uhr und fragte mich, wann Dylan endlich kommen würde.

Eine halbe Stunde ließ er mich hier unten stehen.

Dann sah ich ihn mit zwei Reisetaschen heraustreten und die Treppenstufen hinabsteigen. Mit festen Schritten, den Blick auf das Auto gerichtet, kam er auf mich zu.

Nervös kaute ich auf der Unterlippe und strich mir eine Strähne hinter das Ohr, während Dylan sein Gepäck verstaute.

Ich versuchte, locker mit der Situation umzugehen, obwohl mich der Liebeskummer fast in die Knie zwang und ich Mühe hatte, aufrecht zu stehen.

»Dylan, können wir jetzt reden?«, wiederholte ich meine Frage von vorhin.

Er schlug die Tür hinter dem Beifahrersitz zu, vergrub die Hände tief in die Taschen, bevor er zu mir kam. Ich hatte Abstand zu seinem Auto gehalten, weil ich keine Ahnung hatte, ob er meine Nähe ertrug. Ihm war anzusehen, dass ich ihn zutiefst verletzt hatte und er unter der Trennung litt.

»Was willst du, Abby?«, fragte er tonlos.

»Wenn du in Foxborough angekommen bist, ich meine, wenn du dich eingelebt hast, meldest du dich dann bei mir?«

»Wieso sollte ich das tun?« Dylan trat dicht an mich heran, nahm mein Gesicht in beide Hände und sah mich mit seinen braunen Augen forschend an.

»Ich weiß nicht.« Ich wusste es wirklich nicht, aber der Gedanke, nie mehr etwas von ihm zu hören, war kaum zu ertragen.

»Gibt es eine Chance, dass du es dir anders überlegst und zu mir kommst?« Dylan ließ mich nicht los, sehnsuchtsvoll wanderte sein Blick von meinen Augen zu meinem Mund. Ich zog seine Hände von meinem Gesicht und trat einen Schritt zurück. Kraftlos ließ er die Arme sinken.

»Gib mir Zeit.«

»Wie lange?«, Dylans Augen bohrten sich in mein Gesicht.

»Ich kann nicht einfach gehen«, erklärte ich mit brüchiger Stimme. »Wie ich dir schon sagte, es ist für mich schwierig.«

»Okay.« Dylan rieb sich den Nacken. »Ich melde mich bei dir, wenn ich angekommen bin und schicke dir meine Adresse. Aber, Abby …« Dylan machte eine Pause, stieß gleichzeitig geräuschvoll die Luft aus. »Ich werde mir ein neues Leben aufbauen. Wenn du zu lange wartest, kann es für uns beide zu spät sein.«

Einen Augenblick sahen wir uns unsicher an, dann streckte Dylan die Hand aus. Ich zögerte nicht, legte meine Hand in seine, und er zog mich in seine Arme.

»Ich liebe dich, das weißt du«, sagte er und küsste mich auf die Stirn.

»Ich liebe dich auch«, flüsterte ich, schmiegte meine Wange an Dylans Brust und krallte die Finger in seinen grauen Hoodie. Es fiel mir so verdammt schwer, ihn gehen zu lassen.

»Abby, ich muss los«, sanft löste er meine Hände und schob mich ein Stück von sich.

»Bitte vergiss nicht, dich zu melden«, erinnerte ich Dylan, als er sich hinter das Lenkrad setzte.

Er nickte, ohne ein Wort zu sagen, stattdessen schaltete er den CD-Player ein. Sobald der Song *Goodbyes* von Post Malone begann, verstand ich Dylans Message, und mir stockte der Atem. Er zweifelte, dass ich ihm folgen würde.

Die Tür schlug zu. Er sah mich ein letztes Mal an, startete den Motor und fuhr los.

45. Kapitel – Abby

Über vier Wochen war Dylan fort. Wie versprochen, hatte er mir seine Adresse geschickt, aber keinen Gruß, kein: *Hi Abby, wie geht es dir?* Nichts. Es herrschte absolute Funkstille.

Ich hatte mindestens einhundert Mal das Handy in der Hand gehalten, mindestens einhundert Mal seine Nummer gewählt und sie mindestens einhundert Mal wieder weggedrückt.

Es war vorbei, ich gestand es mir ein. Und obwohl ich alles tat, um mich damit abzufinden, keimte der Wunsch weiter in meinem Herzen, er würde sich melden. Ich liebte ihn so sehr, und der Trennungsschmerz fühlte sich wie ein nicht endender Albtraum an.

Ich hörte Geräusche an der Wohnungstür.

War Willow zurück?

Verwundert schaute ich auf die Armbanduhr. *Kurz vor elf. Es ist nicht einmal Mitternacht?*

Raoul und Willow hatten den Samstag genutzt und waren auf einem Ausflug gewesen. Heute Abend wollten sie auf eine Party gehen. Wieso kam meine Schwester jetzt schon nach Hause? Hatten die beiden Streit?

»Hey Abby, so still hier. Schaust du dir keinen Film an?« Willow kam zu mir ins Wohnzimmer.

»Ich bin wohl eingenickt«, log ich.

Sie setzte sich neben mich auf die Couch.

Verwundert musterte ich Willows Gesicht. »Ist irgendwas passiert, du guckst so ernst?«

»Ich habe mit Raoul gesprochen und er meinte, ich sollte mit dir reden.«

»Worüber?«

»Ich schmeiße das Studium.«

»Das … Das ist nicht dein Ernst.« Entsetzt starrte ich Willow an. »Hast du eine Prüfung verhauen und traust dich nicht, mir die Wahrheit zu sagen?«

»Nein, aber ich finde, ich sollte es wie du machen. Man scheint gutes Geld zu verdienen, ohne studieren zu müssen.«

»Spinnst du?« Ich war fassungslos.

Habe ich die vielen Monate für nichts den ganzen Scheiß ertragen? »Das kannst du mir nicht antun!«

»Warum?«

»Weil du einen guten Abschluss brauchst!«

»Wozu?«

»Willow, was soll das? Du wirst gefälligst dein Studium beenden, weil …« Ich biss mir auf die Zunge, um mich keinesfalls aufs Glatteis zu begeben.

»Weil?«, bohrte sie nach.

»Sag mal, Willow, wird das hier ein Verhör? Du kommst mit dieser … Mit dieser völlig durchgeknallten Nachricht.« Wütend schlug ich mir die flache Hand gegen die Stirn. »Dir geht's wohl zu gut?«

»Mom ist einverstanden.«

»Mom ist was?« Ich hatte das Gefühl, ich wurde verarscht.

Willow lehnte sich nach hinten und verschränkte die Arme. »Raoul und ich waren bei ihr.«

»Ich denke, ihr habt einen Ausflug gemacht?«

»Haben wir. Wir sind zu Mom gefahren, um endlich herauszubekommen, was mit der Familie, mit dir … Was generell bei uns abgeht.«

»Wer kam auf die Idee, Raoul?« In meinem Bauch brodelte die Wut. Hatte Dylan mich bei ihm verraten und der Mistkerl hatte alles Willow erzählt?

Mir wurde heiß, ich rang nach Atem. »Was weißt du?«, keuchte ich.

»Abby, ich habe mir Sorgen gemacht, weil du so wahnsinnig unter der Trennung von Dylan leidest. Raoul musste mir nichts sagen. Dass du mir was verheimlichst, spüre ich, seit ich bei dir in Ann Arbor bin.«

»Und welche Erkenntnisse hast du mittlerweile gewonnen?«, fragte ich bitter. Ich dachte an meine Mutter. Wie viel hatte sie Willow verraten?

»Du hast die vielen Jobs, damit ich studieren kann. Mom hat es mir bestätigt. Raoul weiß es von Dylan, aber er hat sich an sein Versprechen gehalten und mir nichts erzählt. Bis ich ihn gestern direkt darauf angesprochen habe. Ich bin nicht dumm. Aber ich gebe zu, ich habe viel zu lange gewartet, dich zur Rede zu stellen.« Mit entschlossener Miene sah mich Willow an. »Doch jetzt ist Schluss mit der Geheimnistuerei … Also, Schwesterherz, wenn du nicht endlich dein Studium fortsetzt, werde ich meins abbrechen.«

»Willow, das ist Erpressung!«

»Natürlich.«

»Und es funktioniert so nicht.«

»Warum nicht?«

Mir wurde übel, ich sollte aus dem Wohnzimmer flüchten. Mein Blick huschte nervös durch das Zimmer. Ich konnte Willow nicht ansehen. »Das Geld ist knapp«, wich ich aus.

»Mom sagte mir, es gäbe eine Möglichkeit, dass es reicht. Das Haus.«

»Das Haus? Das ist keine Lösung, braucht ihr nicht einmal ansatzweise in Betracht zu ziehen!«

Ich warf meiner Schwester einen bitterbösen Blick zu.

Willow seufzte. »Abby, wieso willst du nicht studieren? Mom würde sofort das Haus verkaufen, wenn du zustimmst. Sie hängt an dir, nicht an dem Haus. Und sie weiß, wie sehr du leidest.«

Meine Augen brannten, meine Nase kribbelte. Mühsam rang ich nach Atem, kämpfte gegen die aufsteigenden Tränen. »Ich weiß, dass sie es tun würde.«

»Dann sei offen, rede mit mir, Abby. Wofür bestrafst du dich?«

Meine Schwester rutschte dicht an mich heran. Ich sprang auf und wich zurück. Willow erhob sich und kam mir hinterher. Die Situation stresste mich. Dylan hatte mir die gleiche Frage gestellt. Ich hatte das Gefühl, in der Falle zu sitzen. »Bitte, Willow, hör auf, nachzuhaken!«

»Abby, wofür bestrafst du dich?«

»Willow, hör auf!«

Meine Schwester zog mich in ihre Arme. »Abby, wofür bestrafst du dich?«, flüsterte sie in mein Haar.

Ich wollte Willow erneut auffordern, endlich aufzuhören, mich nicht länger mit der Frage zu quälen, aber ich schaffte es nicht, sondern brach weinend zusammen.

Willow führte mich zur Couch. Engumschlungen sanken wir nieder, und ich weinte hemmungslos an ihrer Schulter. »Abby, warum?«

»Dad ist tot. Wir haben Schuld, dass er sich erhängt hat.«

»Nein, Abby. Wie kommst du denn darauf?« Willow streichelte meinen Rücken. »Mom erzählte mir, er hat eine Schrottimmobilie gekauft und sich finanziell ruiniert. Er konnte mit der Scham nicht leben.«

»Wenn das so wäre, gäbe es einen Abschiedsbrief von ihm. Er dachte, wir hätten ihn nur geliebt, weil er uns das Luxusleben finanziert hat. Deshalb hat er sich nicht verabschiedet.«

»Abby, was redest du da? Er hat sich verabschiedet.«

Ich fuhr hoch, rutschte ein Stück ab und starrte meine Schwester an. »Ihr habt einen Brief gefunden?«

»Nein, aber erinnerst du dich nicht, zwei Wochen vor seinem Tod?«

Ich schüttelte den Kopf und starrte Willow entgeistert an. »Ich verstehe nicht?«

»Du warst an dem Sonntag zu Besuch. Dad hat still mit uns am Kamin gesessen und dich gebeten, zu ihm zu kommen. Er hat dich auf seinen Schoß wie ein kleines Kind gezogen und ganz lange im Arm gehalten. Mit mir hat er das Gleiche gemacht.«

Mit einem Schlag fiel es mir wie Schuppen von den Augen, was Willow meinte. Ich biss mir in die Faust, meine Tränen rannen mir über die Wangen. Ich erinnerte mich, was er gesagt hatte: *Abby, ich bin stolz auf dich und habe dich von ganzem Herzen lieb. Denke immer daran, egal, was passiert.*

An dem Abend musste sein Entschluss festgestanden haben, von uns zu gehen.

Willow nickte mir lächelnd zu. »Er hat uns allen gesagt, dass er uns liebhat. Das war sein Abschied, Abby. Mom meinte, dass er wusste, dass das Haus uns absichert. Er vertraute auf unsere Entscheidung. Er hätte nie gewollt, dass du dich für etwas bestrafst, wofür du nichts kannst. Er hat nie an unserer Liebe gezweifelt.«

»Aber warum hat mich Mom nicht aufgeklärt?«

»Weil ich ihn wohl als Einzige verstanden habe.« Willow seufzte. »Mom und du, ihr habt mir nicht zugetraut, dass ich die Probleme verstehe und mit ihnen zurechtkommen würde. Das war für mich eine schmerzhafte Erfahrung.«

Ich schluckte schwer. Dass Willow sich von uns ausgegrenzt gefühlt hatte, das hatte ich nicht bedacht.

Zitternd atmete ich aus und rieb mir mit dem Ärmel das nasse Gesicht halbwegs trocken, obwohl die Tränen noch liefen. Es zeigte sich wieder die besondere Bindung, die Willow mit unserem Vater gehabt hatte. Und ich dachte die ganze Zeit, dass sie oberflächlich wäre und meine Trauer nicht nachempfinden könnte.

»Willow, es tut mir sehr leid, dass Mom und ich nie mit dir über die Schwierigkeiten gesprochen haben und du in den wichtigen Entscheidungen nicht mit einbezogen wurdest.« Ich schluchzte, aber weinte nicht mehr so heftig.

»Mom hat sich auch entschuldigt.«

Willow neigte leicht den Kopf. »Studiere, Abby, nimm die zwanzigtausend Dollar, die du gewonnen hast und mach dich auf den Weg zu Dylan. Raoul zieht zu mir und wir werden das irgendwie finanziell hinbekommen. Ich kann mir einen Job suchen, einen Studienkredit oder Darlehen aufnehmen. Und auch Mom würde ein bisschen von ihrem Geld beisteuern. Sie sollte auf alle Fälle das Haus behalten. Du hast recht, es ist ihre und unsere Absicherung.«

»Raoul hat dir von dem Wettbewerb erzählt?«

»Natürlich. Deshalb sage ich jetzt …« Willow zwinkerte mir zu. »Herzlichen Glückwunsch, große Schwester! Wie du siehst, ich kann schweigen.«

Ich nickte schmunzelnd. »Dylan wollte, dass ich dir das Geld gebe, wenn ich zu ihm ziehe. Er hat einen Fond geerbt. Deshalb würde es ihm finanziell nichts ausmachen, für mich zu sorgen.«

»Echt, das hat er dir vorgeschlagen?« Willow quiekte begeistert und klatschte in die Hände. »Mann, Abby, das Angebot musst du doch annehmen?«

Ich hatte aufgehört zu weinen und schniefte zwei Mal, während ich lächelte. »Ich habe mich von ihm verabschiedet, bevor er abgereist ist. Dylan hat gesagt, dass er hofft, ich würde es mir noch einmal überlegen und zu ihm ziehen.«

»Wow, Abby, dann zögere nicht und pack deine Sachen!«

»Meinst du?«

Willow rückte an mich heran und schlang die Arme um meinen Rücken. »Morgen früh bereiten wir alles vor.«

»Das tun wir.«

Nach dem Gespräch mit meiner Schwester war es die einfachste und gleichermaßen beste Entscheidung der Welt, die Taschen zu packen und nach Foxborough zu ziehen.

Während Willow in der Küche Tee für uns aufbrühte, wusch ich mir das Gesicht mit kaltem Wasser ab.

»Fühlst du dich besser?«, erkundigte sich Willow. Wir saßen am Tisch, knabberten Cookies und tranken Tee.

»Ich bin bereit, mich in das Risiko zu stürzen und zu Dylan zu ziehen … Vorausgesetzt, dass er mich noch will.«

»Ruf Dylan an oder schick ihm eine Nachricht.«

Willow beobachtete mich, als ich das Handy nahm und Dylan anrief. Leider sprang die Mailbox an, weswegen ich ihm schrieb: *Ich bin bereit, wenn du mich noch willst.*

Wir saßen bis morgens um drei Uhr zusammen, redeten von früher, über unser Leben mit Mom und Dad. Wir hatten eine wunderbare Kindheit. Endlich schaffte ich es, wieder an unser Zuhause, die schönen Erlebnisse, die glücklichen Momente zu denken. Willow erzählte mir, dass Raoul eine große Stütze war, über Dads Tod hinwegzukommen, so wie Dylan mir dabei geholfen hatte. Außerdem sprach Willow davon, dass Raoul ihr die ganze Zeit in den Ohren gelegen hätte, mit ihm zusammenzuziehen. Unsere Probleme schienen sich schlagartig in Luft aufzulösen. Das Einzige, was fehlte, war …

Plötzlich wurden wir von einem Brummen unterbrochen.

Mein Herz schlug mir bis zum Hals. Zitternd nahm ich das Handy in die Hand und las auf dem Display, dass Dylan geantwortet hatte. Er hatte zwei Worte geschrieben: *Komm endlich.*

46. Kapitel – Abby

Am Morgen war ich ziemlich nervös. Kein Wunder, denn es war meine erste lange Autofahrt. Mindestens einen halben Tag würde ich brauchen.

Willow und Raoul halfen mir, die Sachen zu packen. Mit dem Vermieter hatte ich telefoniert. Meine Schwester übernahm die Wohnung und Raoul würde die Mietkosten zahlen. Die beiden waren glücklich, zusammenziehen zu können. Am Montag würde sich Willow um einen Job kümmern und einen kleinen Studienkredit bei einer Bank beantragen.

Die zwanzigtausend Dollar hatte ich auf Willows Konto überwiesen, sodass sie sich wegen der Studiengebühren keine Sorgen machen musste. Ich staunte über mich selbst, dass ich nicht eine Sekunde zweifelte, die richtige Entscheidung getroffen zu haben. Das meinte auch meine Schwester. Sie war froh, dass ich mich für Dylan entschieden hatte.

Es klingelte an der Tür und Sky war erschienen, um sich von mir zu verabschieden. Meinen Rucksack hing ich über die Schulter und Raoul folgte mir mit meinen zwei Koffern. Willow schleppte ein großes Lunchpaket und eine gefüllte Kaffeekanne. Dachte sie, ich würde ein paar Leute mitnehmen, die verpflegt werden müssten? Egal, ich liebte sie für ihren Eifer. Sie war in den letzten Monaten gereift und eine selbstbewusste und eigenständige junge Frau geworden. Mom und ich konnten stolz auf sie sein – Dad wäre es auch.

Raoul verstaute das Gepäck im Kofferraum und lehnte sich an das Auto, während Willow und Sky mich fast zerdrückten und zu Boden knutschten. Ich benahm mich genauso verrückt.

Sky war zwar ein bisschen unglücklich, dass ich so weit wegzog, aber sie freute sich, dass ich mich für das Studium und ein Leben an Dylans Seite entschieden hatte. Von ihr erfuhr ich, dass er ihrer Mutter das Geld für die Sanierung der Toiletten in der Tanzschule gespendet hatte, obwohl wir zu diesem Zeitpunkt schon getrennt gewesen waren.

»Grüß Dylan von mir, okay?«, sagte Raoul und zog mich an seine breite Brust.

»Das werde ich, und du, pass auf meine Schwester auf.«

»Versprochen, du kannst beruhigt losfahren.« Raoul tätschelte freundschaftlich meine Schulter.

»Ich werde dich vermissen.« Ich schlang ein letztes Mal die Arme um Sky.

»Ich komme dich spätestens im Sommer besuchen und dann stellst du mir die Profifootballspieler aus Dylans Mannschaft vor, vielleicht ist ein Typ für mich dabei.«

»Ich schaue mir jeden einzelnen Kerl an und wähle dir einen aus«, sagte ich lachend, bevor ich mich von ihr losmachte.

»Melde dich, wenn du angekommen bist!«, rief mir Willow zu, als ich ins Auto stieg.

»Ich rufe euch an«, rief ich zurück und winkte allen zu. Dann steckte ich den Autoschlüssel ins Zündschloss und schaltete die Musik an. Es war klar, welches Lied ich als erstes hören würde, wenn ich das Auto auf die Fahrbahn lenkte. Unseren Song: *Starlight* von Muse.

Die Fahrt war verdammt lang. Ich merkte im Rücken, was zwölf Stunden Autofahrt bedeuteten. Aber die Freude wuchs mit jeder Meile, die ich meinem Ziel näherkam.

Ich dachte an die neue Universität, die ich besuchen würde und an die Praktika, die auf mich warteten.

Mit dem Finanzunternehmen *JP Morgan Chase*, von dem ich die zwanzigtausend Dollar erhalten hatte, stand ich in Mailkontakt. Es gab zwei Zweigniederlassungen in Boston. Mehr Glück konnte ich nicht haben.

Als ich um ein Uhr nachts das Willkommensschild passierte, hatte ich Mühe, ruhig zu sitzen. Tausende Ameisen krabbelten in meinem Hintern, im Bauch wirbelten unzählige Schmetterlinge umher. Himmel, wie ich mich auf Dylan freute!

Als ich aus dem Auto ausstieg und mir das große Haus ansah, war mein Mund vor Aufregung staubtrocken. Es war ein helles, zweistöckiges Haus mit einem Satteldach und großen Fenstern. Dylan wohnte im linken Erdgeschoss. Die Apartments wirkten größer, als ich sie mir vorgestellt hatte. Wir würden genügend Platz haben.

Tief durchatmend stieg ich die Treppe zum Eingang hinauf und klingelte, wo ich Dylans Namen gelesen hatte.

Licht ging im Hausflur an, die Eingangstür öffnete sich und er stand vor mir.

Meine Aufregung, die Schmetterlinge im Bauch, die Ameisen im Hintern, die wackligen Knie … Alles war in dem Moment verschwunden, als ich ihn sah. Dylan trug ein schwarzes T-Shirt und eine graue Jogginghose. Er stand barfuß vor mir und ich konnte nur denken, dass er der schönste Mann war, den ich kannte. Und er gehörte ab jetzt für immer mir.

»Abby. Du bist hier.«

»Ja, hier bin ich.« Mir fiel nichts Schlaues ein, was ich sagen sollte. *Gott, was hatte ich für eine Sehnsucht nach dir.*

Er trat auf mich zu, berührte mit den Fingerspitzen meine Wangen. »Ich muss mich überzeugen, dass du es wirklich bist.« Er lächelte, breitete die Arme aus und ich konnte mich nicht mehr bremsen, warf mich an seine Brust und spürte, wie er mich fest an sich drückte.

»Ich habe dich so vermisst«, flüsterte Dylan in mein Haar.

Er umfasste mein Gesicht, sah mich schweigend an, dann presste er seinen Mund auf meinen.

Wie von selbst öffneten sich meine Lippen. Dylan schob seine Zunge in meinen Mund, strich mit ihr über meine, streichelte sie, neckte sie und ich folgte ihren Bewegungen. Als wären wir nie getrennt gewesen, war das Feuer wieder entfacht. Und wenn ich beschreiben sollte, wie sein Kuss schmeckte, gäbe es nur ein Wort dafür: Zuhause. Ich war endlich angekommen.

Epilog

Dylan

Die *Harvard University* in Cambridge galt als eine der besten Universitäten der Welt. Dass ich mit einer Frau zusammen war, die ihren Abschluss an dieser Eliteuniversität gemacht hatte, war der Wahnsinn. Mann, war ich stolz auf Abby.

Ich hatte sie überreden können, sich dort auf einen Studienplatz zu bewerben. Abby hatte die akademischen Fähigkeiten, ein Empfehlungsschreiben von Professor Bolton und den Sponsor *JP Morgan Chase* vorzuweisen. Mit ihrer Persönlichkeit hatte sie schlussendlich die Auswahlkommission überzeugt. Da unser Apartment nur vierzig Autominuten von Cambridge entfernt lag, hatte Abby kein Wohnheimzimmer benötigt.

Grandma, Abbys Mutter und ich fuhren auf den Parkplatz von Harvard. Heute bekam Abby ihr Abschlussdiplom überreicht.

Vor dem großen roten Backsteingebäude suchte ich unter den vielen fremden Gesichtern unsere Freunde.

»Hey Dylan«, hörte ich eine bekannte Stimme und entdeckte Lucas mit Ashley.

Ich ging lachend auf sie zu. Wir umarmten uns und ich stellte ihnen meine Grandma und Abbys Mutter vor.

»Wo habt ihr geparkt?«, fragte ich Lucas und sah mich um.

»Links, die vorletzte Reihe.« Er winkte ab. »Ganz hinten.«

»Ah, okay. Sind die anderen schon angekommen?«

Lucas schüttelte den Kopf. »Müssten gleich eintreffen.«

Ashley tippte mir auf die Schulter. »Wo hast du Abby gelassen?«

Ich zeigte zum Eingang. »Sie ist mit Sky schon in der Aula und fragt nach, wo wir sitzen werden.«

Nachdem Willow, Raoul und Ray bei uns eingetroffen waren, kämpften wir uns durch die Menge in das Innere des Gebäudes.

»Geht es deiner Freundin besser?«, fragte ich Ray.

»Sie verflucht die Welt und ist tief traurig, dass sie an Abbys großem Tag nicht dabei sein kann«, antwortete er.

»Hoffentlich ist sie bald wieder auf den Beinen, so eine Magen-Darm-Grippe ist nervig«, erwiderte ich.

Es wäre schöner gewesen, wir hätten heute alle zusammen sein können. Wenigstens waren die engsten Freunde und die Familie hier. Wir sahen uns leider selten.

Lucas und Ashley waren nach ihrer Hochzeit nach Minneapolis gezogen und wollten nächstes Jahr mit dem Hausbau beginnen. Lucas' Großeltern und seine Mutter würden das Erdgeschoss beziehen. Mein Bro war Stammspieler bei den *Minnesota Vikings* und Ashley arbeitete als wissenschaftliche Mitarbeiterin in der *University of Minnesota.*

Willow hatte wie Abby das Studium beendet und würde bald ihren Job als Lehrerin an einer High School antreten und Geschichte unterrichten.

Raoul und Ray waren nie scharf darauf gewesen, den Bundesstaat Michigan zu verlassen, weswegen beide bei den *Detroit Lions spielten.* Ray plante nicht, in naher Zukunft wegzuziehen, Raoul und Willow würden vermutlich auch den Rest ihres Lebens in Ann Arbor bleiben.

Alles lief so, wie wir es uns vorgestellt hatten. Meine Bros und ich waren die Einzigen unseres ehemaligen Collegefootballteams, die es in die Profiliga geschafft hatten. Mein Vertrag bei den *New England Patriots* wurde letzte Woche um vier Jahre verlängert. Es war ein verdammt gutes Gefühl, dass uns der Sprung in die NFL gelungen war.

»Dylan!«, hörte ich Abby rufen. »Hier sitzen wir!« Ich entdeckte sie und Skylar. Die beiden winkten uns zu und wir begaben uns zu den zugeteilten Sitzplätzen.

Wie umwerfend Abby aussieht. Meine Augen schweiften über ihren Körper. Ich würde mich nie an ihr sattsehen können.

Abby hatte ihre Haare hochgesteckt und das schwarze, knielange Kleid angezogen, das wir extra für ihren großen Tag gekauft hatten. Dazu passend trug sie schwarze High Heels.

Am Morgen hatte noch großes Gejammer geherrscht, weil sie Angst hatte, auf der Bühne zu stolpern und hinzustürzen.

Dabei musste sie sich keineswegs sorgen, weil sie die letzten Tage im Apartment auf den mörderischen Absätzen hin und her gestöckelt war, um diese Peinlichkeit zu vermeiden. »Du wirst problemlos in den Schuhen laufen und die Schönste auf der Bühne sein«, hatte ich ihr versichert, bevor wir losgefahren waren.

»Ich vertraue auf deine Einschätzung.« Abby war nur der Anflug eines Lächelns gelungen, so nervös war sie gewesen.

Doch jetzt schienen ihre Ängste verflogen zu sein.

Nachdem Skylar und sie alle begrüßt hatten, flüsterte Abby mir ins Ohr: »Komm mit.«

»Wo willst du hin?«, fragte ich verwundert. »Wir müssen hier sitzen bleiben. Zwölf Uhr geht es los.«

»Wir haben eine halbe Stunde, also komm und vertrödle keine wertvollen Minuten.« Abbys Augen funkelten.

O Mann, was hat sie vor?

»Wir sind gleich zurück«, sagte ich und hob entschuldigend die Schultern, als Lucas und meine Grandma uns verwundert ansahen.

Nachdem ich mein schwarzes Jackett über die Rückenlehne

gelegt hatte, nahm Abby mich an die Hand und führte mich zum Treppenhaus. Es war nicht leicht, durchzukommen. Überall standen schick angezogene Leute. Aufgeregte Stimmen, Lachen, Gesprächsfetzen. Niemand nahm von uns Notiz.

Zwei Etagen höher waren wir allein, unter uns der Trubel.

Abby öffnete die Tür zu einem kleinen Seminarraum. Sie lächelte geheimnisvoll. »Harvard ist so alt und anständig, da will ich etwas Verbotenes tun.«

»Du meinst was Schmutziges?«, neckte ich sie.

»Sex ist nicht schmutzig«, widersprach Abby und machte ein ernstes Gesicht. Dann lachte sie. »Obwohl, hier vielleicht schon.«

»Hast du keine Angst, dass uns jemand erwischt?«

»Nein, du?«

Holy fuck, die Frau brachte mich um. Ohne zu antworten, schnappte ich mir ihr Handgelenk, küsste die Stelle, wo ich den Puls vermutete, und zog sie zum Schreibtisch.

Ich stand dicht vor Abby, ihr Atem streifte meine Wange. Sie schob ihr Kleid bis zur Taille hoch, und ich öffnete meine Hose und zog sie samt Boxershorts bis zu den Kniekehlen hinunter.

Abby hielt sich an meinen Armen fest. Sie war ein Fliegengewicht. Mühelos hob ich sie hoch, setzte sie auf den Tisch und Abby öffnete ihre Schenkel.

»Irgendwann, in drei oder vier Jahren will ich ein Kind mit dir«, flüsterte ich, während ich ihren Slip beiseiteschob.

»Daran denkst du jetzt?«

»Ja, jetzt.« Ich küsste Abby.

Sie schlang die Beine um meine Hüften, und ich drang langsam in sie ein. Sie schloss die Augen. Lustvoll seufzte sie, während ich mich in ihr bewegte. »Ich will einen Jungen, der

Football spielt«, hörte ich sie wispern.

»Nein, eine Nervensäge, die ständig diskutiert … So wie du, oder … O Gott, ist das gut …« Ich stöhnte, glitt bis zum Anschlag hinein und zog mich zurück. »Oder beides, Junge und Mädchen.« Erneut stieß ich mit der ganzen Länge in sie hinein.

»Du bist ein Idiot… Ahhh …« Ihre Beine zogen mich enger an ihr Becken, damit ich tiefer in sie eindrang.

»Küss mich«, keuchte ich. Abby gehorchte und bot mir ihre Lippen an, damit ich sie in Besitz nehmen konnte. Ich war hungrig, hungrig nach ihr, ihrem Geschmack. Schwer stöhnte ich in ihren Mund.

Wir gehörten zusammen, in diesem Moment, die nächsten Jahre, ein ganzes Leben, dachte ich und bewegte mich schneller, stieß härter in sie hinein.

Wir stöhnten beide. Abbys Beine zitterten, ihr Kopf fiel in den Nacken, als sie kam.

Ich spürte ein wohliges Kribbeln in den Lenden, seufzte ihren Namen, als mein Orgasmus sich ankündigte. Abby bekam alles, bis auf den letzten Tropfen. Ich gehörte ihr.

Mit roten Wangen und geschwollenen Lippen schaute sie mir direkt ins Gesicht. Immer, wenn wir miteinander Sex hatten, verliebte ich mich neu in ihre warmen braunen Augen. Ihr Blick verzauberte mich, bestätigte mir, wie glücklich wir waren.

»Meintest du das mit dem Kind ernst oder war das nur ein Spruch?«, fragte mich Abby, nachdem wir uns voneinander gelöst hatten.

Ich half ihr vom Tisch. Abby schob das Kleid hinunter und strich es glatt. Unsicher sah sie mich an, abwartend, was ich sagen würde.

»Natürlich, ich will eine Familie mit dir.« Ich lächelte und küsse sie auf den Mund. »Mindestens zwei Kinder, wenn wir schon beim Thema sind.« Ich zerrte die Boxershorts und die Hose hoch.

»Okay, in drei Jahren fangen wir an. Aber vorher will ich verheiratet sein.«

Mir fielen die Augen fast aus dem Gesicht. Mein Mund stand offen, langsam schloss ich ihn und schluckte.

»Ist … Ist das ein Heiratsantrag?«

Abby reagierte achselzuckend. »Klar, Ring und Kinder.«

Ich fuhr mir mit der Hand über den Mund. »Wir machen ernst, oder?«

»Ja, ich denke schon«, sagte sie leise.

Ich legte meine Arme um Abby und zog sie an mich heran. »Es fühlt sich richtig an.« Ich wusste es, genauso wie Lucas damals, als er Ashley im Stadion einen Antrag gemacht hatte. Ich war bei diesem Ereignis dabei gewesen, obwohl ich nicht mehr für das Collegefootballteam gespielt hatte.

Spontan hatte ich zu Abby gesagt, dass ich irgendwann Kinder mit ihr haben wollte, jetzt sprachen wir übers Heiraten und in wenigen Minuten fing die Abschlussfeier an.

Aber es war egal. Wir hatten jetzt darüber sprechen wollen, wie wir uns unsere Zukunft vorstellten.

Konnte man überhaupt den richtigen Moment festlegen, wann man über solche Themen sprach?

Nicht wir, weil wir nicht alles bescheuert durchplanten.

Denn so waren wir, so war es für uns perfekt.

»Ich werde nie vergessen, dass ich einmal Sex in Harvard hatte«, sagte Abby lachend.

»Ob überhaupt schon mal jemand so irre war und ein paar Minuten vor einer Abschlussfeier Sex in einer Universität hatte?«, überlegte ich.

»Kann ich mir schwer vorstellen, aber wer weiß.« Abby hob das Gesicht und wir küssten uns.

»Du hättest den Talar dafür überziehen müssen, das wäre echt heiß gewesen.«

»Den kann ich zu Hause noch einmal anziehen, wenn du mich so willst.«

»Und dazu einen sexy Strip.«

»Würdest du unseren Kindern erzählen, was wir hier gemacht haben?« Abby grinste, weil sie sich meine Antwort denken konnte.

»Niemals«, sagte ich und tat entrüstet. Das wäre mir aber tatsächlich zu intim.

Lachend öffnete ich die Tür und kniff Abby in ihren süßen Arsch.

Arm in Arm verließen wir den Raum und begaben uns nach unten, wo unsere Freunde und die Familie warteten.

Ich sah auf die Uhr im Gang. In fünf Minuten mussten wir auf den Plätzen sitzen, dann begann die Abschlussfeier.

Abby hatte ihr Studium abgeschlossen. Morgen würden wir in unserem Buch eine neue Seite aufschlagen, und ich hatte das Gefühl, dass unsere Story jetzt erst richtig losging.

ENDE

Demnächst:

TOUCHDOWN – Liebe entscheidet

Ellie ist tabu? Nicht für Ray.

Ray liebt Football. Mit den Jungs aus seinem Viertel trifft er sich fast jeden Abend zum Spiel. Zufällig entdeckt ihn Chefcoach Frank Eliot und holt ihn an die Michigan in das Collegefootballteam. Aber Ray braucht bessere Noten, um in der Mannschaft zu bleiben. Er steht kurz vor dem Verlust seines Stipendiums. Ellie, die intelligente und hübsche Tochter des Chefcoachs, könnte Ray helfen.

Ihr Vater ist einverstanden. Seine einzige Bedingung: Hände weg von Ellie.

Verdammt schwer für den sexy und selbstbewussten Wide Receiver. Sein Ego hat nicht nur ein Autoritätsproblem.

Ray hält sich ungern an Regeln.

TOUCHDOWN – Liebe entscheidet ist ein weiterer in sich abgeschlossener Sports Romance-Roman.
Humorvoll, spannend und mit viel Gefühl.

Bereits erschienen:

TOUCHDOWN – Wenn Liebe trifft

Newsletter

Du möchtest unveröffentlichte Leseproben sowie das Veröffentlichungs-datum zu *TOUCHDOWN – Liebe entscheidet* bekommen?
Dann bestelle meinen Newsletter.
Mehr dazu auf meiner Homepage www.jennastean.de

Danksagung

Einen großen Dank an alle Leserinnen und Leser, die Abby und Dylan begleitet haben. Ich hoffe, dass euch der Roman unterhalten hat.

Vielen Dank, lieber Thomas Ockert, für die tolle Homepage, den Newsletter und das unglaublich schöne Cover.

Meine Familie, die sehr verständnisvoll und nachsichtig ist. Die mir den Rücken freihält. Danke für eure Unterstützung

Ich danke Manuela von Korrektur Fuchs. Wir haben wunderbar zusammengearbeitet. Simone. Ich danke dir für deine Freundschaft.

Und zum Schluss danke ich allen meinen Testleserinnen: Jennifer D., Ramona, Judith, Steffi, Daniela, Gertrud, Carmen, Lilli, Elke, Angelique, Verena, Manuela, Birgit B., Jennifer B., Nadine, Martina, Dragana, Karina, Claudia, Anja, Lisa, Diana, Kira, Christin, Mandy, Birgit F., Elfi, Laura, Jennifer M., Yvonne, Tanja, Madeleine, Katja und Antje. Ihr habt euch die Zeit genommen, Abby und Dylan zu lesen. Eure wertvollen Anmerkungen waren eine Bereicherung für das Buch.

Um über American Football zu schreiben, habe ich einen Experten zu Rate gezogen, der mir interessante Fakten mitgeteilt und auch die Szenen geprüft hatte. Außerdem habe ich viel in einschlägiger Literatur und im Internet recherchiert, u. a. Sports Knowledge: American Football: Regeln, Positionen, Spielzüge/ Superbowl 2019/ NFL, AFC, NFC/ Wissenswertes über alle 32 Teams, Independently published, 2018.

Die Kunst, Recht zu behalten von Arthur Schopenhauer, Verkauf von Amazon Media EU S.à r.l., 13.04.2011.

Printed in Poland
by Amazon Fulfillment
Poland Sp. z o.o., Wrocław

50925162R00211